桐木 著

中国异闻录

墨街

海南出版社
·海口·

图书在版编目（CIP）数据

中国异闻录．墨街 / 桐木著． -- 海口：海南出版社，2025. 1. -- ISBN 978-7-5730-2271-4

Ⅰ．I247.81

中国国家版本馆 CIP 数据核字第 20249CA539 号

中国异闻录·墨街
ZHONGGUO YIWEN LU · MOJIE

作　　者：	桐　木
责任编辑：	李佳妮
封面设计：	毛　增
印刷装订：	运河（唐山）印务有限公司
策　　划：	小　粽
版　　权：	三得文化
出版发行：	海南出版社
地　　址：	海口市金盘开发区建设三横路2号
邮　　编：	570216
电　　话：	(0898) 66819831
版　　次：	2025 年 1 月第 1 版
印　　次：	2025 年 1 月第 1 次印刷
开　　本：	710 mm×1 000 mm　1/16
印　　张：	19
字　　数：	250 千字
书　　号：	ISBN 978-7-5730-2271-4
定　　价：	49.80 元

如发现印装质量问题，影响阅读，请致电13701275261。（免费更换，邮寄到付）
版权所有，侵权必究。

目 录

第一章	半脸狐狸	001
第二章	墨街的传说	057
第三章	白雾杀人事件	125
第四章	故酿酒坊	175
第五章	灵车司机	221
第六章	消失的蚕神	285

第一章 半脸狐狸

1. 中邪的男孩

  德清是个道士。在道家没落的现代，经常有人披着道士的外衣，行骗子之事。而德清却和他们不同，他是个真正的道士。我和德清之间的渊源比较复杂，最开始的时候，我还是通过风灵矢才认识的他。
  风灵矢这个人一贯高深莫测，按照谢如秀的说法就是，他是为了更好地开展他的伟大事业才不得不端着架子，其实内里就是个腹黑的骗子。以前我们小区出了些怪事，物业还找过风灵矢，他当时就是一身道士的打扮。后来物业听从他的建议，建了几个八角花坛，拆掉了几个车库，事情才渐渐地好转。
  当时我真的以为风灵矢是个道士，很有些神通的那种。后来我才从谢如秀的口中得知，他的职业跟道士根本不沾边。在科学遍地开花的时代，想要吃得开，就必须学会"装"。这个"装"，其实就是包装，包装得越好，人就越容易信服，钱肯定就赚得越多。
  不过话又说回来，风灵矢自有一套待人接物的方式，也的确有几分真本事。他会营销，会包装自己，严格说起来这也并不算错。
  从烧窑村脱险回来之后，谢如秀的眼睛会时不时地模糊一下，去医院检查了几次都查不出个所以然。之后他的眼睛模糊的次数越来越多，而且时间越来越长，这期间他还会"看"到一些很恐怖的景象。问他看到的是什么，他硬是不说。因为这个，谢如秀还病了一段时间。因此，谢父求到了风灵矢头上。

第一章　半脸狐狸

之前谢如秀非要拉着我做工作室，后来我们被吴家兄弟追杀，又在烧窑村遇险，好几次大难不死，这件事也就被搁置下来。谢父心疼儿子，加上风灵矢又有真本事，于是便由谢父出资，以风灵矢的名义开了一间工作室。有风叔坐镇，工作室的生意竟然意外地红火，上门求助的人包罗三教九流，很是让人佩服。

风灵矢和谢父之间的交情不错，也不知道他们是怎么说的，没过多久，谢如秀就成了风氏工作室的一名员工，还正式拜了风灵矢为师，专司跑腿、打杂、接电话、发邮件之类的工作。也不知道什么原因，自打谢如秀进了风氏工作室之后，他眼睛的毛病开始逐渐好转。虽然工作很累，但是风灵矢很大方，给他的工资不低，比我这个入职两年多的人高了不少，弄得我都想跟他换工作了。

话题扯得远了，我们再说回德清。我第一次见德清的时候，他就坐在风灵矢工作室的会客厅里，一身道骨仙风的打扮，簇新的灰色道袍，头发乌黑，头顶还绾着一个发髻，发髻上插着一支银色的发簪。

后来我才知道这东西叫"笄"，大概有二十厘米的样子，形似一根铁钉。当时我真的把它当成钉子了，还寻思这人真怪，往脑袋上插一根大铁钉子，十分"非主流"。

那天我去找谢如秀吃饭，我们好长时间没聚过了，每次有事都是在电话里聊几句，谢如秀经常在电话里跟我诉苦，说风灵矢就是个"周扒皮"。他虽说不算是养尊处优的大少爷，可是认真说起来却没吃过什么苦，可他在风灵矢这里却受了不少累，遭了不少罪。

好在风灵矢真的有本事，不知道他使了什么神通，谢如秀的眼睛好转得越来越快。我说，就凭这一点，谢如秀就算挨多少累都值得，他心里也有数，不然不会这么任劳任怨。

看到端坐在会客室沙发上的道士，我以为他是风灵矢的客户，也没在意，便坐在他对面的沙发上，等着谢如秀过来。

我刚坐下，他就好似突然惊醒一样睁开了眼睛。他的眼睛很亮，就像武侠小说中描写的那样，有一种精光四射的感觉，盯着人看的时候，会让人产生恐

惧感。

道士用那双亮得吓人的眼睛瞅了我半分多钟，我当时都坐不住了，差点儿蹦起来拧他的领子问他一句："你瞅啥？"

就在我马上要爆发的时候，谢如秀突然走了进来，打断了道士的凝视。他的目光从我身上移开后，我才松了口气，背后沁凉凉的很不舒服。原来，在不知不觉间我竟吓出了一身冷汗。

谢如秀看到道士后一愣，对他点了点头，再转头看我时，那满脸的不悦才消了下去。

我跟他进了旁边的房间，抬头时，竟然发现他脸上带着几处不太明显的瘀青。

"你这脸上是怎么了？"我指着瘀青的部位问道。

他猛地搓了两把脸："气死我了，还不是风灵矢那老家伙坑我！"

"怎么回事？"我疑惑地问道。

谢如秀顿时翻了个白眼："不就前几天接的案子嘛！有个高中的小男孩说是撞邪了，学校也不去，天天在家写血书，然后撕烂了吃进肚子里，晚上就关在屋子里鬼哭狼嚎。他爸妈吓得要命，经人介绍后找了老风。老风看过之后让我去三中，找什么庚辰年壬午月辛丑日出生的女生，麻烦得要命。最后我好不容易找到了，没想到是个干瘪的小丫头，要胸没胸，要屁股没屁股……"

"停停……"我头痛地打断他，"别耍贫嘴了！风叔让你找她干什么？"

"唉。"谢如秀叹了口气，"让我弄点儿那小丫头的血和头发。"

"这么惊悚？"我挑了挑眉。

"可不是吗？你说让我要个电话号、小手帕什么的多好，可是让我弄什么小女生的头发、血液，这事儿不是难为人吗？"谢如秀一脸生无可恋的表情。

"那你弄到了没有？"

"还有我谢如秀办不到的事？弄是弄到了，也差点儿去了我半条小命。人家以为我是变态跟踪狂，我怎么解释都没用，又挨打又赔钱的，就差没进公安局。

第一章 半脸狐狸

他们也不想想,有我这么英俊的跟踪狂吗?"

谢如秀甩一甩头发,那头飘逸到能拍广告的秀发差点儿没恶心死我。

"血和头发我弄来了,现在就看那老家伙能使出什么神通了。"谢如秀邪笑一声。

我心想,谢如秀的神经线就是粗,都挨揍了他也不当回事。这种性格,说好听了叫乐观,说不好听了,那叫傻得冒泡。

我突然想起外面的怪异道士,说:"你知道外面坐的那个道士是谁吗,风叔的客户?"

谢如秀摇头:"不是,他是德清真人。我跟你说,他可真是真人,人家有道观的,不受香火那种。老风说德清是高人,我倒是没看出来。"

"不是说真人吗?怎么又成高人了?"我调侃道。

谢如秀耸肩:"他是老风请来的,说是有一件棘手的事要请他帮忙。"

风灵矢都搞不定的事?这么说来,这个德清的确不是泛泛之辈了。

我当时并没把这件事放在心上,倒是挺好奇那个高中小男孩"撞邪"的后续发展。几天之后,我和谢如秀再次碰面,说起这件事,他的脸色都是黑的。

"怎么样?不怎么样!"谢如秀愤愤不平地说,"风灵矢这老家伙真坑人,原来他一早就看出那个男生根本不是撞邪,而是失恋了!"

我错愕地问:"那他让你弄什么女孩的头发、血液的干什么?"

"就是说啊!这种事让家长好好抽一顿就行,如果我是他爸,我一定狠狠地抽他,让他作死!"谢如秀磨着牙,眼睛里冒着寒光。

我怜悯地拍了拍他的肩膀。他嘟囔道:"我也不知道老风具体是怎么操作的,反正那个男生恢复正常了,他爸妈也不知道真相,反正很感谢老风,给他包了个大红包。"

"别管过程怎么样,结局好就行啊。"我十分感慨,风灵矢确实赚钱有方。就这本事,哪怕干不了其他的,也能当个心理医生。

谢如秀从兜里抽出一沓钱,得意道:"还算老风有良心,他说这个案子我出力

最多,把钱分了我一半,有五千多。走,今天出去吃饭,喝酒、K歌都算哥们的!"

我斜睨他一眼,风灵矢有这么大方?怕是看到谢如秀挨揍了,心里过意不去吧。

我们又约了几个朋友,六七个人一起吃喝玩乐到半夜十二点多才散伙,然后各自打车回家。

我迷迷糊糊地下了出租车,跌跌撞撞地往家走,可是走了好长时间都找不到家门口在哪儿。在寻找的过程中,我的酒劲儿消散了不少,然后猛然间清醒,发现自己站在一条陌生的街道上。

这条街仿佛是老街,路灯和路灯之间隔得老远,还有几盏坏掉的灯,使得整条街道都比较幽暗,像是璀璨霓虹下的另外一个世界。街道两旁的建筑物十分古怪,有风情各异的小洋楼,有破旧的平房,再仔细一瞧,竟然还有许多古色古香的仿古建筑。不过这些建筑都像是蒙了层厚厚的灰,给人的印象是破旧的、颓败的。乍一看,倒像是走进了某个影视基地里,又好像进入了明清的话本子里。

我吓了一跳。这是在哪儿?我居住了二十几年的城市有这样的地方吗?这样特别的地方,为什么我从来没见过,也不曾听说过?

我站在街道中间愣了好一会儿神,这期间竟然没有一辆车经过,看来这里确实比较荒僻。

我感觉啼笑皆非,一场醉酒,没想到我竟然能跑出这么远,看来酒的能量确实不小。

我的酒醒了大半,可是身体还有些迟钝,所以走得很慢。我盼望着能有一辆出租车经过,能带我回到温暖的家。可我走了好长一段路,都没看见哪怕一辆车。

这条街道并不是一通到底,转了几次弯,却好像没有尽头一样。周围一片寂静,夜幕笼罩的一切似乎都已经死亡,只有我还活着,我的喘息和心跳是唯一的声响。

对了!我一拍脑袋:我可真傻,可以用手机叫车啊!

第一章　半脸狐狸

我手忙脚乱地把手机掏出来，却发现手机不知道什么时候关机了。我使劲儿按着开机键，手机亮了一下，很快屏幕又黑了。倒霉，手机竟然没电了。我颓丧地把手机扔进裤兜，搓了搓被冷风吹得发木的胳膊，后知后觉地想起，现在才刚初秋，深夜里也不该这么冷，呵出的气仿佛都带着寒霜。

望着似乎没有尽头的街道，我真想一屁股坐在地上等天亮，一睁眼就能看到车水马龙，听到鼎沸人声。后来我实在是走不动了，扶着一棵枯树吐了一会儿，呕吐物中混杂的酒气熏得我很难受。可真是"酒醉做神仙，酒醒悔断肠"啊。

吐完之后，我挨着一户人家的栅栏坐了下来，茫然间突然听见由远及近传来"嗒嗒"的脚步声。脚步声很轻，听在耳朵里却很清晰。这是我误入这条古怪的街道后，头一次听到的声音。

我心里有点发毛，急忙站起来向着脚步声的方向看。

就在距离我二十几米远的地方，站着一个人。这个人一身道士的打扮，头顶上绾着发髻。我再仔细一瞧，发现竟是德清！

我惊讶，他怎么会出现在这里？我安心，出现的这个人我认识。

跟上次不同的是，他手里拿着一柄拂尘，拂尘的一头随意搭在胳膊上，那出尘的姿态，像极了电视剧的场景。

不管怎么说，德清的出现都是个好消息。虽说只有一面之缘，但在这种地方也算是熟人了，跟他求助什么的应该不要紧吧。

我朝着德清走了过去，在"高人"和"真人"两个称呼之间选择了一下，才开口道："德清真人你好，我们在风氏工作室见过一面，你还记得我吧？"

德清微微点头没出声。我继续说道："也不知道怎么搞的，我和谢如秀喝酒喝醉了，结果迷路了，也打不着车。你是怎么过来的？我是说……你能借我用一下手机吗，或者告诉我怎么走出去。"

德清目光一闪："我没有手机，就算我告诉你出路，这里就凭着你自己也走不出去。"

我苦着一张脸问："那怎么办？我累死了，想回家。你不帮忙就算了，我自

己走！"

因为心情烦躁，我说话时难免带着几分火气。德清瞥了我一眼，甩着拂尘，走了。

我顿时慌了，德清要是不管我，我岂不是要困在这里一整夜？

我追在德清的后头，谄媚地说道："大师，真人，我喝多了说话不中听！你要是有事儿就去办事儿，不用管我。我就跟着你，肯定不会妨碍你！你办完事儿给我指条路回家就行。"

德清脚步不停，甩给我一句"好好跟上"。

我顿时心安了，紧跟在德清的后头，一步不落。

不过，跟在德清后头并不像我想象中那么容易，他走起路来看上去从容不迫，但是速度相当快，我勉强速走了一阵，最后干脆开始小跑。

"德清真人，你是不是会什么缩地成寸的法术？"我边小跑边气喘吁吁地问。

德清脚步不停，嘴里却说道："那法术本不难，不过我并没有修习。"

我一听眼睛顿时就亮了，缩地成寸还不难？那么我是不是可以学上一学？

德清仿佛知道我在想什么，继续说道："剜去脚骨，充以一物，可夜行五百里。剜去膝盖骨，充以一物，可夜行一千里。怎么，你要学吗？"

我顿时感到膝盖中了一箭似的一阵阵地抽痛，干笑道："我……我就是好奇，并不想学。"

德清矜持一笑："你不是本门弟子，想学必须随我化外修行。"

好吧，这下彻底没戏了。

和德清说了几句话，我自以为和德清比较熟了，于是问他："真人，这个地方有点儿邪门，我刚才怎么走都走不出去，你千万别走错了。"

德清侧头看了我一眼，说："想进这里必须得有机缘，看不到出路，是你心中有障。"

我不太懂德清话里的意思。这地方怪虽怪了点，但也不是什么私人地盘，进来还需要机缘？我心中有障吗？或许吧。毕竟这世上又有几个人活得清楚明白？

第一章　半脸狐狸

一晚上走了好些路，我感觉自己的腿有些撑不住了，微微地颤抖。

"大师，真人，咱们打个商量吧，我实在是走不动了，耽误你几分钟，告诉我怎么出去吧。"

德清停下脚步一抬手："噤声，来了。"

这个"噤声"应该说的是我，那么，"来了"说的是谁？

我抬头往灰蒙蒙的建筑看去，只见从某个角落蹿出一道黑影。黑影临街而立，根本看不清他的样子。灯光昏暗，那人影又穿着一身黑色的衣服，整张脸也被帽子罩住了，是男是女都看不出。

德清两脚微微岔开，拂尘甩到背后，表情肃穆。

我浑身一个激灵，心觉不妙，怎么看这像是要打架的节奏啊。

黑影开口了："这是谁啊？可真是稀客。"

声音轻柔纤细，看来黑影肯定是个女人。

"赤雪，有些话，我不说第二遍。"德清语速很慢，语气很重，无形中给人一种威慑力。

黑影冷哼一声，从衣服里掏出薄薄的一沓东西，也不知道是什么，直接朝德清扔了过来。

"这是最后一次，以后不要来了。"黑影撂下一句话就走了，几下就消失在黑暗中。

德清拿着东西端详两眼，我才看清那东西是本笔记本。封面的纸张有些泛黄，不过也许是灯光的缘故。

没等我看清笔记本上面的字，德清已经收好了东西，脸上的表情随之松弛下来。

"现在能走了吧？"我急不可耐地问道。

"走吧。"德清的态度比先前轻松了许多。

走在街上，我随口问道："真人，刚才那个女人是谁呀？我看她有点儿奇怪。"

德清没回答，只是笑了，笑容中带着让人琢磨不透的东西。

我暗地里琢磨，这两人态度这么奇怪，其中定有内情。可惜我问了德清也不会告诉我，真是让人心痒痒。

2. 尸体上的狐狸纹

在德清的带领下，过了大概半个多小时，我们就从那条老街内走了出来。出来的时候我眼睛花了一下，再睁眼的时候，人已经站在某家超市的门口。这里离我家并不远，走个三分钟就到了。

我一阵恍惚，刚刚还在那条老街里走得又累又渴，可是一转眼间就出来了。老街发生的一切仿佛做了一场梦，梦中的情景依然清晰，有些却想不起来了。

突然有人在我的头顶拍了一下，我回过神来，刚才那种奇怪的感觉就不见了。我连连道谢，颇有种劫后余生的感觉。我很了解，要不是有德清，自己不知道要转到什么时候才能出来。

德清手持拂尘，表情肃穆："不必道谢，世间一饮一啄必有缘法，一出一入自有定义。你本身与其他人不同，一定要切记控制自身，否则贻害无穷。"

说实话，德清这番话我根本没听懂，可能是脑子都被酒精麻木了，等我反应过来的时候，德清早已不见踪影。

回到家的时候已经是后半夜两点多了，我又是一阵疑惑：我手机的确没电了，不知道确切的时间，不过我感觉自己在老街里逗留了绝不止两个小时，难道是我喝醉了，感官也出现了错误？

我迷迷糊糊地倒在床上，身体疲倦再加上酒精的作用，我几乎是沾上床就睡着了。这一觉睡得太熟，睁开眼睛，已经到了第二天上午十一点。

我吓得急忙跑去洗漱，刚要冲出大门，才想起来今天是星期六，根本不用上班，这才颓废地倒在床上，揉着有些发胀的脑袋。

经过这番折腾，我已经彻底清醒了。我打了个电话给谢如秀，这家伙也刚从

第一章 半脸狐狸

床上爬起来。我问他昨晚喝完酒之后的事，他说打车回家就睡了，然后就匆匆挂断了电话，说要去工作室报到。

我心想，看来谢如秀是真心喜欢现在的工作。他个性跳脱，有时候的行为就像个没长大的熊孩子，进入风氏工作室后却稳重了不少，这正是谢父想看到的吧。

休息时间很短，工作时间很繁忙。

在紧张的工作当中，我很少有闲暇想起那晚的事情，尽管心中仍有好奇，但随着时间的流逝，我慢慢淡忘了那个夜晚，真正把它当成了我的一场梦。可是有些事情并不会朝着我们预期的方向发展，无论是好事还是坏事。

那件事过去了大概有半个月，我并没有再遇见德清，和谢如秀也没碰过面。我忙，他好像比我还忙。上次通电话，他说工作室接到了一桩奇怪的案子，有个距离我们市比较近的城市，叫月光市，那里出了点事。我第一次听到这个名字就想到了月光族，感觉挺有意思。

谢如秀说，月光市最近一个多月内发生了几起命案，因为犯罪手法有共同之处，暂被定为连环杀人案。有关部门怕引起恐慌，所以消息并没有大肆曝光，只在小范围内传播开来。

案件一共有四起，而判定这些是同一个人所为的原因是，死者都是二十多岁、面容姣好的女孩，而且每个死去的女孩的脸上都文了半张狐狸脸。没错，就是文了半张脸，而不是整张脸。那半张脸文得非常精致，简直是栩栩如生。说不上漂亮，只能说诡异，让人看一眼就遍身发寒的程度，想必杀死她们的人文身技术非常高超。

因为这个，县里所有的文身师，不管是专业的还是业余的，都被招到警察局问询，可惜直到现在仍旧一无所获。

后来法医又发现，那半张狐狸脸似乎并不是文上去的，可具体是怎么回事，谁也说不上来。几天前，月光市里发现了第五名受害的女性，一反前面四张狐狸脸的面无表情，新发现的女性受害者的狐狸脸是一张笑脸，好像是在嘲讽警察办

事不力。鉴于事情的特殊性,有人出面找到了风氏工作室。风灵矢听闻这个案子之后,没有犹豫就接下了。

我听到这个案子也感到十分惊奇。连环杀人案固然凶残无比,可是在杀人之后还能给被害人在脸上文身,这种人心理简直变态。更让人想不明白的是,如果狐狸脸不是文上去的,难道还能自己生长出来?那个又不是胎记之类的东西。

谢如秀跟着风灵矢到月光市去了,我经常给他打电话询问案子调查的进展。谢如秀就是个实时报道的小广播,有了他的转播,我像是亲身飞到了月光市,参与了这桩被喻为"狐狸连环杀人案"(简称"狐狸案")的侦破全程。

风灵矢作为一位"大师",曾参与过的案件当然不止这一件。以前侦破"剪纸巫术"那个案子,也是他在最后起了关键性的作用,使得案犯吐露实情。到月光市的第一天,风灵矢就很有效率地跑了一趟殡仪馆,去看了那几具被文了半张狐狸脸的女尸。

因为眼睛,谢如秀一直对殡仪馆这种地方敬而远之,可是那次他还是忍不住跟着风灵矢一起去了。可当谢如秀真的看到皮肤惨白中透着青的女尸的时候,还是吓得浑身僵硬。好不容易放松下来,再一看女尸的脸,那半张栩栩如生的狐狸脸和半张惨白的人脸结合在一起,就好像狐妖化为人形的时候失败了似的,再加上颈部狰狞的伤口……谢如秀说,幸亏他定力强,不然当场就给吓尿了。

风灵矢面对这样的尸体也很难保持镇定,显然,面前的女尸和他预想的并不一样,起码有些东西并不在他的思考范围之内。他的想法,谢如秀不得而知。不过谢如秀多多少少能看出来,风灵矢这次很难为狐狸案提供有用的线索。

当天,他们回到警方安排暂住的酒店后,谢如秀连着两顿都没吃下饭。风灵矢虽然也受到了影响,但该吃吃该喝喝,颇具大将之风。

二人住的是标准间,一间房里有两张床。晚上谢如秀躺在床上翻来覆去地睡不着,脑海里反复出现那诡异的半张狐狸脸,身上的鸡皮疙瘩反复隐现。风灵矢也没睡,他半倚着床头,穿着个大裤衩子,手上夹着一支没点燃的香烟,一副正在深思的模样。

第一章 半脸狐狸

谢如秀事后跟我吐槽，风灵矢人前仙风道骨、儒雅深沉，人后就没什么形象可言了，完全一副猥琐大叔的模样。对此，我嗤之以鼻。

"老风，这次的案子你到底有没有头绪？"谢如秀终于忍不住打破了一室的寂静。

风灵矢把烟放到床头柜上，叹了口气："来之前还有几分把握破案，可是来了之后，却发现事情比我想的要复杂得多。"

"你没来之前就有把握破案？"谢如秀显然不相信这话。

风灵矢的手在床单上一下一下敲着："显然是我想得太简单了。其实狐狸脸这个案子，以前……我是说我父亲他曾经经历过差不多的事。当然，我是从他生前留下的日记中看到的这段往事。"

谢如秀的兴趣瞬间被挑了起来，殷勤地下床给风灵矢倒了杯白开水，眼巴巴地等着听故事。

风灵矢瞧了谢如秀一眼，又指挥谢如秀给他洗了些水果。吃喝完毕，他才开始讲述这段往事。

风灵矢的父亲名叫风十惩，去世的时候还不到五十岁。风家祖上曾是在北方小有名气的大家族，风灵矢的老爷子也是个相当有本事的人。但是，也不知道是什么原因，风家每一代都子嗣艰难，到了风十惩这一辈时，更是难上加难。在他年近五十的时候，妻子才怀上孩子。可惜还没等孩子出世，风十惩就因为一次意外去世了，家传本事甚至都没来得及传给下一代。

幸好风十惩有写札记的习惯，他将多年来的经历和经验全部都记录下来——也许他早就预感自己活得并不会长久。作为遗腹子，风灵矢靠着这些札记学会了不少东西。他天资聪颖，人也能吃苦，竟将风十惩留下来的东西学了个七七八八。即使如此，仍旧有许多东西因为太过晦涩艰深且没有人指导，失传了。

在札记中，风十惩曾记录过这样一段往事。他十六岁那年，也就是民国末期，当时战乱频生，国家动荡。那年头，很多富贵人家都举家搬走了。穷苦人家

家里有人去世，死者的遗体大多是拉到乱葬岗胡乱埋了，曝尸荒野的也不在少数。往往不到一天时间，那些尸体就会被藏在暗处的野兽撕咬干净。

风家的人聪明，但大多都短命。那时候的风十惩身体很差，生意维持不下去，为了妻子和儿子，风十惩的父亲风过伝什么活都接过。哪怕收入只够买一个窝头的钱，他也会毫不犹豫地接下来。风十惩即使天赋胜过了父亲，但是他父亲却不敢让他做太多事，生怕他突然夭折，断了风家的传承。

某天，风过伝回家后高兴地说，有个人付了很高的价钱，请他到外地为那人的父亲选择阴宅。有了这笔钱，他们全家人起码几年之内都会不愁衣食。

风十惩听完父亲的话后颇为担忧，因为风过伝要去的地方离家比较远。虽然他父亲以前也常常外出，不过现在局势紧张，多少人为了逃离战乱背井离乡，最后只落了个埋骨异乡的下场。

风过伝何尝不知道这一趟风险不小，但是为了这个家，他别无选择。当天，风过伝就收拾好行装，随着那人走了。幸运的是，他们一路上虽然碰到不少危险，好在都险险地避开了。在路上，风过伝得知那人名叫贺昕，其余的事却一概不知。

他们的目的地是一座小县城，小县城地势险要，城墙高筑。城内建筑古拙，街道上竟还铺着青石板路，显得十分整洁。这里明显是一处不错的安居之所。小县城并没有被战火波及，来来往往的人行色匆匆，但是脸上却没有外面的人脸上那种困顿绝望之色。

风过伝心中一动：这里明显比他们老家安定得多，就好比乱世中的一处世外桃源，不如把全家都搬到这里，虽然人生地不熟，但好过日日提心吊胆。

他下了决心，只要把这单活干完，就赶紧回去安排，尽快把全家都迁过来。

贺昕自然不知道他心里的打算，将他带到一处不小的宅院前。风过伝抬头一看，门上无匾，不过却有两扇钉着铜钉的斑驳的红漆大门。

风过伝粗略一数，铜钉大概有二十五颗。当下，他的心中就有了计较。

话说，古时大户人家的门做得厚实，往往要用好几层木板。木板多了不容易

第一章 半脸狐狸

固定，民间奇人们便想出了在大门上钉铜钉的方式。这种方式做出来的大门，在结实美观的同时，也能防火防盗。到了清朝，门钉的数目开始有具体规定，帝王居所用八十一颗，亲王六十三颗，以此往下递减，最少便是二十五颗了。这个数目的人家，大抵都是有功名在身的人，秀才举人或者七品县令之类的。无功名品级的普通人家，即便是大富之家，也不允许门上钉铜钉，只许有两个敲门用的门环。这种门上没有钉的人家又被叫作"白钉"，后来渐渐演化成"白丁"，充分体现了古时的森严等级。

贺昕一推大门，风过伝就跟在他后面走了进去。这处宅院不大，一共是两进的院子，简单区分了外院内院，院内陈设着几座小小的假山，还有一棵开得正好的花树。除此之外，处处杂草，没什么人气的模样。

贺昕直接奔着内院去了，风过伝只好一直跟着他。贺昕的速度越来越快，一边跑还一边喊了起来："小萤，小萤，我回来了，夫人怎么样了？"

从某间屋子里立刻跑出来一个十七八岁的少女。离得近了，风过伝才发现这少女长得极为丑陋，肤色暗红，有几处的皮肤像被火炙烤过一样，皮肤坑坑洼洼的，唯有一双眼睛黑白分明，十分有灵性，还透着几分妩媚。丑陋的容貌配上灵性的眼睛，两相对比之下，更让人觉得心惊。

少女小萤似乎并没注意到他，她眼中含泪，跪倒在贺昕面前。

"大爷，你终于回来了，夫人她，她……"小萤短短地啜泣了一声，颤抖着声音说，"您还是进去看看她吧，也许是最后一面了。"

贺昕闻言顿时跑了起来，猛地推开一扇门。只听屋内"咣当"一声，好像是什么重物落地的声音。突然间，贺昕发出一声撕心裂肺的大叫。

风过伝听到叫声有异，也急忙跑了过去。结果他看到，就在那间幽暗的房间内，一个女人正高高地吊在房梁上，身体微微地晃动着，似乎已经放弃了挣扎。

风过伝进入房间帮助贺昕把女人抱了下来，女人披散着头发，有些枯黄的头发完全遮挡住了头脸。幸好他们进来得及时，女人并没有死，不过却是一副奄奄一息的模样，呼吸弱得似乎马上就会断掉。

015

贺昕颤抖着手拂开了女人脸上的头发，风过伝的眼睛在女人脸上一瞥，顿时整个身体都僵住了——

如果说，刚刚那个少女已经算是丑陋至极，可是再丑也在能想象的范畴之内，而眼前的女人，却已经超过了他的想象。

3. 长尾巴的怪婴

风灵矢讲到这里突然停住了，谢如秀正听得入神，连忙催促道："继续讲啊，我听得正入神呢。"

风灵矢摘下戴在手腕上的金刚菩提，在手指间捻动几下。那菩提颗颗硕大，因为盘玩的年头多了，变得油润无比，呈现出朱红的色泽。

谢如秀知道这是风灵矢烦躁时习惯性的动作，于是他安静下来，并没有继续催促。

过了几分钟，风灵矢终于平静了下来，继续讲故事。

风过伝究竟看到了什么才这么惊讶？关于这一点，他在札记中并没有详细记载——这点就非常奇怪，明明是个很关键的事情，他偏偏略过去了。

谢如秀听到这里，强忍着才没开口骂人。听故事最怕遇到这种，坑给你挖得足足的，可是就是不给答案，让人抓心挠肝般难受。其实在谢如秀心中也有一些猜想：既然老风讲的这段往事和狐狸脸的案子有关，那么上吊的女人……会不会也有半张狐狸脸？但他转回来又想想，那些女尸分明就是被人文上了狐狸脸，而民国时期不可能有那么高超的文身术。既然相悖，其中定然有奥秘。

谢如秀索性不想了，只专心听故事。

风过伝看到女人的容貌后，当时的惊讶已经不能用语言形容。他这么多年走南闯北，不敢说见识非凡，但是也不是泛泛之辈。像这个女人的情况，他确实前所未见，连听都没听说过。

第一章　半脸狐狸

还没等风过忮从震惊中反应过来，贺昕就把女人紧紧地搂在怀里，突然朝风过忮跪倒，对着他重重地磕了个头。

"求先生救我妻子。"他哽咽着说。

"你不是让我给老爷子寻个阴宅福地？你这……唉。"风过忮回过味儿来，贺昕把他寻来，会不会一开始就是为了这个女人？

"我的确欺骗了先生，不过我也是没有办法了，我妻子她……她变成了这样。她一开始不是这样的，她怀了孩子，脾气不好，她……"男人说着说着就有些语无伦次了，抱着妻子不停地颤抖。

这时小萤走了进来，轻声道："大爷，您一路劳累，快和夫人一起去休息吧，我来跟这位先生说。"

贺昕在小萤的安慰下平静了不少，把女人抱到床上，忙碌了一阵，终于安置好了。

女人仍旧昏迷着，好在暂时没有性命之忧。风过忮坐在椅子上，手上捧着一杯热气腾腾的茶水，这让他舒服了不少。小萤坐在他对面，微微低着头，说："您是风先生吧？我家大爷听说您很有本事，所以才请了您来。我叫小萤，是大爷买来服侍夫人的丫头。"

风过忮点点头。

小萤继续说道："夫人和我家大爷是青梅竹马，两个人的感情特别好。他们结婚后不久，老爷和老夫人都去世了，大爷继承了两个制成药的庄子，药材生意就给了二爷。二爷爱玩怕吃苦，药材生意做得不好，卖给大爷的药材都是以次充好。大爷为了兄弟情谊，一直忍着他。后来，二爷卖了假药材给大爷，大爷一时不慎，制出的成药吃坏了人，赔了好大一笔钱。

"后来，大爷终于忍不住揍了二爷一顿。那之后，家里突然频频发生怪事。比如无缘无故地丢东西，还有下人说看见'鬼'了。其实我也看见过一次，但没看清什么样，就是一个黑黑的影子，半夜坐在井边梳头，人一走过去就看不到了。那段时间有很多下人都偷偷地离开了，大爷请来个道士驱邪，好了没几天，

又闹腾起来。

"不久之后,一间成药庄突然失火,那天我和夫人正好去成药庄找大爷,起火的时候我们被困在房间里,为了救夫人,我的脸就成了这样。"

小萤轻抚了一下自己的脸。风过传看不见她的表情,但是能感受到她的绝望。一个青春正好的姑娘,却被大火毁了容貌,以后不能嫁人了不说,还是个无依无靠的丫鬟,前路实在艰难。

贺昕走了过来,轻轻拍了下小萤的肩,说:"辛苦你了,小萤,你去照顾夫人,还是我来说吧。"

小萤犹豫了一下,接着又听话地离去。

贺昕坐到了她的位置上,接着说道:"那天多亏了小萤,不然我夫人活不到现在,我们夫妻确实亏欠了她。"

大火之后,贺家损失惨重,有两名工人在大火中丧生,贺昕花了好大的工夫才把善后工作做好。不过,就在他忙得焦头烂额的时候,他的妻子身上出现了一些奇怪的症状。一开始只是很轻微的头晕,恰好当时她被查出怀了身孕,于是大夫就把原因归到了怀孕上。

贺昕的妻子在怀孕期间吃尽了苦头,头晕呕吐,几乎无法下床。此外,她的身体也悄悄地发生着改变。比如说她的体毛加重了不少,头发的颜色却从黑色慢慢变为棕色,原本圆圆的杏眼变得尖细上挑,声音也发生了变化。

贺昕一直很忙,等他静下心来的时候,却发现妻子看他的时候目光仍旧那么依恋和温柔,但样貌十分陌生,几乎让他认不出来了。

怀孕会让一个人发生这么大的变化吗?显然不能。贺昕怀疑妻子受到了家中这些诡异之事的影响,于是又请来了那个道士。道士看过之后说他的妻子被某只厉鬼附身了,样貌会慢慢地变成厉鬼的模样,原本的她会被吞噬,不复自我。

贺昕吓坏了,请求道士捉住厉鬼。道士答应了他,却要求用贺家仅存的成药庄作为交换。

贺昕已经完全失去了理智和冷静。最后,为了怀孕的妻子,忍痛答应了他。

第一章 半脸狐狸

道士在院子中摆下法坛和法阵，贺昕的妻子呆呆地坐在法阵的中央。等道士做法完毕，她已经昏了过去。道士宣布已经将厉鬼驱除，然后拿了成药庄的地契和房契后便消失了。

贺昕的妻子一连昏迷了三天，醒来时得知贺昕为了救她，连贺家最后的产业都放弃了，失控大哭。因为情绪太过激动，她当场流产，从肚子里滑出一个还未成形的婴儿。婴儿的尸体全身泛紫，可能是还未完全成形的缘故，四肢和头部长得十分奇怪，尾椎部分还多出小小一截软肉，像一条还未完全长成的尾巴。

贺昕看到婴尸后脸色大变，急忙让人去烧掉。此时小萤的烧伤已经养好了，就自告奋勇去处理婴尸。贺昕很信任她，于是便答应了。幸好她处理得很干净，并没被人发觉端倪。

贺昕想不明白为什么妻子肚子里会流出那种怪婴，好在那怪婴并没有活下来，否则真不知道会发生什么事。

本以为厄运已经过去，却没想到一切才刚刚开始。成药庄被贺昕送给了道士，他手中便仅剩下几个不太赚钱的铺面。为了往后的生计，他决定好好经营这几个铺面。某天，他和掌柜正在核对账本，店里突然冲进来一群人，每人手中都拎着一根棍子，不由分说，入门便开砸。贺昕出来阻止，被人一棍敲在头上，顿时头破血流地倒在了地上，人事不知。

等他醒来的时候，店里已经被毁得不成样子，那些人却一窝蜂地跑了。贺昕报了警，可民国时期的警察是出了名的不作为，案子查来查去都没有进展，贺昕只好认栽。

店铺第二次被砸的时候，贺昕干脆自己去查。他一路顺藤摸瓜，结果却发现砸店的事情竟然是他的弟弟在背后主使的，就连成药庄那场大火都跟他脱不了干系。惊怒之下，贺昕跑去质问他弟弟贺升。贺升一开始不承认，后来贺昕步步紧逼，贺升最终还是吐露了实情。

贺昕万万没有想到，和他骨肉相连的弟弟，竟然能干出这种事来。就因为他打过贺升一次，贺升就想出如此歹毒的方法报复他，其心肠之狠毒，令人震惊。

贺昕当即和贺升断绝了兄弟关系，心里实在难受，干脆跑到酒楼里喝了一顿闷酒。醉倒之后，酒楼老板从他身上摸出了酒钱，然后让伙计抬着把他扔到了街上。

贺昕清醒的时候，天已经黑透了。他蹒跚着走回了家，却发觉整栋府邸静悄悄的而且黑漆漆的，一点光亮都没有。贺昕大声喊着下人的名字，喊小莹，喊妻子，可是没有人出来迎接他，一点声音都没有。

贺昕冲进了他妻子的房间，结果发现房间里没有人。

他有点儿蒙：这是怎么了，人都到哪儿去了？他突然脸色一变，难道……这也跟贺升有关？

想到这个可能，他慌乱得不行，每个房间都进去查看，没有人，哪儿都没有人，整栋府邸空荡荡的，像个死宅。贺昕很害怕，心跳如擂鼓。他想，自己应该去找贺升，是打是骂他都认了，哪怕要他把所有的财产都交出来也好，只要他的妻子平安，他全都认了。

贺昕正要出去找贺升，突然听到一阵细细的笑声传来，他迟疑片刻，走过去一看，庭院内有一口水井，水井上砌着青石台，如今石台上正坐着一个人。

从背影看，这是一个女人。女人披散着头发，手里似乎捧着什么东西在啃，一边啃还一边发出欢快的笑声。

刚刚水井旁并没有人，这个女人是从哪儿冒出来的？贺昕突然想起家里闹鬼的那个传说。

他不是请过道士了吗，为什么还会出现这种怪事？他的心跳又加快了几分，难道……是有人在装神弄鬼？

贺昕躲在角落里静静地观察，只见长发女人不断地持续着一个动作。月亮出来了，贺昕瞪大眼睛看着，发现女人有影子。他刚松了口气，却马上又提了起来。女人的影子似乎不太对，她头部的阴影上明显多出两只尖尖的耳朵，臀部的影子拖出一条长而蓬松的尾巴，还不时地晃动一下，明显不是死物。

贺昕吓得浑身都僵住了：有尖耳，有尾巴，难道……是妖？

第一章　半脸狐狸

自古以来，人妖就是殊类，妖类最爱害人，人类也有专门杀妖的降妖师。正应了那句"非我族类，其心必异"。

妖为什么会出现在他家？难道家里人都被这只妖给害了？贺昕想到妻子和家里的那些下人，一时间怒发冲冠，随手抄起一把除草的镰刀，一鼓作气，冲向了坐在井台上的女人。

"你这个妖怪害我家人，我要杀了你！"

他忘记了害怕，忘记了自身的安危，眼中只剩下了仇恨。他也许杀不了妖，那又有什么要紧，和家人死在一处也好，黄泉下做个伴，倒也不寂寞。

贺昕朝着女人重重地挥起镰刀，只要一下，女人的脑袋就会被劈成两半。

就在他落刀的一刹那，女人转过脸看他。贺昕一惊，镰刀一歪，可是已经收势不住，依然削掉了女人小半边脑袋。那小半边脑袋带着头发一起落到了地上，发出一声轻响，鲜血喷薄而出，溅湿了贺昕的衣裳。

女人滚下了井台，重重地倒在地上。

贺昕跪倒在地。眼前的女人分明是他的妻子，哪里有什么尖耳、什么尾巴？

那他为什么会看错？想起刚刚那一瞬间，他简直像是着了魔一样，什么都想不起来，连他妻子的背影和声音都没认出来。他颤抖地抱起妻子，妻子嘴里发出几声微响，鲜血染红了一张脸。

"毓秀，你怎么样，疼不疼？"贺昕哽咽地问道。

妻子说不出话来，微微睁着眼睛看着他。

他的眼泪汹涌地冒出了眼眶："我带你去医院，你撑着，千万撑着。"

贺昕嘴里这么说，可是他知道妻子不行了，没有人被削掉半个脑袋还能活着。这都是他的错，他应该出声，应该走出来问个明白。妻子和他青梅竹马，二人的感情一直都很好，如果妻子死了，他也不想独活。

"对不起，你别怕，你去哪儿我都陪着你。"

贺昕一边说一边将镰刀握在手里，镰刀上面还沾着妻子的鲜血。等妻子咽气，他就给自己来上一刀，大家一起死个干净。他紧紧地拥着妻子，等着妻子断气的那一刻，二人共入阴曹，同赴黄泉。

"大爷，你别做傻事。"月色中，小萤突然悄无声息地出现了。

"小萤，夫人被我伤了，她要死了。"贺昕说道，他的声音并不悲伤。

"不，大爷，只要你听我的话，夫人不会死，她一定会活过来。"贺昕疑惑地望着小萤，似乎不明白眼前这个丫头为什么会说出这么奇怪的话。

"大爷，你听我的，将夫人放平。"小萤走过来，拾起那块被削掉的脑袋，轻轻地拂掉粘在上面的泥土和草叶，似乎一点都不害怕。

这边，贺昕已经把妻子放到了地上。他不知道为什么就听从了小萤的话，明明她的话就很荒谬，可他却不由自主地做了。可能他不甘心妻子就这样死去，哪怕再微小的希望也不会放过。

小萤蹲下身，将被削掉的脑袋轻轻地放到了原处，然后取出一卷白纱布，将分离的脑组织包扎在一起。

贺昕狐疑地盯着小萤，因为家里是开药庄的，他对医药之事了解甚多。中医和西医都有缝合之术，不过那时候西医更先进一些。那时候的西洋医术能够缝合断掉的手指脚趾，大一些的肢体就不行了，至于脑袋，更是闻所未闻。小萤到底是什么意图？

小萤包扎好之后，又从怀里掏出一个小小的瓷瓶，从里面倒出一枚殷红似血的药丸，塞进了女人的嘴里。贺昕由着小萤作为，等小萤说好了，才抱着妻子回到了房里。

4. 兽脸夫人

那一夜，贺昕迷迷蒙蒙犹在梦中。等他清醒过来的时候，发觉妻子呼吸轻浅，依然睡在他旁边。他以为昨夜只是他做的一个梦，结果他在妻子的头部看到了包扎的白纱布，上面还渗出殷红的血迹。

第一章　半脸狐狸

贺昕颤抖地伸出手，几下拆掉了纱布，眼前的一幕却让他迷茫了：妻子的大半个额头延伸至太阳穴的位置有一道十分明显的伤痕，拨开头发，在头皮上能看到一圈伤痕，已经结痂。

事实证明，他昨天的确砍伤了妻子。贺昕有些糊涂，他明明看到妻子伤得很严重，为什么伤口在一夜之间就结痂了，而且看不到缝合的痕迹？

对了，似乎是小萤给妻子包扎，并且喂了她一颗药。难道小萤的医术竟如此高明？

贺昕询问小萤，小萤说其实夫人伤得并没有那么重。昨夜她看到贺昕迷迷糊糊的，又身形不稳，似乎喝了酒，看到夫人后就拿镰刀划伤了夫人，她甚至都来不及阻止。好在她及时给夫人包扎了伤口，并喂了止血的药丸。那药丸效果不错，所以伤口一夜就结痂了。

那晚贺昕的确喝酒了，而且之前都是烂醉的状态。这么说，情况果真像小萤说的那样，他喝醉了，神志不清地把妻子看成了妖怪？他一想起昨夜自己对着妻子举起镰刀的事，就感觉无限后怕，而且头痛欲裂，索性也不去想了。

等妻子苏醒的时候，他问起那晚的事。妻子说她那晚做了个噩梦，心里害怕。丈夫又不在身边，她就想出去找个人陪她待一会儿。出来后，她才想起如今家里的下人只剩下四个，两个有事回家了，一个不知去向，怎么都找不到。

小萤倒是在，不过小萤的脸变得太可怖。她刚做完噩梦，实在不想去看小萤那张脸，只好坐在井台边上等他回来，后来好像迷迷糊糊地眯了一小会儿，醒来时头上已经受了伤。

贺昕越发肯定是自己醉酒伤人，心里后悔得不行。

妻子的伤好得很慢，好在并没有恶化。她的脸并没变回原本的模样，花了那么大代价请道士做法，效果实在不如人意。贺昕痛苦了一段时间，后来就想开了：不管妻子的脸变得怎样，只要她的灵魂不变就可以了，他爱的是妻子，而不是一张脸。

妻子养伤期间，他们度过了一段很温馨的时光。局势越发紧张，贺昕为了自

家仅剩的几间铺子，并不能常常在家陪妻子，于是每每出门都仔细叮嘱小萤要照顾好夫人。

对于小萤这个丫头，贺昕一直觉得愧疚。小萤已经毁容，将来没法嫁人，他决定在适当的时候让妻子认下这个妹子，把她当成亲妹子一样供养，直至终老，也算还了这段恩情。贺昕把这个想法和妻子说过之后，妻子沉默良久才答应下来。

日子一天天过去，妻子头部的伤渐渐痊愈，可是那一圈伤疤却无论如何都消失不掉。头皮上的伤疤可以用头发遮掩，横亘半边额头的伤疤却没法遮掩。为此，妻子的脾气越来越暴躁。就连她的脸发生那么大变化的时候，她都没发过这么大的脾气。

为了遮掩额头的伤疤，妻子整日蒙着面纱，甚至拒绝和贺昕同房。贺昕忍耐了一段时间，直到某天，他看到小萤偷偷地在角落里哭泣。问她哭什么，却不肯说。后来，贺昕无意间看到她手臂上遍布的青紫痕迹，才知道，原来在他不在家的时候，他曾经温柔的妻子竟然毫不留情地虐待着小萤。

那天，二人爆发了结婚之后最激烈的一场争吵。贺昕说妻子变得让他陌生，妻子却说他心里有了别的女人。激动的时候，妻子的面纱掉在地上，贺昕看到妻子的容貌后差点儿吓昏过去。因为妻子整日蒙着面纱，所以其实他已经好久都没看到过妻子的脸了。

他的妻子原本长得温婉秀美，后来虽然样貌发生了改变，不过至少和她原来有六七分像，少了温婉，却添了几分妩媚。虽然和她本身的气质不符，但是也不难看。后来她的额头上添了伤疤，贺昕每次看到只觉得内疚和难过，并没觉得难看。

妻子捡起面纱蒙在了脸上，然后迅速地逃进了房间。贺昕看着紧闭的门扉，整颗心好像结冰似的冷。

从那天开始，妻子不肯再见他，她再没踏出过房间一步，伺候她的人还是小萤。

第一章 半脸狐狸

贺昕本想给小萤一笔钱，还她自由之身，可惜小萤并不同意。贺昕每天都为了铺子和妻子的事殚精竭虑，他的身体很快就支持不住，病倒在床。小萤忙前忙后地照顾他，他看在眼里，内疚在心。

一天夜里，他突然惊醒，发现床边坐了个黑影，正定定地瞅着他。

贺昕被吓得心脏差点儿从腔子里跳出来。黑影仿佛没有看出他的害怕，一动不动地坐着，身姿娴雅。贺昕的眼睛适应了黑暗，这才发觉，坐在床边的黑影，正是他多日未见的妻子！

"毓秀，你怎么在这儿？"贺昕不自在地开口问道。

"我自然在这儿！难道你还想要哪个小妖精也在这儿？"

贺昕高烧刚退，整个人都比较虚弱。听到妻子的话，他顿时觉得气血上涌，头也疼得厉害。

"毓秀，你胡说什么呢？"贺昕皱着眉头说道。

"我胡说？"妻子冷笑，"你以为我看不到吗？你整天和小萤眉来眼去，你当我是瞎的吗？"

"小萤？"贺昕有些傻眼，"你误会了，我和她能有什么？你不要无理取闹。"

"我没想到，她的脸都毁成那个样子了，还能勾搭你。"妻子并没理会他的话，自顾自地说道。

"小萤没有勾搭我，她救了你，我一直很感激她，把她当成妹妹一样！"妻子的怀疑毫无根据，贺昕觉得很烦躁。

"当妹妹？是当你的情妹妹吧！"妻子尖声说道。

贺昕心里堵得厉害。她为什么还会产生这么古怪的想法？为了妻子，他连贺家最重要的产业都割舍得下。她的脸面目全非，他对她也是一如既往的好。更何况，小萤的脸是为了救她而毁掉的，她为什么对小萤没有一点儿感恩，反倒以为他和小萤之间有什么龌龊之事？

"你说话呀！"见贺昕要下床，妻子扯住他的袖子，不依不饶地说。

"你愿意怎么想就怎么想吧，反正我和小萤是清白的。"贺昕疲惫地解释了一句。

"贺昕，你厌烦我了是吗？"妻子的脸蒙着面纱，只能看到一个朦胧的轮廓，她的声音满含着悲伤。

贺昕低着头："毓秀，我们从小就认识，我自认还是以前那个贺昕，那么你还是不是从前那个毓秀呢？"

自从妻子的脸发生变化之后，她就守着贺家，几乎一步都没踏出去过，她的脾气越变越古怪，也许最开始的时候，变的不只是她的脸，只是他没有察觉罢了。

妻子没再说话，静静地离开了房间，整个房间的黑暗压得贺昕几乎喘不过气来，他倒在床褥上，任孤独将他淹没。

他想起了许多往事。妻子和他是青梅竹马，他上学堂之前，每天都找她一起玩；他为了帮她买一个好看的糖人，可以走很远的路；她为了帮他做纸鸢扎破了手，那个纸鸢他到现在还留着。后来，他们很自然地从小伙伴升级成了一对小情侣，甜蜜的时光数之不尽。再后来他和父亲学习怎么经营成药庄，每天都要很晚才能回家休息，她就守在巷口，远远地看上他一眼才回家，就为了他曾经说过一句"只要看到你，再累我都不累了"。

贺昕痛苦地用手蒙住了眼睛。半晌过后，他一跃而起，冲出了房间。他要去找妻子，他要和妻子道歉。他们曾经是这世上最幸福的一对夫妻，无论遇到什么样的逆境，也一定要相守在一起！

贺昕连着找了几个房间都没找到妻子，倒是小萤闻声走了出来，二人一起找。小萤发现了一间从里面上锁的房间，拍了几下没人应声，就赶紧把贺昕叫了过去。贺昕又是拍门又是砸门，里面一点声响都没有，他突然就慌了，大力地撞击房门。闯进去之后，他发现妻子吊在房梁上。

这是他妻子第一次寻死。这一次，他吓了个魂飞魄散，庆幸自己发现得及时。后来他妻子寻死的次数越来越多，几乎是离开了他们的视线后就时不时会发生一次，好在都及时救了下来。后来没办法，贺昕只好给妻子吃安神的药物，或

第一章 半脸狐狸

者将她绑在椅子上。

妻子的脸越变越怪异了，逐渐地脱离了人的模样，也许这就是她执意寻死的原因，毕竟这种事一般人都没办法接受。贺昕一直在寻找将妻子变回原样的方法，花的钱越来越多，他名下仅有的几个铺面陆陆续续地都卖了，仅剩下一栋祖屋和一些田产。可无论他怎么折腾，妻子都没恢复原样。贺昕几乎绝望了，贺家其他的下人早就离开了贺家，唯独小萤留了下来，她任劳任怨地照顾贺昕的妻子，贺昕几次给钱让她离开，她都不肯。贺昕每次看到小萤照顾妻子，妻子却发疯叫骂的画面，心中又是愧疚又是无奈。

这就像是个死循环。他无法时时守在妻子身边，也无法找其他人照顾妻子。小萤虽然尽心尽力地伺候着妻子，可妻子对小萤抱着很深的敌意。他对小萤越是愧疚，妻子对小萤的这种敌意就越深。

每次想到这些事，贺昕都感觉到一种无法喘息的压抑。

贺昕找来风过伝，也算是巧合。他那一日在酒楼里喝闷酒，结果就听见旁边一桌的客人在说话。二人说着说着，不知道怎么说到了一桩奇事，那是大半年前的事了。

临县有个老婆婆的儿子被一个恶霸打伤了，过了一段时间伤重不治，终是死了。老婆婆到处为儿子讨公道，可是哪里能够得偿所愿？老婆婆一时想不开，抱着她养了十多年的老猫投水而亡。老婆婆的尸体几天后才被人捞上来，已经泡得不成样子。可是众人没找到猫尸，不知道是逃脱了，还是因为尸体太小被遗漏了。

因为是溺死的尸体，按规定必须马上烧掉，防止产生瘟疫。可是等负责处理尸体的人抱来焚尸的柴火时，尸体却不见了，停尸的地方只余一摊水迹，周围还出现了一些梅花状的水印。

就在那天晚上，那个恶霸被人发现死在家中。他死状极为凄惨，浑身湿淋淋的，像是溺水而亡，偏偏在他的脖子上出现了一道漆黑的瘀痕。脱下衣服后，他的身上出现了数不清的伤痕，一道一道的，皮肉翻卷，血肉模糊，像是被什么尖

利的东西挠出来的模样。看到眼前这具尸体的惨状，立刻有人联想到那个自尽而亡的老婆婆——眼前的情景，可不像水鬼复仇？

那天之后，当地陆陆续续又死了三四个人，都是和那个恶霸沆瀣一气的人。至此，"水鬼复仇"之事已经是尽人皆知。有人称看到过那水鬼，身形庞大，脸孔竟是一张猫脸，行动间也颇似猫，于是就被人们称为"猫脸婆婆"。当时不少老人都在哀叹，说什么"国之将乱，必生妖孽"。

猫脸婆婆是不是妖孽，还真不好说。说她是鬼，但是她有实体；说她是妖，可她生前为人。这不人不妖不鬼的东西，还残留着生前的执念，大抵上也只能叫它"妖孽"了。虽说猫脸婆婆杀的都不是什么好人，可是她的存在却比歹人更加令人害怕。人们都在想：她杀完了恶霸，会不会转回头杀我们？她会不会每天夜里在街上游荡？她饥饿时会不会吃人？

人们对猫脸婆婆的恐惧与日俱增，所以就凑钱请了降妖师来降服她。可惜请来的降妖师本事不怎么样，白白填进去不少钱，最后还险些激怒了猫脸婆婆，让她狂性大发，四处扑咬那些来看热闹的人，险些又伤几条人命。之后，找来找去，他们就找到了风过伝。

风过伝的本领自然不是假的，他不知使了什么办法，很轻易地就抓住了猫脸婆婆，不过他并没有赶尽杀绝，只是将猫脸婆婆驱赶进深山。猫脸婆婆一开始不甘心，在山口处似猫非猫、似人非人地惨叫了好几日，风过伝就一直守在县城的入口处，镇守了几天。猫脸婆婆见入城无望，只好进入了深山，从此再也没有出现。

二人边说边感叹：这个风过伝，还是个有真本事的。

说者无心，听者有意。这话听在贺昕耳朵里，他自然就心动了。于是他立刻回到家里，向小萤交代了一些事，然后就出发去请风过伝。

5. 五梅之地

风过伝听完了来龙去脉之后,沉默了半晌说道:"尊夫人的脸,我恐怕无能为力。"

贺昕一下子就跪下了:"求求您,再想想办法。您是我们夫妻最后的希望,答应给您的钱我一分都不会少给您的,请您相信我。"

这点风过伝倒是没怀疑过,烂船还趁三斤铁,即便贺昕家道中落,也肯定能拿得出来。问题是,他根本就不知道怎么解决这件事。像贺昕妻子这种情况,他从来没遇到过,这跟猫脸婆婆的情况并不相同,二者不能相提并论。

贺昕不断地哀求,风过伝被缠得没办法,只好答应试试。

基于以往的经验,风过伝首先怀疑的就是贺家的房子有问题。他拿着罗盘在贺家转了一大圈,没发现什么问题。贺家家宅的选址还算不错,应该是请懂行的人看过。之后,他又去看过了贺家的祖坟。这一次,他心中产生一种"果然如此"的念头。

贺昕本来不是请风过伝过来看风水的,看到风过伝不去想办法,反倒在坟地里转来转去,心里就不太高兴。

"风先生,我们贺家的祖坟当时请一位老先生看过,说是不错的福地。这阴宅有个名堂,叫……对了,叫'老梅迎雪'。"贺昕说道。

风过伝点点头:"你们家这阴宅确实不错,不过那是以前,现在已见颓势。"

贺昕不解:"这个也会变吗?"

风过伝说道:"风和水,单拆开来都是自然之物,既是自然,就没有一成不变的东西。风和水都是流动之物,地势山川都要受到它们的影响,故而风水会变,或者说极好的风水和极坏的风水占住了一个'极',其实也是因为它们更为稳固,变化得慢。就说历代的帝王陵寝,难道风水不好吗?好!可以说相当好,但是哪里有久盛不衰的皇室？大多数都是传几代而亡。也就是说，没有一成不变的事物。"

贺昕听完颇有种恍然大悟的感觉："风先生，就是说我们家的风水出问题了，是吗？"

风过传默然半晌："其实这只是其中一个原因，它能影响到你们家大体的运势，却不会让尊夫人的脸变成那样。真正的原因，还得再看看。"

贺昕点点头。风过传继续道："你们家的阴宅叫'老梅迎雪'，'梅'通'霉'，'雪'通'血'，本是风水中的大忌，但是给你们看阴宅的人的确有几分本事，他用以毒攻毒的法子，倒使这凶地变成了福地，可惜……"

贺昕被风过传几句话说得心惊胆战，他从没想过贺家的阴宅竟然有这种隐情。

"可惜现在藏风之地已经有了变化。你看，就是这里。"风过传用手指着坟地后方，那块形似五瓣梅花的地方。

贺昕跟着看过去，只见坟地后面有着大大小小自然形成的梅花形状的岩石堆。"梅花"共有五朵，将整片坟地环抱在内。

这地方被本地人叫作"五梅地"，附近野生着一大片花树。一到花期，五梅地就会迎来如同飞雪一般的花瓣雨。说起来，这地方也算是名副其实。而今，那一大片"梅花"不知被什么弄的，竟有两朵碎裂了。

"怎么会碎了？"贺昕有点儿慌。他记得他父亲去世前再三叮嘱他一定要护好这片墓地，可他被妻子的事弄得心力交瘁，根本就顾不上照看墓地。

风过传答非所问："那位老先生要压住老梅迎雪，必定是在羽虫位和介虫位埋了东西。"

贺昕疑惑地看着他。风过传解释了一句："就是南方和北方的意思。"

二人找了一会儿，果然在两个方位都发现了"九星钱"。不过，如今已经算不得"九"星钱了，因为其中三枚钱怎么找都找不到。也就是说，这个压制"老梅迎雪"的阵法已经遭到了破坏。

第一章　半脸狐狸

贺昕拿起一枚铜钱查看，那枚铜钱除了沙土外还附着着一些黏糊糊、殷红色仿佛鲜血一样的东西。

风过传皱着眉头看着那些铜钱："跟我估计的差不多，成了这样，应该是跟你们贺家有仇的人做的。"

贺昕听了，反倒一脸喜色："既然找到原因了，您重新把这个九星钱埋上不就行了吗？把墓地弄好，我妻子是不是就能好起来了？"

风过传无奈地说道："我不是说了吗？尊夫人身上发生的事跟这个关系并不大。但贺家的运势衰败，却跟它有很大关系。而且……我埋下九星钱也没有用，阴宅风水一旦发生改变，就是废地。"

贺昕想到，父亲去世时还寄望他能把贺家发扬光大，可没想到不过短短一年多的时间，他就把贺家的根基败了个干净。父亲若是地下有知，肯定不想认他这个不肖子。

"到底是谁想害贺家？"贺昕轻声说着。

他不是在问风过传，是在问自己。他刚开始想过有可能是贺升，可再一想，就算贺升再蠢、再不择手段，也不可能蠢到在自家的祖坟上动手脚。到底是谁干的，谁和贺家有这么大的仇恨？

目前贺昕没能力大规模地迁坟，只好让风过传想办法将害人的东西破坏了，等有机会再迁坟。二人在五梅地忙活了一整天，直到太阳都下山了才回家休息。

风过传在贺家住了下来，他每天都和贺昕琢磨怎么恢复他妻子的脸。小莹每天煮饭、打扫，服侍得很周到。自打风过传来了之后，贺昕妻子的情绪平静了不少，已经不像以前那样频繁地寻死。

某天，风过传突然宣布，他已经想到了办法。他让贺昕在子时到来的时候，把他妻子带到一个单独的房间，他会着手恢复他妻子的容貌。

贺昕大喜。那天的他特别啰唆，反复和小莹念叨了许多遍，可能是要通过这种方式来表达他的激动。小莹面色平静地恭喜他，似乎想跟他说什么，可最后还是没说。

当夜子时，贺昕将妻子扶进了风过伝指定的房间。房间内贴满了红色的纸，连一个缝隙都没放过。幽暗的烛光下，整个房间仿佛被火焰笼罩了似的，让人感到十分压抑。

贺昕待了片刻，然后离开了房间。出门后，他又在门口站了半天，直到风过伝催促才离开。

天空不知什么时候被乌云笼罩，冷风吹在身上沁凉刺骨，正是山雨欲来的时刻。烛光下，贺昕妻子那张没有遮挡的脸越发显得可怕，如果不看那张脸，灯下人的身段和姿态都是标准的大家闺秀之姿，可惜……

风过伝感慨，确实可惜了。

桌上的烛台炸出一个大大的烛花，风过伝拿起剪刀去剪烛心，室内暗了那么一瞬。

只是，这眨眼的时间，屋内莫名多出了一个人。这个人就站在风过伝的身后，静静地打量着端坐着的贺昕妻子。来人低着头，身段窈窕，分明就是个女人。

贺昕的妻子身体顿时僵硬了，片刻之后就倒了下去。

"没想到真是你。不，其实我早该想到了。"风过伝说道。

"风先生，你到底想做什么？我本不想伤害你，你还是老老实实地从哪里来就回哪里去吧。"

女人边说话边抬起了头——竟然是小萤！

"你到底是什么东西？你的身体明明是人，为什么身上会有妖气？"

小萤眼中异彩连连："我告诉你怎么回事，你会离开吗？"

"自然不行，我既答应了贺昕，自当忠人之事。"风过伝回答道。

小萤冷笑一声，突然就发难了。她高高地抬起一只手，迅速朝风过伝拍去。电光石火之间，风过伝牢牢地抓住了小萤的手腕，只见那只纤秀的手竟发出荧荧的绿光，十分骇人。

风过伝的脸色顿时变得十分难看，他敢肯定，只要被这只手拍中了，非死

第一章 半脸狐狸

即伤。

小萤两只手都被风过伝制住，面色越发狰狞，嘴里发出类似野兽的咆哮，手指甲迅速长长，力气突然间大了不少。风过伝一时不防，被尖利的指甲划伤了皮肤，立刻感觉到伤处一阵麻木。

显然这指甲也有毒。风过伝临危不乱，在小萤再次扑过来的时候，脚下发力一踹。小萤踉踉跄跄地后退了几步，风过伝欺身上前，抓住小萤的一只手狠狠地往墙上一敲，就听见一声脆响，小萤的手腕已然断了。

小萤也是个狠角色，手腕断了也只是闷哼一声，另一只手却朝着风过伝的心脏部位掏去。风过伝错开一步，顺手从桌子上拿起一物——他当然不会全无准备，刚刚受伤是被小萤打了个措手不及。

没想到小萤只是虚晃一招，她并没继续进攻风过伝，而是奔着躺在地上的贺昕妻子去了。

风过伝心道要糟，急忙把手中的物体张开，却是一张泛着银光的网，银色的网朝着小萤罩去，小萤就地一滚，才险险地避了过去。

风过伝见网子落空，正打算再撒一次网。小萤蹲在地上扯过贺昕的妻子，没断掉的手掐在了她的脖子上："别过来，不然我马上杀了她。"

风过伝心里一惊，站在原地。看来，他到底还是轻敌了。

"小萤，你在贺家待了几年，还为了救贺夫人毁掉了一张脸，我想，你的目的一定不是杀掉贺夫人。"

小萤冷笑道："是又怎么样？我的目的的确没达到，要不是你破坏了我的计划，我怎么会这么狼狈？"

"你到底要做什么？如果和我来这里的目的不相悖，我可以帮你。"风过伝说道。

"帮我？你当然不会帮我。"小萤垂下眼睛，"夫人这张脸皮我很喜欢，等养好了，它就是我的了。"

风过伝暗自心惊："你在开玩笑？贺夫人的脸……"

033

小萤嗤笑:"你自然不懂,再过一阵夫人的脸就会恢复原状,不用你来多管闲事。"

风过传脑中灵光一闪,他突然明白事情是怎么回事了。其实他早就觉察到小萤有问题,告诉贺昕能恢复他妻子的脸,也不过是为了试探。不过他一直不明白小萤这么做的目的,直到现在,他才恍然大悟。

"你……要借皮!"

空中劈下一道闪电,正劈在院内的一棵老树上。老树立刻燃烧起来,雷声隆隆,一声声,仿佛捶打在人的心尖上。

"没错,没想到你倒是有些见识。"小萤掐在贺夫人脖子上的手紧了紧,即便贺夫人正处于昏迷中,还是难受地呻吟出声。

"孽畜,住手!"风过传一声暴喝。

这声"孽畜"仿佛触动了小萤什么不好的记忆,她的脸越发狰狞:"这皮我借定了,你若是不走,我们就来个鱼死网破!"

贺夫人喉咙里发出"吭"的一声,一口鲜血顿时从嘴里喷了出来,溅湿了衣襟。

突然"咣当"一声,房门被人从外面踹开了,贺昕手持菜刀,浑身湿透地站在门口,眼睛血红。

"小萤,放开毓秀。"

看见贺昕,小萤本来狰狞的表情慢慢变得平静,那双灵秀的眼睛仿佛起了雾:"贺昕,我知道你喜欢我,我也喜欢你。你不是爱夫人这张脸吗?你再等等,这张脸皮很快就养好了,到时候我换上这张皮,我们俩就能在一起了。"

贺昕骇然道:"小萤,你在说什么?我什么时候喜欢你了?我只要毓秀,你快把她还给我!"

小萤冷笑道:"你不喜欢我,那为什么要让我做夫人的妹妹?我的脸没烧坏的时候,你明明经常偷看我!我知道你喜欢夫人的脸,不然不会倾家荡产也要让她恢复。你放心,这张脸很快就是我的了,保证和以前一模一样。"

第一章 半脸狐狸

贺昕脑门上的青筋都绽出来了:"胡说,我根本没偷看过你!世上美人何其多,我只爱毓秀一个,苍天可鉴!"

他边说边朝着小萤走去。

小萤脸上变色:"站住!不想她死就别过来。"

自打贺昕出现后,风过传就没了存在感,孤零零地站在角落里。小萤话音刚落,风过传手上的银色网就朝小萤撒了过去,小萤的注意力还在贺昕身上,没防备地被逮了个正着。被网罩住之后,她似乎没了力气,虚弱地趴在了地上,抓着贺夫人的手无力地松开了。

贺昕急忙跑过去抱起了妻子,连声唤她的名字。风过传走过去看了一眼,手指在她的手腕上搭了一会儿。

"没有大碍,把脖子上的伤养好就行。"

贺昕将妻子抱回了房间,折腾了半天才回来。风过传已经将小萤用网牢牢地捆住,小萤一言不发,眼中都是恨意。

"风先生,小萤到底怎么回事?你说要引蛇出洞,就是说她吗?"

"对,我们的对话你应该也听到了一部分,我告诉你,小萤并不是人,她接近你和你妻子,就是要借皮。"

"借皮?"贺昕问道。

"《聊斋志异》中有个故事叫画皮,你听过没有?"风过传反问道。

贺昕想了想,说:"那本书我看过,这个故事也有点儿印象。"他苦涩地补充了一句,"那本书还是毓秀偷偷藏起来给我看的,以前她最喜欢这些神神怪怪的东西。"

风过传瞄了地上的小萤一眼,说道:"画皮,讲的是披着描画成美人人皮的恶鬼勾引书生的故事,恶鬼的那张人皮可以根据它的需要描画成各种模样,是为画皮。"

贺昕颤着声音说了句:"小萤是恶鬼?"

"她不是恶鬼,只是个没什么能量的妖罢了。"

妖？贺昕突然想起自己将妻子打伤那晚，井边黑影就是妖的模样。妖物通常是有灵性的动物修炼而成，即便是能修出媲美人类的灵智，能够炼化脑中横骨进而口吐人言，最难的却是化为人形。

人是上天的宠儿，人修炼十年能抵妖百余年，能够通过修炼最终化形的妖则万中无一。那么这世上为什么还会有那么多妖怪化人的传说呢？不过是借了张人皮罢了。所谓的借皮，就是妖寻到一个合适的人类，先将其养一段时间，使气息融合，时间到了，就用特殊的方法将整张皮完好地剥下来，再将自己的皮也剥掉，趁着血热，把人皮蒙在自己的身上。说起来，这有些像附身。不过妖物的确有附身的能力，就是成功率很低，而且时间很短，很容易被驱赶。但是，借皮却没有这种弊端。

借皮很难。想要借皮，妖必须狠下心，脱一层皮，才能成人。不仅如此，那张被脱掉的皮必须给被剥皮的人"穿"上，好好地圈养，不能让这个人死去。不然妖会担上很重的因果反噬，即使法力强大，也活不长久。

说起借皮，这其中还有一段故事。

很久以前，有一个修炼了几百年的老狐狸，它虽然法力不弱，灵智也能媲美人类，可惜就是不能化形。由于它非常喜欢听寺庙里传来的暮鼓晨钟，所以就经常跑到寺庙附近，一待就是一天。某天，它在附近的林子里碰到了一个上吊的书生，老狐狸眼看着他不行了，就跳到树上咬断了绳索，救了书生的性命。

书生听到老狐狸口吐人言，还以为是做梦。那之后，他们一人一兽竟然成了好友。书生酷爱读书，老狐狸也拥有媲美人的智慧，一人一兽聊得十分投契。书生经常向老狐狸倾吐他的烦恼，他科举落第，父母懦弱无能，上头有个好赌成性的哥哥，三天两头就有人到家里要债，家里已经是家徒四壁。他哥哥为了还赌债，竟把他所有的书都卖了。老狐狸也经常向书生倾吐它的烦恼，它已经修炼了几百年，却修不出个人形。它感觉它的大限快要到了，真想作为一个人类活上几天。

书生当时心中一动，就说，我把皮借给你吧，不过你用一段时间必须还我。

第一章　半脸狐狸

老狐狸答应了，还许了书生无数的好处，并发了重誓，一定会把皮还给书生。老狐狸换过了书生的皮后怕书生死掉，就将自己的皮裹在他身上，保护他的肉体。

这就是妖借人皮的由来。至于后来老狐狸还没还书生人皮，就不得而知了。

小萤的情况显然和故事中不一样。她从进入贺家之时，就一直是人类的模样。难道她已经化形了吗？风过伩感觉不像。

贺昕得知小萤是祸害妻子的罪魁祸首，顿时对她恨极。

"风先生，你打算怎么处置她？"

"妖虽不容于人世，不过它们修行不易，上天有好生之德，我想还是把它放归山林吧。"

"可她现在是人的模样，怎么放归山林？我看，不如将她的人皮剥掉再放！"贺昕语气恨恨。

躺在地上一动不动，仿佛死去一般的小萤，听到贺昕的话后猛地抬起头来，不敢置信地看着他。

"这妖孽将我妻子害成如此模样，风先生千万不可手软，小心放虎归山！"

风过伩沉默半晌，点了点头道："好吧，就照你说的，剥了她的皮。"

小萤尖声大叫："贺昕！你好狠心，你不能剥我的皮！我会死的，我会死的！"

"你这个妖孽，你把毓秀害成那样，你活该去死！"贺昕一双眼睛都快喷出火来，他左右张望一下，看到了掉在地上的菜刀，捡起来就朝着小萤走了过去。

"你要干什么，你要干什么！"小萤吓得拼命挣扎，可是她全身都被网子缚住，即便挣扎也无补于事。

贺昕的菜刀挨到了小萤的头皮处，只轻轻划了一下，鲜血就喷了出来。

小萤突然大哭起来："风先生我错了，你们别剥我的皮，我能让夫人恢复原样。"

贺昕手中的菜刀"哐当"一声落到了地上，声音有些颤抖："你说……能恢复毓秀的脸？"

小萤拼命点头。贺昕身体一软，坐到了地上。

风过伝走过去扶起贺昕，看向小萤："说说吧，到底怎么回事？"

通过小萤的交代，他们才明白事情的始末。

小萤本是只修行了一百多年的妖，她经常偷偷跑到人生活的地方徘徊，对于人世的繁华十分羡慕，变成人一直是她的愿望。一次偶然的机会，她碰到了受伤跌落山谷的人类小萤。趁着小萤受伤昏迷，她用妖一直流传下来的方法，剥下了小萤的人皮，又忍痛剥下自己的皮，进行了互换。过了一段时间，她身上的人皮长好了，她就进入了一直向往的人间世界，抛下了半死不活的小萤。进入人世后，她被各种繁华迷花了眼，因为换皮之后法力削弱了许多，她吃了好几回亏，方才明白在人间生活必须手里有钱。她决定学着那些打扮得花枝招展的女子，去找份工作养活自己。

小萤这具皮相本是不错的，再加上她的眼睛和一张脸更是出彩，本以为找份工作不在话下，没想到被人骗进了堂子（类似于古代青楼）。那天，贺昕正好经过，看到这个女子竟如此懵懂纯真，却沦落风尘，于心不忍，就花钱将小萤买了下来。他那时正值新婚，于是就将小萤送给了妻子做丫鬟。小萤每天都待在这对夫妻身边，看到贺昕对他妻子那么好，久而久之，竟对贺昕产生了爱慕之情。但是贺昕对妻子却是一心一意，小萤不着痕迹地勾引了他好几次，每次都铩羽而归。小萤深深地嫉妒着贺昕的妻子，可惜她已经换过一次皮了，不能再换第二次，否则她一定会把贺昕妻子的皮换过来，那么她就能和贺昕一起生活，享受他对自己各种的好。

促使小萤下定决心的，正是那场大火。其实那天她并没有去救贺昕的妻子，她天性怕火，看到烧断的横梁掉下来的时候，当场就给吓晕了，正好压在了贺昕妻子的身上。如此一来，贺昕的妻子倒是平安获救了，可小萤千方百计换来的人皮却毁掉了。这时，小萤才下定决心，一定要想办法将贺昕妻子的皮换过来。

不过，一只妖一生只能换一次人皮，再有就是换回原身的兽皮。她想了很久，终于想起一个流传在妖中的传说。如果传说是真，那么只要将贺昕妻子的皮养成"兽皮"，她不就能换皮了吗？

第一章　半脸狐狸

　　每只妖成年后，都能在身体中凝聚一颗妖丹。有些妖丹会随着妖的死亡消失，有些妖丹却像高僧焚化后留下的舍利子一样，并不消失，不过会产生一些变化。当时，小萤身上正好带了一颗这样的妖丹。她偷偷把妖丹混在食物中，给贺昕的妻子吃了下去。

　　贺昕妻子的身体果然发生了改变。不过，这种改变会在她完全兽化后消失。兽化过的皮，就能够交换了。于是小萤就守着贺家，等着那天的到来。没承想，贺昕的行为完全出乎她的预料，最后她的诡计还是被风过伝识破了。

　　"我是为了爱你才会换皮，并不是成心伤害夫人。贺昕，你放了我吧！"小萤哀求道。

　　"一个妖，也配谈爱？"贺昕眼中满满都是嘲讽。

　　小萤受了刺激，厉声叫了起来。她的叫声仿佛带着罡风，屋内的一些小东西竟开始乱飞。贺昕和风过伝被震得脑仁都疼，耳朵仿佛都不是自己的了。

　　小萤身上的网开始不受控制地动起来，随时要胀破的模样。

　　"不好，她要逃走了！"风过伝脸上变色。

　　贺昕快速走了过来，一菜刀砍在了小萤的脖子上，尖叫声戛然停止了。小萤瞪大了一双眼睛，震惊地看着贺昕。

　　贺昕手起刀落，小萤纤细的脖子顿时被砍掉了一小半。小萤的喉咙里发出"咯咯"的怪声，一口鲜血喷在了贺昕的头上和身上。

　　贺昕见她这样还没死，顿时像着魔了似的，一刀又一刀地往小萤脖子上砍。小萤身上的皮肤像是冰遇到了火一样，开始急速枯萎，手和脚也开始萎缩，最后缩成了暗红色的芦柴棒，看起来就像风干的某种动物的尸体。

　　贺昕看着这具可怖的尸体，泄气一般坐在墙角，大口地喘着粗气。

　　风过伝也松了口气，他本意并不想杀掉小萤，小萤却死了，也算是因果循环。真正的小萤被她所害，现在可能已经不在人世，而假小萤连害二人，她的死也算是应得之报。

　　过后，风过伝和贺昕合力烧掉了假小萤的尸体。尸体化作一堆灰烬后，风过伝在其中发现了一颗暗淡的珠子，质地有点儿像玉，应该就是假小萤提过的妖丹了。

之后，贺昕卖掉家里的田地，付了一笔钱给风过伝。风过伝知道贺家如今艰难，但是他也急需这笔钱，所以心中挣扎了一番后还是收了钱。

据假小萤所说，贺夫人的脸经过这段变异期后会渐渐恢复原貌，但是风过伝心中总有个疑虑：即便她的脸变回来了，那么其他方面呢？小萤的妖丹还在她的体内，贺夫人真的还能算是个纯正的人类吗？

在解决完这件事的第二天，风过伝就走了。后来，风过伝曾再次去过那个小县城，不过贺家已经是人去楼空。他找了个当地的老油子打听了一下才知道，他走后不久，贺昕和贺升发生了激烈的冲突，二人都负了伤。当晚，贺升莫名就死了。警察抓贺昕的时候，贺昕剧烈挣扎，被打断了一条腿。贺昕被捕的时候，他妻子突然跑了出来，看到贺昕的惨状，顿时疯了似的，身体一弓，像野兽一样开始袭击警察。几个警察竟然都不是她的对手，被抓得浑身都是伤，一个警察开枪，击毙了贺夫人。贺夫人倒下的时候，兜帽落了下来，结果在场的人都看见了十分惊悚的一张脸——这张脸非人非兽，身上的其他部分也有兽化的趋势。贺昕一见妻子死了，当时就跟疯了一样，挣扎着去抢妻子的尸体，结果被打得奄奄一息，当晚死在了牢里。

这件事在当时闹得非常大，当地的报纸还报道了这件事，事后贺夫人的尸体不翼而飞，谁也不知道是怎么回事。自此，贺家的人几乎都死绝了，贺家名下的产业，包括被道士骗走的那处成药庄，不久之后都转到了一个姓黄的人的名下。当地的人心里都有数：贺家兄弟的事，肯定和这位黄大爷脱不了干系。可惜贺家的人都死光了，哪里还有人会去为他们讨公道呢？

风过伝听后也只是一声叹息，因果早注定，胜负不由人。

第一章 半脸狐狸

6. 半面狐狸妆

故事就讲到这里。

谢如秀听得意犹未尽,可我听到他的转述后,不知怎么的,身上突然起了一身汗。

故事中提起过的妖丹,看起来是玉制的暗淡珠子,听起来倒是和玉珠有几分相似。想到那玉珠的神秘来历和种种诡异之处,我更是如坐针毡。虽说我无意间吞下玉珠之后身体并不像贺夫人那样出现了兽化现象,可是我的背后却出现了古怪的黑纹,难道……玉珠竟是妖丹?

想到这里,我更加焦虑不安了。但愿只是我想多了,毕竟这世上神秘的事物这么多,我也没亲眼看过妖丹,不能仅凭一点儿相似就做出判断。

反复自我安慰之后,我的心情才终于好了一点。谢如秀那边的案情依然没有什么进展,哪怕有风灵矢在,也没有什么用。

好在警方铆足了劲儿调查之后,倒也查出些线索。他们查到,有三个女死者都曾在死的前一天,坐过同一辆黑车。开黑车的司机是个四十多岁的男人,戴着一副眼镜,长相温文。警方调查他后发现,他擅长绘画,特别擅于刻画人体,在他的U盘里放着许多裸女画像,其中就包括了三个女死者。经过调查,三个女死者虽然各方面都有不同,但是她们个个文静内敛。按理说,这样的人,怎么会让一个陌生男人画自己的裸体呢?

这一发现,令人十分振奋。

但黑车司机说,三个女死者确实都上过他的车他这个人开车时喜欢和人闲聊,那些人都是被他的才华所折服,才自愿让他画下裸体画像的。

这番说辞当然站不住脚。除了三个死者,U盘上面还有四个留着裸体像的女人。那些女人并没有留下姓名,只能通过她们的面部特征去调查她们的身份。

经过了几天的忙乱，警察终于找到了那四个女人。她们长得都不错，身材也好。四个人中，有三个人否认自己找黑车司机画过裸体像，只说曾经坐过他的车。只有一个女人承认自己坐车时和黑车司机相谈甚欢，之后他们去酒店开房，有过一夜情，裸体像应该就是那个时候画的。

经过几次审讯，黑车司机招认，其实他喜欢偷拍，他载过的女人他都曾偷拍过，再"通过现象看本质"，一幅幅裸体像都是这么来的。他偷拍的那些照片已经删掉，画过的裸体女人也确实很多，三个女死者都出现在他的画像中这件事纯属巧合。不过这也说明了一件事，凶手挑选猎物的方式，说不定和黑车司机有相同之处。

线索又一次断了，众人陷入了困局当中。

谢如秀没什么事儿干，他是个闲不下来的人，经常跑出去大街小巷地转悠。反正那个连环杀手目前为止杀的都是女性，他一个大男人，应该不会遇到什么危险情况。

几天时间里，谢如秀就把整个市区都转遍了。第三天的时候，他偶尔经过一家美容院，美容院占了一栋大厦的一至三层，规模可以说不小。除了上方的巨大牌匾外，在一侧的墙面上，还贴着一幅高达两层楼的宣传画。画上，一个简笔的窈窕女体上顶着一张十分奇怪的脸，那张脸，左半边是妆容精致的美女脸，右半边则是狐狸脸。画的下方是一行小字：教你做一个如狐狸般的美丽女子。

说起来也奇怪，很多人都把那种搔首弄姿的女人或者第三者叫作"狐狸精"，可是在人们的心里，能被叫作狐狸精的肯定都是美女。美容院用这种宣传语，的确很打眼。虽然肯定有一部分人会反感，但是大多数女人都会感到好奇。不得不说，美容院这么做也算是比较另类的营销了。

当然，谢如秀注意的并不是这些。引起他注意的，却是那张狐狸脸。

他是见过那些尸体的。那一张张青白怪异的脸，那半面的狐狸脸文身，无论何时想起，画面都是那么清晰。他越看画上的狐狸脸，就越觉得两者之间十分相似，于是他给风灵矢打了个电话，风灵矢很快就赶来了。

第一章　半脸狐狸

其实谢如秀有些不解。月光市虽大，但不至于大到不可想象的地步，警方每天都派出许多人手查找线索，他们难道从来没注意到这么明显的东西吗？

风灵矢同样对着那幅画看了很久。可能是他们站的时间太长了，引起了屋里人的注意，有个年轻女孩很礼貌地向他们询问，风灵矢直接就说要见老板。

女孩愣了一下。风灵矢有警方配的工作证，方便查案用的，直接拿出来给女孩看了一眼。女孩打电话询问，一分钟后，让他们上三楼。

谢如秀还是头一次进入这种美容沙龙，一双眼睛都快不够看了。只见美容院内部的装修十分豪华，工作人员很多，大多都是年轻女孩，客人也不少，不过都是女客。她们做完美容项目后，闲适地坐在一楼的沙发上喝茶聊天，看见他们两个进来，大多数人都对他们行注目礼。

被这么多女人看着，谢如秀耳朵都红了，面上还要装作镇定。他们按照工作人员的指点找到了老板的办公室。

风灵矢礼貌地敲了敲门，里面立刻传出一声"请进"。

厚重的原木大门打开后，背对着他们而坐的是一个女人。这个女人穿着精致，身材好得没话说。可是看到她的脸之后，谢如秀差点给吓哭了。

他本来以为，外面的装饰画是为了宣传才画得那么抽象，可是面前女人的这张脸，竟跟那幅画一般无二：左半边美丽精致，右半边诡秘邪恶。不过仔细再看，就发现女人犹如狐狸的那半边脸并没有毛发，只是特效化妆的结果。

"你们是？"女人开口了，声音微微沙哑，却很好听。

风灵矢看到女人的脸之后就眉头紧蹙，听到女人说话，才慢慢说道："鄙人姓风，风灵矢，他是我的员工，小谢。"

女人点点头："我是这家美容院的老板，我姓古。"

女人说着站起身来跟风灵矢握了握手。不知怎么的，谢如秀感觉两人突然爆发的气场让人有点窒息，仿佛两个高手对决，空气中弥漫着看不见的刀光剑影，谢如秀禁不住抖了抖。

二人同时收回手，那种气氛才缓和了下来。

"古老板你好，"风灵矢拿出证件晃了一下，直接放到了桌子上，然后坐到了女人的对面，"我目前在为警方办事，这是我的证件。想必古老板工作很忙，我就开门见山地说了。我来，是想问你几件事。"

"哦？"女人微微一笑，"我可是良好市民，肯定会配合你们的，请说吧。"

"古老板听说过最近市里发生的几件案子没有？"

"当然，这么大的事我当然有所耳闻。"

古老板轻松地靠回椅子，神态十分随意，但是衬着她那张古怪的脸，有种说不出来的感觉。谢如秀自打看到古老板那张脸，身上的鸡皮疙瘩就没退过，但是又控制不住地一看再看，简直自相矛盾。

"既然听说过，我想听听古老板对此有什么看法。"风灵矢缓慢地吐出一句话。

谢如秀觉得风灵矢今天疯得有点儿厉害，他只是看那个狐狸脸有点儿可疑而已，结果他就这么赤裸裸地问出来。要是对面坐的真是凶手，岂不是就打草惊蛇了？简直傻得可以。

古老板沉默了半晌，突然一笑，特效化妆过的狐狸脸也跟着笑了起来，十分生动。不看那半张狐狸脸，她确实是一个美人。

"风先生这话是什么意思？"

"古老板，我们明人不说暗话。我不是普通人，当然，你也不是。"风灵矢沉稳一笑，胸有成竹。

古老板脸色微变，语气一冷："风先生说的话我听不懂，我当然是个普通人，至于你是什么人，我没有兴趣。我现在很忙，请二位离开吧。"说着，她按响了内线电话，"叫两个保安上来，送两位客人离开。"

这分明不是送客，而是逐客了。谢如秀有点儿着急，怎么话还没说几句就被赶了，案子还怎么查？

风灵矢一点儿都不慌张，他甚至露出一个微笑："古老板能有今天的成就，看来已经在人间待了很长时间，如今已经进入衰弱期，不知道还能坚持几年？"

第一章　半脸狐狸

古老板面色瞬间变了，嘴唇紧抿。

有敲门声传来，两个保安拿着电棍推门而入，只等古老板一声令下，就把两个不速之客赶出去。

古老板没出声，最终摆了摆手，让两个保安出去了。短短几分钟，古老板身上再也没有一开始那样凌人的气势，神态软了很多，甚至语气里带着哀求："风先生既然知道我的身份，也知道我的时间不多了，就请不要为难我。"

三人重新落座。风灵矢摇摇头："我来只是想问你几个问题，只要你老实地回答，我绝对不为难你。"

"是为了那个案子？"古老板轻声问道。

"是的。"

"你知道我们的规矩。我最多回答你三个问题。"

"可以。第一问，连环案是你下的手吗？"

"不是。"

"第二问，是谁做的？"

"不知道。"古老板回答得很快，接着又补充了一句，"不过我多少知道些内情，我觉得应该是……妖。"

"第三问，为什么要这么做？"

"我猜是为了传承，这个妖……应该快要死了。"

他们的对话听得谢如秀一头雾水，可是听到那个"妖"字，他的心底还是一震：妖难道不是只存在于故事中吗？

风灵矢和谢如秀走出了美容院，看着那幅半面妆的画，谢如秀一头雾水。

"老风，到底怎么回事，你给我说说呗。"走在大街上，谢如秀忍不住开口问道。

风灵矢一副若有所思的模样，听到他说的话以后突然间变脸："别吵，打断我思路了。"

谢如秀强忍着没发飙，腮帮子都鼓成蛤蟆样了。

风灵矢想了一路，进了警察局就去找负责案子的队长去了。

谢如秀心情低落地打电话。当然，他是打给我的。听完了他的每日吐槽，我安慰他，虽然还不知道真相，但是你已经在风暴中心了，这案子若是破了，起码也有你三分功劳。

谢如秀瞬间心情变好。我捶了捶疲累的肩膀，心中着实羡慕他这样简单实在的人。

当晚，在谢如秀锲而不舍的追问下，风灵矢终于吐露了部分谜底。今天他们去的那个美容院叫半面妆，老板来历很神秘，起码在档案中查不出什么有用的东西来。女老板全名叫古菲珍，她每次出现在人前，都是那张画了半面妆的脸。一开始人们都不习惯，觉得这个女人太古怪。久而久之，这倒成了她的个人特色，甚至成了她开的美容院的特色。

半面妆的生意不错，后来她又接连开了两家分店。因为半面妆那特别的标识，警方其实早就暗中调查过，不过并没有查到什么。古菲珍一没有作案时间，二没有作案动机，三跟任何一个死者都没有牵扯——倒是有一个死者是她们美容院的顾客，可是那又怎样呢？

但风灵矢所说的内容却比这些要劲爆得多。古菲珍的身份并不是人，风灵矢一照面就看出来了，不过二人都没捅破。

古菲珍这等身份的人，自然有着非同一般的消息渠道。你来我往的交锋，也不过是一种利益交换——只有风灵矢不泄露她的身份，她才会解答他的问题。

一开始，风灵矢对古菲珍还抱着些许怀疑，因为古菲珍的半张狐狸脸和连环案中出现的狐狸脸确实太过相似，说是巧合的话未免太过牵强。不过，凭直觉，风灵矢觉得古菲珍虽然可疑，却不是凶手。

风灵矢问的三个问题，重点在后面两个。古菲珍说凶手是妖，妖当然存在，古菲珍就是活证。古菲珍说，那个杀人的妖可能要死了，这么做是为了传承。这个回答，应该是古菲珍的猜测。虽说她知道的内情应该不会少，但碍于立场，她不可能说得太多，更不可能直白地说出真相。

第一章　半脸狐狸

风灵矢思考良久，对于这两句话进行了分析。妖和人一样，也会有生老病死，一般来说，妖进入了衰弱期，就是离死不太远了。那么这个快要死的妖，实力应该正在大幅减退。

那句"传承"也挺奇怪。要传承的东西，一般是技艺、文化。妖会传承些什么东西呢？妖需要传承吗？在风灵矢的认知里，似乎并没有这一项。不过古菲珍既然这么说了，肯定有她的道理。后来风灵矢想到，妖化形之后一般很难拥有自己的后代血脉，妖如果要传承，大概是跟血脉有关系的东西吧。

如果要知道真相，只能找到这只妖了。

警方那边并没有新的线索，整个城市何其大，人口达到了几十万，想要在其中找一只妖，还是一只外形和人类几乎没有分别的妖，无异于大海捞针。

案情想要进展，恐怕还得在古菲珍身上下手。风灵矢仔细想了想，妖进入衰弱期还是有一些特征的，有时会表现在手上或者眼睛上。比如古菲珍，他就是从她手上看出的端倪。如果是表现在眼睛上，瞳孔就会恢复野兽的样子，让人一眼就看出来。不过，无论特征出现在手上或者眼睛里，其实都很容易掩饰——手可以戴手套，眼睛可以戴美瞳或者戴墨镜遮掩，所以，这两点只能作为参考。

风灵矢让谢如秀去半面妆美容院附近埋伏，目的是观察古菲珍的动向。风灵矢对古菲珍的话当然不会全盘相信，他感觉古菲珍和凶手可能认识。

于是，谢如秀就被派来了。妖多多少少都会些障眼法，如果是普通人来，很容易就被骗过了。但是谢如秀的眼睛特殊，别的不说，障眼法还真蒙不住他。

谢如秀嘴里叼着根火腿肠，趴在一辆警察局派给他的车上，透过车窗盯着半面妆的大门。他已经整整盯了一天了，可那位奇怪的古老板进去后就没出来过。谢如秀表示，盯梢这种事真的不适合他，枯燥乏味得要命，再待下去他屁股都要长茧子了。

华灯初上，半面妆的员工陆陆续续地都下班了，只剩下古菲珍和一个值班的保安。

谢如秀掐着自己的大腿，强打精神，生怕一个不留神，古菲珍就走了。

皇天不负苦心人，就在他的耐心快要告罄的时候，半面妆的大门走出一个人。这个人身材高挑、风姿绰约，脸上还架着一副墨镜，正是古菲珍。

古菲珍掩好了大门，四下看了几眼。突然，她的两只手快速地动了几下，谢如秀就感觉眼前的景物一花。他眨一眨眼，眼前又恢复了清明。

刚才是什么，难道是古菲珍布下的障眼法？

谢如秀十分兴奋，跟着古菲珍的车进入了车道。他不敢跟得太紧，始终保持着一段不远不近的距离。可能是古菲珍对自己的障眼法十分有自信，又或许是谢如秀的跟踪技术太优秀，总之，这一路上古菲珍都没发现有人跟踪。

尽管如此，古菲珍也没有完全放下警惕，一直开着车在绕圈子，绕了七八圈之后，她才开着车向郊外行驶而去。

古菲珍把车停在一处像是废弃工厂模样的地方，很快就消失在里头。谢如秀忘了风灵矢的嘱咐，居然跟了进去。他蹑手蹑脚地四下看了看，找到一扇窗户，窗户上的玻璃早就碎了，他踮脚趴了上去，因为没有光源，偌大的厂房里黑漆漆、空荡荡的，很像某个恐怖片中的场景。

古菲珍去哪儿了？厂房内一点动静都听不到，不管古菲珍过来干什么的，都不可能一点动静都没有。谢如秀正疑惑，突然听见身边响起了说话声。

"你在看什么呀？"

"我在看……妈呀！"谢如秀吓得魂差点儿都飞了。

古菲珍无声无息地站在他身后，神出鬼没一般。谢如秀被吓了一跳，轻视的心情顿时就没了，开始害怕起来。

看来，这个古菲珍果然不简单。

谢如秀强装镇定，干笑了一声道："老风让我来找古老板您问点儿事，我正好在街上看到您了，所以就一路跟了过来。"

古菲珍皮笑肉不笑地"哦"了一声，仿佛看穿谢如秀在说谎一样。谢如秀生怕古菲珍脑子一抽再对他动杀机，赶紧转移话题，先把这关蒙混过去。

他故意抬起手腕看了一眼手表："哎呀，没想到已经这么晚了。古老板，我

第一章　半脸狐狸

准备回去吃晚饭，一起吗？"

这段转移话题的戏份简直生硬极了，连他自己都觉得尴尬。

古菲珍没接话，垂下眼睑，似乎在思考什么。

天色越来越暗，这块地方是废弃工厂，附近也不见路灯之类的照明设施，四周荒草丛生，破败的厂房在地面上投下巨大的暗影，谢如秀紧张得一阵冷一阵热的，实在难熬。

"既然来了，当然得进去看看了，是吧，谢先生？"古菲珍用手一推。

谢如秀往前跟跄了几步，差点儿摔个狗啃屎。谢如秀深知自己的细胳膊拧不过别人的粗大腿，也就不费那个劲逃跑了，跟着古菲珍的步伐进了厂房。

外面好歹还有个月光星光，算不得太黑，但这厂房里可真是伸手不见五指了，空气中还弥漫着一股灰味儿，谢如秀忍不住打了个喷嚏。

眼前突然一亮，原来是古菲珍拿出个小巧的手电。谢如秀借着手电光打量了一下四周，厂房面积不小，除了角落里堆着一些破烂的木头架子，其余地方都是空荡荡的。不对，那边的墙角还放着几个半人多高的铁皮桶以及一堆不知道是沙子还是水泥的东西。

谢如秀突然心中一凛：这、这看起来怎么像是杀人灭口的现场啊？

谢如秀心中发虚，腿有点软，不光是受气氛的影响，而且他那双该死的眼睛又开始捣乱了。此刻，他的眼前影影绰绰地出现了几个雾蒙蒙的影子，忽前忽后的，像是和他捉迷藏。

古菲珍突然似笑非笑地盯了谢如秀一眼："看来谢先生也不是个普通人呢。"

谢如秀没搭话，因为他看到一个雾状体正朝着古菲珍飘过去，越挨越近，最后几乎整个都贴合在一起。下一刻，古菲珍轻轻挥一挥手，那雾状体就像烟一样散了。

谢如秀整个都傻了。古菲珍没理会他，走到放铁皮桶的地方，将一个铁皮桶搬离原位，然后跪在地上猛地一拉，一块一米见方的木板就被拉离了地面。

谢如秀走过去一看，地面上出现了一个洞口，一溜台阶延伸至黑暗中。黑暗

049

中有什么？也许会蹿出来一只怪兽。对了，老风说古菲珍可能跟连环案的凶手认识，凶手会不会就藏在这下面？

他的心跳越来越快，等到古菲珍朝他招了招手，他才慢吞吞地走了过去，走向了这神秘的地下室。

刚进入地下，一股子臊臭的味道朝着谢如秀迎面扑来，熏得他差点呕出来。

闻到这股味道，谢如秀马上判定，这下面肯定有人，或者是别的生物。尽管味道难闻至极，古菲珍却像是一点都没受到影响，优雅地走在前面。

地下室的面积也不小，走到一半，谢如秀就看到了放在最深处的巨大兽笼，以及兽笼中蜷缩成一团的不知什么动物。

"小宇，我来看你了，还带来了一个朋友，你开不开心？"古菲珍的语气像是和一个朋友说话，神态自然。

兽笼里传来一声低低的咆哮，古菲珍开心地笑了。

"别急，我给你带来了很多好吃的。"古菲珍说着，别有深意地看了谢如秀一眼。

谢如秀顿时头皮发麻。他不着痕迹地后退了几步，刚一动作，走在前面的古菲珍就跟后脑勺长了眼睛似的说了一句："谢先生，我劝你还是不要轻举妄动比较好。"

谢如秀只好苦着脸继续跟在她身后，不敢再动逃跑的念头。

他们越走越近，直到谢如秀看清了趴在兽笼中的动物。他说不清那是个什么动物，看皮毛和体形应该是狐狸或者狼。

古菲珍为什么要在这种黑暗阴冷的地下室养一只野兽？难道她有什么特殊癖好？不对，古菲珍不是普通人，她的行为也不能用普通人的标准去衡量。

古菲珍蹲下来，从背包里拿出一个包装袋。包装袋一打开，谢如秀就闻到了诱人的香气，口水差点儿不受控制地流下来。古菲珍剥去包装，拿出一条香气四溢的五花酱肉，还有一根大鸡腿，朝着兽笼中递了过去。

也不知道笼中的野兽是饿极了还是怎么回事，古菲珍刚把食物递进去，它就凶狠地扑了上来，不过目标不是食物，而是古菲珍的手。她倒是毫不在意，手握成拳就砸到了野兽的脑袋上，野兽立刻呜呜叫着缩回了角落。

"这都多少次了，小宇，你还真是学不乖。"古菲珍嗔怪地看着野兽，"来，让姐姐看看是不是伤到了。"

野兽缩在角落里不出来。

这时，谢如秀从古菲珍的身后走了出来。野兽盯着他的瞳孔瞬间放大，谢如秀这才注意到，野兽虽然长着一副兽类的外形，可是它的一双眼睛却和人类极为相似。野兽朝他呜呜地叫，眼角竟然渗出豆大的水珠。那叫声很怪，像是有什么话要对他倾诉似的。

但是，一只野兽，怎么可能……

谢如秀突然间冒出一个想法，一个极为可怕的想法。

7. 人皮野兽

他禁不住从唇齿间挤出一句话："它、它……它是你借皮的对象？"

如果这是真相的话，眼前的野兽其实原本是个人类。现在他却成了这副兽类的模样，只能关在笼子里度过余生。谢如秀觉得，他这一生中，不会碰到比这更可怕、更残忍的事了。

古菲珍摇摇头："向他借皮的人不是我，是我弟弟。"

"你弟弟？"

"是啊，他已经很多年没回来过了，我不知道在我有生之年还能不能再见到他。"古菲珍颇为惆怅，"见不到他的人，见一见为他养皮的人也好。"

谢如秀想砍死面前这个女人。

"你有没有想过，你面前的是一个人！你们这么残忍地伤害了他，现在还把他关在笼子里，就不怕因果轮回吗？"

古菲珍扑哧一笑:"那你知不知道,你面前的'人',为了刚见面的女网友,杀死了养育他七年的老夫妇!酒醒后,为了逃避惩罚,嚷着不想再做人,想要结束自己的生命。我弟弟恰好遇到了他,他既然不想做人,那就成全他。"

谢如秀没想到其中还有这么一段故事,顿时愣了。

"你觉得我弟弟做得不对吗?"

他愣愣地看着那个蜷缩在角落的野兽。

他并不无辜。他披着人的皮囊,却做了禽兽不如的事。杀了人,自然是要受到审判和惩罚的。但是他就活该被剥去了人皮,作为一只野兽活着吗?

不,不该是这样。

"古老板,你以为你弟弟做了替天行道的事,对吗?可惜他不是老天爷,他并没有审判的权利。你说你弟弟恰好遇到了他,可是你弟弟要是恰好遇到了别人呢?不要为你们的残忍寻找借口,你们借一张皮,毁的却是别人的人生!人有人道,妖有妖道,既然这样,为什么不各安天命?你以为你们欠下的因果真的能瞒得了、还得清?"

谢如秀一番话说得甚是慷慨激昂。

古菲珍阴冷冷地看着他,突然一挥手,谢如秀顿时感觉到整个身体都木了,控制不住地往地上倒去。他心道,这下完了完了,刚才干什么要慷慨激昂啊,溜须拍马一番,说不定自己还能逃出生天了!

想到自己这一生竟然毁在一张嘴上,谢如秀不禁悲从中来。他磕到脑袋,昏了过去。

也不知道昏了多久,等他醒过来的时候,发现自己竟然躺在宾馆的床上。他浑身上下一摸,自己那身皮还在,身上也没缺什么零件,可是他是怎么回来的,却一点儿印象都没有了。回想一下,跟踪古菲珍到废弃工厂那段就像是在做梦,特别不真实,如果是真事,他最后是怎么回来的?如果那段回忆是假的,为什么他记忆这么清晰?

谢如秀找了一圈没找到风灵矢,一看时间,已经是上午九点半了。

第一章　半脸狐狸

他吓了一跳。这个时间，老风应该在警察局。他给风灵矢打了个电话，撂下电话后，他有点儿蒙。

老风说他昨天是自己回来的，时间是晚上八点左右，回来后什么话都不说，倒头就睡。

难道昨天的经历真的是他做的梦？他到底怎么回来的，为什么一点印象都没有？

谢如秀还在纠结的时候，风灵矢告诉他，案子有新线索了。

说起来，这个线索还是跟古菲珍那天的提示有关。风灵矢终于还是想出来那句"传承"的意思了。

虽说妖和人一样都存在着生老病死，但是妖在很多地方毕竟和人不同。一部分妖能够在体内形成妖丹，但妖丹一般没什么作用。可是在古代，有些强大的妖能够在自己将死之前——也就是进入虚弱期的时候——找到一个适合的宿体，将妖丹放入他的体内。如果这个妖能够挺过去的话，就将自己的灵体分出大部分进入妖丹。如此一来，原本的身体会逐渐死亡，而依附妖丹的灵体却会以另一种方式活下来。至于最后会变成什么样子，很难说。这就是所谓的"妖的传承"。

妖传承的是生命。妖复生后，原本的记忆则剩得不多，大多都是些零散的片段，所以这个就是另一种意义的重生。现在已经很少有妖会这样做了，因为没有那么强大的实力。

因为案子中死去的都是年轻女性，本来警察将怀疑对象都放在男性的身上，可现在却出现了新的可能性。他们对死者身边的人重新筛查、比对，几经波折后，最后所有人的目光都聚集在一个名叫穆秀的女人身上。

穆秀是保险公司的一名推销员，四十岁上下，身材娇小玲珑，业务能力普通。几名死者都曾被她推销过保险，但是都没有购买。两个月前，她请了长假，至今下落不明。不过，这期间她有过几次信用卡的消费记录，和被害者死亡的地方高度重合。光凭这一点就能确定，穆秀有着重大嫌疑。

专案组迅速发布了通缉令，凭借现在的侦缉手段，无论穆秀躲在哪里，都很难逃出法网，最怕她出国或者真的豁出去往哪个深山老林里一钻，这样就很难找得到了。

谢如秀心想，穆秀本来就是从深山老林里来的，她要是想躲，真的一点儿难度都没有。而且还有一个难题，穆秀现在可能已经不是穆秀了，在这段时间内，穆秀很可能已经找到了满意的宿体。到时候她进入了宿体，可比整容高明得多，完全变成了另外一个人。哪怕这个人大大咧咧站在他们面前，他们都不一定认得出。

可是前路再难，都必须去尝试。

经过艰苦卓绝的半个多月的努力后，警方在一个废弃的荒村里找到了穆秀。穆秀并没有挣扎逃走，很平静地被捕了。

辛苦了这么久，终于抓到了案犯，所有人都松了口气。不过，谢如秀却发现风灵矢面沉似水，一点儿都没有欣喜的模样。

"老风，这个穆秀，还是原来的穆秀吗？"

跟着专案组跑了半个多月，谢如秀也是憔悴得不行，黑眼圈都赶得上大熊猫了。

风灵矢望着蓝天下空荡荒芜的村子，有点怔忡。他的记忆中好像也有过这样的地方，从热闹繁盛走到凋零。村头那口老井，还有那棵老榆树，也许曾经是最热闹的去处，现在只余孤寂和凄凉。

他长长叹了口气，说："走吧。"

忙活了一个多月才回家，谢如秀的兴致却一点都不高。他只要想一想那段经历，心里就懊恼烦闷得不行，颇有种天天给女神写情书最后女神却跟邮递员结婚了的感觉。

我听了最后抓捕穆秀那段，心里也颇不是滋味。

连环杀人案是结案了，至少表面上是这样。可是真相又有几个人知道呢？难怪谢如秀难受，搁在我身上恐怕也一样。那是一种无能为力的感觉，这种感觉我不是第一次经历，随着年龄的增长，这种感觉就越来越深，厉害如风灵矢，又能

第一章　半脸狐狸

怎样呢？

也许某天我会在茫茫人海中遇到重生的穆秀，不过我不会意识到那张脸孔下的究竟是谁，可笑的是，就连穆秀自己，恐怕都要从那些零碎的记忆中寻找真相。

人皮下的鬼蜮，哪怕是谢如秀那双特殊的眼睛，恐怕也看不透。

第二章 墨街的传说

1. 鬼街

有很长一段时间，我一直在做梦，梦里是喝醉那天误入的街道。那条街道如同迷宫一样，我拼命地奔跑，最后也只能回到原点。我经常被这个梦惊醒，醒来浑身是汗，有时能继续睡过去，有时却怎么都睡不着。

我在黑暗中坐起身，按揉了一会儿额角，才把那种心悸的感觉压下去。随手打开台灯，点燃一支烟，边抽边往阳台走去。城市里的夜总是那么热闹，远远望去，似乎每个角落都闪烁着绚丽的霓虹，现在的它看上去甚至比白天更美，更有魅力。

我吐出一个烟圈，看着它袅袅上升，最后消散在空气中。

这次的梦似乎比任何一次都清晰，我记得自己在梦中崩溃的模样，就像看着另外一个自己，莫名地可怕。

我记得梦中的自己反复地跑过一段路，最后累倒在一块路牌的下面，路牌上清清楚楚地标示着两个字：墨街。

墨街，还真是意外地贴切呢。

进入那条街的记忆有些模糊，我还真不知道那条街叫作什么。那么，这个名字是一直存在于我的潜意识当中，还是我梦中杜撰的呢？

吸完一支烟，我更是睡意全无，干脆打开电脑在百度中搜索"墨街"，可惜并没有什么收获。最后，我无意中看到一条信息上写着：

第二章　墨街的传说

末街，原名墨街，始建于1901年，因全城大半的私塾书肆聚集于此而得名。1923年，一场大火烧掉了墨街半数的建筑，死伤者无数。半年后，一名德国人租下墨街，兴建诸多外国风格的建筑物，同时开办了好几家烟馆、赌场和妓院，建了各类的高级公寓，还招租了不少富豪，墨街再次恢复繁荣。

不久，刚搬进墨街的人又匆匆搬离。据说，许多人每晚都能看到浑身被烧焦模样的鬼魂在他们的床前徘徊，许多胆小的直接被吓得病倒了。

德国人放弃墨街后，墨街成了有名的鬼街。抗战爆发时，日本炸弹侵袭，墨街大部分建筑被毁。最诡异的是，被炸毁的建筑，基本都是德国人后来建起来的建筑。直至抗战结束，政府号召全面建设，墨街的废墟才被清理掉，盖上了许多房屋。

后来这里发生了一件怪事，居住在墨街里的人全部搬出。至此，墨街便再也没有人居住，也再没有恢复以往的生机。因此，民间也将"墨街"称为"末街"。

我读完这段话，一颗心禁不住越跳越快，如果它真的叫作"墨街"的话，这段应该就是它的历史了。前面的历史倒是交代得清清楚楚，最可气的就是后面一段，什么叫"发生了一件怪事"？偏偏最关键的地方没有了。

不过，既然墨街真实存在过，那就有迹可寻。网上的资料寥寥无几，那我可以去别的地方打听，或者去找本市的老住户，肯定有人知道些什么。比如说那位德清大师，他肯定知道很多东西，不过他不一定会把知道的事情告诉我。

想明白之后，我心里安定不少，倒回床上不一会儿就睡着了，幸好这次没做什么怪梦。

第二天，我给谢如秀打了个电话，询问德清最近来没来过。听到否定的答案后，我有点泄气，心里想着到哪儿去找人问个明白。

想了半天，还真叫我想起个人来。这个人是我妈同事的父亲，几年前老人家过八十大寿，我妈还带着我过去祝寿。虽然已经是耄耋之年，但是老人的精神状态非常好，也非常善谈，兴许他还记得当年墨街发生的故事。

我要到了我妈同事的电话，拜访前打声招呼是必要的。幸运的是，老人同意见我。

我急匆匆地赶了过去，一进门，我就闻到了一股酸臭的味道，顿时一惊。

果然，老人并不像上次看到的那么精神。他躺在床上，脸色灰暗，身上脸上的皮肤像是干枯的树皮，一层层地堆叠在一起。

"张爷爷，我过来看你了。"我轻轻地坐在床前的凳子上。

老人艰难地扭过头来看我，好半天才颤巍巍地吐出一句："你是谁呀？"

我一看，大概是没戏了。老人一副油尽灯枯之相，说话都费劲，更别提忆往昔了。

我说："张爷爷，我是祝霏的儿子，我叫赵鄂。上次你过大寿，我还为你祝寿来着。"

"赵鄂……哦哦，我儿子说，你是来给我讲故事的？"

我傻眼了。张叔不过五十几岁的年纪，难道已经开始老年痴呆了，这么简单的话也能传错？

我费尽口舌一通解释，老人好像才听明白，幸好老人耳背并不严重，否则我口水都要喷干了。

"墨街？我家离那里不远，倒是知道一些事。"

我忍不住兴奋，看来我还真没找错人！

"那您说说，到底发生什么事了？"

老人似乎在回忆，好半天才说出一句话："好像有口水井，从井里捞出来什么东西了，后来那条街就给封了，我们几个还瞒着家里偷偷地跑去玩，结果……有一个就没回来。"

说到这里，老人的呼吸开始越来越急促，干巴巴的眼角沁出了一点湿润，嘴里突然胡乱呻吟起来。我有点儿慌，急忙把张叔叫了进来，他给老人抚了抚胸口，又去看血压计，嘴里不停地安慰。我有些不安，很明显，老人是回忆到某些事才引发了情绪，很可能跟他说的那句话有关。

经过一番折腾，老人终于沉沉睡去。我颇为内疚，也不敢走，在客厅给张叔道歉。张叔点燃一支烟，狠吸一口。他的手指发黄，一看就是经年的老烟枪。

"你到底跟我爸说了什么？"

我简短叙述了几句，张叔顿时满目了然。

"怨不得，这事儿是我爸心里的一根刺，都多少年了，始终梗在他心里，家里人提都不敢提。"张叔无奈道，"也就你这小子，一来就往枪口上撞。"

我心里叫苦，我哪里知道这中间还有内情呀，我都冤得慌。

"行吧，你都来了，我也不能让你白来一趟，那件事我也知道点儿内情，跟你说说也无妨。"

我顿时有种峰回路转的感觉。

"您请说。"

2. 小脚印

张叔的父亲叫张礼文。墨街新建之时，他不过才十七八岁，正是最有闯劲儿的年纪，也是最能闯祸的年纪。当年墨街被封，其实并没有几个人知道内情，大多是人云亦云，其原因自然会被传得越来越离谱。

张礼文当时的住所离墨街并不远，因为他家里只有他一个男丁，所以父母难免纵容了些，让他的脾气养得有些不知天高地厚。当时和他玩得好的有三个人，三人家境相似，意气相投，竟然暗地里拜了把子，结为异姓兄弟。

在这三个人里，有一个叫熊向前的人。熊向前其实是张礼文的表弟，也是唯一一个跟张礼文有血缘关系的人。其余两人，一个叫冯建军，一个叫孙忠国。四人一起长大，因为冯建军年纪最大，而且长得膀大腰圆，一副东北汉子的模样，所以他就成了四人中的老大。张礼文心眼最多，是四人中的智囊。

墨街被封之后，四人心里早就对那些纷纭的传言好奇至极，下了工之后就商议要去墨街探险。原本的墨街当然没什么好稀罕的，如今墨街被封，再加上诸多传闻，它就被赋予了神秘元素，哪怕只是进去跑一圈，都能让他们兴奋几天。张礼文观察过，墨街所谓的被封，并不是简单地竖起个木头栅栏，上面贴个封条什么的，而是用一摞摞的红砖砌起了高高的砖墙，将墨街的几条出入口和一切能进出的地方都堵死。砖墙比那些房子还高，光秃秃的，根本无处着手。一些靠近砖墙的民居，竟然都被拆掉了，可见封闭工作做得十分到位。他们几个想要进去，除非有壁虎爬墙的功夫。

张礼文想从别的地方进去，他从小在这里长大，自然对这一带非常熟悉，可是最后却发现这里封闭得没有一丝缝隙，想进去，除非长了翅膀，或者有老鼠打洞的本事。

等等，老鼠？张礼文突然想起，他爹年轻的时候曾经帮德国人盖过房子，就是那个发誓建设"黄赌毒一条街"的德国人，地点当然就是墨街。当时德国人曾在其中一栋房子的下面设计了一条直通外面的地道。他老爹就曾亲自参与过挖地道的工作，多年过去，现在知道那条地道且还活着的人已经不足五人。那栋房子早就在战争爆发的时候被炸毁，可是地道在地下，很可能并没有损坏。

也就是说，只要他找到那条地道……

张礼文越想越兴奋，不过他很聪明，怕直接问他爹会挨揍，就拐弯抹角地探听了一番。可能他爹对他一点儿戒心都没有，所以也就告诉了他大致的地点。

张礼文当即就找齐了几个小伙伴，四个人商议一番，决定把探险时间定在晚上。那时候的治安很严，不过也不是全无漏洞可言，他们几个自然有法子应付。他们事前做了很多准备，有挖开地道的铁锹、绳子、照明用的嘎斯灯等等。张礼文甚至逮了一只野猫——万一他们被巡逻队察觉，他们就躲起来，再把猫放出去，也许就能幸运地混过去。

做好了准备，四个人趁夜就出发了。他们很容易就根据张礼文老爹提供的点找到了地道的入口。

地道被掩藏在一处石板之下，石板上还停着一辆破烂的一碰就会散架的牛

第二章　墨街的传说

车，一般人都不会察觉石板下有猫腻。

四人合力弄开了石板，钻进了地道。

事情就这么巧，他们刚进入地道，就有一队巡夜的人远远地走过来，再晚一刻就会被发觉。不过，也许被发觉反倒是一件好事，至少不会发生之后的那些事了。

地道内黑漆漆的，还有一股难闻的气味，呛得四个人咳嗽不止，冯建国点燃了嘎斯灯。这灯还是伪满期间从日本传过来的，数量不多，尽管比煤油灯亮得多，使用也简单，却没有普及开来。这灯还是冯建国从某个亲戚家里头弄出来的，回头还得完好地送回去。嘎斯灯的燃料是一种叫作电石的东西，这东西也叫乙炔，燃烧起来有股臭鸡蛋的味道，冯建国好不容易弄到一块电石，这时候正好派上用场。

嘎斯灯点燃后，整条地道都被照得通亮。四人才看清楚，地道由砖石砌成，不算宽敞，仅能容两人并行通过。四人手拉着手，冯建国打头，慢慢地向深处走去。走了大约半炷香的时间，地道就到头了，尽头放着一个木梯子，看来出口还是在上头。

张礼文看着木梯子心中打鼓。地道显然多年未用，那这个梯子还能再用吗？

果然，冯建国一马当先，从梯子上摔了下来。腐朽的木头经不住冯建国的体重，直接断成了两截。四人之中数孙忠国最灵巧，最后还是他借助同伴的力量和梯子的残骸爬了上去。

地道的出口竟在一户人家的院子里，也不知道当初是怎么避人耳目的。四人陆续爬出了地道，张礼文已经累出了一身汗，吹着凉凉的夜风，真是有着说不出的舒坦，不过更多的是兴奋：他们居然真的进来了！封锁的墨街，到底藏着什么秘密？

此时的墨街无比寂静，它像是蛰伏的凶兽，暗藏着危险。四人虽然来了，却没有具体的目标。墨街占地不小，一些民国时建起来的房屋和新建不久的房子混杂在一起，但也别具风格。

后来，还是张礼文给出了一条线索。现在外面关于墨街有很多流言，其中有两条流言传得最凶。

第一条，说是每天午夜，当城中心那座钟楼敲响第十二下时，摆在宣文堂内的九张黑白照中就会飘出一条条白影，在墨街前后游荡，碰到的人不是倒霉就是生病。

第二条，说的是位于墨街中段那口水井。整条墨街不止一口水井，却只有这一口甜水井。虽然它的水量并不充沛，但很多人却还是喜欢到这来打水。前段时间，这口难得的甜水井突然间干涸了。有人到井下查看枯水的原因，却没什么收获，于是干脆拿着工具下去开凿。

就这么凿了两天，枯水的原因没找到，没想到竟从下面凿出一大块白色的矿石。他们本来想把白色矿石捞上去，却发现矿石出奇地大。凿井的人有点儿蒙：难道就是这块矿石堵住了地下水，所以水只能从井壁渗透，才会越来越少，终至干涸？之后他把白色矿石凿开了一部分，却发现白色的矿石只是覆盖在表面上，下面的矿石呈现出半透明的状态，像是杂质很少的翡翠。矿石的中心部分却不是半透明的，有一道头颅大小的暗影。盯得久了，似乎能看到它正在缓缓地蠕动，却看不清是什么东西。

矿石中有活物？

凿井人刚开始吓得够呛，生怕是自己眼花看错了，愣生生地蹲在井底看了大半天。最后他确定，矿石里的那个暗影确实会动，但不一定是活物。此时他想起一个传说。据传，顶级的玉石都生在矿石中间，没见天日的时候，它是一团液体——会动的液体。如果把矿石剖开，它就会化作这世上最美、最珍贵的玉石。

不过以上这些都是他的猜测，不真正把矿石挖出来，谁也不知道里面是什么。就算那团暗影不是什么顶级美玉，外面还有相当大的一片半透明玉石呢。

凿井人心动不已，这是多大一笔财富啊！但是他可不敢贪心，这要是被发现，可是要枪毙的，况且甜水井的位置就在人来人往的地方，他也没那个机会把玉带走。

凿井人把他发现的情况报告给当地政府，政府当即就派人到甜水井井底去挖

第二章 墨街的传说

这块矿石。但是后来,谁也不知道这块矿石挖出来之后的情况。所以关于甜水井的流言有很多版本,说来说去,都指向那块奇异的矿石。

根据这两条流言,张礼文把他们当天晚上的行程定了两条线:一条就是到宣文堂,另一条自然是甜水井。张礼文觉得,就算他们到了甜水井也看不到什么,甜水井下面的矿石肯定已经被挖走了,就算里面有什么猫腻,他们也看不到。倒是宣文堂这条传言,还有几分可能。因为张礼文以前就听他老爹说过,他们当时给德国人盖房子的期间就碰上了好几件怪事,其中一件说的就是宣文堂。

首先说说宣文堂这个地方。宣文堂曾经是一间私塾,因为靠近墨街的边缘,所以起火的时候并没有受影响。这个地方是墨街最早盖起来的一批房子之一,跟它同期的房子几乎都被烧毁或者炸毁了。德国人租借墨街的时候,只是清理了废墟,然后重新盖了房子,宣文堂就这么幸存下来。当时有人为了纪念死在火灾中的九位先生,就把他们的遗照或者画像挂在宣文堂的墙壁上,每年都会有学生进来拜祭。

张礼文他爹特别崇拜读书人,所以每次经过宣文堂,都会在门外深深鞠上一躬,有时候也会进去看一眼。后来他发现,宣文堂墙上照片的位置每天都会发生改变。因为宣文堂的大门并不上锁,张礼文他爹一开始猜测是哪个小孩干的。他觉得有必要教训一下这个调皮的小孩,于是就找了个机会蹲在宣文堂里面埋伏,要是那个小孩再来,就抓他个现行。

然而他从下午一直蹲到天黑,宣文堂也没出现一个人。他想,莫非那个小孩知道我在这埋伏,所以才没有来?宣文堂漆黑一片,张礼文他爹也有点儿害怕,于是他决定先离开,下次有机会再来抓人。第二天,他抽空又跑进了宣文堂,结果发现墙上的照片又乱了,还有两张挂倒了,好像是在故意嘲笑他一样。

张礼文他爹觉得这个人着实太可恶,脸都气红了,他咬牙切齿地发誓,一定好好教训这个人,最好把他的牙都打掉。

从那天之后,他连着三天晚上埋伏在宣文堂。前两天晚上,他从天黑一直等到天亮也没有任何动静。第三天晚上,他实在有些熬不住了,恍恍惚惚地靠在墙上睡了过去。睡着睡着，他的耳边突然间出现了一声轻笑，他一下子就惊醒了，手中的棍棒挥了出去。棍子发出一声脆响，却是撞到了墙壁上，面前哪里有人？

张礼文他爹把宣文堂搜了个遍，根本没有人。

可怕的是，墙上的照片又变了位置。不仅如此，那些黑白照片上的人像，本来都是庄严肃穆的模样，现在个个面带诡笑。

张礼文他爹吓坏了，疯狂地跑回了家，从那以后再也不敢去宣文堂了，每次都要绕道走。

这件事，张礼文听他爹说过不止一次。小时候他对宣文堂心存恐惧，长大之后，他开始对他爹说的故事将信将疑。正巧这次的流言和他爹的那段经历有共同之处，他就决定过来看看，辨个真假。

墨街虽然被封锁了，但是这里的月光和外面的并没有不同。他们走在寂静的大街上，被一种说不清道不明的气氛影响，几个人连话都不敢说了，一直在默默前进。

"文子，到了。"冯建国指了指面前的建筑，古朴的房子，一扇大门微微敞开，门的上方挂着一面匾额：宣文堂。

真要进去了，张礼文反倒有些胆怯："不然，咱们还是别进去了……"

冯建国一拍他的肩膀："难得看你这么尿，别怕，有我冯建国在，什么妖魔鬼怪都得靠边站！"

熊向前一脸崇拜："老大，我跟在你后面，给你做警卫兵。"

"好。"

冯建国一马当先，推开大门走了进去。张礼文无奈走在了最后一个。冯建国提着嘎斯灯在屋子里乱转。

宣文堂是私塾，占地并不太大，三间房子并一个院子，跟墨街的其他私塾并没有什么不同。那些照片就放在最大的那间屋子里，陈旧的木相框挂在墙面上，上面落满了灰尘和蜘蛛网，有的甚至连人像都看不清了。

张礼文鬼使神差地用自己的袖子在其中一张照片上擦了擦，只见照片中的人

第二章 墨街的传说

戴着眼镜和一顶瓜皮帽，留着两撮八字胡，面露微笑，那双眼睛像活人一样，紧紧地盯着他。

张礼文陡然冒出了一身冷汗，转身就去找同伴，结果发现嘎斯灯放在一张凳子上，他们三人都不见了。

张礼文顿时慌了，边喊着边往外跑，其余两间屋子和院子里都找了个遍，哪里还有三人的身影？

怎么回事？刚刚还在，不过一眨眼就不见了，就算是有状况，他们肯定不会一声不出就消失，到底怎么了？张礼文刚要跑出院子，肩膀突然被人重重地拍了一下："哈哈，吓到你了吧！"

是熊向前的声音。张礼文猛然回头，脖子差点儿都扭伤了，他也顾不得，急道："你们怎么回事，跑到哪儿去了，建国和忠国呢？"

墙上一扇门突然无声打开，冯建国和憋着笑的孙忠国走了出来。

"忠国发现了一道暗门，我们就想吓你一下，怎么，还真吓到了？"

张礼文的脸色难看，虽然只是一个恶作剧，可是他真的吓得不轻。而且，墙上什么时候有暗门的？他从没听他爹提起过，他爹来过宣文堂多次都没发现，冯建国他们为什么一来就看到了？

"以后别开这种玩笑！"最后，他只能这么说。

张礼文去看那道暗门，暗门和墙壁几乎融为一体，隐蔽性很高，若不仔细看，根本发现不了。张礼文打开暗门，里面是一个不大的耳室，空荡荡的，只放了一张桌子和一把椅子。地面上积着很厚的尘土，上面显示着两排凌乱的脚印，较大的那排是冯建国的，稍小一点儿的是孙忠国的。

他突然一愣。在孙忠国脚印的后面，突兀地印着两个比巴掌还小的脚印，端端正正、不偏不倚地印在那里。张礼文顿时一个激灵，喊了一声："你们过来看。"

三个人冲进了耳室，张礼文拿着嘎斯灯在上面照着，每个人都看到了那两个脚印。

冯建国似乎想到了什么，脸色一下子白了。

孙忠国揉了揉鼻子："小孩的脚印而已,有什么大惊小怪的?"

张礼文的语气里带着几分气急败坏："重点不是那个,你仔细看这个屋子里,有你们俩进来时候的脚印,也有出去的脚印,可是这个小孩的脚印出现在屋子中间,那他……是怎么进来的?又是怎么出去的?"

这个确实说不通。地上的灰尘很厚,只要有重量的东西压上去,就会留下清晰的印迹。若是那个脚印是以前留下的,不可能这么清晰。从门口到耳室的中间大概有两米,这么长的距离,就连冯建国都不太可能一步跳过去留下两个端正的脚印,况且脚印的前端是冲着门口的。

也就是说,能够留下这样的脚印,除非这个小孩会飞。

熊向前搓了搓手臂："你们说……这里会不会……有、有鬼?"

冯建国抬手拍了熊向前一下："就算是有鬼怎么了?咱们几个大老爷们,还能怕个小孩子的鬼魂不成,怕个球!"

孙忠国僵硬地一笑,在裤腿上搓手,强装镇定。

张礼文想起他爹遇到的那桩怪事。如果说这个耳室一直存在,只是他爹没发现,那件事就很容易解释得通了。至于是不是闹鬼,很难说。单凭一个脚印并不能说明什么,至少他不想刚来就被吓回去了。张礼文特地回去看了眼照片,似乎并没有什么变化。不过,要验证传言是不是真的,还得等到午夜十二点。

好不容易才进来,四人当然不会回去。他们本来就是来探险的,不能总是待在宣文堂,只要在十二点之前回来就可以了。

四人走在越发寂静的街头。

孙忠国一向拖拉,走路也是这样,脚后跟拖在地上走,发出刺耳的响声。冯建国斥责他一句,让他别弄出那么大声音,孙忠国颇为委屈,嘟囔道:"我才没有呢。"

可惜并没有人听到他那声嘟囔,但是之后果然没有声音了,四人安静地走在街上。

墨街不过封闭了两个多月的时间,张礼文竟然觉得这里十分陌生,他从小在

第二章 墨街的传说

这一带长大，附近的街道都是熟悉得不能再熟悉，照理说不会有这种感觉。但越是前行，这种感觉就越强烈。

冯建国突然停住了脚步，眼神微微有些迷惘："甜水井是往这边走吗？我怎么感觉走错了呢？"

"方向没错啊。"熊向前说道。

其实整条墨街并没有多长。城里大概有二十几条街道，随着城市的发展，街道肯定会越来越多。到时候墨街会怎么样？是一直被封闭，直到人们遗忘，还是随着时间的流逝，变得面目全非？

张礼文一把夺过嘎斯灯，往左右两边的街道照了一下："刚才我就觉得不对劲了，你们来看这些房子。"

嘎斯灯照亮的地方是一栋灰蒙蒙的建筑，斗拱重檐，石阶上是斑驳了色彩的朱红大门。

冯建国的嘴巴张大，整个人都蒙了。

熊向前直接就成了结巴："这、这根、根本不是。"

"墨街根本没有这样的建筑！"张礼文接下他的话，"咱们几个都是在这边长大的，肯定不会记错。再说了，这栋房子看上去最少是清末的建筑。墨街最老的就数宣文堂，可没这个老。"

"对了，对了，宣文堂！我们刚从那出来，宣文堂还在，这里的确是墨街没错。"冯建国说道。

"宣文堂也不对劲，这么多年从来都没人发现还有个暗室，偏偏你们就看到了，这不是很奇怪吗？"张礼文说着打了个寒战。

"不然，咱们回去吧？"孙忠国胆子最小，这时候有些受不住了。

"走啥？"冯建国冷哼一声，他是越挫越勇的个性，"我绝对不走，我偏要看看这里是个什么龙潭虎穴！"

"就怕是妖窝鬼穴。"张礼文喃喃地说了一句。

既然冯建国坚决不走，其余的人也不好说走。冯建国伸手触碰了一下朱红大

门，踌躇片刻到底没敢把门推开，拎着嘎斯灯扭头走了。

"现在咱们的目标还是找甜水井，先找到甜水井再说。"冯建国望着前方黝黑的街道说道。

四人已经没有了来时的兴致。熊向前、孙忠国两个恨不能马上离开，张礼文也怕，不过他更多的是好奇，所以到底没有坚持离开。

现在回想起来，当时的决定，让多年后的张礼文想起仍然后悔不已，只可惜这世上没有后悔药可吃。

自从发现那栋不是墨街的建筑后，他们行走时更是小心了十分，嘎斯灯所照之处偶尔还会出现一些古旧建筑，都是突然"出现"的，不过大多数建筑仍旧是墨街的"原住民"。

"这到底是怎么回事啊？"张礼文倍觉迷惘。明明和他们只有一街之隔的墨街为什么会突然间出现这么多古怪建筑？这些建筑到底是怎么出现的？难道像"飞来峰"那种吗？难道这才是墨街被封闭的真正原因？

张礼文心中狂跳：对啊！既然政府将它封闭，必然是发生了不愿外界知道的事。外界流言纷纷，政府却没制止，只说那些流言只是流言，并非真相。如此一来，就算他们找到了甜水井也没有意义了，真正的秘密，其实是这些突然出现的古旧建筑！

张礼文以为自己想明白了其中关窍，刚想跟小伙伴们分享一下，只听熊向前轻喊一声："甜水井！我看到甜水井了！"

冯建国和熊向前同时跑到那口井的前面，下一刻就传来冯建国诧异的声音："不是甜水井。"

张礼文也跑了过去，只见面前的井跟原本的甜水井外形十分相似，可是井口足足大了一圈，井台的青石上多了许多精美的花纹，一汪井水映着天上的弯月，相映成趣。

"不是说甜水井的水干了吗？这个真不是甜水井啊。"孙忠国小声嘟囔。

虽然早就有心理准备，张礼文仍旧感觉一阵窒息。甜水井也出现了变化，这怎么可能呢？又是怎么发生的呢？眼前的事实颠覆了张礼文十八年的认知。

"甜水井都成这样了，我们还是走吧。"孙忠国说道。

"我想下去看看。"冯建国把嘎斯灯放在井台上，电石燃烧得差不多了，嘎斯灯已经没有刚开始那么明亮。

"下面都是水，有什么好看的？"熊向前朝井里头探了探脑袋，"哎？"

他猛然间缩回了脑袋，脸色惨白，手指指着井里："里……里面有个……有个……"他哆嗦着，连话都说不出来了。

张礼文赶紧探过头去看，冯建国也低头看，井水平静，倒映出他们的身影。

"有什么？"冯建国不满地说道。

"不对，你看！"张礼文指了指井水。

井水倒映出三个影子，除了他们俩，还有一个明显小了很多的身影，就夹在张礼文和冯建国的中间。冯建国猛地抬头，熊向前哆嗦着蹲在地上，孙忠国距离他们还有一米多远。

再看，那个小身影仍在，一动不动的，像是个被井水吸引住的小孩子。

3. 二层小楼

"难道真的有鬼？"冯建国艰难地吞咽了一口口水，这个人高马大的年轻人，生平头一次感受到了害怕的滋味。

"我们快走吧！"孙忠国已经快哭出来了，双手不自觉抱住了头，"快走吧，我不看了，再也不来了。"

熊向前跑到孙忠国旁边，眼巴巴地看着张礼文："哥，咱们回去吧。"

张礼文迟疑片刻，往左右一看，又指了指不远处的一个十分陌生的建筑，那是一栋青砖建的二层小楼。

"那么多没见过的房子，走之前我想进去看看，过后再走。"

要是就这么走了，张礼文怎么都不甘心。熊向前和孙忠国显然不愿意，最后冯建国拍板道："一起进去看看，看完了就走。"

"万一那个小孩不走，一直跟着咱们怎么办？"孙忠国说话都带上哭腔了。

冯建国皱了皱眉："就算真的有鬼，也不过是个小鬼，有什么好怕的？他还能现身吃了我们不成？"

张礼文拍了拍孙忠国的肩膀："忠国，我们要相信唯物主义，我们要坚定信念！哪怕有再多的困难，我们也能克服！"

孙忠国露出一个比哭还难看的笑容："我不知道，我求求你别说了。"

张礼文叹了口气。孙忠国向来这样，他也不好强求什么。熊向前倒是没再说什么，他就是个十分普通的青年，既没有什么胆识，也没有什么领导能力，从小就无条件服从冯建国和他表哥张礼文。

于是，冯建国拽着孙忠国，二人跟在他后面，朝着那栋二层建筑走去。

那栋二层的建筑远看上去像是一座戏楼，离得越近，看得也就越分明，如果不是太过陈旧，简直可以称得上是雕梁画栋了。看那屋顶，造得并不大，却极似卷棚歇山顶，精巧而大气。一楼和二楼共有四根廊柱，二楼还修了一个阳台，栏杆漆成红色，上面雕着不同的花样。张礼文觉着，这个应该不是戏楼，而是说书人说的那些千金小姐或者大家闺秀的绣楼吧。

"这楼修得还挺好看的。"冯建国赞叹道。说话间，他伸手去推那扇大门。

大门并没有上锁，轻轻一推，便"吱呀"一声，开了。大门内，黑洞洞的一片。

冯建国反倒踌躇起来："这个门没锁……不知道里面有什么。"

"想知道有什么，进去看看不就得了？"张礼文想着伸头也是一刀，缩头也是一刀，干脆也不磨叽了，大踏步走了进去。

"等等我！"冯建国也不再犹豫，揪着孙忠国也迈进了屋子里。

熊向前双手合十在胸前拜了拜，嘴里念了几句什么，才战战兢兢地跟着进去了。

第二章　墨街的传说

刚进门，张礼文手里的嘎斯灯闪了闪，竟然灭了，原来是最后一点电石燃烧殆尽。他们手里没有补充的电石，只好提着一颗心，摸黑前行。

大门敞着，好歹照进一些月光。他们的眼睛熟悉了眼前的黑暗，渐渐地也能看清些东西了。

屋子很宽敞，基本没有摆设，只有几件老家具摆放在恰到好处的位置上。房中摆着几张朴实而又大气的桌椅、柜子，还有两个一人高的花架，都是明清时的样子。唯独墙上挂着的一幅画有些特别，画不算大，被裱在四四方方的画框中。

张礼文仔细一瞧，画里的内容十分古怪：一个衣衫褴褛的老人正站在一口井前，拿着水桶在打水。那画不是水墨画，倒似洋人比较擅长的油画。画上的人物特别真实，就连老人脸上一条条沟壑似的皱纹，都被一丝不苟地描绘了出来。画上的老人应该是个乞丐，但他脸上的表情并不悲苦，反倒带着几分欢悦。

冯建国已经把一楼看了个遍，张礼文还站在那儿看画。

"这画上画的怎么是乞丐？这么难看，这口井莫不是……"冯建国皱起了眉头。

这时候熊向前也凑了过来，孙忠国一直被冯建国当成身体的附件，到哪儿都不撒手。

张礼文点点头："这幅画太奇怪了，本身就不该放在这里，可是它偏偏在这儿。画上面的井和甜水井简直一模一样，而且你们发现没有……"他指着画上的井，"这口井正在冒黑气，到底是什么意思呢？"

"我的妈呀！"冯建国一拍大腿，"看来外面那口井的确有问题啊，画里面都预示了！"

"到底……什么意思呢？"张礼文眉头深蹙，井口冒黑气，老人为什么还要打水？他的脸上为什么还带着笑容？怎么看都觉得别扭。

"算了，不过一幅破画，你也别太较真儿了。"冯建国是个看得开的个性，"走，走，咱们去二楼瞧瞧，说不定是哪个大姑娘的香闺呢。"

张礼文看着冯建国脸上的贼笑，深感无奈。无论发生啥事，他都能瞬间恢复

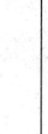

状态,这算不算本领过人?

四人上楼后才发现,楼上面积虽大,但是空荡荡一片,连一件老家具都没有,还不如一楼。唯独那些门窗地板,没有一点损坏,有的只是岁月镌刻的痕迹。

张礼文走过去推开一扇门,外面便是那个小小的阳台。凭栏而立,大半个墨街尽在眼底,就像蛰伏的野兽,也不知黑暗中藏着什么魑魅魍魉。

冯建国正往下面看,突然间一条暗影一闪而过,消失在黑暗中。

"有人!"孙忠国的脸色瞬间煞白。

"应该也是偷溜进来的,不然不会跑。"张礼文下定论,"可是他是怎么进来的?难道还有别的暗道?"

他们进来的那条暗道明显是久未使用过的,不会那么巧,有人也在今天使用了暗道。

"会不会,有人留在墨街没走?"冯建国猜测。

"不可能吧,墨街都封锁了,进不去也出不来,留在这里的话岂不是要被饿死了?"张礼文分析道。他不相信有人会在这么严密的封锁下还能留在墨街。他们发现那条地道纯属意外,况且地道也没有人使用过的痕迹,就算还有人没有离开,也绝没有使用过那条地道。

"管他呢!大路朝天,各走半边。只要没妨碍,是人是鬼都无所谓。"冯建国双手环胸,看着下面的街道。

"建国哥、文哥……向前好像不见了。"孙忠国突然哆嗦着说了一句。

"什么?他不是一起上来了吗?"张礼文顿时急了。

"是上来了……可是我好一会儿没看见他了。"

张礼文飞快地跑了出去,一边跑一边喊熊向前的名字,他希望像刚来的时候那样,熊向前的消失只是个恶作剧。然而他们找遍了整个小楼,都没发现熊向前的身影。

"……向前会不会自己先回去了?"冯建国扶着腰直喘气。

第二章　墨街的传说

照理说，熊向前的胆子并不比孙忠国大多少，他怎么可能偷偷溜走而不知会其他三人一声？

"不，不会的。"张礼文坚定地说。他了解熊向前，这个表弟的性格，说好听点是随和，说不好听点就是懦弱，这么大胆的行为他可做不出来。

到底什么地方出了差错？张礼文突然间想到一楼的那幅画，他飞快地朝着甜水井奔去。

月亮被一大片云遮住了，甜水井中黑沉沉的，根本什么都看不到。张礼文暗自悔恨，要是来的时候多准备几块电石就好了，省得现在弄得跟睁眼瞎一样。他俯下身子，对着井里喊了几声熊向前的名字，并没有人回应他。他想，熊向前应该没掉进井里。

"文子，"冯建国叫他，"刚才咱们看到的那个黑影，一眨眼就不见了的那个，会不会是向前？"

张礼文抬起头，半边身子仍旧俯趴在井台上。他刚想回答，却感觉自己撑在井台上的手被什么冰冷的东西握住了，那东西力量很大，握住他之后就开始往下拽！

张礼文反应不及，半边身体都被拖进了井里。他张口惊呼，惊骇不已，幸好一只手抠住了井台的边缘，才没被一下子拉进去。那东西仍在使力，眼看张礼文就要被拖进井里，他的腿一下被人抱住了。

"张礼文，你干什么，寻死呀！"

冯建国拼命往外拖张礼文，那东西死死地抓住张礼文不撒手。张礼文身不由己，抠住井台的手丝毫不敢放松，指甲都被磨出血来了。

冯建国的力量果然不是吹出来的，加上孙忠国的协助，到底把张礼文救了出来。之后三人都瘫在地上大口喘气，既是被吓的，也是因为体力消耗太多。

"那下面有东西要拖我下去。"张礼文指着甜水井解释。

冯建国吞咽了一口口水："妈呀，真的有鬼！他是不是想找你当替死鬼？"

张礼文摇摇头："不知道是什么，但是力气很大。"他脸色突然变色，"向前

075

是不是被拖下去了？"

张礼文向甜水井中张望，但到底不敢像先前那样趴着喊熊向前了。他心急如焚，偏偏又想不到什么办法。冯建国找到几根粗木棍，他们三个一人手持一根，往井里一阵乱捣。冯建国手里那根最长，捣了几下，就听见一声刺耳的叫声从井里传出来。冯建国一听，捣得更欢实了。

可是下一刻，就有东西拽住了那根木棍，冯建国夺了几次都没夺过来，反倒差点儿被拽进井里去。

看见冯建国摇摇欲坠，张礼文和孙忠国赶紧拽住了他，才避免了惨剧的发生。三人颓废地蹲在甜水井跟前，一筹莫展。遮挡月亮的云彩飘走了，借着月光终于能看清一些东西。

张礼文朝井里一瞧，一个黑黢黢的影子趴伏在井壁上，体形不小，正虎视眈眈地盯着他。张礼文浑身巨震，那个像壁虎一样贴在井壁上的东西扬起一张脸，熟悉的五官，熟悉的眉眼，一只手伸向他，似乎正在祈求什么。

那是熊向前，是他的表弟！

"向前，向前，怎么回事？"张礼文崩溃地朝熊向前伸出手，想要拽他上来。

那只冰冷的手握住了他，一旦握住就没有放开，直到坠向地狱。

"你来……陪我……"

那个声音像是被什么碾碎了一样，听着让人无比难受。张礼文挣扎着重复着先前的过程，冯建国抱住了张礼文，拼命地往后拖他，孙忠国受到了刺激，站在原地呆呆不动。

冯建国快要支持不住了，突然暴喝一声："孙忠国，快来帮忙，我快撑不住了！"

孙忠国这才回过神，呜呜地哭起来，猛地捡起地上的粗木棍，往熊向前的脑袋上狠狠地捣过去："去死，去死！啊啊啊啊！"

熊向前脑袋上的鲜血直往外涌，整张脸和身体都被鲜血浸透，仿若厉鬼。他像是感觉不到疼痛，只想把张礼文拉向地狱。

第二章 墨街的传说

张礼文大喊:"忠国,冷静点,放下棍子!"

可惜孙忠国并没听,他下手越来越重。在这两股力气的冲击下,张礼文和冯建国都支持不住了,张礼文大半个身体都进入了甜水井,眼看就要被拉进井里!

张礼文又惊又吓,一只手抠在井壁的缝隙中支撑身体,一只手被熊向前抓住,已经隐隐失去了知觉。头上是冯建国的吼叫和孙忠国失控的尖叫,耳朵都快不是自己的了。

"不行,这样不行!"

冯建国浑身的力气几乎耗尽,他想起来的时候在背袋里装了一把小刀,于是对着孙忠国喊起来:"小子,你给我清醒点,把刀拿出来给文子!"

孙忠国发泄过后就像泄了气的皮球,手中的粗木棍掉在地上,连滚带爬地走到冯建国身边,掏出小刀。

可是,他要怎么递给张礼文?

"文子,再坚持一下,我和忠国拽着你,你把那只手松开拿刀,砍他奶奶的,把他的手剁下来!"冯建国大吼。

生死一线,张礼文脑子都木了。听了冯建国的话,他好不容易提起那只手。没有了手臂的支撑,他又被拽得掉下了几分,顿时吓得心跳都差点儿停止。

好不容易拿到了小刀,张礼文咬牙切齿地朝着死死握住他不放的手臂砍去。

小刀刚挨到肌肤,张礼文就砍不下去了。眼前的人是谁?是和他一起长大的表弟啊!说是表弟,其实和亲弟也没什么差别,哪怕他现在要置他于死地,哪怕他疯了,他就真的能下得去手吗?

冯建国已经要拉不住张礼文了,哪怕孙忠国加入进来,也阻止不了张礼文下滑的速度。

"文子,快砍,别犹豫了!他现在不是你弟,他就是个厉鬼,想要你的命!快砍,再不砍你今天就死在这儿了,快点儿,我要支持不住了!"

头顶是冯建国的怒吼,一声声那么急迫。张礼文抬起沉重的胳膊,一刀砍在熊向前的手腕上,鲜血一下就涌了出来。可是熊向前并没有放开张礼文,像是没有痛感，仍旧和上头的人在拔河。

张礼文眼泪滂沱，一刀接一刀地砍上去。

疯了，都疯了。张礼文砍了十几下，熊向前突然间松开了他的手，冯建国那边正死命地往外拽他。没有了阻力，他大半个身子一下子就被其他人拽到了井台外，张礼文的下巴狠狠地磕在井台上。

这时候他已经顾不上疼了，死死地盯着熊向前。那个青年浑身是血，已经看不清面目了。他呆愣愣地趴在井壁上，突然手一松，整个人不受控制地往井里坠落。

那一刻，仿佛时间都停顿下来，张礼文看到他张开嘴，惊恐地喊出一句："哥，救救我。"

然后，他就这么坠入了井中，砸出一个硕大的水花。

然后，就没有然后了，他再也没有出来。

4. 重复的噩梦

冯建国把张礼文拖出来之后，直接仰躺在地上，大口喘着粗气，浑身都微微颤抖着，这是脱力的后遗症。张礼文躺在地上哭，他想爬起来去救熊向前，可是他知道已经不可能了。那一刻的无能为力，他到死都忘不了。

等三个人终于有力气爬起来的时候，张礼文就去找绳子，说要下去瞧瞧，最后被冯建国拦住了。

冯建国说："今天咱们不该来，现在已经莫名其妙折进去一个弟弟了，我不想再折进去一个。你想把向前捞出来，行，咱们出去找人。这事过后，有什么罪我一个人顶！"

张礼文到底还是没下井，三人按照原路返回。出去之后，张礼文第一时间就去找人。可惜的是，他刚刚开始行动，墨街那边就燃起了大火，所有的人都被惊

第二章 墨街的传说

醒了。大火照亮了黑夜，人们朝着墨街的方向涌去，不多时，一支军队将墨街包围。奇怪的是，军队并没有救火，而是驻守在周围，以防止火势扩大，危及其他地方。

大火整整燃烧了一天一夜，幸运的是，它一直被控制在墨街的范围内，并没有波及附近的建筑物。大火过后，军队简单地清理了废墟。张礼文第一时间去找那口甜水井，奇怪的是，无论他怎么找，都找不到那口井存在过的痕迹。

大火能烧毁房屋，怎么可能连井都烧掉？

张礼文望着面目全非的墨街，心中一片茫然。他不知道那口井是怎么回事，更不知道熊向前是怎么回事。墨街的种种经历就像一场噩梦，每当想起，心头百般滋味，最多的就是后悔。

墨街的这场大火掩盖了他们的秘密。熊向前的父母尽管悲痛，但是家里还有孩子和老人，还有生存的重担，他们不可能总是沉浸在悲伤中。可张礼文却始终忘不了那一夜发生的事，几乎每天都会去墨街那边看看。随着时间的流逝，那里也逐渐变了模样。由于那次大火，政府不再封闭墨街，张礼文看着那里建起了新的房屋，住进了新的人。可它不再是墨街了，它和城市里其他的街道并没有什么不同。

张礼文五十五岁那年，妻子重病多年，拖到最后还是去世了。当天，他心中难受，和老朋友喝了点酒。往家走的路上，突然出现了异常。等他清醒过来的时候，他发现自己站在墨街的街道上，对面就是宣文堂。

别问他为什么还记得。那一晚的经历他梦到了无数次，每一个细节都像刻在他脑海里，无比清晰。

张礼文激动得不知道做何反应。他走向宣文堂，进入院子后并没有进入正堂，而是去找那间暗室。

三十多年了，宣文堂看上去并没有什么变化。他推开暗室的门，惊诧地发现，地面上的脚印跟三十年前一模一样。

难道他在做梦？不，他每次做这个梦，梦中的他都是二十岁出头的模样，而现在……

他摸了摸自己的脸，皮肤松弛，某些地方已经出现深深的皱纹，头发也已经半白……这一切的一切，无不昭示着他的苍老。

张礼文狠狠地在自己的大腿上掐了一把。很疼，疼得他几乎叫出声，这也证明这次他并不是做梦，眼前不可能的一切……是现实。

"这怎么可能？这不可能！"张礼文差点儿哭出来。

墨街不是消失了吗？他跌跌撞撞地往街道上跑，心中有个声音告诉他，要找到甜水井，要去救他的表弟熊向前。这一晚的月色和三十几年前那晚一样，弯月如钩，却洒下了满地的清辉。

张礼文一路狂奔，他看到了那栋一直埋藏在他记忆深处的二层小楼，他看到了那口埋葬熊向前的甜水井。

时光流逝了他的青春年华，却仿佛给这块土地施了魔法，这个地方和三十几年前一模一样。越是靠近，张礼文心中的震动越大，最后他慢慢停住了脚步，遥望着那个一直在噩梦中出现的地方。

"去呀，快过去救向前！"一个他在心中狂叫。

"不，已经晚了，向前早就死了，三十多年前就死了。"另一个他颓丧着脸。

现实中的他举步维艰，双腿像灌了铅，沉重无比。突然，他瞪大了眼睛，他竟然看到一个跟熊向前长得一模一样的人从小楼中走出来，手中还拿着什么东西。

怎么回事？熊向前还活着？

张礼文浑身战栗，紧咬牙关，控制不住自己差点儿冲出去。不，这绝不是做梦，但如果不是梦，已经死去三十多年的人为什么还活着，为什么还保持着三十年前的样貌？

不，那肯定不是熊向前，夜里光线太暗，他一定是看错了。这边，疑似熊向前的人走到甜水井跟前，把手中的东西放在井台上。因为隔得不算近，再加上光线的问题，张礼文看不清那东西是什么。下一刻，他的眼睛差点儿瞪出了

第二章 墨街的传说

眼眶——

从小楼里面又走出来一个人,是孙忠国。

张礼文恍惚了一下,虽然他老了,可是他从来就没忘记过和他一起长大的那几个人的样貌。从小楼里走出来的这个孙忠国也是三十年前的样子,年轻、稚嫩、怯懦,和现在的他完全不一样。

他们从墨街回来后,张礼文一直觉得熊向前的死是他造成的,或者说他们都有责任,谁都脱不了干系。就算聚在一起,心里总有芥蒂,所以一起长大的几人就这么散了。后来国内兴起了各种运动,大时代的动荡下,人人都身不由己,冯家因为家庭成分的问题被批斗,到了最后六名家庭成员只剩下两个。冯建国很幸运地扛了下来,可他妹妹受不得苦,早早就和反动家庭划清了界线,现在不知去向。

孙忠国家倒是很幸运,家里八辈子都是贫农,还有个参军的大伯。有的人在那场运动中丧生,有的人却在那场运动中崛起,孙家就是一例。现在的孙忠国在一所国营的厂子里当上了副厂长,颇受人敬重。

没有想到,当年的四个人中,混得最好的竟是他。

张礼文最近一次见他是在半年前,孙忠国胖了不少,满面红光,颇有几分位高权重的模样。

张礼文看到,那个年轻的孙忠国从小楼内走出来,悄悄地走到熊向前的身后。

为什么说是"悄悄地"?因为熊向前并没有转身,似乎根本没有觉察到孙忠国的到来。孙忠国站在熊向前的身后,忽然伸出手捂住了熊向前的口鼻,趁着熊向前回头的刹那,狠狠地一推,熊向前就这么掉进了井里。

之后,孙忠国又捡起熊向前掉在地上的东西,扔进井里。做完之后,他似乎并不太放心,往井里瞅了半天,似乎确定了什么,才急忙忙地跑进了小楼。

张礼文全程看完了这一幕,整个人犹在梦中。原来,这就是熊向前死亡的真相吗?可是孙忠国为什么要杀熊向前,这根本就说不通。他们四个的关系一向很好，不能说真的亲过亲兄弟，但也差不多了。如果有人说孙忠国会杀熊向前，他一定会给那个人一拳。

说出来像开玩笑的话，却真真切切地发生了。

不知不觉间，张礼文已经泪流满面。他那时觉得，自己一定是因为妻子去世而悲伤过度，早就气绝身亡。听说人死后进入阴间，能看到回溯石，那里记载了这个人一生中所有的事，只要想看到的，都能看到。他一直想知道熊向前死亡的真相，现在就真的看到了。

张礼文抬起脚朝着那口井走去，将要靠近的时候，他突然听到了说话声。

最奇怪的是，那个声音跟他年轻时候的声音极像，然后就是孙忠国的声音，他喊了一声："有人。"

张礼文突然害怕起来，他毫不犹豫地转头就跑，用尽了浑身的力气，跑得飞快，一眨眼就跑进了一户人家的院子里，靠着院墙蹲了下来。刚才的一幕，让他感觉莫名的熟悉，刚才……究竟怎么回事？

蹲了一会儿，张礼文就听见不远处传来冯建国的大嗓门，不，似乎几个人都在喊。他猛地起身，突然间感到一阵眩晕恶心——他毕竟年纪大了，身体也不怎么好，刚才那一阵剧烈运动产生了后遗症。

等张礼文终于不难受的时候，四周也恢复了寂静，他急忙顺着栅栏的缝隙看过去，甜水井边已经没有人了。他愣了一下，这回毫不犹豫地跑向了甜水井。

到了地方，他探头往井里瞧，没有，什么都没有。刚才的一幕，是他的幻觉吗？

张礼文一迈步，"当啷"一下，脚下踢到了什么东西。他低头一看，顿时愣住了，一个样式简陋的嘎斯灯倒在地上。

张礼文抖着手拿起嘎斯灯。没错，这个灯就是三十年前他们拿进来的那盏。那时走得太急，竟然把嘎斯灯扔在墨街，之后墨街起火，嘎斯灯自然也就没机会取回了。

现在嘎斯灯还在，可是熊向前却不见了。说到底，他还是救不回熊向前。

张礼文心中大恸,双手紧紧地抱住了嘎斯灯。等他情绪稍微平复的时候,突然感觉不对劲,一回头,就看见了火光。

三十年前的事依然一件一件发生了,张礼文望着不远处烈烈燃烧的房屋,不知道是该想办法逃走,还是想办法救火。

张礼文往前奔跑了几步,突然眼前一花:他站在离家不远的街道上,怀中还抱着一个嘎斯灯。

刚刚的经历,真的像是做了一场梦。要不是怀中的嘎斯灯,张礼文会以为自己产生了幻觉。从那之后,本来身体虚弱甚至心存死志的张礼文反倒慢慢地好起来。他开始多方面查找有关墨街的事,甚至还想再次进入墨街,可是都没有如愿。

有关墨街的一切,其实并不难查。不过,当年政府封锁墨街和墨街起火这两件事,他始终找不到答案。这么多年来,墨街几乎成了他的心病,也难怪有人问起他马上就激动,甚至要发病。

5. 鬼屋故事

张叔说完之后,我整个人都是蒙的,要不是我也进入过墨街,都要觉得他是在编故事了。

张爷爷那段经历实在太离奇。按照张叔所说的,真正的墨街已经被烧掉了,张爷爷第二次见到的墨街并不存在于现实空间,而且时间的流速也不一样。那么,我进入的那条街道很可能就是墨街。

这么多年来,关于墨街的资料记载并不多。像张爷爷这种经历,更是没有任何可供查找对比的信息,所以很难判断两者之间的联系,起码没有实证。

我突然心中一动:"张叔,我能不能看一眼那盏嘎斯灯?"

张叔点点头,很快从里屋拿出一个木头盒子来。

我掀开盖子，里面放着一个造型奇怪的东西，拎起来颇有几分重量，应该是铁皮做的。灯身部分的铁皮已经发黑了，一看就是老物件。

我叹了口气，把嘎斯灯放进盒子里。看来，在嘎斯灯上面是得不到什么线索了。

离开张家后，我茫然地走在街上。那天我是被德清带出墨街的，他跟我的情况不同，他似乎是特意去见什么人。关于那一段，我的记忆特别模糊，已经完全记不得他见过谁了，德清说过的话也只剩下模糊的记忆。

我根据那些记得的东西，对墨街进行了猜测：第一，德清可以自由出入墨街；第二，墨街有人居住。

这么说，我想要知道真相，还是得去找德清。听过张爷爷的经历后，我的这种心情更加迫切了几分。

我对德清并不了解，想要找到他，就必须通过风灵矢。但是听谢如秀说，风灵矢最近又出门了，归期不定，电话里说又怕三言两语说不清楚，只好等他回来再说。

回去之后，我查找了一些资料。墨街这种情况，和以前在海上出现的幽灵船倒是有几分相似。幽灵船在海上无风无浪的情况下神秘失踪，无论人们怎么寻找都找不到它的踪迹，多年后它突然出现在附近的海域上，船上无人，可是整条船和失踪时一模一样，仿佛时间在它身上停止了一般。还有一种情况正好相反，崭新的渔船失踪后不久再次出现，已经距离失踪时的海域万里之遥，整条船破败不堪，如同经历了几十年的时光。

这样的例子很多，都是真实发生的事情，却找不到答案。墨街也是如此，却更多了几分神秘。

同事要聚餐，我不敢喝得太多，生怕再次误入墨街，可有得受的。吃到中途，我竟然碰上了海子，这家伙半年前和于雪终于修成正果，每天忙于在朋友圈里秀恩爱，着实羡煞一帮单身狗。

海子看起来过得不错，红光满面，都能照亮地面了。和同事打了声招呼，我

第二章 墨街的传说

就跟海子走了。原来于雪不久前检查出怀孕了,正是娇气的时候,她说要吃灌汤包,海子二话没说就出来给她买。

"孩子满月的时候别忘了叫我,我给你包个大红包。"我说道。

海子一脸笑意:"那还用说?不过,我说你呀,我孩子都快出生了,你还不抓紧时间找一个,单身狗还当上瘾了是怎么的?"

我踹了他一脚:"别在我这秀优越,单身狗怎么啦?我单身,我骄傲。"

我很长时间没见到唐乐枫了,我虽然喜欢她,但是她对我没什么感觉,久而久之,我也歇了那份心思,可能我并没有想象中那么喜欢她吧。

"……抛掉你那些矜持,你又不是大姑娘,厚脸皮懂不懂?她给你发好人卡也别气馁,逮着一切机会,壁咚床咚,按着就上去亲,保证能撩到她……"海子滔滔不绝地传授我所谓的"泡妞宝典"。

我头痛地揉了揉眉角:"别把你泡于雪那些招式教给我,咱俩的情况不一样。"

和海子瞎侃了一阵,我无意间问他知不知道墨街,他说自己没听说过。这时候于雪给他来了个电话,他立马带着灌汤包走人了。

我在街上站了一会儿,看着车水马龙,霓虹闪烁。我心里想着,就这么一直走,会不会找到墨街?我对于自己的执念感到莫名其妙,似乎冥冥中有什么东西被我忽略了,可是最深的意识让我不断地去寻找那个谜底。

那一晚,我又做关于墨街的梦了。这次的内容显然丰富许多,梦中居然出现了年轻时候的张礼文和几个陌生面孔的人,我甚至见到了那口甜水井。我走过去探头瞧,水井中波光粼粼,一半白,一半黑。白色是因为倒映着月亮,黑色是因为通向地狱。一双手从黑色水纹中伸了出来,然后腾空而起,抓住了我的脖子。

我猛然惊醒,大口地喘着气。这个梦应该是受到了那个故事的影响,越变越可怕了。

第二天,我接了个电话,竟然是海子打过来的,我还纳闷他有什么事,他说回家跟于雪说起墨街的时候,于雪倒是说起一件事。

于雪还在那家杂志社工作,她做的那个栏目很受欢迎,经常能收到投稿,已经不用我帮忙了。她说的这件事，其实就是前不久收到的一篇投稿，因为是上个月的事，所以现在记忆还比较深刻。

我怕在电话里讲不清楚，急忙约海子出来，没想到于雪也来了，她还带来了一个U盘。

"那篇稿子就在U盘里，我怕海子说不清，直接就给你带来了。"于雪说着就把U盘递给了我。

我连连道谢，请他们俩吃了顿饭，下午回公司又是一通忙碌，一直到晚上才空闲出时间。我抽了支烟，才把U盘和电脑连接上，里面有十几篇稿件，我一眼略过，在最后面看到一个文档，上面写着：墨街。

就是这个了。

我定了定心神，双击打开文档，仔细看起来。文章大概一万字，文笔并不出众，但还算通顺，我很快就看完了。

文章的前头明明白白地写着一行字：这段经历并不是笔者虚构的，而是亲身经历。文章的作者，是一个叫郎瑜的青年。

郎瑜所在城市的城郊有一栋非常著名的"鬼屋"。有一次他和朋友打赌，朋友说了，只要他敢去鬼屋里住上一宿，并且有录像证明，就请他吃一个月的大闸蟹。

郎瑜胆子不小，一听只要去鬼屋过夜就能免费吃一个月的好料，顿时就心动了。所以那天晚上，他带着数码相机和一些简单的随身物品，孤身一人来到了鬼屋。

每一栋著名鬼屋的背后都隐藏着一段故事，这栋也不例外。城郊这栋鬼屋的故事我也有所耳闻，据说那栋小别墅是民国时期一个富商的私邸，富商的姨太太和姨太太所生的孩子就住在那里。富商十分风流，很长时间才过来一趟，姨太太寂寞难耐，就和一个经常到附近取景写生的青年勾搭在一起，做了一对野鸳鸯。过了大约一年时间，事情败露，富商震怒之下打断了青年的一条腿，把他赶了出去，还把姨太太软禁在别墅内，断了给她的供养。没过多久，姨太太就被饿得不

第二章 墨街的传说

成人样。临死前,她请求再见自己的孩子一面。

到底是一日夫妻百日恩,富商就带着孩子来了。没想到姨太太竟然在房间内布置了一个陷阱,还利用这个陷阱杀死了富商。然而她的孩子也受了很重的伤,血流不止。姨太太后悔了,割开自己的手腕给孩子灌血,可惜并没有用。最后,母子最终还是因为失血过多,双双死亡。传说姨太太因为不甘心自己和孩子这样死去,灵魂一直在别墅中徘徊。一旦有人进入别墅,就会大量失血,或者被吓得魂飞魄散。

这个故事在众多鬼屋故事中算不上特别,既不狗血,也不凄美。不过,当时我同学暗地里给这个故事起了个名字,叫"潘金莲的母爱",听者无不笑得喷饭,我也因此记住了这个故事。高中时期,我对鬼屋探险之类的冒险游戏很感兴趣,不过始终没鼓起勇气过去瞧瞧。后来我跟谢如秀做了朋友,就更是对这类地方敬而远之。

郎瑜去的就是这栋鬼屋。他特地带了一把狼眼手电,照明效果非常好,现在只要进去睡上一觉,打赌就算赢了。

可惜事情并没有他想得那么简单。郎瑜进入别墅后,先是拿着数码相机到处拍照、录像。除了这些装备,他还随身带着一个观音的吊坠和一把西瓜刀,既能防身,又能壮胆。

探完险之后,郎瑜就上二楼找了个房间,房间里竟然还放置着一张床,当然现在已经脏污得不成样子了,但不难想象它以前的精致模样。

郎瑜考虑了一下,到底没敢到床上睡。反正他带了睡袋,就直接在地板上面打地铺也不会冷。进入睡袋之前,他没有忘记把数码相机调成摄像模式,放在不远处的地方,对准睡袋。

郎瑜本来一向都是秒睡,也从来不认床,可是这次他罕见地失眠了。尽管他把整张脸都藏进睡袋里,仍然能感受到一股彻骨的寒意,耳边似乎还能听到呼呼的风声。郎瑜实在没办法,就起来去检查这个房间的门窗。那门虽然陈旧得很,却还不至于漏风。再说了,房间在二楼,有风也不可能顺着房门吹进来。

更让郎瑜意外的是，房间的窗户竟然整个是封死的，还用了好几层木板子。现在这些木板子经过多年的风吹日晒，已经达到一戳就碎的地步。可以想象，当年房子的主人就是用这些木板子把人牢牢地困在屋子里。

他又跑去检查了其他的房间，发现每一间都如此。这栋别墅，简直就是一间牢房。

既然房间这么严实，那么风又是从哪里吹来的？郎瑜百思不得其解，他突然想到小时候听到的鬼故事——听说鬼喜欢在人睡觉的时候在他的耳边吹气，以达到吓人的目的。

难道真的有鬼？郎瑜不敢再想下去。他拿着观音吊坠默念了几十遍"阿弥陀佛"，才把那股子寒意压下去。

郎瑜再次进入睡袋，辗转许久，才培养出一点儿淡淡的睡意。就在这时，房门发出"嘎吱"一声。

他顿时睡意全无，全身汗毛都竖立起来！然而他等了半天，并没有其他声音传来。

郎瑜刚要起身看看的时候，突然又传来了响声。这次是高跟鞋踏在地板上的声响，"笃、笃、笃"，从远到近，缓缓而来。

突然，"笃笃笃"的声音停了，就停在他睡袋旁边。即便他有再大的胆子，这时候也被吓得魂不附体。

郎瑜浑身汗如雨下，突然一跃而起，钻出睡袋就跑。因为太过焦急，他甚至从楼梯上摔了下去，一路翻滚到楼下。等他爬起来，突然发现身旁有个不起眼的小门。

"笃笃笃"的声音又响起了，他一咬牙，拉开小门就钻了进去。事后他一直懊悔，那时候怎么不从大门跑出去，偏偏进入了小门。要是没有那时的糊涂，大概也不会有后面的故事了。

郎瑜迈进小门，没想到直接一脚踏空，摔了下去。好在那地方距离地面只有两米左右，才没把他活活摔死。但这一下可把他摔得够呛，他在地上躺了好半天

第二章 墨街的传说

才缓过劲儿来，只觉得浑身都疼，大概是什么地方骨折了。

郎瑜后悔了。就算事后吃上一个月大闸蟹，也弥补不了他受的伤。如果这次能逃过一劫，他以后绝不会一时冲动就和别人打赌。懊悔了一阵后，郎瑜摸了摸裤袋，顿时松了口气。先前他为了方便，将手电放在了口袋中，现在倒是能派上用场。

他掏出手电照了照，发现自己所处的地方竟是一处地道，也不知道是通向哪里的。

空气中弥漫着灰尘的味道，但是他不敢咳嗽，生怕把那东西引过来，只好用衣服掩住口鼻。他想，既然是地道，肯定会有出口，从地道出去是现在最好的办法了。

这时候他已经顾不上打赌的事了，在性命面前，什么都是虚的。郎瑜站起身朝着前方走去，他走得小心翼翼。

地道出乎意料地长，他的手机落在二楼，也没法确定到底走了多长时间。似乎是十几分钟，或者半个小时？他感觉到不对劲，地道不可能这么长，狼眼手电的光照过去，只能看到一条笔直的光柱湮没在黑暗中，却看不到终点。

郎瑜擦了把汗，要不是后面还有个威胁，他可能早就回头了。他咬咬牙，还不信了，这条地道再长，还能通到地心去？

郎瑜加快了行走的速度。也不知过了多久，他看到一架残旧的木梯搭在墙上。

地道到头了。郎瑜仿佛看到曙光一般，捶了捶酸痛的腿，朝着木梯跑过去。他踩着木梯试了试，木梯发出木质纤维断裂的细微声响。还好他不胖，木梯勉强还能禁得住他的体重，郎瑜小心翼翼地往上爬，到了顶端，他用手一推，头顶是一块很大的石板，重得很。

郎瑜试了很多次，直弄得满身大汗，才勉强把石板顶出了一道缝隙。清凉的风立刻就灌了进来，一种重获新生的感觉油然而生。

休息了一阵，郎瑜又去推石板，甚至用上了狼眼手电，好在手电是金属材质的，并没损坏，不过多出几道凹痕。

郎瑜把石板推开了一道能容一人通过的空间就停手了，他爬出去后甚至没来得及观察周围，就躺倒在地大口喘息起来。

6. 地道

晨曦透过云层照到他的脸上，十分温暖。过了好半天，郎瑜才反应过来：现在这个时候不应该是半夜吗？怎么就天亮了？他有些不可置信，难道他竟然在地道中跑了几个小时？尽管郎瑜难以置信，可阳光总不会是假的，身体感受到的更不可能有假。

他抬头往周围瞧去。这一瞧，他顿时愣了，他正处于一个挺大的院子里，身下是一片平整的青石板，青青的绿草顽强地从石板的缝隙中钻出来，比他小腿还要高些。他身后是一栋复古的建筑，跟在辫子戏里看到的建筑差不多。一墙之隔的外面，是一条非常陌生的街道，矗立着几栋风格各异的复古建筑。他当时第一个想法，是自己可能误入了某个影视基地。

下一刻，郎瑜看到了更让他震惊的一幕：一栋陌生又熟悉的建筑进入了他的眼帘——竟然是他辛苦逃离的鬼屋！鬼屋距离他不过百十米远。

他靠近几步观察。没错，建筑风格一模一样。唯一的不同，就是两栋建筑在新旧程度上好像有差别。眼前这栋好似刚建成没几年，并没有那种久经岁月的沧桑感——意大利风格的小别墅，映衬着四周过度茂盛的绿树和红墙，说不出的富丽优雅。

郎瑜的脑子都不够用了。这到底怎么回事？如果不是他的眼睛出问题了，就是他穿越时空了，要么就是他中了什么鬼打墙、鬼遮眼。但是无论是哪一种情况，他都觉得太过离谱。也许他还在别墅里，不然眼前的一切根本说不通。

郎瑜再看向小别墅，怎么看怎么觉得鬼气森森。他害怕极了，推开大门准备

第二章 墨街的传说

拔腿就跑,眼前是陌生的街道、陌生的环境,一景一物都很真实,真实到让人害怕。

他虽然已经很累了,但是还是跑得飞快。街道两边矗立着各式各样的房子,有新有旧,有西式的洋楼,也有古典的中式大院以及破旧的民居,他就像一脚跨进了历史中。

郎瑜一路狂奔,过程中连一个人都没看到。四处静悄悄的,没有人,没有鸟鸣狗吠,连吹拂而过的风都是静悄悄的,好像怕惊扰了什么。

郎瑜终于停了下来,他的面前出现了一堵高墙,三米多高,光溜溜的,不借助工具根本爬不上去。高墙前方立着一根很粗的电线杆子,上面贴着一张大大的、满是墨迹的白纸。郎瑜走过去一看,发现上面都是繁体字。他辨认了好一阵,连猜带蒙,才读懂了上面的内容。

那是一张告示,说的是墨街发生异变,政府为了保障人民的安全,将要全面封锁墨街,要求墨街的住户在限期内搬离出去,政府会给予一定补偿,违者会立即进行抓捕,绝不宽宥。

郎瑜又观察了一下,发现好多地方都贴着那种告示。他特别注意了一下,这些告示下面写的时间是八月初五,没有写年份。

这么说,他现在待的地方叫墨街。他从来没听说过这个地方,有点不知所措。这个地方是真实的,还是虚幻的呢?他一巴掌重重地拍在高墙上,粗糙的墙面刺得他掌心生疼。

郎瑜跑遍了整条墨街,发现这条街确实完全被封闭了,可能他进来的那条地道是唯一一条入口。可是,这么严密的封锁,怎么可能漏掉那条地道?他想不明白这其中的道理。

出来的时候太匆忙,郎瑜几乎什么都没带。跑完一圈后,他又渴又饿。一想到只能从那条地道返回,他更是腿软得站都站不住。

别管这里到底是什么地方,现在找到吃的才是第一要务。不然,没等那个女鬼杀了他,他自己先饿死了,才真是个笑话。从地道返回花费的时间太长,他觉

091

得自己撑不了那么久，就只能期盼从这偌大的墨街里找出点儿吃食了，不然树皮草根必要时也能充饥。

郎瑜急忙闯进每一栋房子，就为了找到一点可以果腹的东西。他的运气还算不错，跑了五六家，找到了些高粱米，还有一点白面。墨街的中心有一口水井，郎瑜就把东西都搬到那去了。他找到一口小锅，拆了两把椅子当柴火，费了好大的劲儿才弄出一锅半生不熟的高粱米饭，还有半锅什么都没加的面疙瘩汤。

吃了东西，身上好歹恢复了一些力气。郎瑜回到了地道入口处，再回头看不远处的鬼屋，总觉得不甘心。他这个人胆子大，性子野，不然也不会同意和朋友打赌。他想进鬼屋看看，他总觉得，也许谜底就藏在那栋房子里。

犹豫了片刻，郎瑜就下定了决心。他有预感，返回地道后不一定能再次回到墨街，也许这就是唯一一次机会。小别墅的外围围着一圈红墙，既结实又美观，现实中并没有围墙，很可能是损坏或者拆掉了。铸铁雕花大门虚掩着，郎瑜轻轻地推开，径直朝着小别墅走去。

小别墅的门也是虚掩的，仿佛里面的人并没有离去。郎瑜放轻了脚步，里面的情景让他一愣：屋里非常凌乱，翻倒的家具、扯掉的地毯和窗帘都被堆在墙角，地板上到处都是瓷器的碎片，像是发生过一场战争。

尽管这里很乱，郎瑜还是能确定，这栋小别墅的布局和那栋鬼屋一般无二。这又是一个证据。郎瑜小心地避开碎片朝二楼走去，走近了才发现，通向二楼的楼梯上有一道蜿蜒而下的血迹，血迹早已经干涸了，那道暗红色显得特别刺眼。他很轻易就找到了二楼最大的那间房，而血迹就是从那个房间流出来的。

推开房门时，郎瑜紧张得不得了，生怕会看到一具尸体，甚至更多尸体。他也听说过这栋鬼屋的传说，很明显，传说中的姨太太曾经的卧室，就是二楼这间最大的房间。

推开门后，郎瑜被扑面而来的气味熏得差点儿吐出来。房间里的血腥味实在太浓了，仿佛刚刚有人在这里进行了大屠杀。

好不容易压下胃里翻涌的疙瘩汤，郎瑜走进了屋里。让他诧异的是，屋子里

第二章　墨街的传说

干干净净的，一点儿血迹都没有，也不像一楼那么乱。如果不是窗子上都钉着木板，这里看上去就是一个女人的香闺。那张大床完全就是郎瑜想象中的模样，大床旁边立着一个很大的梳妆台，尽管有光线从房门透进来，屋子里还是有些幽暗。郎瑜朝梳妆台走过去，梳妆台上镶嵌着一面很大的镜子。但是鬼屋里并没有这个梳妆台，也不知道弄哪儿去了。

郎瑜本来是想去拉梳妆台上的抽屉，无意间朝镜子瞥了一眼，却被吓得差点儿喊出来：镜子上满是干涸的血迹，仅有少许空白，而那些空白处却在镜子上形成了一幅画——一个低着头的、头发凌乱的女人，从发梢底下稍稍露出一双眼睛，眼神空洞，像是在看马上就要丧命的蝼蚁。

看到这幅画面，任何人都会觉得不舒服。郎瑜甚至想找东西把它砸碎，因为那双眼睛让他浑身的汗毛都竖起来了。鼻端始终萦绕不去的血腥味，让人觉得在这一刻好像堕入了地狱。

郎瑜猛地搓了搓脸，才把那个可怕的感觉驱散。他想，既然这里是鬼屋的前身，当然得有些可怕的东西才当得起鬼屋的名字，这就像恐怖电影里的道具一样，纯粹就是吓人玩儿的。

假的，都是假的。他在心里不停地安抚自己，才勉强把涌上来的寒意压下去。

郎瑜活动了一下僵硬的手脚，想要退出这间诡异的屋子。就在这个时候，他不知道碰到了什么，只听"当啷"一声轻响，头顶上精巧的吊灯突然脱离了天花板，朝他砸了下来！

千钧一发之际，郎瑜朝旁边倒去，硬生生避过了吊灯的致命一击。不过他的左腿仍旧被吊灯砸中了，顿时一阵钻心的痛，他忍不住叫了一声，差点儿飙出几滴男儿泪来。

郎瑜把吊灯推到一边，试着动了动腿，应该没骨折，不过骨裂绝对跑不了。他不禁一阵后悔：要是没回来就好了，这该死的好奇心！

不过吊灯为什么会突然掉下来，还照着他脑袋上砸？要不是他反应快，估计现在脑袋都开飘了。

郎瑜挣扎着从地上爬起来，突然听到一阵"骨碌碌"的声音。原来，不知从哪里滚出了一颗球，球看上去只有巴掌大小，就跟长眼睛了一样，不偏不倚地朝着他滚过来。

现在的郎瑜已经成了惊弓之鸟，况且这颗球出现得太过莫名其妙，他心中生出不祥的预感。他赶紧拖着左腿后退了几步，只要再走上几步，就能离开这个诡异的房间。

那颗球滚到郎瑜刚才倒下的位置就不动了，停下的那一刻，球体突然毫无预兆地爆开，从里面溅出一些黑色的液体。郎瑜离得还不够远，少许的液体溅到了他的裤子上，手上也沾上了一点儿。被沾上的那一点皮肉像是被什么烧焦了一样，先是发黑，然后慢慢地溶出一个小小的血洞。

郎瑜被这一变故惊呆了，刚才要不是他躲得快，现在恐怕已经成死人了。

这什么地方啊，陷阱一个接着一个，个个致命。他意识到，也许隐藏起来的陷阱还不止这些，他必须马上离开这里。

郎瑜脱下沾到液体的裤子，丢弃到一旁，然后一瘸一拐地跑了出去。房门刚合拢，郎瑜就听到一声很大的响声。他回头一看，一个十分尖利的金属箭头穿透了木质的房门，那力量大到房门都一直震颤不止。

很显然，他又一次死里逃生。只要稍有偏差，他早就死透了。郎瑜几乎是连滚带爬地下了楼梯，他想起他就是在出逃时发现了鬼屋隐藏的地道，那么这栋和鬼屋一模一样的小别墅里，是不是也有同样的地道？

郎瑜循着记忆找到了那扇小门，却发现那是一间堆放杂物的地方，没有一丝一毫地道的影子。

郎瑜也不知道什么地方出了错，不过他来不及细想，随手从杂物间拿走一根木棍，暂时用来充当拐杖，加快了离开的速度。进入地道口的时候，郎瑜深深看了看小别墅，这如同噩梦一般的存在，他这辈子不想再遇上第二次。

再次进入地道前，郎瑜已经做好心理准备。进入地道后，时间都成了模糊的

第二章 墨街的传说

符号。他捏了捏衣服兜里事先准备好的高粱米饭团,有了这个,哪怕三天都走不出去,至少他也不会饿死。

可是郎瑜没有料到,他很快就走完了整条地道。这一次真的非常快,差不多也就十分钟,这种差别让他觉得自己像是做梦一样。

他艰难地从地道里爬出来,天还是黑的。郎瑜没敢去二楼拿装备,就直接离开了鬼屋。回到家后,父母抱着他又哭又笑,原来父母以为他失踪了,足足一天一夜的时间,大家到处找他。最让他气愤的是,在鬼屋把他吓得够呛的"高跟鞋女鬼",原来是跟他打赌的朋友假扮的,当时还有两个人藏在别处等着看他的笑话。只是他从楼上跑下来之后就失踪了,把大家都吓得魂不附体,以为真的闹鬼了。后来实在找不着他,大家就只好去报警,郎瑜的父母也知道了这件事。

"你们没发现那条地道吗?就在那个小门后面。"郎瑜不可思议地问道。

"发现了呀。"朋友说,"本来我们还以为你从地道遁了呢,我进地道找你了,结果发现地道那头是封死的,连只蟑螂都飞不过去。这一天一宿,你去哪儿了?我还以为自己成千古罪人了,以后要照顾你爸妈后半辈子。"

郎瑜狠狠给了朋友一拳:"你还说去找我了,我就是顺着那条地道跑到别的地儿去的,不然你们以为我会穿墙术,在你们眼皮子底下说没就没了?"

朋友坚持自己没有撒谎,还找了两个证人来。这下,郎瑜也不得不信了。

其实求证的最好办法是他自己再回鬼屋去看看,可是他实在不想再经历一次那样的事儿了。那里太过古怪,有很多地方说不通。如果说鬼屋闹鬼是朋友的恶作剧,那么小别墅里发生的种种诡异事件又是谁在搞鬼?墨街明明已经被封死了,搞鬼的不是人,难道是鬼?

这段经历太过难忘,所以郎瑜在看到"天下轶事"这个栏目的时候,就忍不住将它写下来投稿。

于雪说,其实这篇稿子并没有中选,首先字数过多,其次是牵扯到墨街。以前不是没有出现过关于墨街的稿件,毕竟很多上了年纪的人还记得它。墨街曾经发生过两次重大火灾,而且还被莫名其妙地封锁,即便并不了解墨街内情的人,也能根据这个背景编出不少离奇的故事。于雪刚到任的时候，就被告知过有几种稿子不能录取刊登，有关墨街事件的稿件就是其中之一，所以郎瑜的稿件哪怕再精彩也不能录用。

虽然不能录用，但是于雪对这份投稿印象十分深刻，那边海子一提起墨街的事来，她就想到了这份投稿。

郎瑜在稿件里写的都是真实的吗？我仔细地回想，试图找出它和我印象中的墨街重合的地方，可惜并没有。不过他的经历和张叔叙述的故事倒是有部分重合。比如说街心那口甜水井，比如说将墨街封闭的高墙。

这就很让人费解了，我相信张爷爷的经历是真的，郎瑜的经历真假难辨，但是根据他稿件中提到的东西，至少能肯定他知道一些内情。

城郊的鬼屋多年前就存在，我记得前几年还有胆子大的人进去做过探险直播，并没有发生什么怪事。可是不久后，进去探险的四个学生就出事了，当时新闻还报道过这件事。我看过配的图片，四个学生浑身是血地被抬上担架，其实受伤不算太重，就是血流得多了点。经过抢救，有三个学生成功救活，还有一个流血过多，没抢救过来。记者采访活下来的三个学生时，他们都不约而同地选择了沉默。后来法医经过鉴定，发现死者的伤竟然是自己砍出来的，所以最终死因判定为自杀。当时新闻还呼吁减轻学生负担，杜绝校园暴力，关爱未成年人。

看到这条新闻时，我还在上大三，着实被我妈好好地"关爱"了一段时间。每天她都要和我谈心，回家的时候全程围着我转。我爸晚上和我抵足夜谈，把我"关爱"得泪流满面，当天便连滚带爬地逃回学校。

现在想想，那四个学生真是为了自杀才去鬼屋吗？既然鬼屋一直都在，那么郎瑜在墨街里看到的一模一样的小别墅是怎么回事？当然，这是个伪命题。它的成立，还得有一个先决条件——郎瑜在墨街的经历是真实的。

顺着这个伪命题往下推论，地道这一点，倒是和张叔叙述的一致，就是不知道这两条地道是不是同一条。

不过，郎瑜在小别墅中九死一生的经历，我倒是有一点想法。

第二章　墨街的传说

鬼屋的传说中，富商将给他戴绿帽子的姨太太禁闭在别墅中，姨太太用见孩子最后一面的借口引来了富商，并利用她事先布置好的陷阱杀死了富商。小别墅二楼的卧室里同样有着致命的陷阱，还不止一个。这些陷阱看上去都很玄，听上去像是厉鬼在作恶，不过仔细一想，仍有破绽。

首先说郎瑜打开房门后闻到了浓重的血腥味。这一点，其实很容易做到。血腥味和铁锈味很相似，姨太太不可能用自己的血制造那么大的血腥味，她完全可以用铁锈来代替。让铁迅速生锈并不难，把铁器浸泡在加热的盐水中，很快就会生锈。

其次，郎瑜表示在梳妆镜上看到了那张绘着的血红人脸。红色的颜料很容易就能做到这点，并不一定需要用血。传说中和姨太太偷情的是个会画画的青年，那么别墅里有颜料也并不奇怪。

再来，便是脱落的吊灯和爆炸的小球，还有射穿房门的箭。这些小机关，虽说只要懂一些物理和化学知识也能办到，但要做到并不容易。由此看来，这位姨太太也是个能人。

分析了这么多，我非但没有解开郎瑜故事中的谜，反倒增加了一些。不过这份稿件并不是全无用处。

我想，也许我该去鬼屋探一探险了。

说是一回事，真的想要做到，并不是那么容易。我不想一个人去，可是我能叫谁呢？叫海子吧，于雪怀孕了，正需要他。听说他经常大半夜出去给于雪买消夜，简直快把于雪宠上天，这么危险的事情，他肯定不能来。

其实我心中最好的人选是谢如秀，有他那双眼睛，说不定能勘破其中的奥秘。

我给谢如秀打了个电话。他听完我的目的后，想也没想，就答应了。

"那个地方我早就想去看看，正好老风不在，我也没什么事儿干，就陪你走一遭吧。"

谢如秀并没说实话。以前他对鬼屋这类地方可是避之不及，哪里会想去呢？

097

但是，对于他的义气，我颇为感激。

"谢啦，回头我请你吃饭。"

谢如秀立刻道："那不行，光请一顿饭就把我打发了？"

我忍不住笑了："一顿不行就两顿呗。"

"成交！"谢如秀拍板。

事情朝着好的方向发展，我的心情愉快了许多。我和谢如秀说定时间，接着就挂断了电话。

现在，还有一件事等着我去解决。

7. 井中尸

我从于雪那里要到了郎瑜的地址，找朋友借了一辆车，开到他家附近之后，并没有直接登门拜访，而是待在车子里，观察着郎瑜家的动静。

我埋伏了整整一天，才看到一个身材高大、走路有点儿瘸的青年走出楼道。我凭直觉认为他就是郎瑜。郎瑜左腿骨裂，不远处的青年刚好也是左腿不太灵便的样子。

青年越走越远，我开车在后面慢慢地跟着他，好在是在小区内，不至于太引人注目。

快要开出小区时，一个微胖的女孩子突然跑过来，递给青年一包东西，道："这是我妈让我给你的，她说让你泡脚的时候放一点，腿很快就好了。"

青年道谢，拿着东西走了，看他的目的地，应该是对街的超市。

我看了一眼已经走过马路的郎瑜，又看了一眼正哼着歌往小区外走的女孩，出声叫住了她："小妹妹，刚才跟你说话的人叫郎瑜对不对？"

她很自然地点点头："对啊。"突然，她像是想起什么似的，绷起一张脸，"你是谁？我告诉你不要瞎打听，我们这里治安很严格，有监控！"

第二章 墨街的传说

我哭笑不得，冲她摆摆手就开车离开了。

原来那个青年真的是郎瑜。就是说，那份稿件的真实性至少有百分之五十。

我想要确定的就是这个。最近发生的事情都太过巧合，或者说太过顺利。我想到找张爷爷询问墨街的事，结果他不仅知道，还有过那样一段难忘的经历。我和海子闲聊，结果于雪就拿来了一份有关墨街的稿件。如果不是偷偷过来看郎瑜，我真怕那份稿件就是他编出来的故事。哪怕真的和他面对面了，又焉知他要说的不是编出来的故事呢？

是的，我觉得这一切都太过巧合了，就像是无形中有只手正牵着我，一步一步往前走。每一步都暗含玄机，谜团中套着谜团。究竟暗中操纵的人是谁呢？或者根本没有这个人，只是我太多心。也许是吧，这世上本就有"无巧不成书"这句话。不管是巧合还是有人在暗中操纵，于我而言并没有什么危害，我循着线索走下去又如何？

想明白这点，我就不再犹豫，按照郎瑜稿件中给出的东西，买了一些必备品，不管用不用得上，总归还是有备无患才安心。

我和谢如秀约的是这个星期六的下午，我把备好的东西都塞到一个非常大的登山包里，向着鬼屋进发。我和谢如秀几乎同时到达鬼屋，我先头明明嘱咐他让他带点必备品，可是这小子竟然两手空空地来了，让我颇为无奈。还好我准备得多，勉强也够两个人使用。

进入鬼屋之前，我仔细地观察了附近的环境，而且还拍了许多照片。鬼屋周围并没有红墙和大树，只有一丛丛及膝的荒草和一些散布在四周的大小石块儿，还真带着几分恐怖的气氛。走动间，我不小心踢到一块石头，石头滚动了几下，露出原本压在石头下面的东西来——竟然是一张没有烧透的纸钱。

我蹲下，捻起一小片看了看，中心一点呈暗黄色，边缘一圈是黑的。纸质粗糙，有结点，确定是纸钱无疑。

可是，谁会来这里烧纸呢？

我把这个发现告诉谢如秀，他转身就去踢那些石头，结果发现不少石块下面有这种没烧透的纸钱。

"也许……"我迟疑道,"是前几年那个去世的学生的家长烧的,毕竟那个学生死在这里。"

"可是纸钱烧成这样算个什么意思?老风说了,纸钱烧不透,对死者和生者都不好。"谢如秀说道。

我望着那些被翻开的石块。确实,这么多没烧透的纸钱,看起来并不像是巧合,倒像是故意这样做。

我指着石块和纸钱:"风叔没说过这是什么意思吗?"

谢如秀摇摇头:"老风快回来了,到时候我问问他。对了,你上次跟我说墨街什么的,这地方能过去吗?"

"看运气吧。如果实在不行,就只能找德清真人了。"我望着在艳阳下依然显出几分阴森的鬼屋说道。

我和谢如秀一前一后走进了鬼屋。民国时期的房子如果保持到现在,基本都拥有百年左右的历史了,如果能用心维护,可能还能保存完好,可是没有人维护的房子多半已经不成模样。不得不说,这栋小别墅现在还存在,真的是个奇迹。

鬼屋的大门已经成了摆设,破败得仿佛多用几分力就能把它戳个窟窿。进去之后,我还没观察到什么,就被一只蹿到我脚边的老鼠吸引了注意力。那只老鼠仿佛并不怕人,它甚至在我跟前停留了几秒钟,才匆匆地跑过。

屋子里遍布着蛛网,几乎成了蛇虫鼠蚁的天下。这些信息,郎瑜在稿件里只是一笔带过。如今我看到这一幕,对他真是肃然起敬,这么恶劣的环境也能睡得下去,这人的神经还真不是一般的大条。

我并没急着去找郎瑜所说的位于一楼的小门,而是按照他当初的顺序,先是大致浏览了一楼,然后向二楼进发。

走在木质的楼梯上,每一步都能听到那种令人牙酸的咯吱声,我生怕楼梯禁不住我和谢如秀两个人的重量,等到他走上去之后,我才小心翼翼地踩上去。

二楼看上去没什么特别,布局跟拍民国电视剧里的建筑差不多。我找到最大

第二章 墨街的传说

的那间房,这间房就是郎瑜决定过夜的房间,也是他被偷袭,差点儿死在那里的房间。

我推开房门,"吱呀"一声传来。我向谢如秀使了眼色,意思是让他看看里面有没有什么"东西"。谢如秀探头探脑地瞅了几眼,对着我摇了摇头,我这才放心往里面走。

屋子里的情景跟郎瑜形容的差不多,光线昏暗,偌大的房间里只有一张破烂无比的床。床上的灰很厚,我上去抹了一把,灰尘下是大面积的暗色痕迹,不知道是血迹还是污渍。

"这地方真是瘆得慌,咱们快下去找你说的那个地道吧。"谢如秀抚了一下手臂。

我也没坚持,反正上来也只是走个过场,要不是担心出事,我更想晚上过来。

退出二楼的房间,我们俩分头去找郎瑜稿件中提到的小门,按他所说的话似乎就在楼梯附近。我找了找,很轻易就看到一道小门,的确不太起眼,却瞒不过有心人的眼睛。

我心中一喜,拉开小门一看,看到的不是地道,而是一个不太大的小空间,里面靠墙角放着几把破烂的椅子,除此之外就没别的了。

尽管来之前我早就做好了心理准备,但还是忍不住失望。有墨街的诡异事件在前,地道消失这一点似乎也没有那么惊悚。这,还是在郎瑜没有编造故事的情况下。

我低头钻进小门里,虽然没看到地道,可是我还得再看看才能死心。

刚钻进去,谢如秀那边突然喊了一声:"赵鄂,过来一下,这边有点儿奇怪。"

我只好退出去,朝着谢如秀的方向走去:"怎么了?"

谢如秀没回答,我走过去一看,这边是一楼最边缘的角落,一路走来都是斑驳的地板,走到这里却出现了一个凹陷的大坑,大概有一米深,最低端呈现出锥状。最最奇怪的是,坑里的木块和沙土都不是静止状态,它们正向着最低端缓缓地滑落!

"你看最底下!"谢如秀提醒我。最底端有一道若隐若现的缝隙,就像个黑洞一样,仔细一瞧,更像是一只半睁半闭的眼睛。

"这是怎么回事?"我十分诧异。我敢肯定,郎瑜进入这里的时候,一定没看到这个坑。或者说,他来的时候,这个坑根本就不存在。它突然出现了,是什么造成的?

"赵鄂!"

谢如秀惊恐的脸出现在我的视线里,由近及远。我这才意识到自己不知何时竟然掉进了坑里,而且脚底就像被什么吸住了一样,不停地往下陷!

"赵鄂,抓住我的手!"谢如秀大叫,不停地往上拽我。可惜,他的力量显然无法和那股吸力做抵抗,我下陷的速度越来越快,快到没有时间想其他办法。我快要崩溃,我拿的剧本明明是"鬼屋探险",怎么突变成"致命沼泽"了?

眼看着谢如秀就快被我拽进坑里,我急忙撒手:"谢如秀,你快上去,找人来救我!"

喊声刚歇,我的两条腿已经陷进去大半。谢如秀的眼睛四下扫描,最后定在我为了防身带来的一把半臂长短的西瓜刀上,他立刻放开我的手,过去抄起西瓜刀。

我吓得脸比刚才还白上几分:"你干啥?"

"赵鄂,腿和命你选哪个?"谢如秀暴喝。

"我两个都选!"我一脸的汗,"你快把刀放下,我告诉你,要是你把我腿砍下来,我恨你一辈子!"

谢如秀丧气地扔下西瓜刀又过来往上拉我,累得头上的青筋都迸出来了。这时我整个身体已经陷进去了三分之二,我只觉得脚下空落落的,仿佛这底下是个无底洞——这是不可能的,房子的下面是地基,这栋房子下面怎么可能有无底洞?

谢如秀眼看着不行,又去翻我带过来的东西。这次他翻到一捆绳子,他拿着

第二章　墨街的传说

绳子做了个绳套，就这点儿工夫，我整个身体只剩下脖颈往上还露在外面。

谢如秀试了几次，终于把绳套套在我的脖子上。

我苦笑道："你是要勒死我吗？"

谢如秀愣了一下，果然他还没想到这一点，光想着怎么救我了。眼看着我即将没顶，他想不出任何救我的方法，虽然我不知道自己即将面对的是什么，但在这种时候，我竟出奇地冷静。

"你马上打电话给风灵矢求救，我爸妈那边，暂时先帮我瞒一下……"

我的话还没说完，谢如秀就一鼓作气跳了下来。要不是他收腿收得快，我的鼻子都差点被他踹歪了。

当我整个人都被黑暗吞没之后，我的意识也变得模糊。恍惚间，我像是一直在往下坠，又像是在天上飘。又过一会儿，身上什么感觉都没有了，好似被人封住了五感，只有意识时睡时醒，告诉我这一切还没有结束。

不知过了多久，我身上的感觉逐渐恢复，我的第一感觉就是太冷了。我猛地睁开眼睛，发觉自己竟然泡在水中，头顶是一方又圆又小的蓝天。

我怎么掉井里了？对了，谢如秀呢？我喊了一声谢如秀，井里响起了回声，不停地在我耳边回荡。之前发生的事情逐一浮现在脑海里，我整个人都不好了。我现在到底在哪里？

照理说，谢如秀和我一起掉下来，我们应该在一处才对，为什么我在井里，他却没有了踪影？该不会掉进井里的时候被淹死了吧？

想到这个可能性，我一阵心慌，深吸一口气，一个猛子就扎进了水里。刚开始空间还很窄，随着我的下沉，下面的空间大了不少，至少比上面的空间大了五六倍不止。

井里太黑了，水中更是如此。即便我努力瞪大了眼睛去看，仍然看不到什么。好在空间有限，我干脆伸手去摸，受不住了就浮上水面换气。就这样试验了几次，我终于摸到了一些古怪的东西，长的、圆的、滑腻的、扎手的，都有。我没有去分辨这些到底是什么，反正不是谢如秀就行。

当我再一次潜入水底的时候，这一次跟之前的都不同。因为这一次，我摸到了一具尸体。

那具尸体紧贴着角落，刚开始摸到尸体时，我并不知道那是一具尸体，可是当我的手戳到一片滑腻的软肉上时，那种人类皮肤特有的触感让我的手臂一麻，我控制不住喝了几口冰冷的井水，整个肺腑仿佛都被冻住了一样难受。

这、这不可能是谢如秀！在水里泡了这么久，我浑身又冷又乏。一想到下面躺着的可能是谢如秀，我心里难受得要命。我使尽浑身的力气拉住那具尸体的某个部位，拼命地往上游。

井里的水位线上有块稍微凸起的石块，我攀住石块，尸体在上面搭了个边，好歹不会立刻沉下去。做完这些，我紧紧地靠在井壁上，一只手还紧紧地攥着尸体不敢撒手，一边却不敢睁开眼睛。

这具尸体肯定不是谢如秀，我想着。谢如秀会游泳，尽管游得不怎么样，也不会被一口小小的水井淹死。反复给自己做好了心理建设后，我这才慢慢地睁开眼睛。尸体的面部朝下，身材倒是和谢如秀有几分相似，不过衣服看上去就不是谢如秀穿的那件。

我的心刚放下一半，随即又想到，井里怎么会有尸体？刚刚我还吞了好几口井水，实在是太恶心了！

我对着井水干呕了一阵，才勉强把那股恶心压下去。我在上衣里摸索了一下，手机还在，可惜被水泡了太久，已经无法开机了。

来之前我设想了很多种情况，唯独没有想到自己会被泡在水里。我苦笑了一下，发觉自己手里还拽着那具尸体。不过只要尸体不是谢如秀我就放心了，现在我自身难保，自然也不会去管什么尸体。但是为了保险起见，我一咬牙，逼着自己去翻那具尸体。尸体应该被泡了不短的时间，裸露在外面的肌肤都膨胀起来了。

等我真的看到尸体的正面时，我只觉得五雷轰顶，脑袋里嗡嗡作响。怎么会是他？这不可能！

第二章　墨街的传说

一张被井水泡得浮肿的脸孔呈现在我面前，眼睛微微睁着，嘴巴张着，瞳孔是灰色的。这张脸，既陌生又熟悉。

居然真的是谢如秀！

8. 玉珠

谢如秀死了？

我还来不及有别的反应，巨大的悲伤和愧疚就击中了我，我不该叫他来的，明明知道他个性冲动，为什么还要拖着他一起冒险？看到一具陌生的尸体变成了熟悉的人的尸体，而且这个人还是我的好哥们儿，我已经震惊到不知该如何是好了。

看着眼前的尸体，我忍不住痛哭流涕。转而想到如今的处境，我更是悲从中来。

长时间泡在水中，我的身体有些支持不住了，刚开始还不停地打摆子，后来整个都冻木了。我想，这次自己大概也要死在这里了。我死后，恐怕不会有人来给我收尸，谁都不知道我为什么会出现在这口井里。

我望着谢如秀的尸体，心想，好在我们死在同一个地方，也不怕死后太孤单。想当初谢如秀一时心血来潮，还想和我拜把子来着。我嫌他太幼稚，他却说自己一直很向往那段"不求同年同月同日生，但求同年同月同日死"的誓词，说起来让人有种心潮澎湃的感觉。这下我们真是同年同月同日死了，可是我心里半点儿都澎湃不起来，只有将死的悲伤和绝望。

渐渐地，我已经拉不住谢如秀的尸体，只能勉强让自己浮在水面上，眼睁睁地看着他的尸体又一次沉到水底。到了这一刻，我也不想放弃。没有经历过死亡，体会不到生的可贵。就这样吧，能坚持多久就多久，直到坚持不住为止……直到我的尸体和谢如秀的尸体都泡在这不见天日的水底，肩并肩地躺在一起，最

105

后腐烂到不分你我。

不知过了多久，也许是一天，也许是两天，也或许才过了几个小时，我的手臂再也支撑不住身体的重量。没有了支撑，井水瞬间淹没了我的脖子，接着是我的下巴、我的鼻子、我的眼睛，最后没顶。

我拼命地想浮上去，可是没用，整个身体犹如压了千斤巨鼎，做一个动作都无比艰难。冰冷的水钻进食道，钻进肚子，渗透进身体的每一处经络，只要几分钟时间，我就会成为一具尸体，成为一个新的冤魂。

可是我不知道该恨谁，大概最该恨的是我自己，或者说命运。我不知道别人在死亡的时候什么样，在这临死前的一刻，我特别清醒，我清楚地感知到身体的生机正在逐渐消逝。生机每消逝一分，就会被黑暗吞噬一分。这个过程实在太可怕，如果能够选择，我希望自己能死得糊涂一点，而不是在清醒中看着自己一点一点地走向死亡。

就在我体内的最后一点生机将要耗尽的时候，我感觉身体里的某一点突然一热，像是有一颗能量弹在我的体内爆炸，身体中某个部分像是要破体而出。我仿佛意识到，那部分似乎对我十分重要，于是用尽最后的意识和那股力量相互对抗、争夺——

身体越来越烫，冰凉的井水甚至都能让我感觉很舒服。不过很快，我血液中那股子滚烫的热意就把那股凉意冲淡了。我觉得自己像是一只跳进滚烫油锅里的虾，怎么挣扎也逃不出去。最后我实在支撑不住了，就这么晕厥过去。

晕厥是身体的防御机制对自身的保护，可是在那种情况下晕厥，却让我错过了许多东西。或者说，我错过了自己一直在追寻的秘密。

我清醒的时候，发现自己还是泡在井水里。我努力回想晕厥之前发生的事，突然脸色一变，上下摸了摸，身上好像并没有什么不妥。

这是怎么回事，我不是死了吗？可是我这会儿除了浑身冰冷，却并没有别的症状，但是那种濒临死亡的感觉已经消失了。我轻轻地靠回井壁，身体轻松不少。

第二章 墨街的传说

其实对于这种情况，我心里已经有了猜测。先前玉珠被我无意间吞进肚子里，之后它就像不存在一样，并没给我造成什么影响，我经常会忘记身体里还存在这么个"异物"。玉珠是奶奶留给我的遗物，奶奶小时候曾坠入荷花池，有过濒死的经历，那时候玉珠就握在她手中。后来奶奶养好了身体，跟正常人无异。今天我也差点儿被井水淹死，濒死之际，体内突然产生了异动。也许，就是玉珠在作怪？还有那种破体而出的感觉……难道说玉珠有了自己的意识，想要出来？那么我现在究竟是活着还是死了？

太多的想法充斥在脑海之内，我难受极了。我仍然会觉得难受，大概就是还活着吧，毕竟死人是没有感觉的。可是再不获救，我恐怕也活不了多久了。

我仔细观察这口井，它其实并不是直上直下的结构，井口小，下面逐渐阔大，像是一口瓮。这样看的话，除非我是壁虎，或者拥有什么特异功能，否则想要爬上去根本就是天方夜谭。

我越打量越丧气，靠自己出不去，那就只好喊救命了。我气运丹田，对着井口大声地喊救命，只希望附近有人烟。要是我现在待的地方是墨街那口井，我大概只能等死了。

喊了不过半个小时，我就有些喊不出来了，井太深，声音太小，根本送不出去。大声喊叫的后果是嗓子痛得不行，每喊一声都像刀子在刮。外面大概没人，如果有人经过，我这么大吼大叫，外面的人怎么也能听到些动静。

好饿啊，肚子一直叫个不停。人家死刑犯死之前还有顿断头饭呢，我却什么都没有，要是能在死之前吃点儿东西就好了。

我垂头看着水面，极度沮丧。谢如秀还躺在水里呢，不知道他死的时候饿不饿。

我强忍住眼泪，现在悲伤没有意义，因为我也快死了，沉寂在这黑暗的井底，直到化成白骨。就算某天真的有人发现了我们，恐怕也不会知道这两具骸骨是谁，只不过是两个可怜人。

不论是谁，都逃不过死神的镰刀。我自嘲地一笑，如果死的是我，谢如秀可能还会看到我的魂魄，而我却什么都看不到，真是可惜了。

这时，水面突然响起"啪"的一声，不知什么东西坠入井里。水花四溅，溅了我一头一脸。

什么东西？我吃惊地往水里看去。那是一个牛皮纸的纸袋，里面鼓鼓的，不知道放着什么，封口被什么东西扎住了，竟然浮在水面上没有下沉。我抬头往上看，上面空空的，什么都没有。我沙哑着嗓子喊救命，喊了半天，丢纸袋的人也没出现。

这是怎么回事？那个人不肯出现，我只好游过去把纸袋抓住。纸袋外表几乎湿透了，里面因为有一层塑料膜，并没有受到什么影响。我把里面的东西掏出来一看，竟然是一根鸡腿，色泽金黄，喷香扑鼻。鸡腿虽然在冰冷的井水里泡了一会儿，却还带着一丝温热。

受到香味儿的刺激，我的口水都差点儿溢出嘴角。我把心一横，反正我出不去就只能等死，管它有没有毒，先填了肚子再说。我大口大口撕咬着鸡腿，平时吃可能还会觉得腻，现在却成了绝世佳肴。

吃完鸡腿，腹中的饥火终于平息了少许，身体也暖和了一点。我把已经没有一丝肉的鸡骨扔进牛皮纸袋，随手展开纸袋，发现袋子上写着"炸×坊"。市里像这样的小店有六七家，或许还要多，不过牛皮纸袋上没有注明地址，就不知道是哪家的东西了。

我突然心中一动。我吃到鸡腿的时候，鸡腿并未凉透。也就是说，这个鸡腿应该是刚买过来没多久，或者那家店就在这附近。鬼屋在城郊，我观察过附近，并没有卖食物的店。哪怕是最近的一家，也要十分钟左右的车程。就算那个人是开车过来的，他到的时候鸡腿还是热的，可鸡腿在冰冷的井里面大概泡了一分钟，可鸡腿却还没有凉透，这说明了什么？

顺着这条线索推理，我觉得自己现在应该不在鬼屋附近。先前我大喊救命并没有人来，说明这个地方应该比较荒僻。反过来推论，这里应该也不是墨街，如果是墨街，那个人是怎么进来的？

第二章　墨街的传说

我想起德清和那个奇怪的女人，刚刚扔鸡腿的总不会是这两个人吧？随即一想，我又觉得这个想法太荒谬。如果是德清，他应该不会见死不救。如果是那个女人的话，我仅仅见过一面，实在无法进行猜测。

吃了一根鸡腿，我生存的时间又延长了一点。身上有了力气，我又一次潜入井底，把谢如秀的尸体拉上水面。

第一次我太过震惊，甚至不敢去看那张太过熟悉的脸，这一次我要好好地看一看。说到底，我心中还抱着希望，不愿意相信谢如秀已经死了，心中的怀疑不断堆叠，这次我非要弄个明白不可！

我将尸体搭在那处小小的凸起上，扳过尸体的脸，仔仔细细地看。

没错，这张脸明明白白就是谢如秀的脸。我忍住眼中的酸涩，又去看尸体的手。幸好井里没有鱼，眼前这双手虽然被泡得胖了一圈，但原本的特征都还在。

然而我这一瞧，却瞧出了一丝端倪。尸体的这双手手掌部分有着厚实的老茧，看着像是做粗活的人。谢如秀那双手跟大姑娘差不多，纤长秀气，茧子极少，我还因此嘲笑过他。

我的心跳加速了，谢如秀的手不可能在一夕之间变模样，这具尸体很可能不是谢如秀！紧接着我又去查看尸体的脖子，这一看，又看出了破绽——尸体脖子的皮色和脸部一样。虽说大部分人都是如此，可是谢如秀的脖子偏偏与众不同。他的脖子比脸偏黑两个色度，弄得脸跟敷了粉一样，还是个不折不扣的小白脸。谢如秀也因此烦恼过，后来习惯了也就无所谓了。

我又把尸体的衣服扯开一些，去看尸体的左肩。在烧窑村的时候，谢如秀受过伤，伤愈之后左肩留下了一道疤痕，那道疤痕我有几分印象，疤痕即使经过浸泡也不会消失。

我仔仔细细地看了，尸体的左肩根本就没有那道疤痕。

他不是谢如秀，谢如秀没死！

我把尸体顺手推进水里，任他慢慢地沉入水底。要不是地点不对，我真想哈哈大笑。到底是谁要弄一具假尸体来吓我，我都不去想了。只要谢如秀还活着，他肯定会想到办法来救我。如今我心里有了一些底气，哪怕环境恶劣，也没有先前那么难受了。

我靠在井壁上闭目养神，既然有人能布下这一幕大戏，他的目的肯定不单纯，起码不会马上弄死我，我等着就是了。

外面的天色越来越暗，直至完全变黑，好在今夜有月亮，不过是一轮弯月。我望着水面上的弯月，再抬头望天，天上也有一个月亮，此时的我颇有种坐井观天的感觉。我禁不住深深叹了口气，恐怕在别人眼中，我连青蛙、猴子都不如，不过是一只瓮中之鳖。如果能出去，我一定要把那个人打得连他妈都不认识。

谢如秀到底什么时候来救我？这次能出去，我绝对要收敛自己的好奇心，哪怕做上一辈子噩梦，也比经历这种生死一线的事情要强得多。

时间过得异常慢，渐渐地，井里的月亮不见了，抬头也看不到月上中天的景色了，我想现在大概已经是后半夜了吧。

这种等待最过煎熬，就像死刑犯在等特赦令一样。我累得眼睛都睁不开了，可还是不敢放松，稍一放松，人就往水里滑。我拼命地撑着不睡，几度恍惚，眼睛就像粘了胶水，每睁开一次都十分困难。

当我不知第几次睁开眼睛朝上面看的时候，发现外面已经透出蒙蒙的微光，井口处多了一个看不清面目的影子。

我一个激灵，顿时困意全无，对着井口大喊道："救命！救命！我在井底下，求你救救我！我快撑不住了！"

我拼尽全力地喊，黑影晃动了一下，一声轻笑传入了我的耳朵。我不可思议地望着黑影，不知道该不该继续喊。

黑影突然走开了，眼看着获救的希望又要破灭，我简直是恶从心头起，怒向胆边生，忍不住破口大骂。

可能听到了我的怒骂声，黑影又过来了。我生怕他又要走，生生地忍住痛骂他的欲望，开始哀求他救我，边哀求边咬牙。谢如秀始终不来，这个人是我唯一的希望，他要是不救我，我恐怕撑不过二十四小时。

第二章　墨街的传说

如果能活，谁又想死呢？

黑影小声嘟囔了一句什么，我没听清，紧接着一根绳子从天而降，慢慢地垂到了水面上。看着那条绳子，我简直要喜极而泣了。我急忙游过去拉住绳子，由于手脚僵硬，我费了好大的劲才把绳子缠到腰上。以我现在的情况，靠自己肯定爬不上去。我刚刚系好绳子，那边就开始发力了，上升的速度比我预想中快得多。看着离得越来越远的水面，我心中的大石终于放了下来。

终于离开了那口井，我顾不上别的，直接倒在地上，从没觉得脚踏实地的感觉这么好。

"你这小子运气倒是不错。"一个含着笑意的声音在我耳边响起。

我猛地睁开眼睛，一个女人蹲在地上，笑吟吟地看着我，那张脸十分娇艳，声音却有几分耳熟。

"扔鸡腿的人是你吗？"我没急着道谢，张口就问道。

"是我呀。"女人愉快地说道，"好不好吃？我特地开车去买的。"

我不知道该做什么表情，给我鸡腿的是她，救我的也是她，可是我心里没有丝毫感激，全是愤怒。我挣扎着从地上坐起来，垂下眼睑："谢谢你的救命之恩。我的手机掉井里了，能不能把手机借给我，我想打个电话。"

女人耸了耸肩："不行哦，这里没有信号的，借你手机也没用。"

没信号？我吃惊地抬起头来："这里是……"

女人笑得十分甜蜜，吐的话却让我难以置信。

"欢迎来到墨街。"

我不敢置信地看着周围，这里是墨街？放眼看去，这里各种各样的建筑都跟我那晚所见的差不多，不过那次是夜晚，我还喝了酒，到底和眼前有所不同。晨曦中，我能清晰地看到周遭大大小小的建筑，有古旧的清式建筑，西式的花园洋房，还有一些说不清年代的建筑。各种建筑混杂在一处，颇有些不伦不类。这种杂乱无章的布局，让我记不清那晚我曾误入过的墨街到底是不是眼前的街道。我身下是脏污的青石板，旁边那口井有着十分精致的井台。

111

这个场景我是头一次见，却分外熟悉——这里，分明就是张叔口中描述的那个墨街。

我有些迷茫，望着晨曦中的景色发愣。

"你的样子真好笑，像个傻子。"女人指着我笑了起来。

我挣扎着站起身，身体依然冰冷且麻木，颤抖着没有一刻能停下来。但我不想待在原地听这个女人的嘲笑，就算是腿断了爬也得爬走，何况我也想看看张礼文故事中的那个墨街。尽管过程不尽如人意，但是我现在已经在这儿了，这么好的机会，我当然不会放过。

我蹒跚地走了几步，女人一下子拉住了我，脸上像是挂了一层寒霜："我救了你，你道一句谢就想走？"

我从喉舌间挤出一声冷笑："要是你昨天扔鸡腿的时候能顺道把我救上来，我想我会很感激你。"

女人面色莫测，手却紧紧地钳制着我的手臂。早在她拉我上来的时候，我就知道她力气惊人。我苦笑，我一个大男人竟然比不上一个女人，真是太讽刺了。

我深吸一口气，大丈夫能屈能伸，更何况确实是她救了我。

"小姐，你救了我，我非常感激你，你要什么谢礼，只要我能办到的，请说。"

她惊奇地看着我，面上露出一丝奇异的表情："什么都可以吗？这可是你说的。"

我心中顿时生出一种不祥的预感，女人的笑容娇艳无比，却让人心中发寒。

"我要……"她走近我几步，贴在我耳边说，"你体内的……珠子。"

我狠狠地打了个寒战。我体内的珠子，什么珠子？难道是……玉珠？这次我能活下来多半是靠玉珠，而且玉珠在我体内连X光都照不出来，更别说取出来了，这个女人怎么知道玉珠在我体内？

自己的秘密突然被一个从没见过的人知晓，这是一件十分可怕的事情。就好比你所有的底牌都亮出来了，对方的牌却一张都没有掀开。我紧张得说不出话来，也不知道该说什么，只能瞪着眼睛愣愣地看着她。

"不是说什么谢礼都行吗？"她脸上笑吟吟的，眼睛却像毒蛇盯住猎物一样看着我。

我艰难地吞了口口水："小姐真会开玩笑，我只是一个普通人，身体里怎么会有那种东西？"

女人伸出一只纤细白皙的手，在我胸腹处虚虚地比画了一下："就在这里呢，我这双眼睛看得很清楚。"

我想说她唬人，可是这世上既然有谢如秀那种人，也一定存在很多与众不同的人。她能一口道破我从未说出口的秘密，肯定也不是个普通人。我很想拒绝她，可是完全没有底气。

我往左右瞧了一眼，这里静谧无人，神秘莫测，就算我想逃都无处可逃。

"玉珠……的确在我体内，可是我不能给你，它没办法取出来。"为了活命，我简直是低声下气了。

"怎么会没办法呢？"女人目光一闪，"只要杀了你。"

一股寒气直冲天灵盖，这个女人救我就是为了杀我取玉珠？我突然暴起，踹了女人一脚，然后拔腿就跑。

显然我高估了自己的行动力，腿上无力，刚跑没几步就被女人一脚撂倒在地，吃了一嘴的灰土。女人不知从哪里抽出一把短刀，横在我的脖子上。我暗叫"这下休矣"，没想到我竟然命丧于此，命运的安排何其荒谬。

突然，一串脚步声响起，朝着这边来了。我抬头一看，一个身着青色道袍的人出现在我们面前。

德清，竟然是德清！

9. 局中局

女人的脸色变了变，嘴唇紧紧地抿在一起，似乎对德清的出现很是意外。

我大喊："德清真人，救救我，请你救救我！"

113

德清点点头："这位与我相识,看在我的面子上,请放他一马。"

女人悻悻地收回短刀,我急忙爬起来躲到德清的身后,心中暗叫幸运。女人紧紧盯着德清,突然呲笑一声:"好了,德清,你别装了,咱们都别装了。快跟这位小朋友说明一下吧,他都快吓尿了。"

德清没有反驳。我心中一震,难道德清和这个暴力的女人是一起的?一对一我都打不过了,一对二岂不是任人宰割?

这种明显不利的情况反倒激起了我的斗志,我冷哼一声,心想,既然逃不掉,也不用去想什么办法了。其实我坠入井里这件事就透着蹊跷,还有井底的那具尸体。不算这些,自打我误入墨街,遇到德清……对了,我想起这个女人声音耳熟的原因了,她不是在墨街里和德清对话的黑衣女人吗?德清好像叫她……赤雪。

我深刻地意识到这可能是一个圈套,先前不是没有感觉,只是我试探过郎瑜之后就打消了这个念头,没想到还是中计了。他们为什么要设计我,是为了玉珠吗?

我大脑转得飞快,不过顷刻间就得出了以上的结论。一想到德清可能是那个参与设计我的人,我急忙远离了他几步。

德清咳了一声:"赵鄂,你叫赵鄂,对吧。"

我冷笑一声:"德清,都到这个地步了,请你别装了。我这个人喜欢直来直往,玩不得弯弯绕绕,你有什么话就直说吧。"

女人娇媚一笑:"哟,小朋友发火了。老货,你再不说个明白,那珠子可就没指望了。"

德清斜睨了她一眼,女人像是很怕他,耸耸肩膀走到一旁,竟是抱臂靠在井台上,闭上了眼睛。

德清开口了:"赵鄂,我本不予解释,但是你好像对我有所误解。"他指了指黑衣女人,"这是赤雪,上次你见过她。"

我心道,果然是她。

第二章　墨街的传说

德清接着说道："你的事我虽没参与，但是我确实知道些实情。赤雪这么做有她的理由，不过欠了你一个解释。"

哼，还说不是一伙，这就开始偏袒上了！我愤愤地想。

赤雪仍旧闭着眼，没有承认也没有反驳，应该是默认了德清的说法。我狐疑地盯着德清，他如果没有参与设计我，那岂不是说明我还有逃出生天的希望？

在见到德清的一刹那，其实我想起了一些东西——他把我带出墨街时说的那段话。他说我与其他人不同，要我控制自身，否则贻害无穷。我本来就是个普通人，唯一和其他人不同的地方大概就是身体里有玉珠这一点了。第一次见德清，他盯着我看了许久，焉知不是那时候就看出了什么？而第一次见到赤雪，她并没表现出什么异样，所以我体内有玉珠这件事，难道是德清透露给赤雪的？

德清的解释字字精简，不过几分钟的叙述，就传达了一段非常令我震惊的内容，也揭开了我一直挂心的谜团。

德清说，自从第一次见到我，他就看出我身上的与众不同之处。当然，他这里指的并不是那些"头顶万道佛光，脚踩七彩莲花"之类的东西，而是我体内的玉珠。

这一点和我的猜测相同。但是说到这一点，我又很难理解。玉珠在我体内，他是怎么看出来的？难道他长了一双透视眼？

但是德清并没解释，我也只能忍下这份好奇心。我最关心的是玉珠到底是什么，这么多年来，我都想弄清楚这个问题。奶奶的奇特经历证明它并不平凡，可是它到底是什么呢？赤雪为什么要得到它？

"那珠子名为五浊。婆娑世界，罪孽众生，无极乐，无净土，唯堪忍，化五种浊气为世间万物，又聚有灵之物精气为丹。"

"什么污浊，什么精气丹，说直白点行吗？"我听得一头雾水，这德清不是道士吗？怎么满口佛偈，难道他是隐藏在道士队伍中的和尚？

德清轻咳一声："说白点儿，那珠子是一颗妖丹。"

"你说什么？"我差点儿被自己的口水呛到，"妖丹？太扯了吧。"

115

德清微微一笑:"你信也好,不信也罢,我只说事实。"

"那好吧,就算它是妖丹好了,现在它是我的,还藏在我体内。你们凭什么说要就要,还设计圈套引我上钩?"

说到这个,我实在是愤愤不平,心里那口气怎么都下不去。

德清轻瞥了赤雪一眼:"赤雪做事一向激进且不择手段,设计你的事我事先并不知情,估计你也因此吃了不少苦。"

听到德清这么说,我心里竟然觉得安慰不少。

"赤雪不是普通人,她近些年一直守着墨街。你也知道,墨街有些不寻常,这里……必须有人守着。前几年赤雪受伤,她非常需要那颗妖丹,其实我也一直在帮她寻找,直到那天碰到了你。你的进入并不是偶然,是因为你体内有妖丹。"

我蹙眉:"不对吧,不是还有别人进来过……吗?"

说到这里,我不由得迟疑了。如此说来,张礼文和郎瑜的故事并不一定是真的。既然要引我自投罗网,对方自然要下足了本钱才好。

赤雪睁开了眼睛,脸上浮现出嘲笑的表情:"哼,我不过随便布置了一下,小帅哥竟然就当真了,还真是幼稚得可爱呀。"

我气得满脸通红,恨不得上去给她一拳。

"那让我掉进井里也是你布置的了?井里那具尸体和我朋友长得一模一样,是不是你搞的鬼?"

赤雪凝视着我,我赫然发现她的瞳仁似乎比刚看见她的时候大了一圈,又黑又大,就像戴了美瞳似的。当她专注地看人的时候,被她注视的人能深切地感受到一股杀气,仿佛面前的并不是一个美人,而是某种嗜血的猛兽。

赤雪垂下眼睑,玩着自己的发尾:"都是我布置的怎么样?我是想看看你这小子濒死的时候什么样,还想看看你见到朋友死了会怎么样。"

德清上前拍了拍我的肩膀,我那股想要上去拼命的劲儿突然就消失了。

"赤雪这么布置,大概是希望你在濒死或者受到惊吓时能自动把妖丹从体内排出,显然这个方法行不通。我观你面相,生机未断,死气却至。生死相缠,着

第二章 墨街的传说

实奇怪。"

德清盯着我的脸看,我不自在地别过头,什么生生死死的,反正我现在还活着,我可不想死,更不能死在这个地方。

赤雪不耐烦地挥挥手:"老货,你说的那些个我早就看见了,反正不犯规的手段都试过了,妖丹弄不出来,现在只有一个法子。"

她抽出短刀,朝着我的方向微微比画了一下。

"不行,"德清脸色变了变,"万万不可!"

赤雪懒洋洋地看着他:"那你说怎么办?"

我恶狠狠地盯着赤雪:"你别想对我动刀子,我告诉你,那珠子已经跟我融为一体了,就算把我剖开也没有用,它会在你取出来的那一刻炸成碎片。"

赤雪脸色微变:"你能控制它?"

我不能!但是我才不会说实话呢。虚张声势、狐假虎威、挂羊头卖狗肉……不管是哪一条计策,只要能用,我就要拿出来用,力求给赤雪制造麻烦,让她不敢动我。

赤雪挑眉:"我不信。"

"不信你就试试。"我心跳如同擂鼓,偏偏嘴上极为硬气。我赌,赌赤雪不敢轻举妄动。

赤雪眯眼看着我,手上的短刀有一搭没一搭地击打着井台,突然笑了,眼中透出一点寒光:"试试就试试!"

短刀就这么毫无预兆地冲着我来了,不过比短刀更快的是赤雪的一只手,她十指纤纤,指尖一点幽暗,像是淬了毒一样,十分可怖。

我吓了一跳,踉跄着后退了两步,恰好避开了赤雪的攻击。

赤雪的动作极快,比之前快了几倍不止。我心中大骇,没想到刚才说的话,竟然半点儿也没震慑住她。看赤雪的架势,竟是要将我剖心挖腹。

我当然不可能束手等死,立刻往地上一躺,来了个懒驴打滚,躲过了赤雪的攻势。

"住手，赤雪！"

好在德清并没有继续看热闹，他的一声喝止，可比我虚张声势的恫吓有用得多。

赤雪恨恨地住了手，嘴里说话，眼睛还盯着我："德清，你不帮我就算了，还不让我自己动手？你明知道那五浊对我的重要性！"

"我自是知道，可是你我之间曾有约定，不可乱伤人命。之前你已经试过，我并没有插手，此事再一再二不可再三。"

那一刻，我仿佛看到德清头顶万道金光，脚踩七彩莲花，充满了王霸之气。

听了德清的话，赤雪满面寒霜，手中的短刀突然朝我飞掷而来。我防备不及，竟然眼睁睁地看着那把短刀冲着我的面门来了！

千钧一发之际，我感觉身体被人狠狠地推了一下，那短刀就擦着我的耳朵飞了过去，入土之后还在不停地颤动。我吓得一身冷汗，身上冷热交替，越发无力。幸亏德清反应奇快，不然以短刀的来势汹汹，肯定把我的脸扎出个窟窿来。

赤雪见一击不中，扭头就走了，我松了一口气，总算是闯过了这一关。

"德清真人，谢谢你救我。"我跟德清真诚道谢。

德清摇摇头："没什么，你经历了几重考验都能活下来，这是你自身的福泽，跟我没什么关系。走吧，我带你出去。"

"德清真人，其实最近我一直想找你。"我说道。

德清点头："你是要问墨街的事吧？"

"对对对，您果然什么都知道。"我大拍马屁。

"想必你之前了解过一些墨街的事。"

我皱眉："是进行过了解，可是那些不是假的吗？"

赤雪说过，那些是为了引我自投罗网做的布置。

德清微微一笑："你怎么知道是假的？"

我被绕糊涂了："不是假的，难道还是真的？"

"世间事真真假假，即便是我也有分不清的时候，更何况是你。赤雪的事你

第二章 墨街的传说

不必在意,我自有安排。"

德清突然加快了脚步。我追着德清开始小跑,发现眼前突然一片模糊,我被什么东西绊了一下,摔得极其狼狈。等我艰难地爬起来的时候,眼前的景象竟然变了:这哪里是墨街,这不是鬼屋外头的荒地吗?

我是被一块石头绊倒的,我扭头瞅了瞅,已经看不到德清的影子了。

我舒了一口气,不管怎么样,我全须全尾地出来了,还知道了玉珠的秘密,这就很不错了。

不知道谢如秀去哪儿了,我得赶紧找到他才行。我刚要走,就听到鬼屋里传出一声哀号,叫的还是我的名字。

"赵鄂!"

我顿时无语了,那是谢如秀的声音。

我急忙进入鬼屋,发现先前把我带到墨街的那个大坑仍在,谢如秀就卡在大坑的最低部,腰部以下都看不见了,上半身还在努力地往外挣扎。

"你别乱动,我马上救你出来。"谢如秀目瞪口呆地看着我,"你怎么……你不是掉下去了吗?"

"唉,别提了!"

我找到之前带过来的绳子,扔到坑里,经过一番努力,谢如秀终于出来了,我们两个都累得躺在地上起不来。

"你怎么回事?"我问他。

"我不是追着你跳下去了吗?可是不知道怎么回事,跳到一半就卡在那儿了,上不去也下不来的。你要是不来,我可能就死在这个鬼地方了。"谢如秀抹了一把脸,他的脸上身上都是灰土。

"你手机呢?怎么不打电话求救?"

谢如秀无比沉痛地说了一句:"裤兜太深了。"

我忍不住笑了起来,看着谢如秀悲愤的神情,忍不住越笑越大声。能活着,真好呀。

10. 符箓

之后不久，风灵矢从外地回来了。我有很多事情想问他，幸好有谢如秀牵线，我终于见了风灵矢一面。

"风叔，我有事想问你。"

风灵矢瞄了我一眼："关于墨街的事？我听小谢提过了。"

"嗯。"我低声应和，"这次我吃了大亏，差点儿连命都丢了。"

风灵矢轻叹一声："你们年轻人就是浮躁！你想知道墨街的事，行，我知道的其实也不算多，你听完就罢，以后可不要再去冒险了。"

说完，风灵矢从抽屉中拿出一本泛黄陈旧的笔记，翻了几下，然后递到我的面前。

纸张上是一幅手绘的图画，用的是毛笔，寥寥数笔，倒也传神。图画上能看出来，画的是一座古城，高大的城墙还算完整，和我以前见过的那些古城古镇形态相似。唯独有一点不同，城墙上每隔一段距离就出现一个锁扣，锁扣上连接着很粗的铁链，铁链的另一端连接着地上的锁扣，仿佛是要把整个城墙牢牢地钉在地面上。

"这是什么地方？"我奇怪地问道。

风灵矢指了指脚下："这就是我们这座城市的前身。"

我十分惊讶，再去看那幅画。

风灵矢翻过一页，指了指上面的文字："看得懂吗？上面就是真相了。"

笔记上的毛笔字并不算好看，有些凌乱，而且基本都是繁体字，我看了几行，感觉不太明白，只好把笔记递给风灵矢，摇头说看不懂。

风灵矢拿过笔记，开始给我讲上面记载的故事。

在很久以前，有一个庞大的家族为了躲避战祸迁到此处，看见此地山势险

第二章 墨街的传说

要,围绕着中间一块盆地,就决定在这处建立城池。建筑房屋的时候还算顺利,可惜建城墙的时候却出现了差错。每当城墙修建到二三尺的时候,就会出现各种各样的怪事,比如说刮大风、下暴雨,或者出现突如其来的兽群,城墙怎么都没办法建成。

族长十分苦恼,不建立城墙的话,在这种乱世,根本保障不了族人的安全。后来他们请来了一个厉害的巫师,巫师卜卦,沟通天地。一日一夜后,他告诉族长,此地的山神不喜欢有人在他的地盘建城墙,除非他们能献上最宝贵的东西。

族长让人宰杀了许多的牛羊供奉山神,可惜还是各种状况频出。为此,族长几乎愁白了头发。

族长有一个女儿,也是他唯一的女儿,名叫雅蓝。雅蓝是族里最美丽的女人,她自小聪慧,经常给父亲出主意,解决难题。那天她主动站出来,告诉父亲,她有个办法,或许可以试一试。不过,她没有说是什么方法,只是让父亲选出一些会修筑城墙的工匠,让那些工匠听她的指挥。

第二天一早,她拿着一把匕首,划破了自己的手臂,鲜血流了出来。她让工匠沿着她鲜血的痕迹建城墙,于是工匠就在她的鲜血上面建城墙。没想到石头越垒越高,一点也没有损坏。她一路走,鲜血一路挥洒。鲜血不滴的时候,她连一半的路都没有走完。于是,她又割破了另一条手臂。可惜,她的血越来越少,最后她干脆砍断了一条手臂,鲜血重新涌了出来,直至整个城墙修建完毕。然而这时她却因失血过多而死,尸体倒在城墙之内。

她死去之后,族长在她倒下的地方建立了城主府,并建立了一座坚固的堡垒。为了纪念她,还在城里为她立了一座雕像。

若干年后,此城早已易主。当时正值战乱,固守此城的统帅命令手下加固城墙。手下看到部分城墙根基早已损坏,就让人把那段城墙拆掉,结果发现城墙的根基是一种奇异的红色石头,红得特别妖异。手下认为这种红色石头不祥,于是就命人把红色石头都挖出来,弃之不用,在原地重新建起城墙。

城墙重建之日,天空突然狂风大作,大地都为之震动,整座古城仿佛都要随风而去。统帅得知下属自作主张把红色石头弃之不用，很是生气。他让人拿铁链将城墙和地面重新连接在一起，还将红色的石头就埋在地面之下，地面才终于平静下来。当地的老人说，这是山神不满他们动了红色的石头而降下的惩罚。

不过故事终究是故事，不是真相。那么，掩藏在美丽传说背后的真相是什么呢？

其实，当初为建城而死的并不是族长的女儿，而是居住在那里的原始居民。那里原本是个小小的村落，仅仅拥有不到一百个原著民。原著民对迁居而来的人很友善，为他们提供了许多的帮助。当时巫师占卜，最终定下的祭品并不是牛羊，而是十个身心洁净的处女。巫师说，只有这样的祭品，才有资格敬献给山神。族长不想杀族内的女人，就派人去抓十个原著民处女，献祭给山神。那些人不顾原著民的反抗，最终只凑够了九个处女，其中还包括族长女儿雅蓝新交的朋友，冬梨。

当时的场景可以想象，一定是混乱又绝望。这世上，谁人不是人生父母养的？谁又愿意去做祭品，献出自己的生命呢？即使真的有山神，山神需要如此血腥的祭品吗？所以说，残酷的不是神灵，而是那些自诩为神灵的人类罢了。

雅蓝其实非常反对父亲的做法，可惜族长为了建城，为了族人的利益，根本就不听女儿的恳求。于是雅蓝就想偷偷地把冬梨救出来，让她逃走。可惜这中间不知道出了什么差错，她非但没有救到人，还被人当成了祭品。

到了敬献祭品那天，雅蓝同九个原著民少女一样，被蒙住脸、堵住嘴，伏跪于祭台之上。锋利的刀刃割破她们的喉咙，鲜血流进她们面前的瓮中，直至最后一滴血流干。人们将这些少女的血洒在泥土中，在上面建立城墙，城墙最终慢慢壮大。

雅蓝死后，族长才得知真相。女儿的死让他追悔莫及，可惜一切都无法挽回。族长让人为她雕琢塑像，并将女儿塑造成为了全族而牺牲的伟大女性，让子孙后代祭拜。

真相被湮没在漫长的岁月之中，族长女儿也渐渐地成了人们心中伟大的神

第二章　墨街的传说

女。当年的原著民大多数都在建城之时因反抗而死掉了，只有两个女人活了下来。这两个女人是双胞胎，一痴一哑，她们后来一起嫁给了族里一个鳏夫，痴女生下一个女孩就死了，哑女生下一儿一女。

然而大家都不知道，哑女其实并不是真的哑女，她只是活得谨慎低调而已，很多人甚至都不知道哑女的存在。慢慢地，哑女的儿女长大成人，哑女便偷偷把她心中一直未灭的复仇之火传给了儿女。即使不能做什么，她也想让儿女记住，曾有那样一群善良的人生活在这里，却被外来者生生地杀害。

哑女这一生并没做出什么出格的事，在她死后，她的儿子和女儿却联合起来，给城里制造了一起混乱——他们在城主府放了一把火，不过这一把火很快被发现，并没造成什么损失，只有雅蓝的雕像被熏黑了。哑女的儿子被人抓住，毒打拷问之下丢掉了性命，哑女的女儿却趁机逃了出去。她不敢忘记母亲和哥哥的大仇，可是却没有复仇的能力，于是就把自己的经历记录下来。她收养了几个孤儿，让他们牢记自己的仇恨，希望终有一天能报这个仇，以安慰母亲和哥哥的在天之灵。

哑女的女儿死去后，她收养的几个孤儿里，倒是出现了一个特别有能耐的孩子。那个孩子叫灵佑，真实姓名已经不可考。他年少时拜一位风水大师为师，到了中年时，已经是青出于蓝而胜于蓝。

灵佑没有忘记养母的遗恨，他回到了养母的故乡。在那住了几年之后，他竟以山川水脉为棋，布下了一个死局。从那之后，本来一个犹如世外桃源的地方接连灾祸不断，当地人口连年减少。当年族长留下的那一脉，到最后，竟是一个不留。

到了晚年，灵佑的身体大不如前。回想起他的前半生，大概是觉得因果循环，自己造下的孽，终有一天必须偿还。他又一次来到养母的故乡，这里早已面目全非，人口凋零。

灵佑有心改变死局，可是已经无力改变。他潜心思索，和几名弟子一起研究，终于想到了破解之法，那就是在城内布下一道镇压的符箓，使死局化为生机。一道普通的符箓当然没有那么大的威力，符箓只是一种说法。其实真正的符箓是一条街，它就隐藏在城市之内，只要它存在，这座城市就会安稳无虞。这条街道中的每一栋房屋、每一件物品，甚至每一口水井、每一棵树，都是符箓的一部分。小部分的改动对这个城市并没有影响，如果改变太大，就会动摇整个城市的命脉。

这条街道，就是之前的墨街，也就是如今的末街。历史上，这条街曾发生过两次火灾。火灾之后，城里发生的种种灾难，似乎都在印证它的重要性。

墨街作为符箓，这件事当然不能公之于世，所以知道真相的人寥寥。现在这座城市很繁华，人口众多。我猜想，一定是有人在背后做出了种种安排。甚至墨街的消失，也是一种保护手段。只不过谁都不知道这个人是谁，他竟有如此大的能耐，几乎让人不可想象。

当然，关于这部分，风灵矢并没有说。也许他也不知道，但我更倾向于后面的答案。德清应该了解一些内情，或者赤雪那个可恶的女人也知道，但是我宁愿什么不知道，当一个傻子，也不想再看到赤雪了，因为那个女人着实可怕。

我有相当长的一段时间都过得提心吊胆，生怕赤雪突然冒出来杀我，还好这件事一直没有发生。同时我也担心体内的玉珠会不会让身体产生什么变化，毕竟在井里濒死之际，我的确感受到了它的存在。

幸好后来很长的一段时间里，我的生活过得顺风顺水，没发生什么特别的事情。我的身体还算健康，也不再做噩梦了，算是那段经历中唯一的安慰了。

第三章 白雾杀人事件

墨街

1. 雾怪

我又一次来到了百草镇，天气不太好，坐在飞驰的客车上远远地看去，只觉得前方白茫茫一片，似乎整个镇子被天上落下来的白云包裹了，看着颇像个大面包，又像团棉花糖，又圆又绵。

坐在我旁边的年轻人二十出头的样子，染了一头黄发，根根直立，一路上他一直在嚼口香糖，还时不时从喉咙深处弄出些古怪的动静，听得我有些烦，干脆眼一闭，头靠着椅背睡觉，直到司机喊了一句"到百草镇的下车"，我才从困意中醒来。

客车并没有进百草镇，而是在百草镇的路牌前停了下来，看样子到大姑家还要走上一阵子。

然而司机告知我们要返程，说什么都不往镇里走。我和几个乘客只好下车，一直嚼口香糖的那个黄头发男人先我一步跳下了车。

我愣愣地在路牌下站了好一会儿，看着前方的茫茫白雾，刚才在车上看不分明，现在离得近了才发觉，那白雾的浓度惊人，密密实实地笼罩着整个百草镇。镇中的建筑物若隐若现地躲在雾中，那条直通向镇内的公路显得十分飘忽。

我低头瞅了眼手表，才上午九点半。那这雾怎么回事，大白天的也不散？上次在百草镇里碰上的古怪事还记忆犹新，再碰上这茫茫大雾，我不禁有些望而却步。

第三章　白雾杀人事件

正犹豫间，刚才一起下车的一个五十多岁的大婶突然喊道："哎，小全儿，你别往前走了，现在不能进去！哎，叫你呢，你咋还往前走？"

大婶的嗓门很大，喊得我的耳膜嗡嗡作响，可是走在前面的黄头发像是没听见一样，步态带着几分随意的潇洒，晃来晃去的头发让我想起泛黄的红毛丹。

"怎么啦？为什么不能进？"我问道。

可惜没人回答我，黄头发挥了挥手，连头都没回："三婶，没事儿，你说的都是多少年前的老皇历了，我不怕。我急着回去，我妈还在家等着我呢。"

"小全儿，小全儿！"大婶连喊几声。

然而黄头发已经走进了白雾当中，不多时，这边就看不到他的身影了。

"这孩子胆子也太大了。"大婶喃喃自语，"万一出点事儿可咋整？"

站在她身后一直没作声的干瘦老人向镇内望了几眼，然后"吧嗒"点着了一支旱烟，在原地蹲了下去。

我踌躇片刻，抬起的脚还没迈出就收了回来。上次在百草镇的经历让我对这个镇子产生了些许戒心，过往的经历也告诉我，这世界上什么奇怪的事都可能发生，这种时候千万别逞强，出了事再后悔什么都晚了。

我在原地站了一会儿，干瘦老人稳稳地蹲着抽烟，似乎一点儿都不着急，和大婶的样子形成了鲜明的对比。大婶不停地小范围绕圈，看上去十分焦躁。我点燃了一支烟，蹲在了干瘦老人的旁边。

"大爷，"我问道，"你们都不走，是不是这雾有啥问题呀？"

老人斜睨了我一眼，并没回答，只是从容地"吧嗒吧嗒"抽着烟，弄得我着实尴尬了一下。

大婶转头瞥了我一眼，我还以为她要说点儿什么，没想到大婶突然对着干瘦老人"开炮"："好你个黄大满啊，刚才小全儿进去你咋不帮着拦着？这万一要是出事儿了，你叫他妈怎么办？亏你以前还和小全儿他爸称兄道弟的，我看你就是个面瓜秧子，窝囊废！"

干瘦老人一反刚才对我的爱理不理，梗着脖子就站起来了，死死地盯住大婶，那模样活似一只被激怒了的斗鸡。

"你还想打人咋的？"大婶讥讽地看着干瘦老人。

空气中的火药味渐浓，不能进镇子的事情还没解决，这两个人竟然就要打起来了。我急忙走到两个人中间，心里也是捏了把冷汗，劝架这种事最是吃力不讨好，就我这种小体格，很容易被误伤。

幸好他们并没有真的打起来，我舒了一口气。两个人各据一端，谁也不看谁，可是他们的目光大多数都停留在那笼罩了整个镇子的白雾上。我们在外面停留半个多小时了，我感觉那白雾似乎比刚到时更浓了一些，连一开始若隐若现的镇子上的建筑物现在都已经完全看不分明了。

由于没有说话声，周围显得格外安静。百草镇就在我们眼前，一点声音都没有，连一丝风都没有，就像是里面的人都离奇失踪了似的。有时候没有声音远比有声音要可怕，我脑海里冒出无数个想法，想起中元节那天晚上，我被人控制的时候听到外面传来的奇怪的脚步声，那时虽然害怕，却是愤怒居多。现在我的脑海里全被问号占满了，我不可能一直站在这儿等，除非现在回头，那也得有返程的客车才行。

突然，一声尖叫从浓雾中传来，在寂静的空气中回荡。

尖叫声乍起又乍停，让人有种不祥的预感。蹲在那儿的干瘦老人突然间跳了起来，脸色大变。接下来，干瘦老人毫不犹豫地冲进了白雾中，动作敏捷得像只猿猴。

我忍不住喊了一句："嗨！等等……"

大婶急得跺脚："黄大满，你傻呀，赶快回来！"

然而，干瘦老人冲进白雾后就看不到身影了。

接下来该怎么办？我是进去还是不进去，总不能就站在这里等雾散掉吧？我试着打大姑的电话，电话不通，然后又打保升哥的电话，仍然不通。我不死心，连着打了几遍。突然，电话接通了！

我急忙"喂"了一声，只听见电话那边响起了一个含糊的"别"，然后电话

第三章　白雾杀人事件

就这么断了,接着再打就始终都打不通了。

"别"什么?保升哥到底想要说什么?

我身体中某个地方突兀地跳动起来,有一瞬间特别难受。很快,那种古怪的震颤消失了。我呼出一口气,心想着大概又是玉珠在作怪。

"大婶,"我忍不住说道,"我是李保升家的亲戚,现在雾这么大,我可能找不着他们家了,你能帮我指一下路吗?"

其实我更希望大婶能直接送我过去,不管大雾中有什么危险,两个人搭伴总好过一个人独行。

大婶满脸凝重:"你是保升的什么人?"

"保升是我堂哥,小时候我在镇上住过一段时间,我爸叫赵春林。"

大婶这才恍然大悟的模样:"赵春林是你爸呀,你现在都长这么大了?"

一般来说,这种人口不多的小镇,家家户户不是沾亲就是带故。镇上还有一所小学和一所中学,我看这位大婶和我爸年纪相仿,很可能当过同学,没想到他们果然认识。

大婶看我的眼神和蔼了不少,不过仍旧拒绝了我的提议:"大侄子,听婶子一句,现在不能进去。"

"婶子,到底怎么回事儿,你跟我说说呗。"我说道。

大婶叹了口气:"这事儿说起来可就话长了,反正现在也不能进,我就给你讲一讲吧。"

大婶说,百草镇的雾不同于寻常的雾。第一次出现的时间不知道,不过她很小的时候就听她爷爷和她父亲说起过这事,估计时间不会短。这雾在她的记忆中总共出现了三次,第一次是在她五岁那年,那时候太小,有很多事都记得不太真切,唯一记得的是一家人紧锁房门,三四天都没有出去。她不懂事,每次哭着闹着要出去玩,就被大人捂住嘴,抱在怀里哄。有一次她忍不住偷偷地把门推开一条缝,只看到外面白茫茫一片,随即就被大人拽了回来,还挨了一顿打。当时她也不明白为什么,浑浑噩噩地就过去了。

第二次，则是在她二十三岁那年。那个年纪的她当然懂事了，父母告诫她，不能在这样的大雾天出门，否则就会被制造大雾的鬼怪抓走。这雾，就是鬼怪为了抓捕猎物而设置的障眼法。如果有人在大雾中迷失，就再也回不来了。

当时的她，对这些话都将信将疑。然而，等雾散开之后，百草镇中果然出现了四具尸体，还有一个人在大雾中走失，至今都没找到。

镇里出现命案，很多人都被叫去配合调查，可惜的是案发时间就是大雾弥漫那几天，根本就没有目击证人，尸体上也找不到线索。原本那名失踪的人比较有嫌疑，公安调查后发现，失踪的是一名孤寡老人，老人常年病痛缠身，十分羸弱。而死去的人当中有两个人是身体壮实的中年人，一个是刚满十六岁的少年。以身体条件来说，老人连一个都打不过，更何况是三个人，所以老人最终被排除了嫌疑。还有一个死者，是一位年轻姑娘，死因是心脏病，这个就没有什么好查的了。

过了没多久，公安抓到一个人。这个人是镇上杀猪的屠夫，他承认自己误杀了少年，却不承认杀了另外两个人。公安也确实没有查找到证据，于是他就被判了二十年有期徒刑，今年大概就能出狱了。

调查很快就陷入僵局，一年多都没有进展，最后只能不了了之。

不过，镇里有很多人都坚信那两个人是老人杀的，有两个原因。一是杀人都讲究动机，而那两个中年人的确跟老人有仇，还是不除不快的那种深仇大恨。那两个人是表兄弟，前几年两人以集资办厂的借口骗了不少钱，其他人的都算小数目，骗得最狠的就是老人的儿子、他们名义上的合伙人。事后，表兄弟两个卷款逃走了，还留下不少债务给那人。

老人的儿子被骗去所有存款不说，还天天有人过来要债，不还就得去坐牢，最后弄得倾家荡产，连栖身的房子都卖了还债。他和妻子受不住打击，双双投河。他们唯一的儿子赶去阻止，结果被一辆疾驰的汽车撞死，司机逃逸，一家三口死得无比惨烈。老人本来身体还不错，经历过这样的打击后，身体一下子就垮了。镇里人都很同情他，经常有人送吃食给他。老人浑浑噩噩，成日里躺在那栋

第三章　白雾杀人事件

小破茅草房子里，不止一次有人听他喃喃地说要报仇，要杀掉那对表兄弟。

至于第二个原因，倒是跟那场大雾有关。这种大雾十几年或者几十年出现一次，每次出现，都会有几个人丢失性命。很多人都坚信这雾是鬼怪所化，而这个老人定是跟鬼怪做了什么交易，以自己的性命换那对表兄弟的性命。

事情说来也凑巧，就在大雾出现前不久，那对表兄弟竟然回到了百草镇。他们做出那样的事，大多数人都是鄙视的，可惜并没有证据，也不想去做那个出头鸟，所以那对表兄弟就像什么都没发生过一样，大摇大摆地回来了，还一副衣锦还乡的模样。

然而大雾过后，那对表兄弟突然命丧黄泉，老人却失踪了。所以人家都觉得肯定是老人将自己的灵魂卖给鬼怪，鬼怪借大雾杀人。这种善有善报、恶有恶报的故事很得人心，在镇里广为流传。

可惜，查案讲究的是真凭实据，传说这种不科学的东西怎么能作为办案依据呢？报告怎么写，罪名怎么判，这都是很实际的问题。

"这个雾又出现了，"大婶疲惫地说道，"这是我见到的第三次。这一次，就看谁的命不好了。"

我听完这段话，总觉得有点儿玄。大雾会杀人？难道大雾是鬼怪制造出来的？

"我知道你们年轻人不信这些神神道道的事，可是婶子毕竟是过来人，经的事多，这世上多少事解释不明白，就拿你爸那事儿来说……咳，对了，你饿不饿？婶子包里还有块蛋糕，你吃几口填填肚子吧？"

话说到一半，她突然生硬地转移了话题，显然想隐瞒什么。我听到她提起我爸，心里十分好奇，可惜对方毕竟是长辈，跟我还不熟，哪怕我再好奇，也没法子死缠烂打地追问下去。

我接过一个封在透明塑料盒里、满是白色奶油的小蛋糕："谢谢婶子了，我这边有瓶饮料，婶子将就着喝点吧。"

我吃着甜腻的小蛋糕，望着大雾发愁：真的不能进吗？大雾三四天才能散，难道我应该先离开，三四天之后再来？

这也……太麻烦了。别说我只有三天的假期，就算我现在回去等，恐怕怎么回去都是个难题。是的，站在镇外都一个多小时了，我连一辆车都没看到，可能大家看到前方大雾都改道了吧。

其实大婶那番话并没有吓倒我，我愁的是怎么找到大姑家。大婶明摆着不想带路，也许我可以进去慢慢地找，毕竟小镇就那么大，总归是能找到的。

大婶突然冲我招手，我走了过去，她说："你听，是不是有什么声音？"

我侧耳一听，顺着风传来若有若无的声音，听不清是男是女，像喊叫，又像呢喃。

我一回头，就看见大婶的脸色变了："不对，这声音听着怎么像我家的小孙子？"

我下巴差点儿掉下来。大婶看着和我爸同龄，竟然连孙子都有了？

随风传来的声音含混不清，可我怎么听都不像小孩子的声音。

"婶子，你大概听错了吧？"

大婶急了，抓住了我的胳膊："不行，你跟我一起进去找我孙子，我带你去保升家。"

大婶力气极大，拽着我就往浓雾中冲去。刚刚还坚决不进去的人，为了一个疑似自己孙子的声音就不顾一切了。

2. 老猫和盲人

我们不过前行了几十步，那缥缈的雾气就完全包裹了我们。这雾果然很浓，空气中含有浓重的水汽，每呼吸一口，肺部都能明显地感觉到那种阴冷潮湿的水汽，压得身体沉甸甸的，行动都笨拙了不少。

进入大雾中后，最多只能看到周围一两米的范围，比睁眼瞎好不了多少。这

第三章　白雾杀人事件

要是突然冲出来一辆车，根本就无从躲避。

走了一段路，先前的声音反而听不到了，四周十分静谧。

"蛋蛋，你在那儿吗？听到了就回答奶奶一声！"大婶突然大声地喊叫着一个名字，她的声音太过尖锐，震得我的耳膜极不舒服。

大婶一边喊一边往前走，我看她如此焦急，也帮着喊了几声。可惜的是并没有人回答她，她的脸色越来越难看。

"婶子，"我说道，"你先别急，先前兴许是你听错了，不如先回家看一眼，蛋蛋可能在家呢。"

"对，对，大侄子，你先跟我回去一趟，等找到我大孙子，我就送你去保升家。"

大婶说完站在原地辨认了一下方向，这才急匆匆地走了。

我紧紧地跟在她身后，走着走着，小腿突然撞到了什么尖锐的东西，我被绊了个趔趄，等站稳身体后，大婶已经不见踪影了。

我喊了一嗓子，又往前追了一段路，都不见大婶的踪影。我有点儿郁闷，再看小腿上还挂着一丝血迹，刚才撞到的是一个颇具分量的铁架子，上面有许多突出的挂钩，似乎是陈列什么东西用的，就是那个挂钩刮破了我的腿。我想到上面都是铁锈，便特地挤了些血出来，找到一包面巾纸擦拭干净。

大婶不见了，我现在该往哪里走呢？我掏出手机，虽然没有信号，不过上面的指南针还是可以使用的，我记得大姑家就在小镇的南面，顺着这个方向走，应该能找到大姑家吧。

一路上，我走走停停，目光所及之处，一些挂着招牌的店铺无不是大门紧锁。路过一家小旅店的时候，我上去拍门，可是拍了半天也没人应门，不知道是真的没人，还是不敢开门。之后我也不管了，挨个拍门，可愣是没有一个开门的。拍到最后一家，里面传出一个听起来哆哆嗦嗦的声音："别拍了，家里没人。"

我顿时无语，转念一想：好歹这是头一个搭理我的，哪怕进不去，问一下路也是好的。

133

我扯开嗓门喊道："请问一下，赵春梅家怎么走？"

赵春梅是我大姑的名字，刚才那个声音有些苍老，应该能认识我大姑。

"不知道，不认识。"

那个声音消失了，不管我怎么问都不肯再开口。无奈，我只好转头，继续摸索着往前走。

走了没多远，耳畔突然听见一个古怪的声音，像是某种金属摩擦在地面上，异常刺耳。除此之外，还夹杂着若有若无的金属声。那声音让我想起某部电视剧里的情节，杀人狂为了增加受害者的恐惧感，长刀拖地慢慢地走，长刀的刀刃摩擦着粗糙的水泥地，溅起一两点火星，随后就是一阵血光四溅。当时我对那个声音印象十分深刻，此刻在现实中猛然听见，心里难免紧张了一下。

我呆立在原地不动，声音断断续续，不过能肯定的是，它离我越来越近了。

渐渐地，从浓雾中显现出一个黑色的影子，目测高度只到我的小腿。我瞪大了眼睛，映入眼帘的竟是一只毛色驳杂的老猫。它的脖子上挂着一个黑色项圈，项圈上有两个小铃铛，项圈的另一侧钩着一个金属制品，好像是某种器械的零件，锈迹斑斑，看起来并不轻，尖锐的一头朝下。老猫被这个东西钩住，只能慢慢地拖着走，才会发出那种古怪的声音。

我松了口气，颇有种啼笑皆非的感觉，这场大雾让我的神经都变敏感了。

我走上前，老猫后退了一步就停住不动了，叫了一声，那双绿色的猫眼儿紧紧地盯住我。

我蹲了下来，为它摘下勾住项圈的东西，这才发现老猫的皮毛下有一块地方已经磨得血肉模糊了。

老猫十分有灵性，我解决了它身上的麻烦，它舔了舔我的手指，眼神温和。

我心中一动，半开玩笑地说了一句："猫啊猫，你的主人在哪儿，带我去瞧瞧吧。"

我瞧着老猫戴着项圈，感觉它应该不是野猫。如果因此找到能问路的人，那就太好了。

第三章 白雾杀人事件

老猫又叫了一声,瞧了我一眼,朝浓雾中走去。

我紧跟在老猫的身后。老猫受了伤,走得不快,因此我也跟得上。就这么走了一阵,老猫停在了一栋不大的平房前,门外杂草丛生,只有门口一块还算干净。

老猫叫了一声,屋子里立刻传出一声响动,似乎有一个人正跌跌撞撞地往外走。

"老东西,你回来了。"

房门打开,一个穿着很邋遢的中年男人站在门口,双眼半开,瞳孔灰白而无神,手里拄着根木棍。我一愣,居然是个盲人。

老猫纵身一跳,跳到男人的脚下,很亲热地磨蹭着男人的腿。

我见男人要关门,赶紧出声:"请等一等,我想跟您打听个事儿。"

盲眼男人可能没想到门外还站着个人,吓了一跳,反倒加快了手上的速度,大门"砰"的一声在我面前合上了。

我大力地拍了几下门,大门又突兀地打开了。

盲眼男人抱着老猫问我:"是你救了老东西?"

原来那只猫叫老东西。我随即又一愣,他又看不到,怎么知道我救了老猫?

"是我救的。"

"那你进来吧。"

我赶紧进去了,生怕他改变主意。

屋子里光线很暗,空气中弥漫着一股淡淡的霉味。我随意坐在一把椅子上,总算能歇口气了。进入百草镇后,一路行来十分压抑,如今都是午饭点儿了,我早就饿得饥肠辘辘,前头吃的那个小蛋糕根本不顶事。

我翻了翻背包,好在里面还有几根火腿肠。老猫盯着我不放,我也不好意思吃独食,只好拿出一根火腿肠递给盲眼男人,一根掰开喂猫。

连吞了两根火腿肠,我腹中的饥火才被压下去。

"谢谢你,老东西就是出去找东西吃的。"盲眼男人慢吞吞地说,"现在家家

135

都不开门，我已经饿了一天，更别提老东西了。"

他说着话摸了摸老猫的头。老猫吃了东西，精神不少，正慢条斯理地舔爪子。

"你让猫出去找吃的？这么大的雾，它能找到吗？"我忍不住问。

盲眼男人说道："猫有猫道，狗有狗道，老东西有灵性，我腿疾犯了，有时候还得靠它。"

我瞄了一眼盲眼男人的腿。这位也真是悲惨，看不见东西、还有腿疾，看这屋子的情形，应该还是单身。

我清了清嗓子问："是这样，我想向你打听一户人家。请问你知道赵春梅家怎么走吗，是不是在这附近？"

盲眼男人突然冷笑一声："你让一个盲人帮你指路？"

我一下子就尴尬了。我怎么顺嘴就问出来了，让一个盲人指路，的确不太现实。

"我不能告诉你怎么走，不过我能把你带到他家。我是个盲人，这大雾对我没什么影响。"他顿了一下，"不过我一个盲人，没钱没本事，吃饭都是靠好心人施舍一口，没有酬劳我就犯不上挨那个累了。"

我一听就明白他话里的意思了："行，只要你把我带到地方，我给你一百块钱。"

盲眼男人摇摇头："太少。"

我皱眉："那就二百，不能再多了。"

我觉得大姑家其实离这里并不远，不过这雾着实奇怪，身在其中根本分不清东南西北。不然，这小小的镇子，我也犯不上用指南针。

"除了钱，你还能给我留下点儿吃的吗？大雾不知道几天才散，我倒是能忍，老东西可挺不了那么久。"

我瞄了一眼背包，里头还剩下一根火腿肠、一袋面包。反正一会儿就到大姑家了，给他也没什么，就当做善事吧。

第三章 白雾杀人事件

"我这儿吃的也不多了,我可以都给你,不过你得保证把我送到家。"

说着,我将火腿肠和面包递到盲眼男人的手里,他捏了捏,脸上露出一丝笑容。

之后我们就出发了。盲眼男人让老东西守家,老猫竟然真的没跟出来,跳到桌子上静静地目送我们离开。我冲它挥了挥手,心道,要是我也能有这么一只通人性的猫该有多好,可惜从小到大,我养过的宠物都是蠢萌型的,自打高三那年我养的一条狗走失之后,我就再也没养过宠物。

盲眼男人走路有些慢,手杖不时击打着地面,发出"笃笃"的声音。他时不时地站住,似乎在辨别方向,又好像在听雾中传来的声音。

走了半天,我忍不住问他:"是不是快到了?"

"还远着呢。"他弯腰捶了捶腿,"我这眼睛不中用,腿也不中用了,走不快,没办法。"

沉默地走了一会儿,我又忍不住问他:"你的眼睛是怎么伤的?"

他答非所问地说了一句:"今天的雾大吗?"

"很大,到处白茫茫的,我还是头一次见到这么大的雾。"

盲眼男人突然苦笑一声:"我的眼睛就是被这雾伤的。"

我顿时一愣。

他继续说道:"二十年前,百草镇也出现过这种大雾。我妹妹上山了,我怕她出事,就跑出去找她,结果……"他轻触自己的眼睛,"她没什么事,我却瞎了。"

"那你妹妹呢?她怎么不照顾你?"

"我妹妹嫁去了外地,她丈夫一身病,哪儿有精力照顾我?"

我听了只能感叹,家家有本难念的经。走着走着,我突然听到一阵脚步声,盲眼男人显然也听到了,他停住脚步,侧耳倾听。脚步声越来越近,听着已经到跟前了,一个高大的身影猛地从雾中蹿了出来,眼睛血红,一头剃得露了青皮的板寸衬得他分外凶悍。

男人看到我们，显然也有些意外。他先是凶狠地盯了盲眼男人一眼，嘴角翘起一抹冷笑，然后看向我。我本能地感觉到危险，后退两步，想要藏匿到大雾中去。可是板寸头的行动太快了，他突然间冲上来圈住我的脖子，狠狠地勒住。我没有防备，就这么被他勒得喘不上气来，两只脚都离开了地面。

我完全蒙了，因为脖子被勒，根本喊都喊不出来，整张脸涨得通红，连舌头都吐出半截。我拼命地挣扎，可板寸头力气大得惊人，我竟是挣不开。我自己都能听到喉咙里发出的"咯咯"声，那是骨头不堪重负发出的声音。

开什么玩笑，难道我今天就要死在这儿？我感觉到肺里的空气越来越少，视线越来越模糊，眼球都快爆出眼眶。我已经没有力气挣扎了，手脚软弱无力地垂在身体两侧，男人终于松开手臂，我跌落在地，一动不动。

我相信，在别人眼里，眼前的我一定很像个死人。连我自己都感到奇怪，因为我竟然没死。

板寸头捡起我的背包，在里面翻出了钱夹，我听到他冷哼了一声："真穷。"

我心里颇不是滋味，可是不敢动，只能继续装尸体。

"你怎么把他杀了？"我听到盲眼男人这么说。

咦，他们竟然认识？

板寸头开口了："我不杀他，还等着你先下手吗？那时候好处都归你了，我连口汤都喝不上。反正我早就是杀人犯了，杀一个也是杀，杀两个也是杀！"

板寸头的话让我大吃一惊，更不敢动了。

"二十年前那是意外！意外！我已经得到报应了，我眼瞎了，腿瘸了，更是活不了几年。"盲眼男人说道。

板寸头冷笑一声："你以为这么说我就能放过你？要不是你出卖我，我怎么会坐了二十年牢？"

这男人刚出狱，怪不得这么凶横。我记得他的长相，到时候报警把他再抓进去，二进宫肯定不会轻判，也算帮我出口恶气。

盲眼男人突然转身就跑，速度很快，完全看不出腿有毛病。板寸头立刻追了

第三章　白雾杀人事件

出去。

我心想，如果盲眼男人能跑掉，板寸头很难再找到他，大雾中，处处都是藏匿的好地点。

等两人的脚步声已经完全听不见了，我才艰难地从地上爬起来，扭了扭脖子，痛得我差点晕过去，好在身上没受伤。我决定赶紧离开这里，省得板寸头再杀个回马枪，即使有准备，我也打不过他。

我选择了和刚才那两人相反的方向一路飞奔，没有盲眼男人做向导，我估计自己很难找到大姑家。现在只有找到一个安全的地方躲起来，等到大雾散了，再直接报警。

我像无头苍蝇一样乱走了一阵，竟然又走回街里之前拍过门那几家。

突然，一家超市的门开了，一大桶污水泼在台阶上。我顾不得污水横流，急忙三步并作两步冲上台阶，一把拽住刚阖上的大门，一条腿伸进去卡住。

"干什么？"里面的人一边尖声叫着，一边急于把门从我手上夺回去。

泼水的是个年轻姑娘，自然没有我力气大，见我趁势钻进屋里，她急忙扔下桶进去喊人了。

我松了口气，终于有个落脚的地方了。这家超市不小，货架上摆满了各式各样的食品。我双眼放光，太好了，说什么我都得留下来。

一阵急促的脚步声从楼上传来，一对中年男女从二楼跑下来，女孩跟在后面气愤地指着我："爸，就是他！他硬闯进来，还不让我关门。"

我先声夺人："我来买东西的，你们这不是超市吗？"

中年男人皱眉："你买什么？买完了快走。"

我下意识地去掏钱包，却摸了个空，钱包被那个板寸头给拿走了。我尴尬地咳嗽了一声："是这样，不知道你们认不认识赵春梅，我是她侄子。外面雾太大了，我找不着她家，电话也没信号，刚才有个人把我钱包抢走了。能不能让我待到雾散？帮帮忙。"

"不行。"中年男人断然拒绝，"我不认识什么赵春梅，你赶紧走。"

139

中年人想把我推出门外，可我站着没动，说："能不能让我打个电话，我可以付电话费。找到我大姑，我就把钱还你。"

"现在谁家的电话都没信号，你赶紧走吧。"中年人拽着我的胳膊往外推我。

我肯定不能就这么出去，开玩笑，外面还有一个煞星呢，出去了可能连命都保不住了。

正纠缠的时候，从楼上又走下来一个人。我余光一瞥，发现竟然还是个熟人，这个人就是一开始我遇到的那个大婶。

"婶子，"我大喊一声，"婶子，你帮我说一下，我不是坏人，就是想找个地方待一阵。"

大婶也看到我了，神情惊讶，她直接就喊住了中年男人："这人我认识，他是来找他姑的，遇上这鬼天气也怪可怜的，就让他待一阵儿吧。"

中年男人这才松手。我浑身脱力，差点儿一屁股坐地上。我这是招谁惹谁了，早知道这样，打死我都不进百草镇。

在大婶的叙述中，我知道了我们分开之后的事情。大婶说，她走着走着就不见我的身影了，她急于找孙子，就没顾得上我。这雾十分奇怪，人在其中根本辨别不清方向，她竟连自己家都找不到了。那时正好看到这家超市，超市是她弟弟开的，她敲开大门，她弟弟当然不会赶她走，就寻思等到雾散了再回家。没想到这么巧，我也找到这里来了。

大婶眼睛发红，看样子是哭过了。明明近在咫尺，却不能回家，也难怪她这么难受。

中年人警告我，待在超市里可以，但是得老老实实的，不能随便出去，更不能乱动超市里的食品。说完，他就不再管我，直接上楼了。

我找了个塑料凳子靠墙而坐。门窗都关着，屋子里很闷，也很暗。楼下只有我一个人，我百无聊赖，只能靠胡思乱想打发时间。

过了不一会儿，那个女孩下楼了，她瞧了我一眼，转回身却给我端过来一杯水。我急忙道谢，大口大口地把水喝个一滴不剩。端水时，我发现她的手掌边缘

第三章 白雾杀人事件

有道红痕，好像是刚才夺门的时候留下的印子。

我有点儿不好意思，刚才是迫不得已，却弄得我跟欺负女孩的恶棍似的。

"抱歉，之前我太莽撞了，你的手……"

女孩腼腆一笑："没什么，已经不疼了。你脖子……怎么紫了一圈？"

我摸了一下脖子，还是很痛，板寸头成心想杀了我，要不是我幸运，可能已经死了。

"有人要抢我钱包，我不肯，就被勒成这样了。"我怕她害怕，就没说实话。

"那你可真够倒霉的。"女孩同情地看着我。

"是啊。"我觉得嗓子疼，基本都是女孩说话我听着，女孩倒是很活泼，一直跟我说个没完，还时不时地瞄我一眼，晕生双颊。

我心里一惊：她……该不会是对我有意思吧？

我仔细瞄了她一眼，女孩十七八岁的模样，身段不错，样子却很普通，基本大街上一抓一把的长相。反观我自己，虽说长相还算端正，但又说不上有多帅。我的身材一般，做梦都想拥有东北彪形大汉的身高。这样普通平凡的我，难得开了一朵桃花，可惜我对她并没什么感觉。

不过，被人喜欢心情还是不错的。我问了女孩的姓名，她说她叫孙萱，刚刚高中毕业。孙萱是个自来熟的性子，听见我肚子咕咕叫，还偷偷端来一盘饺子给我吃。

饺子有点儿咸，可是很香。我吃得狼吞虎咽，流传于东北的那句话"好吃不过饺子"，果真是至理名言啊。

吃完后，孙萱还不肯走，我们俩就有一句没一句地闲聊。

"不知道这个雾什么时候才能散。"我望着大门出神。

"我妈说再有两天就散了。"

"如果一直不散怎么办？"

"嗯……"孙萱突然放轻了声音，"如果一直不散，就要举行祭祀仪式，我妈说的。"

"祭祀……祭的是雾神吗？"我半开玩笑地问她。

她摇摇头，刚想说话，突然从楼梯口传来一个声音："萱萱，回楼上去。"

孙萱对我吐了下舌头，转身不情不愿地走了。中年男人嫌恶地盯了我一眼，走到柜台里面坐了下来。我一瞧，这明摆着是要监视我呀。刚刚孙萱分明就是想说些什么秘密之类的，可惜被打断了。

到了晚上，大婶一直没下楼，倒是孙萱给我拿过来两个馒头和半盘青菜炒肉，说是奉了她家太后的懿旨。看她那笑眯眯的模样，我对她的好感简直是激增，这个小妹子简直太可爱了。

孙萱看我吃饱了，给我抱过来一条毛毯和一床被子，让我将就一下在楼下打地铺，楼上已经没有空房间了。

打地铺我倒是无所谓，毕竟能有个容身之处就算不错了，哪里还能挑挑拣拣呢？

我裹着毛毯，舒服地叹了口气，不多时就睡着了。睡到半夜，我突然被一阵巨响惊醒。我睡蒙了，半天才缓过神来，这才发觉原来是外面有人正在猛力地拍着卷帘门，卷帘门发出"咣咣"的声响，我离得近，简直是震耳欲聋。

中年人和他妻子都下楼了，这么大的响声，也没人还能睡得着。孙萱揉着眼睛，慢腾腾地跟在后面，看见我顿时眼睛一亮，三两下就蹲到了我的身边。

"你也醒了？"

我点点头，这么响还能睡得着，一般人都做不到。

拍门声一直没停止，中年人实在忍不住了，喊了句："别拍了，不可能给你开门。"

没想到拍门声越来越大，还夹杂着那个人的怒吼："给老子开门，不然老子就砸了你这破店！"

这分明是板寸头的声音！

濒死的记忆让我头痛欲裂，不！不能让板寸头进来！这里就我们两个男人，看中年人的身形也不像能打的，何况还有三个女人，万一出点儿什么事，后果真

第三章　白雾杀人事件

是不敢想象。

砸门声终于停了，我本以为板寸头放弃了，没想到不过半分钟，卷帘门又响了起来，从门缝下面伸进来一根生锈的钢筋——他正在撬门！

中年男人一看不好，急忙说道："别撬了，别撬了，我给你开门。"

我一把抓住他："不行，不能给他开门！"

中年男人一把甩开我："再不开门门就被撬坏了。"

我死死地抓住他的胳膊，声音从齿缝里挤出来："那人是个杀人犯，你要是开门，这屋里所有人都活不成！"

中年男人吓了一跳："你说什么？"

我立刻扒开领子给他看脖子："白天我差点儿死在他手里，这就是证据！"

"那怎么办？"所有人都慌了。

卷帘门晃动得厉害，看样子马上就要被撬开了！中年人奔到门前，卷帘门下面有个小小的边沿，他手脚并用，狠狠地往下压。我一看也马上过去帮忙，我们四个人用尽全力，到底把卷帘门压了下去。

板寸头咒骂一声，那根钢筋像毒蛇一样冲了进来，擦到了我的手指，血一下就涌了出来。

孙萱突然间向后倒去，躺在地上哭了起来。原来孙萱挨着我，刚才我们都只顾着不让板寸头撬门成功，不防钢筋直接捅进来，孙萱刚刚蹲在地上，臀部着地，她穿得不多，一下就被钢筋伤到了。

板寸头仿佛听到了孙萱的哭声，更加得意起来，左右晃动着钢筋，想继续伤人。我狠狠地抓住钢筋的一端，和板寸头进行拉锯战。这时候大婶也下楼了，看情形不对，也赶紧上来帮忙。

板寸头几次抽动钢筋都没得逞，终于放弃了，我们直接把钢筋拽了进来。板寸头在门外大骂了一阵，到底没办法弄开卷帘门，只好走了，我们几个都快脱力了。

大婶走过去检查孙萱受伤的地方，发现只是擦破了皮，并不太严重。可能伤

143

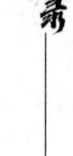

的地方太尴尬了,她一直哭个不停。

"那个杀人犯……到底怎么回事?"中年男人问我。

我叹了口气,把白天的事情简单说了一遍。说到板寸头和盲眼男人的对话时,我只说是板寸头勒着我的时候说的,因为我也很难解释我为什么没死,而且在倒地的时候还能保持清醒。

中年男人听完很惊讶:"你说的盲人,应该叫于岚声。"

"我也不知道他们怎么回事,等能出去了就报警,警察自然会去调查。我不知道板寸头会不会再回来,反正防着点儿就是了。"

其实我心里很担心,板寸头进不来超市,他想进别家的话未必进不去,毕竟不是每家都有防盗门卷帘门,大姑家好像就没有。也不知道盲眼男人逃没逃出板寸头的魔爪,其实我知道,那简直是微乎其微。板寸头敢杀人,和盲眼男人又有仇,怎么可能会放过他?

经过这番折腾,我已经睡不着了。中年男人让女人都上楼,递给我一支烟,"刚才谢谢你了。"

我接过烟,狠狠地吸了一口,胸中那口郁气顿时散了不少。几乎一天没抽烟了,我虽然烟瘾不大,一天也就半盒的量,可是不抽还是难受。

人放松了,我才感觉到无名指一抽一抽的疼,原来是刚才被钢筋擦破了皮,我赶紧找了张卫生纸一缠。

中年男人看我忙活完才开口:"老弟,我叫孙志斌。"

"我叫赵鄂。"我们相互握了握手,白天的事就算揭过了。

我把自己担忧的事说了出来,孙志斌沉默不语,半天才说话:"我大姐担心家里,我想明天送她回去。送完我大姐,看看能不能把你也送回去。"

我清了清嗓子:"谢谢。"

我们都知道,事情不会那么简单。危险潜藏在大雾中,谁知道会碰上什么呢?也许是杀人犯,也许是比杀人犯还要恐怖的东西。其实我想过直接离开百草镇,这个念头越来越强烈,可是现在我身上一毛钱都没有,连车票都买不了,手

第三章　白雾杀人事件

机也摔坏了，必须跑一趟大姑家才行。同时我也担心大姑和保升哥他们，一开始保升哥那个没说完就挂断的电话让我心里一直梗着个疙瘩，况且板寸头还在，我必须去提醒他们。

我和孙志斌怕板寸头再来杀个回马枪，就把货架都搬到门口，即便卷帘门被撬开，货架也能起到缓冲的作用。至于窗户倒不用担心，外面都焊着防盗的铁条，哪怕板寸头把玻璃都砸碎了也进不来。忙活完之后我倒头就睡，睁眼的时候发现天已经亮了，屋子里依然幽暗。望着雾蒙蒙的窗外，我心里一阵烦躁。

早饭我是和孙家人一起吃的，孙家的伙食还不错，菜是单调了些，不过大米饭管够。镇上人一般家里都有不少存粮，有院子的人家还会种一些蔬菜，哪怕半个月不出门，也不会断顿。

吃饭时孙萱瞄了我好几眼，好像有话要跟我说。我想，我都要走了，还是别给人家女孩什么错觉好了，所以也没有理她。吃完饭，她把我拽到一边，可怜巴巴地看着我。

"赵鄂哥哥……"

我差点儿把刚喝下去的水喷出来。这位少女，她到底误解了什么？

"我听我爸说你要走了，你以后还来吗？"

"呃，我肯定会再来。"我心想，毕竟我大姑家在这儿。

"我忘了问你，你交女朋友了吗？"

我迟疑片刻才回答："还没有。"

其实不是我不想交，只是不想滥竽充数。

孙萱满意地笑了："现在没法子加微信，我把我的微信号、QQ号都记在这张纸上面了，你回去后记得加我。"

"好。"

"你千万别忘了。"

我连声答应，她才羞答答地上楼去了。

我握了一下手中的纸条，只能在心中跟她说抱歉了。即使我还没有女朋友，但是我不是个喜欢玩暧昧的人。孙萱太小了，不管她以后上大学还是进入社会，她会碰上更适合她的人，而不是我这样一个过客。

准备出发的时候，我和孙志斌费了好大劲儿才把货架挪开。昨天那根钢筋被我直接拿在手里防身，孙志斌更狠，他手中抄着一把斧子，还真有一副人挡杀人、佛挡杀佛的气势。

大雾依旧浓厚，路上只有我们三个鞋底摩擦地面的声音，我手里攥了一把冷汗。

走了三四分钟，突然有个东西砸在我们正前方，然后就一动不动。那东西出现得太突兀，着实吓人一跳。我和孙志斌对视一眼，慢慢地朝那东西靠近，看清那东西的真面目时，我的瞳孔猛然一缩。

是老东西的尸体！它已经全身血肉模糊、不成样子，那对很有灵性的猫眼被抠掉了，只留下两个血窟窿，尾巴只剩半截，项圈却还在。

3. 白玉蘑菇

老东西死了，还死得这么惨，是谁杀了它，还正巧扔在我们面前？

我觉察到事情不对劲，还没开口示警，一根木棍就出现了，狠狠地砸在大婶的脊背上。大婶一声惨叫，我和孙志斌一起冲了上去，朝着雾中的身影一通乱砸乱劈。

我们手中所持都是利器，这时候什么都顾不上了，倒也有几分威力。那雾中身影眼见不敌，转身就跑。孙志斌急忙回头扶起他姐，大婶被那一下砸得不轻，几乎动都动不得。

"回去吧。"我打退堂鼓了。刚才的人八成就是板寸头，这人心思狠辣，睚眦必报，估计是故意待在这里埋伏我们。这一次损伤不大，下一次可就不一定了。

孙志斌显然也怕了，抖着手背起他姐。大婶突然抓着他的肩膀："志斌，我

第三章　白雾杀人事件

要回家，送我回家，我要找我儿子。"

儿子？不是说要找孙子吗？

孙志斌没听他姐的，背起来就走。大姊十分固执，见弟弟不听她的话，竟闹着要从他背上下来。孙志斌显然不耐烦了，青筋都迸了出来。

"你不顾惜你自己的性命，好歹也别让我们跟着你去送命！"

大姊一脸病容，憔悴不堪，闻言就哭了起来。我能理解她的心情，却无法苟同，毕竟人的命只有一条，谁也不想轻易涉险。

孙志斌强硬地背着她姐就走，我殿后。这次走得可比来时慢得多了，大姊分量不轻，孙志斌背了一会儿就累得直喘粗气。

又走了一会儿还是没看见超市，我估摸着来时的时间和距离，怎么想怎么不对劲。

我忍不住问他："是不是走错了，怎么还没到地方？"

孙志斌脸色难看："好像是错了，我们再换个方向。"

直走，后退，绕着圈子走，折腾了半个多小时，孙志斌终于承认，我们迷路了。说起来不可思议，这地方他生活了几十年，平时哪怕闭着眼睛也能找到家，这次却真真被大雾困住了，简直堪称笑话。更让我觉得不可思议的是，板寸头居然能在这种情况下伏击我们，他是怎么做到的？

孙志斌一直背着他姐，最后也走不动了，我们只好原地休息。大姊可能也意识到情况不对，不哭也不说话，只是一脸呆滞地望着某个虚无的地方。

孙志斌十分颓丧："我没想到会这样。我爸妈还在的时候警告过我很多次，我没想到……"他瞅了一眼大姊，低声说，"我姐她有心病，她有个小儿子，两岁大的时候起大雾，我姐忙着干活没看住，就走丢了，后来一直没找到。这事儿家里人都不敢在她面前提，现在她孙子正好两岁……所以她想回家我也只能依着她。"

我心道怪不得，关心则乱。

"现在回不去了，不如随便找个地方待两天等雾散。反正两天时间也饿不死，

147

就是地方一定要安全，千万别被板寸头找到。"我说道。

"嗯。"孙志斌低低地答应。

我想起孙萱说的话，问道："如果雾不散，是不是还要举行什么祭祀？"

孙志斌看了我一眼，好像奇怪我一个外地人怎么知道。他说："我爸以前是说过，我也不太清楚，二十年前那场大雾三天就散了。他好像说过'出现神树就得祭祀'什么的。不过，祭祀什么的只是传说而已，反正我从来没见过。"

孙志斌说得含含糊糊，我听得也迷糊。神树是什么？感觉谜团越来越多了。

我叹口气，也不去想那么多，说："出镇的路好像只有一条，我们能不能试试出镇？"

"镇里的主街道就两条，其实算不上多复杂，走两条路都能出去。"

我们脚下是沙土地，孙志斌随手拾起一块石子，就在地上画起百草镇的简图来。我伸头去瞧，主街有两条，其他小街道小巷子也不少，孙志斌家开的超市就在第一条主街上，大婶家其实离得并不太远。我们为什么走不明白呢？都说鬼打墙其实就是人被周围环境蒙蔽了眼睛，看着走的是直线，其实一直在原地绕圈子，有时候闭着眼睛凭着感觉走，反而就走出去了。眼下大雾遮天，我们其实跟睁眼瞎也差不多了，寻路基本凭着感觉走，为什么反倒迷路了？

"如果怕绕圈子，还有一个办法。"孙志斌指了指旁边的道牙子。

我眼睛一亮：对呀！一直贴着道牙子走，这样就不怕在不知不觉的情况下走弯路了。

"试试。"说着我一只脚就贴到了道牙子边上，甩开腿就走。

"这条不是主干道，就算贴着走也走不出去。"孙志斌来了一句。

之后我们简直是贴着地面行进，折腾一番得出的结果是，我们中的应该不是鬼打墙，估计还是大雾影响了我们的方向感，方法正确的话也能走出去，不过极为困难。

"用这个办法，大概能走出百草镇。"孙志斌累得满脸汗。

我已经不想说话了，饿得抓心挠肝，要不是心里存着那股劲儿，早就走不下

第三章 白雾杀人事件

去了。可能是因为太饿，我的鼻子里突然钻进来一股特别诱人的香味，那股香味就像长了手一样，不停地搔痒，痒得我的心尖儿都颤了，恨不能把心都掏出来放在地上搓一搓。

几秒不到，那股香味又转移到了我的胃部。刚才我就饿得难受，这下更是不得了，胃部随着这股香味一搅一搅地蠕动，那种感觉根本形容不出来。

即便我再饿，也不过饿了五六个小时，怎么就成这样了？

我心知不对，狠狠地一咬嘴唇，屏住呼吸，心头终于清明少许。我害怕那股香味再影响我，干脆脱下外衣，用衣服把鼻子和嘴围起来，这才好了一点儿。再一看孙志斌和大婶，我心中叫糟：大婶不知道什么时候跌到了地上，双眼血红，神志不清，而孙志斌只能看到一个隐隐约约的背影。我疾跑几步拽住他的胳膊，他一回头，我吓了一跳：刚才还很正常的一个人，现在竟然一脸狰狞地看着我！我拽他，他挣扎几下，我看不行，就狠狠地给了他一个耳光，接着扯过一只衣袖，捂住了他的鼻子和嘴。

好一会儿，孙志斌终于不挣扎了，但是神情呆滞，看我的目光十分陌生。

我松了口气，扯着他往回走。这香气无孔不入，既然避不开就离开，离得越远越好。我瞄了一眼孙大婶，她还倒在原地，如果没人过来，估计暂时没有危险。我一次弄不走两个人，只好先把孙志斌弄走，再过来背孙大婶。

我想了想，过去脱下孙大婶的外衣绑到脸上，保证她既能呼吸，还能阻挡那股香味。

走了一段路，终于闻不到那种香味了，我深吸一口气，胸中一畅。再看孙志斌，还是那副呆滞的模样。正好路过一棵大树，我把孙志斌安置在树下，走了几步回头，还是不放心，板寸头万一出现怎么办？

但是，应该……不会那么倒霉吧？刚才往回走我都是贴着道牙子走的，怕的就是走错。如今再贴着道牙子寻回孙大婶，应该不是问题。想到那股危险的香味，我把衣服在脸上围了好几层，把口鼻护得牢牢的，弄得呼吸都困难，才算满意。

我走走停停，估摸着到地方了。因为即便是护住口鼻，我还是能隐约闻到那股香味，闻到的人只有两个反应：饿、想吃。

在附近找了一圈，我发现孙大婶已经不在原地。刚才她明明还躺在地上神志不清，怎么现在就不见了？

我有点儿慌，我离开不过十几分钟，她能到哪儿去呢？难不成，她追着那股子香味跑了？很有可能。刚才孙志斌的情况，差不多也是一样。我还能保持清醒，不过是凭借着玉珠的力量罢了，这点我很清楚。

现在我面临着几个选择：第一，循着香味走，估计能找到孙大婶；第二，回去找孙志斌，在他清醒之前保护他的安全；第三，独自离开。

尽管我并没有义务去找孙大婶甚至保护孙志斌，我那么做并不算错，因为我和他们萍水相逢，他们即使遇险，和我也没什么关系，只是他们运气不好。可是我到底过不去心中的坎，做人可以趋吉避凶，却不能失去最根本的原则。如果我自己逃走了，他们却因此丢掉了性命，我大概一辈子都过不去心中那道坎。我不是圣父，却也不是没有底线的小人。

我犹豫片刻，决定先去试着找一找孙大婶，实在找不到的话再回来找孙志斌。不管结果如何，我尽力了就问心无愧。

我往前走，香味越发浓了，一个劲儿地往我鼻孔里钻，要不是衣服护着，我恐怕早就中招了。脑子虽然还清醒着，不过那种饥饿的感觉却是怎么都压制不了，我狠狠地咬着衣服，从没觉得饥饿是如此可怕。

白色的雾气渐渐产生变化，变成了淡红色。我知道，其实并不是雾变了颜色，是我的眼睛出现了问题。我突然想起，从墨街回来之后，谢如秀突然兴起，吵着要学佛经。我跟着凑热闹，也学会了一段。还别说，心情烦躁的时候念一念佛经，真的能让人平静下来。

"观自在菩萨，行深般若波罗蜜多时，照见五蕴皆空，度一切苦厄。舍利子，色不异空，空不异色，色即是空，空即是色……舍利子，是诸法空相，不生不灭，不垢不净，不增不减。是故空中无色，无受想行识，无眼耳鼻舌身意，无色

第三章　白雾杀人事件

声香味触法，无眼界，乃至无意识界……"

我反复在心中念诵着这一段（其实我也只会这一段），那种饥饿感终于被压下去不少，现在我至少没有那种想把自己的肉都切吧切吧咽进肚子里的感觉了。我真不敢想象，要是一个毫无防备的人闻到这股香味，最终会变成什么样。变成一个没有理智、什么都吃的怪物吗？

真的不敢想象。我一路不停地默念着经文，也不知道走了多久。我猜想其实我走得并不远，在大雾中前行困难，才让短短的距离无限拉长。

毫无防备地，我看到一棵树。

百草镇道路两旁种了不少树，大多数都是梧桐树，也有少量的花树、红瑞木和柳树，不过面前的这棵树却十分古怪。

我从没见过这种树，或许是我孤陋寡闻，毕竟世界之大，植物的品种多不胜数。那棵树整棵树的树皮都是荧绿色的，不算粗壮，大概一人就能合抱。树冠优美，枝杈上像是附着了无数的萤火虫，发出淡淡的光。那些雾气缭绕在它的周围，却成了仙气一般，衬得整棵树仙姿傲骨，让人有种上前膜拜的欲望。

然而这些都不是让我惊讶的理由，最让我惊讶的是，树干上生长着一簇白色的蘑菇。它如玉如雪，莹润洁白，形如灵芝。那股危险的香气，就是蘑菇散发出来的。看到它的第一眼，我的口水竟然湿透了几层衣服，心中只有一个念头：把它吃掉。

饥火在那一刻无比高涨，念心经都不管用了。我狠狠地咬着嘴唇，温热的液体渗了出来。我艰难地在大树周围搜寻着孙大婶的身影，结果我还真就看到了孙大婶，她跪在大树底下，一动不动。

我急忙过去想把她背到背上，一拽她的胳膊，软绵绵的，却凉得让人心惊。我拉起她的手腕一探，脉搏没了。

她竟然死了？

我的心跳如擂鼓，一方面害怕，另一方面，我已经被近在咫尺的香味勾得几乎失去理智。我想跑，一双脚却迈不动步，本能和理智的对抗简直能让人生不如死。我一个人仿佛分裂成两个，一个飘在半空，一个却一步一步地靠近那棵奇怪的树，并从树上摘下一片蘑菇。蘑菇鲜嫩晶莹，就好像被上好的高汤煨过，不吃进肚里，就是对食物的亵渎。飘在半空上的我急得都快升天了，树下的我解开围在脸颊上的衣服，把蘑菇往嘴里送。

正是千钧一发之时，一道巨大的暗影出现了。伴随着轮胎摩擦地面的响声，我还没来得及反应，就被一辆越野车给撞飞了，蘑菇脱手而出，不知掉到了哪里，我重重地落在三四米之外，四肢百骸没有不疼的地方。

越野车停了，一个人从车上跳了下来。

"天啊，怎么撞到人了？"

"咱们走的是阳关大道，这么大的雾还待在大马路上，不是成心找死吗？"

"你们非得开进来，这地方邪门得紧，连导航都失效了。我早就说要改道！改道！现在出事儿了吧？快去看看人死了没有！"

从车上又下来两个人，从我的角度看去，只能看到影影绰绰的几个人影。

被撞的那一刻，我心里其实松了口气。被撞到的我的确很疼，但他们的车速不算太快，我知道自己死不了。但是我要是把蘑菇吃进肚子里，那就不一定了。

4. 车祸

自然界中，许多植物都拥有过人的"本领"。猪笼草拥有独特的吸收营养的器官——捕虫笼，可以引诱昆虫作为自身养分；已知最大的食肉植物——马来王猪笼草，可以捕食小型的哺乳动物；捕蝇草是反应最迅速的食肉植物，它能产生黏性液体粘住猎物；产自印度尼西亚的奠柏，居然能吃人！奠柏长着许多长长的枝条，垂贴地面，如果有人碰到它们，树上所有的树枝就会像魔爪一样向同一个方向伸过来，把人困住，而且越缠越紧。树枝会产生一种胶汁，以便消化食物，被缠住的人，最终只剩下一堆骨头。

第三章　白雾杀人事件

拥有特殊本领的植物有许多，这蘑菇能发出那么恐怖的香气，我绝对有理由相信它会诱使我去吃掉它，最后可能我连骨头渣子都剩不下。况且，孙大婶的死也可能和它有关。经过刚才那一撞，我一时躺在地上动弹不得，香味对于我的诱惑反倒淡了。

要走过来查看情况的几个人却突然站住了。

"我去，什么味道这么香？"

"好饿，饿死我了。"

我听到吞咽口水的声音，一声"别吃"显然是警告晚了。我只能看到几个黑影纷乱的动作，就像观看隐在幕后的皮影戏。他们摘下蘑菇，大口吞吃，一个人大叫"你为什么抢我的"，一个人袭击另一个人，三个人打成一团，期间还伴随着撕咬之声和野兽般的尖叫……

突然，那块幕布变成了红色，像雨点般纷纷落下。一个人滚瓜一样，摔倒在距离我一米外的地上。我伸头瞧了一眼，那人一脸血肉模糊，满身的血点子，已经看不清真实面目了。

他还没死，顶着那张让人做噩梦的脸，向我伸出一只手，似乎是在让我救他。

我一瞧，差点儿没吐出来。他那只手的指腹部分都没有了，正往外哗哗地冒着鲜血，看伤口的形状，好像是被咬掉的。

他艰难地向我爬过来，我被吓到了，在他接近的时候，我就地一滚，终于远离了他。由于动作太大，我疼得浑身直冒冷汗，看情形，应该是肋骨断了。那个人向着我刚才躺着的地方爬过去，我这才发现他的目标不是我，是那片我还没来得及吃进肚的蘑菇。

接着，另两个人也闻香而至。我看这三人已经乱了心智，实在不敢和他们正面对上，只能拼命挪动自己的身体，尽量远离他们。之后又传来新一轮的争夺之声，没过多久就安静下来，一点声音都没有，比刚才更加令人不安。

都死了吗？或许。

这是一场灾难，我阻止不了，任何人都阻止不了。我在原地躺了很久才勉强爬起来，腿骨没断，真是不幸中的大幸。孙大婶死了，我现在没有那个能力去背她的尸体。等大雾散了，自然有人来收拾善后。

至于那三个人，我到底没敢过去瞧一眼，有时候好奇就是催命符，这个道理我早就明白。

断了肋骨的地方很疼，却不影响走路，只要动作慢一点，完全没问题。这一趟百草镇之行真是祸事不断，我如果能见到大姑，一定要劝她搬家。背井离乡又怎样？总好过朝不保夕。我走之前将孙志斌放在一棵大树下，希望他没有乱跑，不然我也没能力再去寻他。

走过一段路，我果然看到那棵大树，还有正靠坐在大树下的孙志斌，我顿时松了口气。

可能听到了我的脚步声，他抬起头，看样子是恢复神志了。

"刚才怎么回事，我……我怎么了？"他神情困惑。

我一屁股坐在他旁边，动作大了点，断骨倾轧，痛得我冒出一头冷汗。

孙志斌吓了一跳："你怎么了？"

等到那阵剧痛过去，我才吸着气说道："我被一辆车撞了，肋骨断了几根，太疼了，一会儿你帮我找几根木头固定断骨，不然我怕自己撑不了两天。"

孙志斌一边连声答应一边问："哪儿来的车，看到车牌号没？"

我摇摇头。孙志斌以为我没看到，其实看没看到都无所谓了，肇事者现在可能都死了，我总不能跟一辆车要赔偿吧？

"对了，我姐呢？我刚才看不到你们俩，也不敢乱走，怕你们找不到……"

我沉默半晌，把之前发生的事简单地说了一遍。孙志斌把头埋到膝盖，无声地哭起来。我也跟着鼻子发酸，虽然我到现在也不确定孙大婶的死因是什么，但总归跟那棵树脱不开干系。

我把这个猜测说给孙志斌听，他突然抬头，眼眶通红："我要去把那棵树砍了！"

第三章 白雾杀人事件

他说完就转头找斧头。这一路虽然乱糟糟的,斧子却没丢,也真是奇迹。我见他操着斧子向前走去,虽然想跟过去,可惜有心无力。刚才那阵剧痛让我浑身无力,张嘴想喊他,刚开口就剧烈地咳嗽起来。等我能开口说话的时候,孙志斌早已不见踪影了。

我心中烦闷,感觉自己这趟闲事管得真是不值,孙志斌太冲动,万一又被迷了心智,或者那三个人并没死,他的下场会是什么样?

现在只能等了,希望他能全身而退。对了,之前孙志斌提过那么一句"神树出现就要举行祭祀",我刚才见到的那棵长蘑菇的树倒是有几分神树的模样,也许,它就是传说中的"神树"?祭祀过后,大雾和神树应该都会消失。大雾出现,神树才会出现,却不是每次都出现。也就是说,大雾和神树之间相互关联,至于其中有什么关系,我暂时想不到。

我无意识地盯着孙志斌远去的方向,不知道是不是错觉,竟然觉得雾气没有之前那么浓了。

我估摸着现在差不多是下午一两点钟,如果现在在家该多好,陈皮鸭子、糯米鸡、清蒸鱼、回锅肉、地三鲜、麻辣烫……无数的美食在我脑海里来回打转。跟先前被白玉蘑菇引起的饥饿不同,这种饥饿让我特别踏实,这才是身体的真实感觉。

美食是暂时吃不到了,哪怕来一块昨天吃的甜腻小蛋糕也行啊,我心想。孙志斌怎么还不回来?他还没帮我找木头固定胸骨呢。

靠人不如靠己,我背后就是大树,还怕找不到木头吗?我艰难地起身,在附近转了转,还真捡到几根树枝和一根木条,我瞧着差不多了,就用衣服做绷带,去掉多余的枝杈,将树枝一一固定在肋骨处。

弄完之后,我疼出一身汗,同时也感觉断骨的地方不那么难受了。

这一折腾又是差不多一个小时,孙志斌还是不见踪影。我心知他可能是出事了,不然不会这么久不回来。

我去是不去?第一次救人,是良知告诉我不能见死不救。这一次,我却打退堂鼓了：凡事得量力而为，我现在受着伤还硬要去救人，未免太自大了点，这不是见义勇为，这是蠢。

我枯坐了不知多久，万籁俱寂，好像我整个人都被这大雾羽化了一般。最后我起身，向着神树的方向走去。

不是我想去救人，而是我想起那边还停着一辆车，离开百草镇，开车总比我用两条腿走路要好。我走得慢，用了七八分钟才达到。这个时间和我离开时用的时间差不多，我估摸着已经距离神树很近了，那辆车就停在那儿——如果没人动它的话。

首先映入我眼帘的是那三具纠缠在一起的尸体，乍一看，还以为是什么怪异扭曲的雕像，只是配色太吓人了些。我不敢细看，就这么直接走了过去。孙大婶的尸体还在，不过姿势变成了平躺，双手平整地放在小腹上，孙志斌应该是来过。

不过，车和神树都不见了。不，还要加上一个孙志斌。

难道是他开着车带走了神树？这个想法太荒谬，我立即打消了这个念头。转身时，我竟然又看到一具尸体，他俯卧在地上，光看身形能判断出并不是孙志斌，应该是我走后出现的牺牲品。

变故太多，可能是我自己的神经线已经麻木了，竟然没有太多惊讶的情绪。

我平静地走过去，不管如何，我得看一眼死去的人是谁。当我把那人翻过来的时候，我还是惊讶了一下。

竟然是他，那个要了我二百块钱却没把我带到地方的盲眼男人！给他翻身的时候，我发现他的身体还是温热的。也就是说，目前他还活着。

"醒醒，快醒醒！"我拍了拍他的脸，看来不管用，我便用手指使劲儿掐他的人中。

过了半天，他呛咳了一声，缓缓睁开他那双灰白眸子的眼睛。

"谁……"他的嗓音干哑，听着费劲。

"现在我身上没有水，你撑着点，明天雾散了就有水喝了。"

第三章　白雾杀人事件

"你是谁？"

我这才醒悟，刚才把谁听成水了。

"我是给你二百块钱让你带路的人，你忘了吗？"

"我记……记得。"

一句话都说得气息要断绝的样子，他这是怎么了？身上看不到血迹，该不会被板寸头打成内伤了吧？

"你怎么在这儿？"我问他。

"神树……神树还在吗？"

盲眼男人竟然是来找神树的。这么说，他肯定知道些内情了？

"什么神树，我没看到，这附近没有树。"

"不可能，人牲明明够了……你撒谎！"说完这句话，他一下子坐起身，浑身微微地抖着，似乎怒极了。

"你不信就算了，反正我没看到。"想要诈出他的真话，我不能一开始就说实话。

"不可能，不可能，我白白等了二十年……"盲眼男人嘴里反复叨念着这句话。

我听烦了，忍不住打断他道："那个要杀你的男人哪儿去了？"

他这才猛地住嘴，这次倒成了锯嘴葫芦，一言不发了。见他什么都不肯说，我知道刚才方法用错了，这次还得把鱼饵抛出去。

"刚才我没说实话，其实神树我见过……"

"你想套我话，"盲眼男人冷笑一声，"别以为我是个盲人就看不穿你的心思。"

"神树不是很高，树皮是绿色的，上面发着荧荧的光，还长一种白玉蘑菇，对不对？"

盲眼男人一下子激动了，揪住我的衣袖："你见过？在哪儿，快告诉我！"

"我可以告诉你，不过作为交换条件，你也得告诉我这件事儿的来龙去脉。"我语气坚决。

盲眼男人放开我的衣袖，半响，才喃喃道："好吧，就怕你知道了以后……要和我抢。"

"如果我不说，你就永远都不知道！"我颇为蛮横地说了一句。

"你想知道什么？"盲眼男人叹气。

"所有的一切，神树、大雾、那个杀人犯，二十年前的事。"

"你还真贪心。"盲眼男人嘲讽一笑，我毫不为之所动。

"这件事要说明白，还得从明朝时候说起……"

我觉得盲眼男人可能要说废话，可是为了弄个明白，我还是得忍住，听他说起"二十年前的那些事儿"。

5. 致命神树

众所周知，明朝共有十六位皇帝，这些皇帝杰出者少，荒唐者多。有二十八年不上朝，任由奸相严嵩把持朝政的世宗；还有在位期间不理朝政，沉迷木工的熹宗。其中最令人诟病的是，十六位皇帝中，有九位都爱服食丹药。

服食丹药，不外乎想要长生，甚至得道成仙。历史上著名的红丸案，不过就是"一月皇帝"光宗在一天之中服食了两颗红丸，暴毙身亡。

所谓的红丸，其实就是一种壮阳药，其中含有"红铅"，取童女初行月事之血炼制而成。童女须十三四岁，体貌端正。为此，当时还死了不少童女。除了"红铅"，药丸中还含有"秋石"，也就是童男的小便，再加上一些药材一同炼制。

红铅和秋石在我们看来是十分荒谬的东西，在当时却是丹药中必不可少的材料。历史上，自秦始皇开始，有多位皇帝都想要得到长生。修炼、服药，这些都是得长生的手段。其实长生的办法远不止这些，只不过这些都是帝王的秘密，不为外人知罢了。明朝嘉靖帝是最为笃信长生的皇帝，他为了修炼，每日都"吸风饮露"，并要求伺候他的宫女也这样做，也因此饿死大批宫女。除此之外，他还

第三章　白雾杀人事件

在民间大肆寻找长生不老的人。为了修炼，他还建过很多的宫殿，劳民伤财。另外，其实他还秘密派遣东厂的人去寻找徐福之墓。

传说，徐福曾经为秦始皇出海寻找长生不老药，有传闻说他找到了，也有传闻说他没找到。个中内情，扑朔迷离。不过，为了长生，嘉靖帝决定广撒网多捞鱼，没准还真就能逮到一条大鱼。

东厂的人马寻找多年，年年增加人手，终于在某年，找到了一些可以交差的东西。

东厂的人找到的是什么呢？不是药丸，不是修炼秘籍，而是一棵树。这棵树是在一个大墓里找到的，据东厂的人说，那个墓就是徐福的墓。这件事立刻引起嘉靖帝的高度重视，先不说徐福之墓的真假，先是东厂献上的这棵树，就十分神奇。它不过一人高，叶子少而翠绿，如同碧玉。树木没有植入土中却生机勃勃，树干上散发着荧绿的光，人一旦靠近就会显得精神奕奕。树的根须很细，同是绿色，也散发着淡淡的荧光。东厂的人说，他们寻到这棵树的时候，这棵树立在一块大石之上，并没有扎根土地之中。

嘉靖帝觉得这棵树大有玄机，说不定就是他长生的关键，就命人栽种到一个很大的紫砂花盆里，填上最好的土。

让人没想到的是，树种下去之后却一天天开始枯萎，从根部开始，一点点地变黑。

嘉靖帝最开始以为是土质不对，连忙叫人换土，可是一连换了十几种土都不行。最后，嘉靖帝只好求助于他当时最宠信的道士邵元节。那时的邵元节已经因为嘉靖帝的宠信而官至礼部尚书，嘉靖帝对他简直言听计从。

邵元节说，这树的确是长生之树，不过因为不是人间之物，所以不能适应人间的土地。想利用它得长生，必须得等它长大。

嘉靖帝就发愁了，不能种怎么长大，不能长大就得不了长生，这不是开玩笑吗？

邵元节说，只要将枯萎的树枝截成七份，放到人迹罕至、钟灵毓秀之地，让

它慢慢地吸收天地精华，说不定就会长大了。

嘉靖帝对此颇为担心，便问，万一自己等不到它长大怎么办。邵元节说，他即将得道归天，之后他会抛下沉重的肉身，魂归天界。到时候他会降下福祉，让陛下延年益寿，等到神树长大。

嘉靖帝一听，特别兴奋。过了没有多久，邵元节果然病逝。嘉靖帝就让人按照他的话，将每一段树枝都让一队东厂的人带着，去找那些人迹罕至、钟灵毓秀的地方。找到合适的地方后，就造一座假墓，把树枝放进去。假墓构造独特，既保证了隐秘性，还能让树枝吸收天地精华。

造好假墓后，领队就画下地图，再把地图带回去交给嘉靖帝。

嘉靖帝还活着的时候，曾经好几次派人前去查看神树的情况，可惜没有一次如愿。临终前，他依然对神树念念不忘。

时光飞逝，假墓的地图由于战乱遗失了。当年护送神树树枝的东厂之人，却私下画出其中一幅地图留予后代，神树的秘密就这么被流传了下来。一直到了清朝道光年间，时间已经整整过去了三百年，私画地图之人的后代按着地图所绘，找到了那座假墓。地图上有开启墓穴的方法，他按照上面所写，很容易地就打开了假墓，并且看到了传说中的神树树枝。

不，它已经不能叫作树枝了，它的确长大了许多，下面甚至生出了根须。

那人一见神树，特别高兴，把树枝包好带下山。那片土地经过时间的变迁，已经不是人迹罕至之地，在山脚下还住着十几户人家。因为当地草木茂盛，尤其山上生长着许多珍贵的药材，许多人家赖此生存，所以那个地方被当地人称为百草坡。那人下山的时候崴了脚，就找了一户人家，付了不少银子，决定住到脚伤恢复再走。

没想到，变故突生，让人一点防备都没有。

那人当晚偷偷打开包裹查看树枝，只见神树树枝入夜后看上去更美，美得不似凡物，荧绿的光照得他的手都微微发亮。

那天晚上，那人花钱向村民买了一只小羊和一只鸡，都宰杀了做晚餐。没吃

第三章　白雾杀人事件

完的肉，他就吊在了房梁上。屋子里还残留着杀羊杀鸡的血腥气，甚至那人的身上也沾上了一点儿血腥气。他太兴奋了，还没来得及换衣服就去看神树树枝，手摩挲良久，过了很长时间才慢吞吞地包好包裹，倒头就睡。

第二天他醒来的时候，他发现树枝不见了，屋外大雾弥漫，所有人好像都消失了。那人用尽办法都没找回神树树枝，多年后他才明白，并不是有人偷走了神树树枝，而是神树……

它活了。

原来，大雾是神树弄出来的。人在大雾之中很容易迷失方向，看到神树就如同看到了救赎。神树身上能生长出一种蘑菇，这种蘑菇能散发出一种香气，闻到的人无不被香气吸引，只要吃进肚子，就会生出想继续吃下去的欲望。

欲望没有尽头，甚至能让人自相残杀。后来有人给那种雪白的蘑菇起名为"噬指"，意思是，吃到它的人甚至会把沾过蘑菇的手指也吞进肚子。吃掉蘑菇的人会自相残杀，死去的人就成为神树的祭品。等到祭品够了，神树就不会生长新的蘑菇出来，大雾也会慢慢变淡，终至散去。

因此，噬指是世上最美味的东西，也是最可怕的东西。这其中还有一个传闻，在神树消失的时候，待在树下的人就会跟神树一起消失。

消失后去了哪里呢？自然是去了神仙之地当神仙，得长生。

神树的出现没有规律，有时是二十年出现一次，有时是三十年，又有时十几年间就会接连出现两次。有许多人见过它，也有许多人因它而死。

一口气说了许多话，盲眼男人终于停下，轻轻地咳嗽。

我没想到内情竟然这么复杂，一时也不知道说什么好。盲眼男人终于不咳嗽了，他开口唱起一支歌谣，曲调古老，字字押韵，似乎是口口相传而留下的歌谣。

青青树，白白蘑。

萤虫忙，诱人尝。

扁担两头翘，神树通阴阳。

祭牛羊，四六斛。

山神笑颜开，为我化青云。

我一听就明白了，这是关于神树的歌谣。民间有许多传说都是靠着歌谣的形式才流传下来，里面的确透露了不少信息。

不过那句"祭牛羊"并不准确，目前看来，不都是以人为祭吗？至于"四六斛"还比较好理解，斛是古代的计量单位，清朝的话一斛大概有二十五斤，也就是说，"四六斛"大概是六百斤。死去的三个人，再加上孙大婶的重量，肯定超过六百斤，所以神树就停手了吗？

必须以人为祭品，这哪里是神树？简直是魔树、妖树！这样邪恶的东西能使人得到长生吗？怎么可能！人们只是习惯了自欺欺人。

"神树的传说我从小就听过，你大概猜到我是谁了吧。"盲眼男人说得很笃定，"我从小就眼睛不好，我想活，好好地活，所以我必须让神树带着我一起走。"

他的眼睛仿佛燃起两簇火苗，那是志在必得的决心。

"那个要杀你的人……"

"他叫莫东，有勇无谋的傻子一个。二十年前，我不过哄了他几句他就去杀人，杀完人还想赖在我头上。"他冷笑一声，"我不过略施小计，就让他蹲监狱蹲了二十年。只是我没想到，我辛辛苦苦地收集祭品，却被那个老头占了便宜。"

我想了想，他说的那个老头，可能是二十年前失踪的老人。也不知道他现在怎么样了，但是我觉得他还活着的可能性非常低，因为我根本就不信神树能使人长生。

"你要听的我都说完了，神树在哪里，快告诉我！"他急切地拽住我的胳膊，力量大得惊人。

"你真的相信神树能让人长生？"我问他。

"当然，我等了四十年，我不能再等了，快告诉我！"他吼叫起来，面目说不出的狰狞。

第三章 白雾杀人事件

我哪里知道神树在哪里，刚才只是为了知道真相不得不骗他，现在却骑虎难下了。

"抱歉，其实我是……"

"骗你的"还没说出口，只见一截钢筋从盲眼男人的前胸透了出来。他似乎没反应过来，做了一个转头的动作，转到一半，一口鲜血就喷了出来，我的脸上一阵灼热，鲜血像雨点似的洒了下来。

我一下就蒙了。

6. 二十年前

此时的雾气已经越来越淡，一个人手持钢筋的另一端，满脸狞笑，仿若地狱厉鬼。

是板寸头。对了，他应该叫莫东。二十年前，他在盲眼男人的唆使下杀人，蹲了二十年监狱，现在他终于报了当年之仇。盲眼男人一心想要长生，并为此不择手段，最后的下场却是如此凄惨。果真是世事如棋，你以为你是下棋的人，其实所有人都不过是老天爷手中的一颗棋子而已。

"咦，你还活着？"

莫东一使劲，钢筋就从盲眼男人的身体里抽了出去。盲眼男人的身体失去支撑，顿时倒在地上，鲜血蔓延开来。

我站起身，尽量忽略断骨带给我的疼痛。现在我手无寸铁，身上还有伤，打也打不过，逃也逃不掉，我总不能眼睁睁地等死吧？莫东看模样竟然十分兴奋，朝左手吐了口唾沫，钢筋从右手换到左手："没死，我就再杀你一次。"

他的话音还没落，我一抬手，手中攥着的东西脱手而出，奔着莫东的脑袋就去了。

以前看小说的时候，很多小说的高潮部分都是反派逮住主角，在即将杀掉主角之前，反派通常都会陪着主角忆往昔或者放狠话，主角往往趁着那个时间偷偷蓄力干掉反派，剧情实现反转，看得人十分兴奋。网友由此总结出一句话：反派死于话多。

刚才起身的时候，我其实对自己的处境已经心中有数，伸手一摸，正巧摸到了一个冰冷坚硬的东西，似乎是铁制品，比我的手掌略小一点。我顺手就攥在手中，等莫东开口说话的时候，找准时机扔了过去。

我的准头很好，那个铁制品"呼"一下砸到了莫东的面门上。

那东西有些分量，砸得莫东一脸血，他惨叫一声，伸手去摸自己的脸。砸到他之后我根本没停留，转身就跑。现在大雾只是淡了一些，但还没有散去，我抓紧时机就能逃得掉。现在什么伤都顾不上了，逃命要紧。

可能紧张有麻痹伤口的作用，我都感觉不到断骨处的疼痛了，只记得要逃命，跑得快一点，再快一点。直到身后看不到莫东的身影，我才停下来。不远处能隐约看到几栋带着院子的房子，我跑过去，院门是锁起来的。我又走了一段路，有一户人家院子很大，围着一圈铁栅栏，院子里种着不少菜，还停着一辆微型卡车。

我眼睛一亮，立刻就想办法爬了进去，顺手从一棵秧子上摘下两个西红柿。我知道这种行为实在上不得台面，但是现在是关键时刻，不能讲什么君子风度。

我爬进微型卡车的车斗里平躺下来，一躺下来，浑身都难受得不行。我把西红柿塞进嘴里大口地嚼着，差不多一天没吃东西了，嘴里都是西红柿酸中带甜的味道，简直幸福得快要流泪。

两个西红柿吃光了，我还饿着，可是身上跟散架一样难受。我也怕莫东追过来，也不敢动，然后就直接睡着了。也不知睡了多久，将醒未醒的时候，一个人走到车子跟前，瞪着一双铜铃般的眼睛看着我，问："你是谁？为啥躺在我的车里！"

他手里拿着一柄叉稻草用的铁叉，身上要是挨一下，估计很不好受。

我扶着胸慢慢坐起来，说："这位大哥，真不好意思，我过来亲戚家串门儿，

第三章 白雾杀人事件

结果遇到大雾天，还受伤了。本来只想着在车斗里休息一下，结果睡着了。我这就走……"

铜铃眼皱眉头，那双眼睛显得更凶了："都伤成这样了还走啥走！进屋吧，我媳妇是护士，让她给你看看。"

我一听就知道遇上好人了，在铜铃眼的扶持下下了小卡车。

这个时候雾气又淡了不少，没有了大雾的遮蔽，天光大亮，已经能看到五六米的范围了。

"你这咋伤的呀，又是树枝又是血的？"铜铃眼问我。

我愣了一下，低头一看，才发现身上都是干涸的血点子。

这是盲眼男人的血，不是我的。不过我也没说什么，只说是被一辆越野车撞到，肋骨断了。铜铃眼立刻义正词严地告诉我，大雾天不能出行，他和他媳妇都在屋里待三天了。

三天？我竟然在车斗里睡了一夜？怪不得到现在都没天黑。进屋后，一个圆脸微胖但是看模样很温柔的女人迎了上来。看到我后，她惊呼了一声，铜铃眼拉着她解释了几句，她才镇定下来。然后她拿出一个医药箱，协助我拆掉那些绑得乱七八糟的树枝，要给我清理伤口。

我身上只有几处擦伤，不过断骨处就十分吓人了，皮肤上大片瘀紫，肿得十分厉害。铜铃眼的媳妇给我测了体温，38度，还在可控的范围内。药箱里的药品十分齐全，铜铃眼媳妇给我注射了一支消炎退烧的针剂，在瘀紫的地方喷上了云南白药，还建议我尽快去医院。

我对这两口子简直是感激不尽。世上有莫东那样的恶人，也有铜铃眼这样的好人。恶人终有恶报，不是不报，时候未到。我就睁大眼等着，看莫东什么时候才能得到他的报应。

我在铜铃眼家住了一天，第二天大雾果然完全散了，天空水洗一般干净，金灿灿的阳光洒在人的身上，无比温暖。

铜铃眼说是护送我到医院，其实一路上根本没怎么理我，光顾着跟他媳妇打

165

情骂俏了,我在一旁看着,心里无比羡慕。到了医院,照过X光,大夫说我的情况不算太严重,只断掉两根肋骨,用宽胶带固定胸廓,开了不少药,然后就可以走了。肋骨骨折的治疗主要就是止痛和固定,不做剧烈运动就行了。

其实我心中有数,当时那辆车的撞击力很大,绝不会只断两根肋骨,一般人很可能当场死亡。可我只是受了轻伤,这其中,玉珠肯定发挥了很大的作用。那一次的误打误撞,既给我带来了一些麻烦,也让我获益匪浅,可能真的是奶奶在天上保佑我吧。

我要去大姑家,铜铃眼说要送佛送到西,要送我过去。我一想正好欠了他不少钱,这笔钱得先让大姑垫上,铜铃眼帮我这么多,我怎么也不能让他亏了。

大雾散去,一切都恢复了正常。我想,孙大婶和那三个人,还有盲眼男人的尸体,现在该被人发现了吧?

在这件事上,我的确是想把自己摘出去的,因为太多的事情说不清楚,上面来人调查,他们会相信我说的话吗?恐怕到最后不吃鱼也会惹一身腥。不过我也知道,这件事我很难把自己摘出去,他们很快就会查到孙家,孙萱会怎么说呢?

我叹了口气,算了,顺其自然吧。我问心无愧,管他怎么样呢。

到了大姑家,大姑看到我眼泪一下就涌了出来,说:"小鄂,你爸打电话说你三天前就来了,大姑还以为你……没事儿就好,快进屋吧。"

我的胸廓上缠着许多宽胶带,所以走得很慢,得知我肋骨断了,大姑又哭了。

我连声安慰,她这才止住眼泪,跟铜铃眼说话。得知是铜铃眼救了我,大姑对他十分热情,进屋的时候正好碰上保升哥,看到他,我立刻想起他电话中的那一声"别",实在是断得意味悠长。

"保升哥,"我问他,"那天你在电话里到底想说什么,你就蹦出一个字,让我担心好几天。"

"我是让你别过来,大雾天没有信号,还找不着地方,你来了不就是遭罪啊。"

我无语了,我该说什么?还不是自己倒霉,直愣愣地就撞进来了,弄得骨

第三章 白雾杀人事件

折,还担惊受怕了三天。这三天的经历实在太过艰辛,几年之内我都不想再来百草镇,阴影太深。

大姑代我重重酬谢了铜铃眼,等他走后,我才把这三天的经历讲给大姑他们听。大姑他们没想到我这三天竟是这么过来的,都不知道该说什么好了。

"我以前倒是听说过什么神树的传闻,没想到竟然是这么回事。"保升哥眼睛都亮了。

大姑给了他脑壳一下子:"你给我老实点儿,没听小鄂说吗?这都死了四五个了,你少给我乱打主意,小心怎么死的都不知道。"

保升哥郁闷地点点头,不再开口。

大姑父正在炕上卷烟,这时也说了句话:"那些公安肯定得找到咱家来,小鄂,要不你先回去吧,回家就安生了。"

我摇摇头:"大姑父,不是那么简单的事儿。这几天我也见过不少人,都知道我是来找你们的,我不在,你们更安生不了。反正我骨折了,就跟公司多请半个月假,这段时间我不回去,等他们调查得差不多了再走。"

大姑父抽着烟不说话了,淡淡的烟草味在空气中弥漫,我的神经一点一点松弛下来,只希望这件事能快一点解决。

事情果然如同我们先前预料的那样,尸体很快就被发现了,不过比我先前所知的还多了一具。我去看过,他竟然是一开始那个和我一同坐车的干瘦老人,他那时因为听到什么声音而冲进了大雾,想必后来就遇害了吧。

百草镇一下子死了六个人,立刻引起了上头的高度重。市里派来了不少公安,百草镇的公安人员从旁协助、核实身份。法医验尸都进行得很快,毕竟越快破案才能消除民众的恐慌和不安。核实孙大婶的身份后,他们果真找到了孙家,其实不用他们去找,孙萱的妈妈已经报警了,因为她丈夫失踪了。

公安找到我只用了不到一天的时间,这是意料中的,但我仍然很紧张。除了干瘦老人,其余五人的死都是我亲眼见证的,到时我该怎么说才好?如果把神树那段去掉,那三个外地人和孙大婶的死就没办法解释原因了。

167

头痛。我不是第一次录口供，却是第一次被当成嫌疑人录口供，这种感觉真的……挺复杂。

录口供之前，我还提供了指纹、唾液。唾液大概是用来提取DNA的，电视剧里都这么演。审讯过程并没有我想象的那么可怕，负责问询的人叫李队长，眼神特别犀利，他的问询直指要害，我就把能说的部分都说出来了。

问询即将结束，突然有个公安走进来递给李队长两个证物袋，低头在他耳边说了什么。

李队长的眼睛眯了起来，目光如炬，压迫着我的神经，我禁不住想知道证物袋里究竟放着什么，让他的态度发生了改变。

他盯了我一会儿，才把证物袋放在我面前。我一瞧，那是一面看着就很有年头的铁牌子，灰黑色，比我手掌略小，上面刻着四个字，还有一些古朴的花纹。文字好像是小篆，我勉强能认出前头一个字是"东"，牌子上还沾有几处血迹。

我下意识瞧了一眼，这牌子，似乎有些眼熟。

"你能解释一下吗？为什么这面牌子上有你的指纹还有于岚声和莫东的血迹？"

于岚声就是那个盲眼男人，没想到他的名字倒很文雅，和他这个人一点儿都不搭。

"我不是说过吗？莫东杀了于岚声，还想杀我，我为了自救，当时就随便摸了个东西砸莫东，他的脸被我砸破了，他受伤我就趁机跑了，就是这么回事。"

我吐出一口气，太累了，我坐的凳子没有椅背，坐的时间长了真累。

李队长颠着证物袋："其实，这个故事也可以这么说，你杀了于岚声，夺走了这面牌子，莫东撞见你行凶，你们打了起来，你用牌子砸破了他的脑袋。"

我心中堵着一口气，声音也变了："杀于岚声的那条钢筋上不是有莫东的指纹吗？莫东坐过牢，他的档案你们不会查不出来吧？"

李队长冷冷一笑道："那上面也有你的指纹。"

我浑身一僵。没错，在超市时，我夺走了莫东手上的钢筋，后来还拿它防身，可是去找孙大姊的时候丢掉了。没想到莫东能再把它找回去，还用它杀人。

第三章 白雾杀人事件

"总之,人不是我杀的,杀人得有杀人动机,我都不认识于岚声,我为什么要杀他?"

"这世上本来有激情杀人这一说,再说了,你也不是毫无动机。"李队长说着又拿过来一个证物袋,证物袋里装着一个手机和两张百元钞票。

"这个手机是你的吗?"李队长问。

我点点头:"是我的没错,不过我进百草镇没多久手机就丢了。"

"手机和钱都是在于岚声身上找到的,上面都有你的指纹,你是不是因为于岚声偷了你的手机和钱,所以一时恼羞成怒,就杀了他?"

李队长的声音越来越大,字字都像锤子一样,敲击着我的心脏。

"没有,我没杀他,钱是我给于岚声的没错,手机……手机大概是他捡到的。"我冷汗淋漓。

李队长突然拉过一把椅子坐到我面前,双眼紧紧盯着我:"你来百草镇的目的是什么?"

我的嗓子干哑,清了好几次才把话说出口:"我来……是我爸让我来的,看看我大姑一家。"

"二十年前你们一家还住在百草镇,为什么突然搬走了?"

我茫然地摇摇头,这个我确实不知道。

"这件事我倒是知道一些。"李队长站起身,"二十年前,于岚声还不是盲人。他有个妹妹,名叫于岚青,跟你母亲的关系特别好。于岚声的身体不好,既不能种地也不能采药,整个家都是他妹妹撑着。那时候你母亲生你伤了元气,你父亲懂草药,经常上山采药,给你母亲补身体。"

我爸懂草药这一点是真的。百草镇一带山清水秀,附近的山上生长着许多珍贵草药,也因此孕育出一批靠山吃山的人,这些人祖祖辈辈都以采药为生,不能说个个都是行家里手,但是由于常年耳濡目染,大部分人都懂一些草药知识。随着时代的发展、环境的变化,光是上山采药已经不能满足草药供给,就有一部分人开辟药园,人工种植药材,如今做得也算有声有色。大姑家也拥有一个小小的

药园，虽然赚钱不多，却是他们家安身立命的根本，这应该是他们至今不肯离开百草镇的原因。

"于岚声生了一场大病，于岚青不懂草药，就求着赵春林带她上山挖草药。他们上山那天，突然大雾弥漫，整整三天不散。赵春林没事，可于岚青却死了。于岚声一口咬定是你父亲杀了他妹妹，可法医鉴定后给出的死因却是心脏病突发。于岚声不认同这个结果，每天都去大骂你父亲，镇里头谣言传得满天飞，最后逼得你们一家不得不搬离百草镇。如果是你，你恨不恨于岚声？如果是你，明明没有杀人，却背负着一个杀人的罪名，连家乡都不敢回，你真的敢说，你一点都不恨他吗？"

李队长步步紧逼，我反倒镇定下来。

"你说的这些我根本都不知道！我父亲是个老好人，他不提，说明他根本没把这件事放在心上。于岚声对我来说就是个陌生人，我没有杀他，杀他的是莫东。"

李队长再次冷哼了一声："我看你还能撑多久！"

离开镇派出所，我的冷汗一下就流了下来，正好保升哥过来接我，把我接回了大姑家。我把问询的过程简单说了一遍，大姑眼圈都红了。

"人根本就不是春林杀的，公安同志早就说了，可是那个可恶的盲人于就是不信。春林是看他瞎了一双眼，妹妹也没了，才不跟他一般计较。盲人于逢人就说春林杀他妹妹，之后那些爱起哄的人跟着一起传。其实大部分人还是相信春林的人品的，根本不信那些谣言。可春林害怕你妈出事，才决定搬走的。"

原来，这才是父母搬家的内幕。

我被警察勒令不得离开百草镇，必须随传随到。然而我才悠闲了一天，就再次收到李队长的召唤令。这一次，他又查到什么线索了？

"被害人里有三个外地人，他们这一趟是自驾游，路线包括百草镇。可是很奇怪，他们开着一辆哈弗H5，出事的时候，这辆车却不知所终。"李队长见到我就开门见山，一句废话都没有。

第三章　白雾杀人事件

我哪里知道车去了哪里，想当初我还想开着这辆车冲出百草镇呢，可惜没找到。李队长应该已经派出大量人手去找这辆车，我猜，这辆车要不就是被某个人驾驶进入茫茫大山之中了，要不就是跟孙志斌一样，和神树一起消失了。

"你身上的伤怎么回事？"李队长盯着我的胸口。

糟糕，肋骨更疼了。

"我不是说过吗？和莫东打斗的时候弄伤了。对了，你们抓到莫东了吗？"

李队长说："已经下达通缉令了，以现在的侦缉手段，除非他一辈子躲在大山里，不然很快就会落网。"

我灵机一动："也许车就是莫东开走的。"

"有这个可能。"说话间李队长打了一通电话，交代了一些事情。

7. 巧合

其实我一直觉得莫东有问题，进入百草镇的每个人都受到大雾的影响，唯独他神出鬼没，他的身上肯定有些不同寻常的地方。不过这件事说起来很玄，估计李队长这种讲究真凭实据的人应该不会相信。

李队长似乎没有话问我了，挥手让我自行离开。

我走了两步，突然回头，问道："李队长，你了解过二十年前的那桩案子吗？也是大雾天，死了四个人，还有一个孩子和一位老人失踪了。"

李队长眯眼看着我："我知道那个案子，你想说什么？"

"你想一想，不觉得很巧合吗？二十年前死了四个人，那个失踪的孩子才两岁，在那种大雾天里大概也活不成。所以说，在那场大雾中，应该有五个人死亡，一个人失踪。你发现没有，这次也是大雾天，死了五个人，一个人失踪。这其中，你没想过会不会有什么关联？"

二十年前失踪的孩子就是孙大婶的儿子，其实他不一定会死，那么小的孩

171

子，很可能被谁抱走抚养。就像这一次，于岚声算计那么多，可是他没算到自己会死。我把人数对上，只不过是想给李队长更多提示。

李队长果然若有所思。我觉得自己再待下去恐怕会把一切和盘托出，李队长根本就不会相信，只怕到时我的嫌疑更大了。

刚要走，李队长在后头突然说了一句："那个铁牌子查出来是个古物，明朝的。"

我顿时一愣。明朝的古物，上面还有一个"东"字，莫非是东厂的腰牌？那牌子是从于岚声身上拿到的，他一直执着于神树能让人长生，对于内情所知甚多，那么他该不会……

原来，这才是真相。

我的伤恢复得很快，保升哥每天都用中药帮我熏蒸，好在家里有药园，还真不在乎这点儿药材。只一个星期时间，我就觉得恢复了大半，除了积极治疗，这跟我的身体素质也有很大的关系。

最近李队长倒是没有召唤我。直到第八天，我听到一个好消息，莫东终于落网了。听说他是在买烟的时候被人发现的，这人确实悍勇，当时三个警察扑上去，竟然都被他打伤了，最后还是有人朝他腿部来了一棍，才顺利地逮捕他。

我心中大定。之前警方都怀疑是我杀了于岚声，现在真凶归案，以李队长的雷厉风行，很快就没我什么事了。

我心情很好，大姑给我弄了不少当地的土特产，准备让我带回去，送人也好，自己吃也行。

百草镇虽然以药材闻名，其实这里的山珍也特别多，有被称为"菌中之王"的松茸，有营养丰富的秋木耳，有好吃的松子榛子，还有各类晒干的野菜。最最珍贵的是一小瓶蛤蟆油，也就是雌性林蛙的仔，那是上佳的补品。

有道是"常恨人心不如水，等闲平地起风波"，我美滋滋地等着案子尘埃落定，没想到，事情又生变故。我又一次坐在了审讯室里，心情无比压抑。

"你是说，莫东说于岚声是我杀的？"

第三章 白雾杀人事件

"没错,他还说跟你打斗是因为看见你杀人,他才不得不上去制止。他还说,之前看到你背着一个女人的尸体在街上走。"

我气得浑身都开始颤抖,莫东这个浑蛋!

"莫东不是拒捕吗?听说还伤了人,他要不是杀了人,他干吗拒捕?"

"你提出的疑问当然也是我的疑问。他的解释是,坐牢多年,看见警察有阴影。对了,在他的档案里有一份精神科医生开的证明,他有躁狂症,但不会随时随地都发作,只会在受到特定的刺激时才发作,有一定危险性。"李队长说道。

我激动地站了起来:"他有精神病就应该关进精神病院!放他在外面,谁知道他什么时候会受刺激,这不是害人吗?"

李队长立刻说道:"这一点我已经上报了,不管这次莫东杀没杀人,他肯定会被关进精神病院,跑不了。"

我郁闷地坐下,双手抱头,本来我还想把神树那部分隐藏起来,可是现在瞒不下去了。说出来李队长不一定会信,也许会让案情更加复杂,但是我不能让自己白白蒙冤。

我下定决心,抬起了头。

"李队长,我之前确实有些事瞒着你,不过我有自己的理由。现在我可以说出来,全都说出来,但你一定要相信我。"

李队长看我的目光中带着深意:"我早就知道你小子有所隐瞒,你说吧,我不敢说信不信,不过我有判断能力,你说了我才能下判断。"

说完,他转头示意记录员重新拿出一个本子,准备记录。

我深吸一口气,这才把我踏上百草镇的土地后所发生的事,桩桩件件,事无巨细地说了一遍,每一个点、每一个细节都没有遗漏。说完之后,我的嗓子干哑得不像话,李队长递给我一杯水,我大口大口地喝着,感觉像重新活过来一般。

李队长拿着记录本看着。我心中忐忑,他会相信吗?怎么说都太过离奇了,像在编故事。

李队长看完记录,把记录本倒扣在桌子上。

"赵鄂，你编故事也编得像样点儿。"

我的脸颊涨红了，又慢慢变得惨白："我没编故事！"

我的底牌全都掀出去了，他还是不信，我还能怎么办？

"你这样，我的报告真的不好打呀！"他突然轻笑一声，走到我跟前，"行啦，我也不逗你了。证物组的同事早就找到了莫东杀人的证据，我诈你一下，是想听点儿实话，没想到你给我埋了个雷。"

我的心情就跟坐了过山车一样，幸好我没有心脏病，不然我已经当场发作了。

我从齿缝里挤出一句话："李队长，您真是好心机。"

"过奖，过奖。好了，你可以走了，我要处理一些事。"

我走到审讯室门口，回头看了他一眼，他正低头看口供。我实在忍不住，给他翻了一个大大的白眼，郁闷的心情才终于好起来。

回去后，我害怕节外生枝，当天下午就离开了百草镇。

回到阔别一个多星期的家，我的心情真是百感交集。爸妈看我受伤，除了感叹我是个多灾的体质，就是让我多休息。我妈还要去附近的庙里上香，要给我求个平安符。我爸竟然塞给我一本《本草纲目》，说以后不管生病还是受伤，求人不如求己。

我看着他那副老顽童的模样，就想到于岚声因为他妹妹的死迁怒于我爸这件事。如果是我，就算不杀于岚声，也会给他点颜色瞧瞧，可是我爸竟然带着我们母子离开了。这么多年来，他除了不爱回百草镇，一直活得很豁达、很自在，要不说姜还是老的辣呢。

第四章 故酿酒坊

1. 故事酒酿

我第一次喝醉酒是在八岁那年。

"小鄂,想不想来一口?"

当时舅姥爷手里举着半个饭碗大小的酒杯,这样问我。透明的酒杯里装着大半杯琥珀色的酒液,散发着白酒特有的芬芳,分外诱人。

我垂涎地看着酒杯,想说"要",可是话到嘴边却生生地咽了回去,因为昨天来舅姥爷家之前,我妈刚刚警告过我,舅姥爷喝的酒都是药酒,酒里面泡着蛇、蝎子等古古怪怪的东西,小孩子只要喝一口进肚,肠子就会全部烂掉,以后吃东西,食物就会直接从肚子里掉出来。

我当时怕得要命,对本来就不太熟悉的舅姥爷也添了几分惧怕,说话也怯怯的。舅姥爷还颇为惆怅,说我完全没有别的男孩的调皮劲儿,被我妈教育成大姑娘了。那个年纪的男孩,还不太懂男子汉是什么概念,但也知道像个姑娘不是好话,我当时不服气,热血上头,正巧我妈不在,便冲动地上前,抓住舅姥爷的酒杯,把那半杯药酒一口气灌进了肚子。

其实酒一入口我就后悔了,那酒非常难喝,又苦又辣,含在嘴里跟吞了刀子差不多,跟它的香味和外观完全不相称。况且八岁的小孩怎么受得住白酒的酒力,果不其然,我喝完之后又呛又咳,弄得衣襟上到处都是喷出来的酒液和口水,狼狈不堪。

第四章　故酿酒坊

舅姥爷当时可能有点儿喝醉了，看到我这个模样，竟然竖起大拇指称赞我。我虽然难受，但是心里很满足。

喝醉酒的滋味很奇怪，整个人都像是在天上飘着，双脚踏不到地。整个人像云，像浮萍，像那些没有着落的东西，每一个情绪都被放大，无限放大，喜悦也好，悲伤也好。

第二次喝醉酒，是在十六岁。

那年我还在上初中，恰逢一个好哥们过生日，我们几个聚在一起凑钱买酒，然后把啤酒和白酒都打开倒入养金鱼的鱼缸里，那天喝得差点儿没进医院。酒醒后，我妈把我一顿胖揍，在我的苦苦哀求下才放过我。

在我心里，喝酒是一件很快乐的事，如果不算上第二天头痛和事后那顿打的话。等我上大学了，我妈基本就不管我了。能彻底放飞自我的时刻来临，可我喝酒却有节制起来，毕竟喝得烂醉如泥，吐得哪儿哪儿都是，太有损形象。

随着时间的流逝，走上社会的我，从喝着啤酒、抽着小烟儿，改为坐在马路边跟朋友毫无形象地撸串，偶尔也会在西餐厅点一瓶不知道年份的红酒，装深沉、装高雅。在几个爱酒人士的带领下，我喝过许多种类的酒，可是说起来，我还是最爱喝那种小作坊酿出来的纯粮小烧。那种酒虽然不上档次，却是我心中最初的记忆、最难忘的味道。

一次偶然的机会，我在风灵矢那里喝到了一种酒。酒液装在一种非常复古的陶土瓶里，打开塞子，酒香就飘得满屋都是，酒液本身的味道也让人惊艳。我问他这酒哪里来的，我准备去买几瓶孝顺老爸。

风灵矢笑笑没回答，谢如秀倒是替他答道："我知道那个地方，在晟洋，叫什么'故酿酒坊'。你说这名字起得多怪，叫得急了，就成'姑娘酒坊'了。"

既然酒坊在晟洋，我暂时就没法子去了，只希望公司派我到晟洋出差，我好趁机逛一逛这故酿酒坊。

还别说，过了没多久，公司果然让我到晟洋出差。出差是个累活，很多人都不愿意出差，我倒是无所谓，正好循着这个便利，干我想干的事。我事先在谢如

177

秀那里要来了故酿酒坊的地址，我一瞧，这地方离我开会的酒店不算太远，两条街的距离，连车都不用打。

一天的会开完，已经是下午四点了，同事邀我去吃饭，我惦记着去酒坊，直接就拒绝了，自己偷偷地溜出来，按照百度地图上给出的路线走。

故酿酒坊位于街角，只有一层，外观复古，门窗墙壁都是黑胡桃色的，屋檐下挑着一盏筒状的红灯笼，上书"故酿酒坊"四个墨字，微微地在风中摇摆着，既古雅又喜气。店门前还立着一个蓝色边框的小黑板，上面写着"今日新酒"四个字。

我一推门，走了进去。

酒坊内的装修风格有些日式，不过我一想，日本很多建筑风格都模仿盛唐，所以这个也许不该叫"日式风格"，而是"盛唐风格"。酒坊的墙上还挂着四幅照片，第一幅照片上是一个四十几岁男人的半身相，男人笑得很儒雅，手中拿着一个粗陶酒瓶，我估摸着应该是这家酒坊的老板。其余几幅照片都是黑白的艺术照，倒也没什么特别。店内坐着两三个顾客，每个人的桌上都放着一个粗陶酒瓶，摆着几盘下酒小菜，有人低头小酌，有人轻声聊天，气氛很好。

柜台内站着一个中年男人，跟照片上的人如出一辙。他穿着普通却很整洁，手上拿着一个托盘，正看着我微笑，道："先生你好，我是这里的老板。先生看着眼生，应该是第一次来吧？"

我点点头："我有个朋友说你这里的酒好，所以我就来了。"

"先生来得真巧，我们酒坊不定时上一批新酒，今天恰好是上新酒的第一天。"

我有点丈二和尚摸不着头脑："新酒？是新酿的酒吗？我其实想喝你们之前那批酒。"

老板说道："我们上新酒，就是因为之前那一批卖完了。"

说着，他转身从一个很古朴的酒柜里拿出一瓶酒，对我说："这批新酒名为红衣，品质不错。你可以先尝一尝，再决定要不要买来喝。"

老板拿过一个白色的酒杯，拳头大小，酒杯釉色莹润如玉，拿在手中甚至

第四章　故酿酒坊

有些透明。酒液倒入其中，白玉般的酒杯衬着清冽透明的酒液，带着说不出的美感。

老板做了一个请的动作，我伸手拿起酒杯，浅酌一口，眼睛顿时一亮。

这酒跟我上次喝到的确实不同，入口很烈，只要在口腔停留片刻，就会渐渐转化为绵柔，绵柔中还带着一点点苦。当酒液划过舌头将要进入食道的时候，又会出其不意地品到一丝甜。酒液完全进入肚子，嘴里就只剩下无比的醇香了。

老板开口说道："先生喝的这种酒，是我爷爷生前酿的最后一批酒，已经窖藏二十七年。我在调酒时加入了一点余甘果，中和了酒的烈性，口感苦中带甜，甜中有苦。先生，您觉得怎么样？"

我当然满意，问了一下酒价，贵了点，不过比那些动辄几千一瓶的红酒要实惠多了。

我大手一挥："老板，给我来三壶！"

"抱歉，先生，我们酒坊每次只能提供每个顾客一瓶酒。窖藏有限，而且过度饮酒于身体有害。"

这酒这么好喝，但是每个人前面只摆了一瓶，原来还限量啊。本来我还想给家里的老头子带回去两瓶，看来这个愿望是没办法实现。

我点了两个小菜，喝着名为"红衣"的酒，悠悠地望着窗外华灯初上。可能是气氛太好，也可能是酒太醉人，我觉得我成了传说中那种风流名士，乘小舟于江河之上，碧波荡漾，月下独酌，多少说不尽的潇洒、道不尽的惬意。

店里的人不多，老板很清闲地靠着柜台擦酒杯。

我问他："老板，我想问一下，这个酒为什么叫作'红衣'？明明它不是红色的。"

老板笑了一下道："这个本来是我爷爷酿酒时的一个习惯，他用古法酿酒，可是却不是传统的酿酒师傅。他每次酿酒都会随心所欲地填一些东西进去，这样每次酿的酒的口感都各有不同。他平日里除了酿酒，还喜欢收集一些故事。他说，每一种酒都会有属于自己的故事，喝酒就如同品味人生一样。人生百态，酒中真味。说得玄一些吧，他酿的酒，都拥有各自的灵魂。"

我情不自禁地"哇"了一声，这么有个性的酿酒师傅可不多。

"每次酿酒，他都会把收集到的故事和酿酒心得写在笔记中，所以我们家的酒，的确与众不同。"

老板的话中带着自信与骄傲，看来他很爱这份工作。我想，他大概也是个与众不同的酿酒师。

"这个酒的故事——我是说红衣，能说说它的故事吗？"

喝着酒，再听一听背后的故事，就像老板说的，喝酒就如同品味人生。

老板似乎很高兴，干脆拿着一瓶酒坐到我对面，自己斟上一杯，浅酌一口，开始说故事。我开始还怕有客人打扰，也怕他说得虎头蛇尾，没想到老板走过来坐下时，就从后厨走出一个长相秀气的年轻女人，坐到他原本的位置上接替工作。

原来还有替补，我这才放心了，专心听故事。

2. 红衣

故事发生在一个名为仙芝县的边城。那里曾经有人采集到一朵特别大、年份长达百年的灵芝，后来这朵灵芝被当地官员进献给皇帝。皇帝很高兴，对官员进行了嘉奖。官员一高兴，就将县城改名为仙芝县。

仙芝县作为边城，一向是天高皇帝远，别说盛沐皇恩这种事了，到任的官员能安全活到任期结束都算是运气不错的事。不过这里也有其他地方没有的好处，因为是边境，当地的民风开放，经常有外族人过来做生意，甚至与当地人以物易物。时间久了，倒也形成一定规模。只要不贩卖违禁品，官府也是睁一只眼闭一只眼。

有一天，热闹的集市上来了一个穿红衣的女子，她孤身一人，脸上还戴着面纱。集市上人来人往，女子亦不在少数，所以也没有多少人注意她。红衣女子走

第四章 故酿酒坊

到一处人较少的地方,从行囊中取出一个木牌子挂在树枝上,整个人背手而立,光看身姿,倒也有几分袅娜绰约之态。

集市上卖艺的不少,还时常有卖艺的外族女子。外族女子和中原女子颇有些不一样,倒似个个能歌善舞一样,每次有外族女子随着曲调特别的音乐跳起舞来,都能引得大批闲人围观。特别是那些浪荡大胆的汉子,恨不能钻入女子裙底,打赏的铜钱更是落得那女子满裙都是。

这一次,大家本以为又是某个外族女子的表演,于是很快就围了上来。走近一看,大家才发现树上挂的牌子上写着四个字:神仙戏法。

说起戏法,有必要在这里跟大家交代一下。戏法也叫作幻术、障眼法,现代又称作魔术,起源于汉代,到了唐宋时期,戏法进一步发展,和其他一些表演形式并称为"百戏"。

中国是最早的魔术发源地之一。不过,中国戏法和西方魔术还是有差别的。现在还流传于世的低级戏法,比如丹、剑、豆、环,讲究的是"上翻下亮,经外交代",而魔术手法讲究的是"上指下掏,左亮右操"。许多精彩的戏法已经失传了,因为戏法表演者在古代的地位不高,如同戏子,属于贱业,所以被人不齿。

回过头来,我们继续说红衣女子。见她挂起的牌子上写的是"神仙戏法",有人好奇不已,有人则不屑一顾。因为往日里也有百戏团前来表演,不过大多是比较粗陋简单的表演,许多人觉得这个还不如外族女子跳舞来得精彩,围观的看客也只图一个热闹。

红衣女子见围观的人逐渐多起来,抱拳拱手向周围人施了一礼,道:"诸位,小女子今日路过贵宝地,初来乍到,因囊中羞涩,就借着贵宝地给各位表演几个小把戏。如果您看着好,就请不吝赏赐一二,如果您看不中,也请捧个人场。小女子在此多谢各位了。"

围观的人看这女子说话客气,对她牌子上写的四个字也感兴趣,所以大多数人还是留了下来。

红衣女子又说话了:"小女子今日是头一天表演,自然也给各位演个精彩的,

也不枉了我这招牌上的四个字，各位请看。"

说着她从背囊中掏出一个小铜碗来，小铜碗只比酒杯大些，比寻常的碗小不少，光亮亮、金灿灿，在阳光照射下十分好看。接着，女子又拿出一块黑色的布和一个铜圈，三样东西在地上一字排开。

"各位，小女子今天表演的第一个戏法名为'金杯入地'。"红衣女子拿起碗翻转一下，让围观的人看清楚，里面并没有任何东西。敲了敲，声音沉闷，显然里面也没有机关。

铜碗端端正正地被放在地上，女子拿起黑布一抖，然后盖在碗上，铜圈就隔着黑布套在碗上，接着女子随手从树上折下一根树枝。

"各位，小女子这次没有盘缠，完全都是因为这个碗不好，平日里叫它变吃变喝，它都听话，没想到如今学会偷懒了，今日我便教训教训它，不吐出饭食来，便找个铁匠铺子熔了它。"女子用树枝轻轻敲着铜碗喝道，"懒货，还不变来！"

众人见这女子说话风趣，当下就有人笑出声来。

过了片刻，女子一笑道："它大概是受到教训了，我便放它出来。"

她的手轻轻一碰黑布，那本来支棱起来的黑布突然软了下去。女子一声轻呼，掀起黑布，下面居然空空如也。

众人也跟着一声喊叫，铜碗明明白白就在黑布下罩着，怎么突然没了？

女子掐着腰一声娇喝："好你个铜碗，怕我教训，居然钻地跑了！今日不把你找出来，我岂不是要做亏本买卖？"

她将黑布和铜圈在原地放好，树枝在黑布上戳了戳，之后索性丢掉树枝，两只手去拽罩在铜圈内的黑布，拽了又拽，几下就把黑布从铜圈里拽了出来。只见一只铜碗端端正正地放在铜圈内，碗里还叠放着两个热气腾腾的包子！

女子笑了，道："原来你是出去找吃食去了，我便不怪罪于你。"

女子举起铜碗，拿起包子顺手递给两个看直了眼的小童，小童小心翼翼地咬了一口，满足地笑了。

"肉馅的，好吃！"

第四章　故酿酒坊

周围的看客们哪里不知道包子是这女子变出来的,顿时场内响起了雷鸣般的喝彩声,有许多人听到喝彩声也挤过来看热闹,人倒是比之前多了不少。

女子装模作样地叹了口气:"碗啊碗,你只是变出两个包子有什么用呢?你是用来装水装酒的,如果真有本事,就去给我变出酒来。"

铜碗又被放回原位,女子盖上黑布铜圈,在上面轻拍,喝道:"速去!"

然后,女子站起身,笑道:"不知这次会带回来什么,各位且猜猜。"

有了之前的提示,有人猜是水,有人猜是酒,竟有个人说是马尿,弄得众人哄笑不止,女子也忍俊不禁。

"好了,我猜它已经回来了,现在就为各位揭晓。"

这次女子又将铜碗拽了出来,掀开黑布的时候,所有人都睁大了眼睛——铜碗里竟装满了清水,水中还欢快地游着两尾小鱼!

众人哪里见过这么神奇的戏法,一时间,欢呼声震得女子的耳朵都嗡嗡作响。

女子又依样将小鱼分给两个小童,抱拳一揖,道:"这铜碗变化万物,却变不得铜钱银角,各位老少爷们要是看着好,就请给个赏钱,多谢了。"

众人觉得好,大多数人都给了钱。一圈下来,女子手里的托盘都快满了。

接着,女子又表演了一个戏法——三仙归洞。所谓的"三仙",就是准备三个红色的木头珠子和两个盖碗,女子把木珠放在盖碗下,指着哪个盖碗,哪个盖碗下就会出现木珠。然后女子凌空表演一下取出的动作,盖碗下的木珠就会消失。

众人看得眼花缭乱,喝彩声不断。

表演完两个戏法,女子就不再演了,众人仍是意犹未尽,于是女子说明天同一时间还会再来,谁有兴趣还可以过来看。

女子走之后,众人也跟着散去。这时,从人群中走出一个腰背有些佝偻的老人,定定地看着女子离去的方向,看了半天,才慢慢地走了。

表演了一场,女子十分疲惫,在外人眼中,戏法似乎并没有什么大的动作,

抬抬手就能做到。其实只要会戏法的人都知道，要做到举重若轻、收放自如，表演者会有多累。

女子在客栈休息一晚，第二天，果然又在同一时间来到了集市上。等她把"神仙戏法"的招牌挂好，立时围上来不少人。不过女子并没立刻开始表演，而是等到围观的人又增加了一些，才开始动作。

红衣女子也不废话，一抱拳，道："承蒙各位捧场，今日小女子要表演的是'种瓜'。"

围观众人都是一头雾水，不知道"种瓜"是何种戏法，唯有人群中早就等待半天的老人明白，不过他并不相信眼前这个女娃子能把"种瓜"表演好。女子伸手在行囊中摸索一会儿，掏出一颗种子放在手心里，展示给在场的人看。

众人纷纷伸着头看，这颗种子很饱满，其余的也没看出来什么，不过就是颗普通的种子。

女子在地面上踩了踩，找到一块相对柔软的土地，用手刨了个浅浅的坑，把种子放在坑里，之后填土。众人正摸不着头脑的时候，女子一笑，两根手指凑在一起打了个响指，手指指着地面。

众人盯着地面，仿佛要在上面盯出一朵花来。这时，埋下种子的那块地面突然动了动，就像是一条蚯蚓在翻土，一棵特别幼小且嫩绿的芽从土里面拱了出来，它生机勃勃，慢慢地伸展自己的身姿。就在众人的盯视下，它越长越大，刚开始不过指尖大小，渐渐地长成一支狼毫的高度，接着长过膝盖，长至大腿。它的藤蔓也在不断生长着，变得粗壮，从浅绿变至深绿，之后开出了洁白的小花，转眼间花朵凋零，每个藤上都结出一个个灯笼般的小果子。

女子的手抚在那些小果子上，小果子仿佛受到了鼓舞，长得更加欢快了。不过几刻时间，果子就成熟了，绿色的甜瓜散发出幽幽的香味，几乎在场的人都闻得到。

有人喃喃地说了一句："这不是神仙戏法，这是神仙手段吧。"

可不是嘛，在场的任何一个人都没见过这种戏法，一颗种子从种下到瓜熟蒂

第四章　故酿酒坊

落,不过用了两炷香的时间,这简直太神奇了。几乎整个集市的人都围拢过来,后面有些人看不到,干脆爬到树上看,于是周围的每一棵大树上基本都挂满了人,整个集市因这女子的表演而沸腾了。

女子握住甜瓜一扭,甜瓜就离开了蔓藤,女子把甜瓜放在嘴边一咬,嘴边绽出一个笑容。

"嗯,很甜呢。"她手脚麻利地又摘下一个,托在手心里,"不知哪位愿意尝尝?"

无数只手朝她伸过来,每个人都喊着要吃。最后还是一个膀大腰圆的汉子挤开旁边的人,朝女子扔过一个钱袋:"我付钱了,给我,给我!"

女子笑着把甜瓜递给他,他迫不及待地咬了一口,转而大呼:"真的是甜瓜,真是甜瓜,好甜!"

围观的人喊得更响了。不过很奇怪,没有人直接去抢,倒是有不少人掏出钱,想像刚才那个汉子一样用钱买瓜。

其实其中道理很容易想明白,此地虽是边城,民风粗犷,但是常年风沙,大多数人靠着天时地利吃饭,对于神佛的敬畏远比中原更甚。百姓们都没什么见识,自然对红衣女子诡谲的戏法产生了敬畏之心。若不是如此,一个女子在集市上表演,那些凶神恶煞的地痞无赖早就过来收保护费了。

甜瓜经由女子的手,一个一个地送了出去。女子本来准备了两个戏法,不过有"种瓜"在前,另一个戏法演出来不一定会获得好的效果,于是她决定明天再演。

女子宣布明日同一时间再来,围观的人才三三两两地散去。她今天着实赚了不少钱,铜钱银角自然不用说,赏钱里竟然还有两三个银锭。女子将这些钱一一包好,才背着沉甸甸的背囊往客栈走。

走了一段路,女子发现似乎有人跟着自己,她并没停下脚步,也没回头查看,只是隐晦地笑了笑。

鱼,上钩了。

3. 幻术家族

　　女子快要走到客栈的时候，跟着她的人没再跟下去。女子躲在客栈的门后往来时路看了半天，来来往往的行人不少，她也不能确定哪个是她要等的人，只好作罢。

　　第三天，同一时间、同一地点，早就有几十个人围在那棵树的周围，红衣女子挂完牌子，更多的人围了上来。

　　今天女子表演的是纸人走路、纸人捧碗，这两个算是同一套戏法。女子用红纸现场裁出一个纸人，在纸人的腰部剪出一个小孔，插入一根细小的木棍，摆弄几下，纸人就在众人围的圈子里走动起来。纸人走路的姿势生硬，一摇一摆十分可笑，逗得一众看客大笑不止。之后女子又表演了九连环，这个就是戏法中最经典的四个项目之一——环。

　　九连环的环都是铅丝所制，每个都是独立的，却能相互套在一起，它们在女子手中仿佛成了仙家宝物，任意组合，一会儿变成灯笼，一会儿变成花篮，一会儿又变成某种动物。虽然都是形象性的东西，不过看着女子精湛熟练的表演，在场的人无不喝彩。

　　女子的表演结束后，还是像前几次一样，收拾完东西就走。

　　这一次，她走得有些慢，后面那个脚步声再次响起。女子心想，到底是揭穿他，还是再等等？如果不是她要找的那人，她这几天所有的作为就是在做无用功。

　　女子正犹豫时，后面突然响起一个声音。

　　"请等等。"

　　她猛然间回头，看见一个腰背佝偻、五六十岁的老人站在不远处。

　　这个是她要找的人吗？女子心中产生了疑虑，老人的面貌似乎和传闻中的并

第四章 故酿酒坊

不相符。

"老人家,您是在叫我吗?"

"是的,小姑娘,我想问问你,你表演的幻术,师承何人?"

女子一听,心脏突然狂跳起来。能这么问,这个人就是她要找的人无疑。

她缓缓开口说道:"老人家,这里不是说话的地方,不如您到我住的客栈详谈?"

老人摇摇头,道:"我老了,腿脚慢,我家就在附近,不如你跟我过去,我们一边喝茶一边谈。"

女子同意了。老人的家果然离得不远,是一栋独门独院的小宅子,不过边城的建筑大多粗犷。所谓的喝茶,也不是女子之前想象中那样几竿绿竹、一张石桌,旁边是流水潺潺、鸟鸣声声……事实上,老人沏了一壶粗茶,放在院子中的磨盘上,拿来两张小杌子,大马金刀地往上面一坐,女子也只好跟着坐下了。

"小姑娘,快回答我之前的问题。"老人开口了。

红衣女子沉默了一下:"您信不信,其实我表演的幻术都是我自己悟出来的,并没有人教过我。"

老人摇头:"学习幻术注重天分和勤奋,可是传承更是重中之重。如果你天分过人,看别人表演就能悟出一二,这我信。但很明显,你的表演很成熟,这不是一天两天能够练出来的,也不是光靠悟就能做到的。"

女子叹了口气:"您老果然犀利。不过您老确实没完全猜对,的确没有人教过我。我从小待的环境很特别,说是幻术世家也不为过。我看过无数场表演,也很想学习幻术,可惜我在那个家族就是个多余的人。我见他们不肯教我,就去偷学,甚至偷偷进入家族的藏书楼里去偷看有关幻术的书……可能我真的有点儿天赋吧,没人肯教我,我照样学会了很多种幻术。"

女子的模样有些小得意。

"沈、陈、唐、吴这四大幻术家族,你是哪家的姑娘?"老人眯着眼问她。

女子为自己倒了杯茶:"我哪家的都不是,我叫红衣,就叫红衣。"

"红衣?"老人十分惊诧。

红衣瞧了老人一眼,说道:"野史上曾有记载,幻术的祖师乃是一汉末奇女子红衣,当然,红衣并不是她的名字,而是她的外号。据说她的幻术出神入化,技能通天。某次她在街头卖艺时,取麻绳一根拿在手中,抖手之间麻绳就如竹竿笔直地立在地上,随后她顺着麻绳攀爬而上,绳索极长,举目不见其端……见红衣久爬而不下,有大胆之人就上前拉那根立在地上的麻绳,谁知一碰之下,麻绳竟然瘫软下来,而爬到绳顶之人已不知去向。如此幻术,当得世间第一。如果我没猜错的话,这位奇女子红衣是您的先祖吧,前辈?"

老人闻言一哆嗦,抬眼去看红衣,一句话脱口而出:"你怎知道?"

红衣避而未答,道:"我来,其实是有求于前辈。"

说着她竟然一矮身,双膝触地,跪在老人跟前。

老人似乎十分吃惊,道:"你这是干什么?快起来。"

红衣没起身,继续道:"我求前辈将抛绳上天的幻术教给我!晚辈多年来一直辗转大江南北,寻找会这门幻术的人,得知您是红衣祖师的后代实属巧合。我知道您也曾是有名的幻术师,您隐姓埋名待在这边陲之地,是因为十几年前的那桩案子吧?请您放心,晚辈只求学会抛绳上天,绝不会泄露前辈的行踪,有违此誓,让我双手溃烂,永不能再施展幻术。"

红衣一番话说得老人一时没有出声。他没想到,面前这个瘦小的姑娘,竟然什么都知道。她用自己的双手发誓,而且双手溃烂是每个幻术师的大忌,可见她的心的确很诚。可是那又怎样?他真的就要把抛绳上天教给她吗?

老人扶起红衣。红衣以为老人答应她的请求了,不禁一脸喜色。

没想到老人还是摇头道:"你既然知道抛绳上天是红衣先祖的幻术,也该知道这门幻术为什么在世上消失了这么久。更何况我会的只是皮毛,教不了你。"

红衣大失所望,她忽然间一咬牙,道:"如果我的请求不能够打动前辈,那么我向前辈挑战。如果我输了,自然不会再纠缠。如果我赢了,就请前辈不要再吝啬赐教。"

第四章　故酿酒坊

老人十分头疼，他没想到这姑娘如此难缠："我老胳膊老腿的，再加上技艺荒废多年，如何能跟你一个年轻小姑娘比？"

红衣见此计又不成，也失去了一开始的从容，她是无论如何都要学到抛绳上天，这门幻术对她极其重要。她一咬牙，又跪倒在地上："如果您不答应，我就长跪在这里不起来了，直到您改变主意为止。"

老人见她如此固执，心头怒意渐起，心想，这姑娘真该磨一磨性子。他转身回到屋里，也不去管跪在门外的红衣。

红衣果真直挺挺地在院子里跪了一下午。

到了晚上，老人实在忍不住了，走上前说道："别跪了，起来。"

红衣一喜："您答应了？"

"不，先祖的幻术不能那么简单就教给你，但是我现在给你一个机会，如果你能做到，我会考虑。"老人说。

虽然老人并没有承诺她做到之后一定会把抛绳上天教给她，不过红衣知道，这可能是她最后的机会，她无论如何也要过了这关。

"我和你约定三十天为期，你前几天不是一直在集市上表演戏法吗？假如在接下来的三十天之中，你每天表演三个戏法，每个戏法都不失手，而且三十天里不能有一个重复的戏法……你能做到的话，我就考虑教给你。"老人的脸在阴影里晦暗不明，"你起码得先证明你有这个实力，配得上继承红衣先祖的幻术。"

老人提的条件果然很难。如今戏法是属于"百戏"中的一个项目，大型的杂技团或者百戏团里总会有一两个表演戏法的幻术师，不过戏法在各种表演中所占的比重不大，一场百戏表演里有三个戏法节目就不错了。而且这三个节目还经常重复表演，所以一般幻术师拿手的戏法也就四十个左右，这还算上了一个大的戏法项目中包含着的各个小的戏法。比如说仙人摘豆，道具就是那些道具，因为道具数目的增减，可以表演的有一粒下种、二龙戏珠、三仙归洞、五鸟归巢、松风灌耳、雪花盖顶等等。以此类推，要是按照戏法的类别来计算，普通幻术师可能所会不过七八种戏法而已。

老人要求她在三十天里每天三种戏法，红衣认为，他不会那么简单地让自己过关。她所会的戏法的确不少，但如果不用一些投机取巧的办法，不到三十天，她就江郎才尽了。

老人见红衣面露难色，心中未免也得意了一下，终于让这女娃为难了。让她知难而退，果然是最好的办法。

红衣低头想了一会儿，突然间抬起头，道："前辈，这个条件晚辈同意了，晚辈一定会拼尽全力做到，如果做不到，绝不会再来叨扰前辈。"

老人满意地点点头，红衣又说道："我表演的时候，您会过来看吧？"

老人又点点头，心说：如果我不过去的话，怎么抓你表演中的破绽？其实与其说他不相信红衣能不重复地表演出九十个戏法，倒不如说他不相信红衣的表演会一点破绽都没有。

同为幻术师，老人虽然很长时间没有表演过了，但是他那双眼还是很犀利的。他曾多次看穿同行们表演的破绽和不足，年轻气盛时，他还会毫不矫饰地提出来。可惜同行们并不领情，反倒觉得他这个人太目中无人，愿意和他来往的人越来越少。他每每表演着戏法，即使台下有雷鸣般的掌声，也填补不了他心中的孤独。

直到后来出了那件事，他就真的成了最孤独的人。他的身边，连说他目中无人的人都没有了。

红衣一瘸一拐地走了，她要好好想一想，该怎么达到老人的要求。

第二天一早，红衣从行囊里拿出一套新的红衣换上。她名字叫红衣，所以她特别喜欢红色的衣裙。红衣本该是新娘们的嫁衣，也是绝望者的血衣。可红衣觉得红色是蓬勃的生命，走在人群中，很多人都会注意到她。红色的衣服就像她的表演一样，那么完美，那么引人注目。

红衣把表演需要的道具放在行囊里包好。如果真的要表演九十种戏法的话，现有的道具肯定不够。好在最近钱财上很宽裕，她大可去附近的店铺里买一些可做道具的东西，或者找人专门定制。定制的话时间上会比较长，可能赶不上表演

第四章　故酿酒坊

的时间，可是随便买的终归没有定制的好用，不好用的话很容易出娄子。

红衣决定找个时间，一定要把全城都跑遍，把能用的东西全部拿下。可是她没想到的是，就在她跑了一大圈却收获颇小的时候，客栈的店小二给她送来一包东西。她打开一看，才发现那包东西竟然都是表演戏法要用到的道具，有几样她已经有了，但是有一大半都是她想定制却没地方定制的道具。

红衣大喜，这不是想瞌睡就送来了枕头吗？不过，想想也知道，这地方能送她戏法道具的只有一个人。

没想到老人如此光风霁月，他亲自设下难题，却在暗处为她解决难题。

红衣拿出几件道具，发现这些道具都能称得上老物件了。不过由于主人的精心呵护，每件道具都很洁净，使用起来也特别顺手。老人说自己的技艺已经荒废多年，也许这句话并不是实情。

有了这些道具，红衣就沉下心，把自己从开始接触戏法时学过的所有戏法都在心中整理了一遍。她学过的戏法的确不少，有小部分是偷学的，一部分是看书学习后再去看表演，两相结合，才学会的戏法。她年少气盛时，每每遇到百戏团表演都会钻进去看，等表演散场，她就去找幻术师要求比试，哪个输了，就得教给对方一个戏法。她的这种行为，俗称"踢馆"，因此自然经常会碰上不配合的人，不过红衣也不着恼，只消说一句"不比也罢，明日你表演，我便在下面仔仔细细地看着"。她这句话其实也算不上什么威胁，可偏偏可以让听的人心惊胆战。

戏法被称为幻术，自然是因为其具有神秘感，如果被人拆穿了，神秘感荡然无存，自然也没几个人愿意看了。那些人害怕红衣真的会当场拆穿，那么整场表演都会毁于一旦，无奈之下，最后只能应下挑战。

红衣所掌握的一半戏法，都是用这种耍赖的方式学会的。想起自己以往行事，红衣自己也颇为汗颜。她是个无所顾忌的性子，小时候身边没有父亲，只有母亲。母亲常年卧病，也没教过她什么做人的道理，后来母亲死了，她更是大胆妄为到极点，做出许多无可挽回的事……

她叹息一声。后悔是这世上最没有用的东西，她不想到死的时候回忆起来都是后悔，所以她来到边城，找到红衣祖师的后人，便是为了做一件正确的事。

红衣把自己学过的所有戏法都回想了一遍，发现根本不满九十个。挑战还未开始，她便输了？

红衣要是那种容易认输的性子，当初就不会千方百计打听红衣祖师后代的下落了。这件事对她来说就是已经迈出九十九步，无论最后这一步怎么艰难，她都不可能放弃，而且必须做得完美，做得无可挑剔。虽然暂时没有想出解决的办法，红衣第二天还是照常来到了集市，已经很多人在等着她了。

她四下找了找，老人也来了，就站在不远处看着她。

红衣向老人点点头，然后就开始表演。她表演的三个戏法分别是罗圈献彩、吞剑和空竿钓鱼。看完表演，老人面上也没有什么表情，转身就走了。红衣颇为忐忑地收取了今天的赏钱，她自信跟前三天一样，表演得没有丝毫破绽，但是心中就是没底。

看她表演的人一天比一天多，后来竟有人出面在空地上搭建了一个四尺高的台子。红衣使出浑身解数来表演，从她有记忆以来，从来没有这么努力认真地表演过。到后来，红衣"神仙戏法"的名头逐渐传遍全城，甚至还有人从其他地方赶过来看。

其实以前红衣更喜欢的是学习而不是表演，现在她成了万众瞩目的新星，心情颇为复杂。每一次鼓掌，每一声喝彩，都是对她的肯定。即使她最后还是没有通过老人的考验，相信她也不会像一开始那么遗憾了。

老人每一天都来看红衣表演，他不得不承认，这个小姑娘确实天资过人，竟然一点破绽都没留下。而且她掌握的戏法种类之多，超乎他的想象，竟然连续表演了二十多天还未黔驴技穷。

听着场内的欢呼声，老人沉默不语。他的内心已经开始紧张了——如果红衣通过了他的考验，如果红衣没有通过他的考验……

红衣自然不知道老人的想法。二十几天过去了，她所会的戏法已经全部表演完，期间她还在客栈房间内试着去表演一些她只见过一两次却没有掌握的戏法。

第四章　故酿酒坊

事实证明，不明其中关窍，表演出来的戏法根本就是破绽百出，恐怕一个孩子都能轻易地揭穿她。她也试着在一些戏法的基础上进行创新，但创新本不易，更何况时间紧迫，最后好歹折腾出几个成品，却根本填不满九十之数。

红衣十分沮丧，但她已经尽力了。她不想用拙劣的表演充数，况且老人也不会被那种表演打动。

那天一早，红衣就来到了老人的家。老人看见她的时候，心中就明白了，看来小姑娘坚持不下去了。

红衣向老人低头："晚辈学艺不精，表演至昨日，已经是晚辈全部所学。"

"小姑娘，你认输了？"

"不。"红衣抬头，"只要前辈您再给我一年，晚辈定然能把九十数的戏法全部呈现在您面前。"

老人见红衣神采飞扬，这姑娘虽输了，但是全无颓丧之相，殊为难得。

老人问她："红衣，你为什么一定要学抛绳上天呢？以你现在所学，已经比许多幻术师强了。"

红衣沉默半晌，道："前辈能否先听晚辈讲个故事？"

"你说吧。"

"晚辈的母亲姓沈。"

老人的眼中闪过一丝了然的光："幻术四大家族的沈家？"

红衣点点头。

其实老人早就觉得红衣的出身肯定不简单，有些戏法很多幻术师都会，可有些戏法却是那些幻术家族不传之秘，这姑娘竟能精准地表演出来。之前她曾说过，有些本事是偷看藏书楼中的书学会的。幻术四大家族中以沈家底蕴最深，拥有一个藏书楼并不奇怪。

"我从出生起，母亲就为我取名红衣。我从来没见过我父亲，我母亲也从来没提起过他。我渐渐长大后，听他们说我是奸生子，所以沈家不允许我冠上沈姓，我就只能叫红衣。我和我母亲是沈氏家族最不起眼的存在，住在最偏远的房

193

子里。

"我小的时候,看到族里那些孩子被集中到一起学习幻术,有天赋的会跟一些叔伯学习更高级一点的幻术。没有人教我,我当时不服气,就偷偷地从狗洞潜进主宅,偷看那些小孩子学习幻术。我就那么偷看了好几年,总觉得那些人蠢笨如猪,几年时间都不曾发现我。后来我才知道,学幻术的人眼明手快,他们哪里是没发现我,只是不在意而已。那几年时间里,我白天偷看,晚上回家练习,也学会了几样戏法。我母亲平时总是没精神,只有我给她表演戏法的时候,她的眼睛才会明亮一些,饭也能多吃几口。我努力地学习戏法,一开始是为了我母亲。不过,我偷看到的都是教给小孩子的基础戏法,高深一些的,靠偷学根本学不到。

"族里唯一对我和我母亲好的人叫沈柏,他大我七八岁,学戏法的天赋比我高得多。后来我为了能学习更高深的戏法,只好去求他。他经不住我的哀求,就教了我一些,要不是他的教导,也不会有今天的红衣。

"沈氏的孩子,出师之后就会跟着上头的长辈进入百戏团登台表演。为了促进家族中孩子学习戏法的积极性,族里每年都会举办一场幻术大比斗,胜出者有奖品,还可以进入藏书楼第三层阅览。沈氏家族的藏书楼有三层,里面都是历代留下的幻术记录和他们从外面收集来的幻术,种类非常多,一二层可以对族里人开放,第三层就只有大比斗胜利者才能进入。

"沈柏经常拿一二层里的书给我看,可是我特别想看第三层的书,然而这点沈柏也没法子。那两年的大比斗他特别拼命,还因为太过冒进伤到了手。第二年他赢了,进入藏书楼第三层一天一夜,出来后就默背了很多内容给我。

"没多久,我就学会了他默背给我的那些戏法,并且表演给我母亲看,没想到却被人发现了。那些人把我和我母亲一起带到族长的面前。那天我终于得知自己的身世,很俗套,跟那些戏折子上演的一般。我母亲是长房庶女,从小不受重视。有一天她外出的时候碰上了登徒子,是我那没良心的父亲救了她。后来他们又接触了几次,我母亲还没弄清那人的身份,就死心塌地,芳心暗许了。

第四章　故酿酒坊

"我母亲经常和他在一起私会,那人说喜欢看戏法,而我母亲多多少少会一些,就经常表演给他看。每次私会,我母亲有大半的时间都在给他表演戏法,直到学过的都演完了。那人不满足,我母亲就傻傻地去请教别人,学习更多的戏法,只为了讨那个男人欢心。

"就这样,日复一日,那人一直没有说过娶她的话,直到她发现自己怀有身孕,希望那人求娶的时候,那人却不见了。我母亲肚子一天大似一天,终于被人发现。族长经过调查,告诉我母亲,那人是和沈氏敌对的幻术家族的人,是派来窃取沈氏幻术的。母亲这人十分固执,她根本就不相信族长的话,还想偷溜出去找那个男人。结果没过多久,那个男人竟被抓回了族里,母亲得知后跑去救他,求他带着自己私奔。那个男人获得自由后,憎恨地瞪着我母亲,说他从来没喜欢过她,不过是为了窃取戏法的秘密,却没想到她这么没用,还连累他的家族被沈氏家族大肆打压。最后他说,他一定会复仇的,让沈氏家族跌入泥潭,从此无法翻身。母亲大受打击,然后就早产了,她拼着命才生下我。

"沈家那些人漠视我们,其实我能够理解。可是我也不能责怪我母亲,是她拼了命才生下我,哪怕她错得再厉害,我也没有立场去责怪她。族人听说我的戏法都是偷学来的,非常生气,要把我和母亲逐出家族。是沈柏跪下求情,我们母女才逃过一劫。从那以后很长一段时间,我都战战兢兢地活着,直到我母亲去世。她临死前说,为我取名红衣,是希望我能像红衣祖师一样那么厉害而潇洒,一场表演能让无数人铭记。她犯的错误已经无可弥补,不过她从没后悔生下我,她想让我好好地活着,活得万众瞩目!

"我决定遵从我母亲的遗愿,变得和红衣祖师一样厉害。当然,这并不容易,不过我不想再受到别人的漠视了,不管我的出身多么不堪,它都不能阻挡我的路。我决定走的时候,沈柏正好不在,他随着百戏团出去表演了,一去可能就是几个月。我给他留下一封信,却没想到,从那之后,我再也没见过他。"

红衣说得口干舌燥,正好老人递过来一杯茶水,她道谢后一饮而尽。

4. 惨案

"沈柏这个名字，倒是让我想起一位故人。"老人说。

其实刚才红衣就注意到了，当她提起沈柏的名字时，老人的神色发生了变化。

"您说的可是十几年前那桩案子？"红衣轻声问道。

老人脸色微变，手中的茶杯没拿稳，茶水洒了出来。

"那桩案子您是亲身经历过的，当时牵扯到了非常多的幻术师，沈家不少人都遭了殃，其中就包括沈柏。其实我一直不明白他是怎么被牵扯进去的，当日我提前离开，虽然逃过一劫，却是再也没办法回到沈家了。"红衣垂下头。

老人突然间失去了听故事的兴致。是啊，那桩事他亲身经历过，因为实在太过惨烈，他很少去想，现在却被红衣勾起了回忆。他年轻时也算是小有名气的幻术师，他跟从的百戏团名气不小，双方一直合作得很好。那年百戏团准备到浙江一带表演，没想到刚进入一座古城，就和另一家百戏团碰上了。本来碰上这种情况，一般都是双方的主事在一起商量，让其中一个退出去，因为两个性质相近的百戏团在一起竞争，双方都赚不到什么钱。

可是事情偏偏那么巧。当时有位贵人在当地游玩，官员得知后，免不得巴结媚上，想出很多点子来讨好贵人。可是贵人十分难伺候，对他准备的东西根本就不感兴趣。当地官员无意间知晓两个百戏团的存在，就觉得，如果让两个百戏团在一起表演，那场面一定会很热闹，比一个百戏团更出彩。

就这样，两个百戏团都没走成。其实为贵人表演好处颇多，别说基本的出场费了，下人都是抬着箩筐在台底下候着，贵人一高兴，喊声"赏"，下人就一把一把地往台子上扔铜钱，就是图一个喜庆和热闹。

为了能够表演时不出错，两个百戏团把所有的队员都集合到一起，进行排

第四章 故酿酒坊

演。一开始双方谁也不服谁,在一起排演还弄出许多笑话来。过了没多久,两个百戏团就配合得十分默契了。他还记得,对方百戏团里的幻术师有两个,一个是二十岁左右的年轻人,长得特别精神,那个年轻人就叫沈柏。还有一个中年男人,看起来老成持重。

一般来说,一个百戏团里都有两个幻术师,一个主导,另一个配合,做配的那个人相当于幻术师的助手。他当时也有个搭档,不过那个搭档刚来没多久,性格木讷,两个人还不算太熟,话都没说过几句。

就是那次排演,让他们四个迅速地熟悉起来。他的搭档叫王河,是个从长相到名字都没有一点特点的人。不过王河的基本功和临场反应不错,就是有一点,不爱说话。干幻术师这一行的,在场上表演必须用语言配合才能达到最好的效果,像王河这样的人十分少见。好在他只是副手,即使不说话也妨碍不了什么。

到了正式登台那天,他们四个一共准备了五个节目,他被安排在第三个表演。他们的表演果然大受欢迎,四人使出浑身解数展示绝活儿,台下的叫好声不绝于耳。

戏台对面是一座两层的观戏楼,他在台上抬眼的时候就能看到坐在二楼正中的那位贵人。贵人喝着茶,懒洋洋地看着台下,并没有像其他人一样拍手叫好,仿佛并没看中他们的表演。

他心中既忐忑,又被激起几分不服,心想着下个节目一定要让贵人也开口叫好。

他们压轴节目叫作大变活人,不过跟以往的节目稍有差别。他们事先准备了两个铁笼子,笼子里能装下一个人。作为助手的两个幻术师打开笼子,给观众展示一下。笼子就是普通的铁笼子,形态颇似鸟笼,并没藏着任何机关。展示之后,他和另一个中年幻术师各拿出一块足以把整个笼子都罩住的黑布,让两个助手进入笼子后,他们俩将笼子严严实实地裹住。

一通故作玄虚的表演之后,两人同时把黑布扯下来,笼子里的人已经互换了。

这种节目一向很吸引人的眼球，众人齐声喝彩。他发现，楼上的贵人很赏脸地拍了拍手。

他心中自得，当时要演这个节目还是王河提出来的，不过是他着手进行了改动，才让节目的效果这么好。

下一个步骤，也是让两个助手进入笼子里，这次却不是互换，而是用宝剑隔着黑布去刺铁笼里的人，制造紧张气氛。等观众惊呼时，他们再掀开黑布，就会发现里面空空如也，把表演气氛带入高潮。不过他们所用的宝剑其实并不是真的宝剑，而是钝头木剑，黑布上事先开好几道口子，很容易就能刺进去。本来主事是想让他们拿着真剑去刺，效果会更好，可惜进场的时候官兵把所有的武器都收走了，原本排演好的剑舞都临时换成了其他节目。

当他把木剑刺进铁笼中，观众果然惊呼。他知道铁笼子没有人，心中一点都不紧张，从容地收回木剑，正打算掀开那块黑布。

就在这时，他听到一声极为惨烈的叫声。他下意识回头，竟然看见他的助手王河手持匕首，刺进了贵人的身体！

他心中大骇，再一看，沈柏竟出现在观戏楼的一楼，表情十分茫然，似乎不明白自己为什么出现在这里。

这时有人反应过来了，大喊"抓刺客"。王河和冲上来的官兵打了起来，有人去查看贵人的伤势，沈柏被几个官兵打得满脸是血，现场一片混乱。

他不知道王河为什么要刺杀贵人，不过看刚才的情势，贵人恐怕是凶多吉少。他不知道贵人到底是什么身份，只知道是一个很有权势的人，现在竟然被他的助手给杀了。那时的律法讲究连坐之罪，王河被抓住，他们两个百戏团恐怕都要被抓进大牢。如果王河逃了，那么恐怕这一百多人都要为他陪葬。

就是说，他们怎么都逃不了。

他害怕极了，本能地就想跳下戏台逃走，可是他刚跑了两步又转回身。如今可能各个出入口都有官兵把守，这么出去根本不可能。

他心中一动，动作敏捷地钻进了罩着黑布的铁笼之中。

第四章　故酿酒坊

其实这两个铁笼的下面都设置好了机关，只是观众看不出来罢了。利用这个机关，他还有几分活命的机会。他进入铁笼后，发现机关已经被人改动了，非但逃不出去，还有可能自投罗网。

于是他又想到利用抛绳上天来逃走。抛绳上天是最难的幻术之一，他即使会，成功率也是相当地低，但是性命攸关，不行也得行。

最终他成功了。两个百戏团，一百多个人，唯有他一个逃了出来。逃走之后，他发现城门已经关闭，城内有许多士兵来回巡查，寻找可疑的人。当时他们已经抓住了很多人，特别是幻术师。城里的幻术师，有一个算一个，全都被抓进了大牢。他怕泄露身份，只好装成乞丐，才勉强蒙混过关。

后来他打听到，那位贵人果然死了。他竟然是位皇子，却不明不白地被王河杀了。皇帝震怒，对小城进行了血腥的大围捕，不光百戏团遭殃，当日所有在场的人都没逃过那一劫。

除了他。

老人回想往事，心中无比沉痛。

"前辈，十几年前，您见过沈柏，是吗？"红衣问道。

老人抬头看她："你是为了沈柏来的，不是为了学习抛绳上天？"

"我并不全是为了沈柏，我明白逝者已矣的道理。不过当年的知情人里，我能找到的只有您了，我想知道他死时的情况。"

红衣目光很诚恳。

老人释然道："是的，我见过他，那个年轻人可惜了，他完全是被王河连累的。当日我逃过一劫，为了逃避追捕，就装成乞丐，也曾听到过不少小道消息。据说沈柏被羁押在大牢内，不日就要随同王河一同处斩。本来这个意外也牵累不到旁人，可据说审查此案的官员身边有个门客，他坚持沈家必是同谋。那官员迟迟查不出王河背后的势力，为了平息圣上的怒火，便将罪名安在沈家的头上。最后沈家屈打成招，因此覆灭。"

红衣听得咬牙："哪个门客和狗官竟如此狠毒……"

老人继续道："我还听闻那门客姓孙，似乎跟沈家有仇。"

红衣呆愣半晌，忽然凄凉一笑，道："我那父亲也姓孙，原来……"

下面的话，她没说出口。

老人也不知道该怎么安慰她，忽然想起一事。

"我好不容易逃出江浙一带，因为到处都是我的画影图形，为此，我只好乔装去投奔我的老友，在他那躲了大概两年。后来听说有位钦差大人查出那狗官贪污舞弊，其门客同流合污，就一同斩了。"

红衣憋在心中那口气散了。善恶到头终有报，那样卑劣的父亲，死了便死了。如果不死，她还觉得老天不公呢。

"您猜猜，我是怎么知晓您的下落的。"

老人眼睛一闪，寻思道："难道，是我那老友……"

"是的，我四处游荡，学习幻术，结果遇到了师父。当时他老人家身体很不好，身边连个亲人都没有，是我凑上去硬拜的师。结果师父什么都没教我，我侍奉了师父半年，他老人家就去世了。去世之前，他让我来找您。"红衣说道。

"闻磬死了？"老人十分震惊，"他比我还小两岁。"

两个人俱是沉默。

老人一叹："你是个好孩子，虽然你没有通过我的考验，但是就凭你给闻磬送终，我也不能拒绝你了。"

"我想学抛绳上天，一半是为了我母亲的遗愿，一半是为了我自己。我没有一开始就讲明身份，其实是想让您认同我的实力，心甘情愿地把抛绳上天教给我，结果……"红衣自嘲地一笑，"是我自视甚高了。您不必因为师父的人情而教我，您再等我一年，我一定会让您真正认同我。"

看着红衣充满自信的神情，老人竟想到了自己年轻的时候。若不是那桩案子的影响，他何尝不是如此意气风发。可如今他只有在技痒的时候才亲手制作戏法的道具，然后演给自己看。

"小姑娘，我想教你，并不是为了承闻磬的情，而是因为在你身上我看到了

第四章 故酿酒坊

红衣祖师的精神。我想，即便是我把抛绳上天教给你，先祖在天有灵，也不会反对。"

老人这番话让红衣十分感动。老人并没有后人，也许以后她就是这一幻术的唯一传人。

如此，红衣跟在老人身边接受教导。不光如此，他们还经常在一起切磋、争辩，不是师徒却胜似师徒。老人仿佛重新找回了青春，红衣也学会了代表着巅峰幻术的抛绳上天。自此，她好像打开了一扇新的大门，看到了自己未来的路。

在边城待了整整一年后，红衣说要出去历练。老人虽然舍不得红衣，却没开口挽留她。红衣的确还有太多的事情要做。母亲的遗愿，她或许已经完成了。但是沈家的衰落，却和母亲脱不了干系。谁对谁错，随着时间的流逝，已经不那么重要。她只想顺从自己心底最真实的想法，她要振兴沈家，让沈家的幻术不至于永远消逝在这世间。

红衣这一去，老人有很多年都没再见过她。后来他听到来往的客商说，有一个名叫沈红衣的女子，实在了不得。她孤身一人，从默默无闻最终成为一个颇具规模的百戏团团主，还在皇帝千秋节时进殿献艺，使得龙心大悦，并一举平反了当年沈家刺杀皇子的罪名，让沈家沉冤得雪，还归还了沈家祖产。当年受到牵连的百戏团的一百多个人，皇帝也下令抚恤其后人，在逃之人也不再追缉。

客商正兴奋地讲着八卦，没想到底下听得认真的老人突然老泪纵横，不禁吓了一跳，讪讪地走了。

老人没想到有生之年还能等到这一天，他望着天空笑了。这一切，还真得感谢当年那个小姑娘。

酒瓶中的酒将尽，老板的故事也讲完了。果然听着故事品酒，滋味更好。

我晃了晃酒瓶，将最后一点酒倒入杯中一饮而尽，仍是意犹未尽。

"老板，明天来喝酒还有故事吗？"

老板笑了："当然，一瓶酒配一个故事，只要顾客想听，我都会满足。"

5. 三世情缘

我微醺地离开了酒坊，迷迷糊糊地回到酒店，第二天竟然没有宿醉后的头疼难受，果真是好酒。

又开了一天会，傍晚我匆匆赶往酒坊，奇怪的是，今天酒坊里只有我一个人。

我有点奇怪，酒坊的位置不错，酒也好，论理顾客不该这么少。奇怪归怪，这并不影响我喝酒，反倒是人少了，听故事能更自在一些。我照例点了一瓶酒和几个小菜，酒菜都上桌后，老板又端了一个盘子放到了我的桌子上。

"这是免费赠送的加菜，下酒还是不错的。"

加菜是一小盘红油猪耳，猪耳切得特别薄，吃起来嚼劲十足，鲜香味美。我谢过老板，老板笑笑就走了。

过了一会儿，他拿着一瓶酒走了过来。

"今天的人有点儿少。"我试探着说道。

老板微微一笑，道："我开酒坊并不为赚钱，兴趣而已。我家世代酿酒，我虽不及我父亲和我爷爷，倒也不至于把祖传的手艺丢了。可惜呀，这酿酒的手艺大概只能自我这一辈而终了。"

"为什么？"我奇怪地问。这时我突然想到，有些封建固执的家族讲究技艺传男不传女，难道是因为老板没有儿子，或者他根本没结婚？

老板叹了口气："有些事，不说也罢。"

我一想也是，我一个外人，打听人家的家务事干吗，不是吃饱了撑的吗？

"今天的酒还是红衣，不过我要讲的可不是红衣的故事了。"

老板的声音跟瓶中的酒一样，低沉醇厚，很容易就把人带到故事当中。

民国时期，新旧文化的碰撞尤为激烈，也因此产生了许多文人大家。而那时

第四章　故酿酒坊

也有大部分的女子摆脱了旧式家庭的桎梏，接受教育，甚至走出国门。

当时在某个历史悠久的古城里有一户姓秦的人家，这户人家祖上曾做过乾隆时期正六品的通判，后来虽致仕，但也颇积攒下些家资。虽然时代的变迁使社会产生了巨大的变化，可是动荡受苦的大多是百姓，像秦家这样的人家，反而因乱世兴盛起来。秦家到了这一辈，小辈中只有一个女孩，因着宝贵，所以取名秦珍，从小就在千娇万宠的环境中长大。

故事，就是要从这个叫作秦珍的女孩说起。

秦珍从小就独立、有主意，长到了十八岁，被秦家人送进女子高中就读。可她读了两年就说什么都不去了，要去法兰西留学。秦珍使出浑身解数，秦家人最后终于妥协，托人找关系将她送去了法兰西。

秦珍一去就是三年，回来之后，整个人简直就是大变样，不光变得摩登时髦，就连气质都和以前迥异，不变的是她那高傲独立的个性。在国外这几年，她非但没有抹去性格上的棱角，反倒是随着时间的流逝，这种棱角让她更加显得锋芒毕露。这种个性也许算不上好，但是秦珍身后有秦家做靠山，反倒让她有一种吸引人同时又刺伤人的魅力。

秦珍在法兰西上学时主修的是文学。那个时代是杰出文人辈出的时代，报纸上每天都在刊登进步青年写的文章或者诗歌，其中也不乏才子教授之流。他们倡导新思想，提倡爱国、教育、男女平等。当然，这些人当中也有女性，虽然只占极少数，但是相较以往，已经是非常大的进步了。秦珍在这种环境下成长，学的又是文学，她自认是个有才的，当然不想默默无闻地最后被埋没。于是，她回来后不久就创作了大量的诗歌。因着秦家人在当地的影响力，这些诗歌都很顺利地被刊登出来。

当时的国人被浸泡在"女子无才就是德"的腐水中已有几千年的历史，当"女子无才是美德"的常规被打破的时候，"有才"女子的才华就会被无限制吹捧，这是一个特定的历史时期才能产生的现象。

于是，秦珍在这样的环境下，一时间成为众人口中少有的"才女"，风靡了整个城市。她被称作"美灵诗人",据说这个称号是城中一干爱慕着秦珍的纨绔子弟起的,只因秦珍对待他们很是亲切。这样一个有才华又漂亮的摩登女郎,还愿意和他们喝酒谈诗,甚至没有丝毫臭架子——于是,这些纨绔子弟都迷上了她。

说起来有些不可思议,但人的气运有时候就是这么莫名其妙。其实秦珍一开始也不是那么顺利,曾有人质疑她的作品内容空泛,可是很快就被更多的声音所湮没。还有特别固执的人经常在报纸上批评秦珍的诗歌,也被一些纨绔子弟们弄得丢了工作。

没有了批评和质疑的声音,剩下的只有那些根本就看不懂诗歌的老百姓,于是秦珍就以这样的方式得到了这个称号。

秦珍出名后不久,有人爆料说一富商在酒会上向她求婚的消息。秦珍并没有答应,可富商没有因此退缩,反倒对秦珍展开了热烈的追求。听闻他送了好几只成色极好的火油钻给秦珍,其他讨女孩子欢心的礼物,更是流水似的往她家里送。

秦家虽富,但秦珍也不是什么都不看在眼内,她的心也有动摇的时候。只是她听人说,那个富商早就有了发妻。这也是当时的一个特有现象,因为新旧社会制度的交替,旧有的三妻四妾制度被一夫一妻制取代。原本一些男人早年就成了婚,孩子也生了几个,离家之后接触到了许多"新女性",这些新女性都受过良好的教育,无论外在和内在都很优秀。相反,留在老家的妻子都是旧式的女性,除了能生孩子、孝顺公婆外,根本就跟不上男人的步调,夫妻之间感情淡薄。所以大多数男人将原配妻子放在老家奉养老小,在外面再娶一名新女性为妻,常年伴在身边。这样一来,男人和新妻子既有共同话题,带出去也能撑门面。

因此在那个时候,富商在有原配妻子的情况下还向秦珍求婚的做法,就不难理解了。

秦珍一开始犹豫不决,盖因富商在她身上花了许多心思,诚意倒是足够了。但是她一个黄花闺女,不想嫁一个家中早有妻儿的男人。所以她考虑再三,还是

第四章　故酿酒坊

拒绝了富商。

秦珍并不乏追求者，多参加了几场舞会，富商就被她抛到了脑后，转而享受起其他人献上的殷勤。富商一开始还在纠缠，秦珍恼怒之余，心底却隐隐有几分得意。

过了没多久，富商就不再出现了。后来秦珍听人说，原来是富商的原配妻子带着孩子找上门了。富商的沉寂本在情理之中，但秦珍心里却极不舒服。她的自尊心极强，她舍弃别人可以，别人先抛下她却是万万不能。愤怒之余，秦珍竟然暗地里给那个富商下了一些绊子。当然了，她自己没那个本事，不过她追求者众多，秦家在城里也颇有影响力，一来二去，富商在本地的生意明里暗里均受到了一些打击。

出了这口气之后，秦珍就把富商的事抛到了脑后，继续她的创作大业，过着她看似多彩多姿实则糜烂不堪的生活。

有一次，秦珍竟无意间碰到了富商的妻子，那个长得还算清秀却带着些许老态的女人。她跟在富商的身边，含着胸，走得有些慢，手上还牵着一个七八岁的男孩。女人神情紧张，面容憔悴，富商似乎是嫌她走得慢了，回身拽了她一下。她踉跄前行，却一言不发，只是更加抓紧了手中的孩童。

秦珍觉得这两人相处的情景在她眼里分外刺眼，尽管这一对看着并不像什么恩爱夫妻。

这件事过去之后，秦珍跟着家里人到附近一带非常有名的一座寺庙去上香。

那寺庙名叫石钟寺，名字源于庙中心矗立着一口巨大的石钟。石钟吊在离地约一米的空中，表面雕刻着一些人物画，仔细看去共分了三层，线条流畅，十分生动。不过现在很难看到上面的雕画了，因为石钟上覆盖着许多折成十字结的红布条。十字结由丝线系在石钟上，都是些善男信女留下的。

秦珍小时候来过石钟寺，不过那时候年纪小，也不明白这石钟上刻画的到底是什么。现在在僧侣的讲解下，她倒是明白了。原来，这石钟上刻画的乃是创立石钟寺的和尚无柯如何从有情道入无情道，最终皈依佛门的故事。

无柯生于富贵之家，他八岁那年认识了一个女孩，女孩十分善良可爱，每每在他需要帮助的时候出现，两个人成了很好的朋友。随着时间的流逝，他们的友谊又慢慢转变成了爱情。后来他们的爱情受到了来自家庭的阻挠，他们为了能厮守在一起，就相约私奔。几经周折后，他们逃到了现在石钟寺的这个地方。那时石钟寺当然还不存在，当时那里只有一块巨大的石头，无声地矗立在山坡上，像是身后山林的守卫。

女孩的父亲是名石匠，非常善于雕刻。女孩指着石头说，要是她父亲在，肯定会把石头雕成雄伟的雕像。说着，女孩流下了眼泪。无柯静静地拥着女孩，安慰着她。当夜，他们二人依偎着睡在石头一边，心里憧憬着未来美好的生活。

可是突如其来的厄运袭击了他们。无柯独自出去找水的时候，一伙土匪突然蹿了出来，女孩被土匪奸污后杀死。她临死前激烈地反抗，鲜血染红了半边石头，殷红得像天边的暮霭。无柯取水回来的时候，看见女孩衣衫不整地倒在地上，早已气绝身亡。女孩边上站着几个土匪，他们的裤子还没穿好。

都说不怕横的，就怕不要命的。人若是拼起命来，自是有一股百折不挠的狠劲。

无柯发疯了。几个土匪身手只能算是一般，顶多有几把子蛮力，无柯在疯狂状态下打死了两个，还有两个趁乱逃走了。

无柯抱着女孩的尸体好久都不撒手，直到女孩的尸体开始腐烂，他才安葬了女孩。他在女孩的坟前发誓，一定要为她报仇。

几年过去，附近一带所有的土匪都被无柯杀死了。他回到了他们最初依偎着取暖的大石头前，靠在石头上，昏昏沉沉地陷入了梦中。他做了一个非常长的梦，梦中，他和女孩都不是现在的样子，不过他知道那就是他们。他们相遇，然后相爱，在梦中冲破了重重阻挠才在一起。可惜正当他们享受爱情的时候，女孩就死去了，和现实一样。

无柯吓得醒了。可是没多久，他的神志又开始模糊，他控制不住，又睡了过去。这次，他和心爱的女孩又变了模样。他是一名士兵，而女孩的身份高高在

第四章　故酿酒坊

上。当他们历尽艰辛终于能在一起厮守时，敌国的人掳走了女孩。他追寻了差不多十年，为了能救女孩，甚至坐到了将军的高位。等他带领军队打败了敌国后才知道，原来女孩早在十年前就死去了。

梦尽，女孩突然出现在无柯面前。她说，她和无柯有三世情缘。是情缘，亦是孽缘。三世过去，女孩方能获得自由。

说完，她露出一个微笑。那样解脱的笑，无柯从没在她脸上看到过。

看着女孩的虚像在眼前如烟一般散去，无柯梦醒。也许无柯真的是看破世情，大彻大悟，也许他是哀莫大于心死，才决定出家。总之，他把石头雕琢成了石钟，又以石钟为圆心建造了石钟寺。

这世上大多数的人都喜欢缠绵悱恻的故事。石钟寺的由来渐渐传开，人们或者为了一睹石钟上的故事，或者是相信石钟寺内的佛陀灵验，能护佑有情人，渐渐地，石钟寺就成了附近一带香火最盛的寺庙。

石钟寺内设有姻缘签，想要求姻缘的人花上一点香火钱就能抽到一支姻缘签，还有人专门给解姻缘签。据说众多姻缘签中有一支十分特别的"三世签"，抽到这支签的人，同一个人有三世姻缘，最令众人钦羡。

秦珍从来不信这个。在国外的那几年，她受到各种先进思想的冲击。在她看来，相信这种事的都是愚民愚妇。她不耐烦地走了下过场，进大殿匆匆拜过之后就离开了。但是她在寺内走动的时候竟然看到了一个女人，那个女人面容憔悴，却有几分眼熟，可不正是富商的妻子吗？

秦珍对那个女人颇有些微妙的心理，毕竟她差点儿接受富商的求婚。虽然后来不了了之，却对那个女人有种莫名的敌视。

秦珍抚了抚自己妩媚的小卷发，婀娜多姿地朝着那个女人走去。走得近了，秦珍才发现那个女人长相和身段都不错，只是脸上的悲苦之相破坏了她的气质。

秦珍直直地走过去，正要撞到女人的时候，女人突然抬头，冷冷地看着秦珍，眼底的阴郁让秦珍忍不住颤抖了一下。等她回神的时候，女人早就走了。

秦珍大怒，她竟被那个女人吓住了？这可是从来没有的事。她本还想回去找那个女人，不想厢房内突然走出一个中年和尚，拦在了她的面前。秦珍看那和尚面目平和，带着股"佛性"，刚要出口的呵斥就咽进了肚里。

和尚对她念了一句佛号，见秦珍要走，说了一句："女施主留步。"

"女施主从哪里来，要到哪里去？"

秦珍冷冷一笑，道："来有来处，去有去处，不用告诉你吧？"

和尚念了声佛号，道："红尘千般好，不抵向来痴。施主，小僧观你印堂晦暗，恐有厄运降临。我佛有好生之德，小僧这里有尊开过光的佛像，你拿去随身带着，许能避过一劫。"

和尚说着从怀里掏出一尊小小的佛像。佛像是木雕的，看起来十分温润，想来是把玩的年头久的缘故。秦珍本就心情不好，听到和尚说她那句"印堂晦暗，恐有厄运降临"时，她勉强按捺才没当场发作。等和尚走远，她立刻把佛像狠狠地扔到地上，狠狠地踏了几脚，出了心里那口气，才慢悠悠地走开。

过了两天，城里突然传出一则小道消息。追求过她的富商的妻子在礼佛回家的路上遭遇强盗侮辱，那妇人反抗时滚下山坡，容颜尽毁。富商以她失去贞洁为由，将发妻休弃。

这则消息在城里沸沸扬扬地传了几天，直到有人看见那毁了容的妇人跳下河，滚滚的河水瞬间将她吞没。

富商又重新回来追求秦珍了。秦珍以他贪新忘旧为由，严词拒绝了他，并归还了所有他赠予之物。城里的人都赞秦珍人品高洁，痛骂富商薄情寡义。

然而这些事情在秦珍的热闹的生活中仅仅只能算插曲。过了没多久，她就有了新的追求者，她很快就把那些不愉快的事给忘了。那天，她的追求者突然问起她的诗歌，说很久没看到她的新作了。秦珍自傲地表示，再等几天，你自然会在报纸上看到。

回到家后，她用留声机放着自己最喜爱的乐曲。屋子里暗香浮动，乐声悠扬，按理说她一定会才思泉涌，笔下生花。可是这一次她的脑袋空空，久久无法下笔。

第四章　故酿酒坊

折腾到半夜，秦珍仅仅在纸上写下几行字。她自己读起来都觉得狗屁不通，莫名其妙。

秦珍突然写不出诗歌来了。她以前的作品虽说算不得特别好，但是灵感起码源源不绝。可是现在写不出诗歌来了，她以后还怎么当风靡万千人的"美灵诗人"？怎么在那些追求者面前摆出才女高傲的架子？

秦珍急得直哭。为了能继续上报纸，她只好模仿一些外国诗人的诗。本来她还心存侥幸，希望别人没看过，可过了没几天就有人大肆抨击她抄袭，有人讽刺她江郎才尽，有人说她本来就是个草包，现在只是原形毕露。她又急又气，只是一味辩解，抵死不认抄袭。如此一来，骂她的人就更多了。

她的起点很高，所以当她"跌"下来的时候也尤其惨烈，就连她的父母都觉得无颜见人。

现阶段，最好的办法就是发表新作品，以此来反击那些嘲讽她的人，可惜她写不出来就是写不出来。

正当秦珍一筹莫展的时候，一个男人突然来访。

那个男人名叫米金东，是秦珍两个月前认识的，那时富商还在对秦珍大献殷勤。米金东家境殷实，他对秦珍一见钟情，很快就对她展开追求。可惜他长得尖嘴猴腮，也没什么情趣，秦珍根本不喜欢他，每次见面只是勉强应付。

秦珍失意后，米金东常常过来拜访她，而且每次都带着礼物上门，秦珍对他倒没有之前那么厌恶了。

6. 诗魂匣

这次上门，他带来了一个不太大的木头匣子，匣子上系着粉色的缎带，十分扎眼，秦珍不注意都难。

米金东对着秦珍一番讨好之后，终于说明了来意。秦珍听完后，不可置信地看着米金东。米金东再三表示自己不是开玩笑，秦珍仍旧半信半疑。

要问秦珍为什么会有这种反应，原因全在米金东送来的礼物上。原来，他送来的匣子叫作"诗魂匣"。据米金东所说，这匣子很有几分来历。

何谓诗魂匣？

传说，制作匣子的木头是一棵百年老树。那时候有一位非常著名的诗人每天都在老树下作诗，他死前留下遗言，要葬在树下。于是在他死后，人们将他葬在老树的旁边。据说老树吸收了诗人尸体的精华，变成了树精。有一天，一道天雷劈下，老树枯焦地倒在地上，整棵树几乎都成了焦炭，可偏偏中心的一块丝毫没有损坏。老人们说，那是树的心。树身虽然死了，但只要树心还在，那棵树就有可能再度复活。

有个人听了这话，就把树心从枯焦的树干之中剥离了出来，还制成了一个精美的木匣。木匣制成之后，几经转手，最后落到了米金东的手里。因着先头的那个传说，木匣的价格奇高，但米金东有心讨好美人，刚弄到手就送了过来。

"据说，这匣子能让人创作的灵感连绵不绝……"米金东最后说道。

秦珍听完之后十分讶异。她以前的确不太相信那些神鬼之类的传说，但是现在她已经走投无路，只好死马当活马医。看着米金东珍而重之递给她的东西，她也不禁生出几分感动的情绪来。尽管她现在半点儿也不喜欢米金东，但是如果他送来的匣子真的有用，那么她未尝不能和他演出一段缠绵悱恻的"爱情"来。

米金东见美人脸上的神色和缓，顿时更高兴了，说道："除了这个匣子，他们还用树心造了十张纸，都放在匣子里，你用匣子里的纸随便写些什么再放回去，会有意想不到的效果。"

秦珍现在太需要灵感了，所以毫不犹豫地收下了诗魂匣。

等米金东走了之后，她仔细端详木匣子。木匣子做工很精致，外表金雕玉砌，拿在手中沉甸甸的。打开后里面的空间并不太大，暗红色的内壁，还散发着一股说不出的气味。秦珍嫌恶地碰触了一下那几张据说是树心造的纸，找到笔，也不知道写什么好，干脆随意画了几个叉，然后放了进去。

第四章　故酿酒坊

做完这些之后，她自己也觉得有些荒谬。这么荒诞的事情，她怎么就信了？她抛下木匣子，去翻衣柜里新做的衣裳，刚拿起一件想要试穿，突然想起那些冷嘲热讽的人，一下子就意兴阑珊了。她迷迷糊糊地想，这一关要是过不去，她以后该怎么办？实在不行，她就去国外躲几年，等风头过去，她还是那个骄傲的秦珍。

突然有人敲门，秦珍意兴阑珊地说了声"进"，却见来人是一个陌生的女佣，身材清瘦，扎着一条辫子，低垂着头说有人来访。

秦珍本来懒懒地没有在意，可是在女佣转身的时候，她突然发觉那个走路微微含胸的背影特别像一个人。

她嗤笑了一声。怎么可能？那个女人明明毁了容貌，现在早就进了鱼腹，怎么可能到她家来当用人？

秦珍见完了访客，回到自己的房间，随手打开诗魂匣。下一刻，她突然愣住了。

她之前放在匣子里的纸条不见了。匣子的角落里，多出一个暗红色的、小拇指盖大小的小球。

这是怎么回事？竟有人胆敢随意进她的房间，动她的东西？秦珍大怒，拿起小球也没仔细瞧，随手就掀开熏笼的铜丝罩，将小球扔了进去。

过了一会儿，她突然想到什么，赶紧去翻梳妆台上的珠宝盒。镶了金边的珠宝盒里面放着满满的珠宝，温润的珍珠、碧绿的翡翠、成色极好的火油钻……她一抓，羊脂白玉的耳坠子从指缝中漏出来，在桌子上滴溜打转。

这么多珠宝，就算是丢了一件两件，也很难觉察。就算有人只拿走一件，也够那些穷酸之人好好受用两年了。所以……假如树心纸只是顺手拿走的，那么，那颗红珠子呢？

秦珍又有点儿心烦了。最近她的心情总是起伏不定，一点儿小事也足以让她大发雷霆。家里出了贼，这个贼应该是家贼，如果是外面那些贼，恐怕连珠宝盒都得给她搬走了。

秦珍叫来管家，狠狠地把他训斥了一顿，让他管理好家中的用人，最好来个大清洗，把手脚不干净的人都赶出去。

秦珍只知道痛骂，并没注意到管家低头听训时那冷漠的表情。她发了一通火，心里总算没那么烦躁了。

管家马上就召集了秦家全部的用人，让几个亲信去搜查每个用人的房间，最后他们在一个新来的女佣房间里发现了些东西——一个水头很好的玉石吊坠和一串雪白的骨雕手串。

骨雕手串还好说，玉石吊坠显然不是一个女佣能购买得起的东西。管家将吊坠和骨雕手串都交给秦珍，让她处理。

秦珍看着吊坠。其实她一眼就看得出来，这个并不是她的首饰。不过她看见那个畏畏缩缩跪在地上的女佣，心里就无比烦躁。这个女佣，正是之前通知她有访客的人。女佣很可能趁着她去见访客的时候拿走了她的东西，但不是这个吊坠。而且女佣的眼神和身段总让她有种诡异的熟悉感，就像她在某个夜里梦到的那个人，那个人也是用那种眼神看着她，冰冷得让人颤抖。

秦珍挥挥手，管家就知道该怎么处置了。不管女佣怎么辩驳说吊坠和手串都是她母亲留给她的遗物都没人相信，她被打断了一条手臂，赶出了秦家。她趴在秦家的大门外，无视那些对她指指点点的人，艰难地擦干了面颊上的眼泪，蹒跚着离开了。

秦珍把吊坠和手串扔进了抽屉里。颠覆一个下人的命运对她来说很简单，甚至让她觉得无趣。就算东西不是那个女佣偷的，又如何？一个下人拥有了与身份不匹配的东西就是错误，就该像垃圾一样被清理掉。更何况女佣的眼神让她很是厌恶，就算没有这件事，她也会叫人把女佣赶出去。

秦珍打开诗魂匣，在树心纸上写上一行字，重新放进了匣子里。

第二天早上醒来，秦珍觉得不太舒服，头部隐隐作痛，还有点儿恶心反胃。梳洗过后，那种感觉才慢慢消失了。她没有在意，随手打开诗魂匣，里面空空如也。

第四章　故酿酒坊

树心纸又一次不见了。不，也不能说空空如也。她在匣子的角落里拿出一颗暗红色的小球，跟昨天的一模一样。秦珍大怒，愤怒地把小球往地上一摔。小球应声碎裂成几块，地毯上都是暗红色的粉尘。

她决定一定要找出那个在暗中搞鬼的家伙，不管是谁，一定要他付出代价！

最近的秦家一直不太平，自从大小姐写不出诗歌，秦家的下人就经常无故遭到斥责。有偷盗的女佣被赶出秦家，之后是暗中吃回扣的厨子、手脚不利落的花匠……

有道是"水至清则无鱼"，秦家大小姐那股火烧遍了整个秦家，后来连她父母都受不了了，命令她不许再折腾。再折腾下去，他们秦家连个看大门的下人都没有了，这可是会被其他人家笑话的。

秦珍黑着脸回到房间，把自己蜷成一团。黑暗中仿佛有什么在盯着她，而诗魂匣的异常就是那个东西在搞鬼。那东西像是在作弄她，她在匣子里放东西，它就把东西收走，然后放一个红色的小球，把她当作小孩子一样逗弄。她厌烦极了，那些小球全部都被她扔进了熏笼里，还烧成了灰。可即便如此，下一次那小球还会出现，仿佛在嘲弄她的徒劳。为此，秦珍连米金东都一起恨上了。他还说诗魂匣能带给她灵感，男人的话果然没有一句可信。

米金东又一次来讨好她的时候，秦珍将他骂了一顿，还把他送的礼物都扔到了门外。米金东见她如此蛮横，只得怏怏地离去。

再后来，秦珍经常头痛、腹痛，管家为她请来了医生。医生看过之后，只说她的头痛是神经衰弱引起的，让她好好休息、好好吃饭，不要伤神。秦珍吃了药，效果却不太好，除了头痛，她还经常四肢乏力，可能因为经常睡不好，脸色比死人还难看。

秦珍已经很长时间不敢外出了，父母一开始还很关心她，却屡屡被她暴躁的脾气气走，最后干脆不再管她。她就像阴沟里的老鼠，成日躲在阴暗的房间里，不见天日。

有一天，打扫房间的女佣激怒了她，她把女佣痛打一顿，砸烂了房间里许多东西，诗魂匣被她整个扔进熏笼，然后点上一把火。看着它慢慢地腾起火苗，熊熊燃烧起来，秦珍突然有了报复的快感。

不久后，管家发现秦珍昏倒在地板上，奄奄一息，她的房间里充斥着可怕的气味。秦珍被紧急送到医院，经过医生一系列的诊断，发现秦珍竟然中毒了。

就在医生紧急抢救秦珍、秦家乱成一团的时候，那个一直躲藏在暗处、被赶出秦家的女佣，趁机偷偷潜进秦家，进入了秦珍的卧室。她在抽屉中找到了玉坠和骨雕手串，雪白雪白的骨雕手串不知为什么有五颗变黑了，而且一些不易察觉的地方还出现了孔洞，就像被虫蛀了一样。

女佣冷冷一笑，把东西仔细放进怀里，又偷偷离开了秦家。

还在医院抢救的秦珍，并不知道这一切。经过检查，秦珍确定为汞中毒。汞，也就是我们通常所说的水银。

秦家人全都不解，秦珍每天都好好地待在家里，为什么会汞中毒？医生要为秦珍催吐，准备扒开她的嘴，灌下催吐液。就在这时，一个嫩红色的触须突然从秦珍的嘴里探了出来，医生吓得一哆嗦，催吐液全都洒到了自己身上。

那个嫩红色触角探出得越来越多，最后整个身体从秦珍的嘴里钻了出来，在场的人全部惊呆了。

那是一条肉色的蜈蚣，身体细长，两排脚数不清有多少只。

所有人像被集体点了穴道一样，一动不动地看着秦珍的嘴。继蜈蚣爬出来之后，又先后爬出三只身体细长的肉色虫子，有两只被吓坏的小护士踩死，还有两只不知钻到哪里去了。

医生从没见过人体内爬出活虫，吓得不知所措。秦珍的父母担心女儿，结果发现一屋子医生护士全都呆看着自己的女儿，不禁大发脾气。医生正不知道如何解释的时候，秦珍突然剧烈挣扎起来。不久，她的衣服被微微顶起，一条肉虫从她的肚脐眼儿里钻了出来。

秦珍的母亲当场吓晕，场面一片混乱。

最后秦珍还是被救了回来，只是一直昏迷不醒，谁都不知道是怎么回事。前

第四章　故酿酒坊

来探望的退休老管家说，看她这样子，似乎是中了降头术。

降头术属于巫术的范畴。只不过巫术有好有坏，但是降头术纯粹是用来害人的。降头术的种类不少，其中为人所熟知的几种降头术中有一种死降，就是将毒物研磨成粉混在食物中给人服下，等中降者发作时，体内会孵出许多怪虫。这些怪虫顺着中降者的七窍爬出，或者从肚皮破体而出，令中降者在极度痛苦中死去。

秦珍的情况，似乎与降头术有些相似，却也不尽相同，着实令人奇怪。

来医院看望秦珍的还有她的追求者米金东，他脸色苍白，畏畏缩缩不敢上前。等到秦珍的母亲觉察到异状，走出病房查看的时候，发现门口无人，地上却有一根竹签。

她捡起来一看，竟然是石钟寺里那难得一见的"三世签"。

这世上，每个人都有不为人知的秘密。躺在病床上人事不知的秦珍，其实早就陷入噩梦中不可自拔。她梦到自己在石钟寺见过富商之妻后，心中十分不忿，于是她叫来一个下人，给了他十块大洋，让他用这个钱雇几个乞丐或者流氓，去羞辱富商的妻子。她原本只是想出一口气，却没想到富商的妻子竟因此毁容，更没想到富商竟因此休了发妻。那个女人跳河之后，她心中只是有些不舒服，因此她拒绝了富商的追求，却没想到自己会因此再无灵感，被人嘲讽。她在心中日日诅咒那个女人，即使女人已经死了，她的怨气依然不能消失。看到和她有着相似眼神、相似背影的女佣，秦珍还以为是那个女人死而复活，来找她复仇。幸好女佣被她找了个借口赶走，但是那个冰冷的眼神却没因此消失，日日在梦中折磨着她。

而那个丢下"三世签"逃走的米金东，也有自己的秘密。他在一个宴会上对秦珍一见钟情，可是秦珍美貌又有才华，让他自惭形秽，又不忍远离。那天他听说秦家夫人和小姐到石钟寺还愿，也跟着来到了石钟寺。可秦珍并没有去求姻缘签，米金东却去求了一支，没想到他抽到的竟然是难得一见的"三世签"。米金东觉得，自己一定跟秦珍有着三世的缘分，不管有多少情敌，她最终还是会属于自己。于是他更加热烈地追求秦珍，却不得秦珍的心。苦恼之际，他突然想起曾听在南洋做生意的三叔提起过的降头术。

降头术中有一种叫作情降，它能让中降的女子对施降者倾心相爱，十分灵验。米金东的三叔几年才回来一趟，他觉得自己可能等不了那么久。可若是他亲自去南洋，所耗费的时间也不短。正苦恼时，朋友给他介绍了一个人。那人看上去普通，一双眼却精光四射，被他盯上一眼，顿时浑身汗出如浆。

那人让米金东唤他大师，并没告知真名。从他那里米金东方才了解到，原来降头术并不是发源于南洋，而是元朝初期茅山派的弃徒洛有昌发明的。洛有昌擅用茅山术谋取私利，被发现后不思悔改，被逐出茅山。之后，洛有昌变本加厉，专门研究害人的法术，最终成立"降教"，降术因此得名。

元朝统治阶级利用降教镇压民怨，还曾设"降台"，让数百个降师用"顺风耳"监听民众之声，害得许多人因此毙命。民间歌谣《青阳曲》有一句是这样写的："街亭无心言朝事，三更惨毙月露屋。"可见当时降术在百姓眼中是何等可怕。

有了统治者的支持，降术在元朝得到了空前的发展。不过降术是一种非常阴毒的巫术，每次出手必定伤及人命。可能是太损阴德，许多降师都不及四十而终。也因此，大量降术失传。很多对外号称很厉害的降头师，其实对比以前来说，不过是小打小闹而已。再到后来，中原战乱频发，降术失传是情理中事。南疆有山脉作为天然的屏障，并未被战乱波及，所以许多降术才能保存下来。南疆靠近南洋，降术传到南洋，也算是理所应当了。

大师反复对米金东强调，降头术是阴毒之术，即使是情降，也不能随便乱下。米金东几经考虑，还是抵不过对秦珍的爱慕之心，就央求大师帮他下情降。那个"诗魂匣"，便是大师交给米金东，让他施降的"媒介"。

为了让秦珍将匣子带在身边，米金东编了一个诗魂匣能让人灵感源源不绝的谎话。他万万没有想到，情降并不好使，还让秦珍中毒昏迷。那么，到底哪里出错了呢？

那个被秦珍赶走的女佣，也有自己的秘密。自小，她就和爷爷奶奶还有母亲

第四章　故酿酒坊

住在乡下。她知道自己有个同父异母的姐姐，却不知道对方长得什么样。她的母亲很早就病死了，过了几年，爷爷奶奶也先后去世，她独自生活了一段时间。某天，她突然接到了姐姐的来信。姐姐在信上让她搬去城里，和她一起生活。等她只身来到城里时，才发现这里和乡下完全不同。这里人多，车也多，繁华到她连走路都小心翼翼。等她好不容易找到姐姐的住处，那些人却告诉她，她的姐姐毁容了，成了下堂妻。那些人恶毒嘲讽的目光让她害怕，于是她跑了出去。也许是冥冥中自有指引，她竟然在河边见到了她的姐姐，那个眼睛跟她很像却满脸伤痕的女人。她福至心灵，大声喊道："姐姐！姐姐，不要跳！"

可是姐姐只是悲伤地看着她，在她的注视下，坠入了冰冷的河水中，再也没有上来。

她孤零零地走在街上，听街边的闲人议论她的姐姐死得悲惨，她的姐夫如何薄情，还有那个才貌双全、被称为"美灵"的诗人是如何深明大义。她突然很想见见那个"深明大义"的女诗人，看她是何等美貌，竟然让她的姐姐输得一败涂地。恰逢秦家招女佣，于是她很顺利地进入了秦家。经过一段时间的培训，她终于能够接近秦家的大小姐了。

秦珍果然很美。不过，她不曾在秦珍身上看到深明大义，只看到了高傲自私。没想到，就在她考虑离开秦家的时候，管家突然出现，还搜走了母亲留给她的遗物，并说这是偷盗之物。她辩解了多次，可是没有人听。秦珍竟然也默认了她是个小偷，把她的东西据为己有，还让人打断了她的手臂。

她没有想过害人，却有人自取其害。母亲留给她的遗物并不简单，那是她的防身之物。这个东西离开她的身边太久，就会发生一些可怕的变化，连她都不知道会变成什么样。

米金东的朋友也有秘密。这个朋友其实并不太靠谱，他看到米金东为了追求秦珍倍受苦恼，甚至不惜使用降头术。他脑子很灵，念头一转就想到一个主意，一个能坑钱的主意。他在街上随便找了个外乡人，给了他些钱，让他自称大师，去忽悠米金东。那个所谓的施降"媒介"，不过是他在某个当铺中寻摸到的东西。当铺老板说，那个匣子好像是变戏法的道具，表面看没什么，其实一共分了三层，里面藏着些小机关。触动机关后，放在匣子里的东西会"消失"。同时，藏在第三层的东西会出现在匣子里。当铺老板当着他的面试过一次，的确很有意思，它能让一些小东西消失，变出来一种小球。老板说，小球是朱砂所制，没什么用，哄孩子倒是不错。就这样，他利用外乡人和道具匣子，从米金东那里骗来了一大笔钱，正打算好好乐一乐。没想到，那笔钱突然不翼而飞，外乡人也不见了。

7. 讲故事的"人"

伴随着最后一杯酒，老板的故事也讲完了。

我品咂着口中的酒液，心中回味着刚听到的故事，一时竟觉得百般滋味在心头涌动。临走时，我恳求老板多卖给我一瓶酒，因为我明早就走了，下次再来也不知道是什么时候。

果不其然，老板微笑着拒绝了我。我虽遗憾，但是我也知道，每个人都有自己的坚持，因此也没再强求。

回家之后，谢如秀约我喝酒。

也许得不到的才是最好的，如今我觉得，无论什么酒喝到嘴里似乎都不对味。

听我一直念叨故酿酒坊的酒好，老板还会讲故事，谢如秀怪异地盯了我一眼。

"那里的酒是不错，不过那个老板是个结巴，他讲故事，能听吗？"

我顿时一愣。我在酒坊里听了两天故事，我可以肯定，那个老板绝不是个结巴。

"你胡说什么？老板根本不是结巴，讲故事讲得老带劲了！他们卖酒的规矩

第四章　故酿酒坊

是一壶酒配一个故事，只要顾客想听就给讲，你不是也去过吗？"

说完，我喝了一大口啤酒。啧，我还是觉得故酿酒坊的酒好喝。

谢如秀不说话了，拿起手机翻找了一阵，翻到一张照片给我看。

我随意一瞥，顿时愣住了。照片中的场景特别熟悉，俱是故酿酒坊中的陈设，墙上挂着四幅照片，其余三幅照片和我记忆中的一样。唯一不同的是第一幅照片。照片中的男人圆脸，微胖，笑容满面，头发剃得特别短，还拿着一个粗陶的酒瓶。照片的下方，站着谢如秀和一个如同从照片上拓印下来的男人，生就一副"招财进宝"的模样。

"给你讲故事的老板，是这模样的吗？"谢如秀问。

我木然地摇摇头。

谢如秀收回手机："这就怪了，这张照片是我一个月前拍的，听说这个胖老板家里好几辈人都是干酒坊的，他家的酒在当地很有名气，他家的人都是酿酒好手，一辈子都耗在酿酒这件事儿上。这样的老板，说不干就不干了，不大可能吧？"

谢如秀后面说了什么我都没听到，我的心思已经飞到了那个给我讲故事的"老板"身上。他曾说过开酒坊并不为赚钱，只是兴趣。他也曾说他家里世代酿酒，他的手艺虽不及他父亲和爷爷，倒也不差。最后，他还感叹自己酿酒的手艺没有后继之人。

"我跟胖老板聊过，他说他本来不想干酒坊这行，对酿酒也没兴趣，气得他爸天天感叹自己后继无人。后来他爸脑出血去世，他反倒转了性，琢磨起酿酒来。不过他到底是手艺荒废了几年，酿酒技术到底比不上他爸和他爷爷，估计酒坊也就到他这一辈为止了。"

谢如秀说这话的时候，脸上的表情十分感慨。他嘴上说的是别人，其实也是在感叹自己吧。

我瞥他一眼，他抹了一把脸，面上的表情又活泼起来："哎，你说你是不是见鬼了？"

"你才见鬼了。"我没好气地怼他。

他哈哈大笑："这个我熟。"

我的情绪被他带动，也情不自禁地大笑起来。至于到底是为什么，我已经不想再去深究了。

有些事，还是留一些遗憾和未知，才是最完美的吧。

第五章 灵车司机

1. 突然出现的求助者

最近公司接了个大工程，但是必须和其他公司一起合作才能完全吃得下。为了达到双赢的目的，公司高层没日没夜地敲定各类合作细节，像我这种刚入职一两年不算新人的新人也跟着瞎忙了一阵，等到双方大老板都满意的时候，全公司基本都"阵亡"了。

周六我几乎在床上躺了一天，还是谢如秀一个电话把我叫醒。

"你还睡呢？猪都没你懒。"谢如秀在电话里吐槽我。

我懒洋洋地睁开眼睛："大哥，我加了五天班，还不能让我睡个懒觉了？说吧，啥事？"

"你不是一直喊着要找德清吗？我刚才看见他在老风的办公室里，你要见就麻溜地过来，他要是走了可别说我不帮你。"

我一听立刻从床上蹦了起来，对着电话中喊了一句："帮我拖住他，我马上来。"

可是等我收拾完打车来到风氏工作室，谢如秀却遗憾地告诉我，德清早在十多分钟前就走了。他试图帮我留住德清，可惜德清邪门得很，只是拍了拍他的手臂，他当时就忘词了。等他醒过神追出去的时候，哪里还有德清的踪影？

我不禁有点沮丧，不由自主地想，难道德清是在躲我？

想到这里，我的心里又有个声音在反驳：我算是哪根葱哪头蒜，德清用得着

第五章　灵车司机

躲我吗？

"风叔呢？"我问谢如秀。

"他说有事刚走了，让我关门。现在都快五点钟了，走，咱俩喝酒去。"

谢如秀伸头瞅了一眼窗外。此时已近黄昏，满天的彩霞似乎在昭告明天是个好天气。说完，谢如秀就去拿钥匙，熟练地做着关门前的准备。

我问他："你说你也老大不小了，也不好好找个工作，也不好好处个女朋友，天天这么耗着有意思吗？"

他耸耸肩："反正我爸的事业我也没本事继承，以后我等着吃干股就行。我爸早就说了，只要我好好的，以后想干什么工作他都不反对。"

听他这么说，我都忍不住有点儿嫉妒他了，这家伙可真是好命。

"至于女朋友嘛，你怎么知道我没处？"谢如秀的表情带着点儿小狡黠。

我一愣："啥时候的事，你怎么现在才说？晚上喝酒叫过来，我认一认弟妹。"

谁知道他脸皮挺薄，整张脸一下红了："现在不行，还不到火候。"

我了然："啧啧，刚处上？"

"嗯，她脸皮儿特薄，等发展一阵儿，再领她见亲友。"谢如秀豪爽地保证。

我们俩说说笑笑地往外走，刚推开大门，突然间看到有个脸色苍白的男人堵在门口。

谢如秀皱了下眉头："下班了，有事明天再来，现在请让开。"

男人非但没让开，反倒进了一步："我听说你们这个工作室专门解决各种疑难杂症，我现在有一桩生意，你接不接？"

这个男人用"生意"两个字，说明他不是那种什么都不懂就张口乱问还嫌弃咨询费太高的人。

风氏工作室打开门做生意，确实给人解决了不少难题，也经常遇到奇葩。这一点，谢如秀经常跟我吐槽。

谢如秀瞅了我一眼，我揉了下眉心："没事儿，你想接就接，大不了晚点儿吃饭。"

223

谢如秀没动地方："我事先给你提个醒，我们这里不是那种跟踪小三、拍照、帮人捉奸抓包的地方，你可别搞错了。"

男人点点头："我既然来了，自然知道你们工作室的性质，我要说的事跟那些也没有关系。"

谢如秀这才满意了，走回去打开会客室的门，顺手沏了一壶茶，还拿了一支录音笔放在桌上。

"因为我们老板不在，所以你说的话我将会录音，你不介意吧？"

谢如秀的业务熟练度超出我的预想，看起来他的确很喜欢这份工作，无论说话做事都面面俱到。

男人摇摇头："没事，你录吧。我要说的话很长，录下来也好。"

谢如秀点点头，打开录音笔。录音笔上的灯闪耀了两下，男人开始了冗长的叙述。可能是因为情绪不稳，他的叙述有些混乱，我作为旁听，适当地将他的叙述做了些整理。

下面，就是他说的故事。

2. 死亡弯道

我叫杨驰，是个司机——灵车司机。当初我去给殡仪馆开车纯属意外。我的学历不高，高考落榜后就没继续往上考，家里出钱给我开了个店，可是干了一年多就赔了个底朝天。后来我转行做别的生意，磕磕绊绊地干两三年，总算是保了个本。但我觉得没意思，所以就不干了。

在外晃荡了两年，我爸妈实在看不过去，就托人帮我安排了个开车的活儿。刚开始说好的让我去给一家工厂开车，可临到头人家嫌我驾龄太短，介绍人没办法，又帮我联系了一个工作，没想到这一次，居然是给殡仪馆开灵车。

那家殡仪馆属于政企合营，虽说是殡仪馆，但正式员工是属于编制内的，想

第五章　灵车司机

成为正式员工，没门没路可不行。司机这活是外聘，成不了正式员工，但胜在工资高，所以即使是开灵车，来应聘的人也不少。

我本来不愿意去，谁愿意去呀！先不说别的，每天开车拉死人，搁在谁身上谁都得胆战心惊的。可后来一想，这活儿虽然硌硬，可是给的钱多，想赚钱就不能太矫情，所以还是应了下来。

进了殡仪馆后，殡仪馆的管理人找人教了我两天。其实别的也不用他教，最主要的是一些拉死人时候的注意事项。还别说，开灵车的确有一些特殊的讲究。比如说拉死尸的时候不能随便说话，特别是不能讲脏话，万一不小心失口了，一定要马上舌抵下颚，在心里虔诚地跟死者道歉；如果家属需要人帮忙抬尸，手一定不能碰到死者的头部和胸口部位。假如不小心碰到了，事后就要用香炉灰净手；死尸抬下车之后，车上不能遗留任何死者的物品，家属的物品也不行，所以每次拉完死尸后，必须仔细检查车上的情况……

诸如此类的规矩很多，我觉得麻烦，但也一样一样都仔细地记下。一个行业有一个行业的规矩，这么规定肯定有它的道理。

第一次拉死尸，我确实有些紧张，过程中一直小心翼翼，生怕触犯了哪条规矩。幸好死者的家属只顾着哭，一路上也没跟我说话。

车里弥漫着一股说不清的古怪味道，熏得人很不舒服。我把头稍稍探出车窗，这时正好开到一处岔路口，突然从左边冒出一辆小货车。

事出突然，我急忙踩刹车，可是发现右脚却怎么都落不下去，就像被什么东西粘住了一样。

当时我的冷汗都下来了，眼看着就要跟小货车发生碰撞，我猛地一打方向盘，灵车压过路基，狠狠地朝人行道上的一棵树撞了上去！

就在撞树的那一刻，我的右脚终于能动了。我拼命踩住了刹车，幸运的是车子只是撞出个凹痕，我和死者的家属都没事。我惊魂未定地握着方向盘，吓得浑身一点儿力气都没有了。

虽然没出大事，但是第一天上班就发生了这种事，还是挺闹心的。幸好殡仪馆的领导只是轻描淡写地说了我两句，还让我以后注意开车，事情就算过去了。至于修理费嘛，毕竟是我开车疏忽造成的，所以我也没脸要，只能自掏腰包。

这次事故，我觉得是因为自己第一次拉死人太紧张才导致的，所以心情特别不好。下班后，我直接把灵车开到了汽车修理厂。修理厂里有个老师傅姓于，跟我爸有几分交情，修车的经验也老到，我爸每次修车都找他，所以我想都没想就把车开过来了。

于师傅五十多岁，不太爱说话，眉心中间有一道深深的皱纹，显得有些严厉。他走过来绕着车头微凹的灵车转了一圈，眉头一皱，问："这是灵车？"

我点点头，简单解释了几句。

于师傅不吱声了，拿起修车工具。不过他并没有动手修理车头，而是打开了车门，朝里面看去，这一看就看了好几分钟。

我也跟着探头探脑，却是纳闷得紧，车里又没有需要修理的地方，不知道他在看什么。最后，于师傅把目光停在了方向盘下面，半天没动。我看他一脸严肃的模样，心中顿时起了一点儿慌张。

于师傅"啪"的一声关上车门，随手把工具扔到了地上，说："大侄子，这车倒是好修，可是光修了车也解决不了问题。"

我愣了，这车有啥问题吗？

我茫然地盯着于师傅："于师傅，这车不就是车头坏了吗？"

于师傅摇摇头，盯着我说了一句，把我吓出一身冷汗。

他说："你的刹车上面，趴着一个'东西'。"

东西？什么东西？刚才我看得真真儿的，刹车上面什么都没有，这话是什么意思？我狐疑地看着他。

于师傅道："大侄子，就凭我和你爸的交情，我不能骗你。我在这撂一句话，要是刹车上那东西不弄没的话，早晚还得出事，下一次你可能就没这么走运了。"

眼见于师傅说得这么坚决，我立时就相信了他的话。撞车之前的确有些蹊跷，当时我的右脚怎么都压不下去，难道就是跟趴在刹车上的东西有关？

第五章 灵车司机

我惊疑不定地看着于师傅，问："于师傅，你说的'东西'，到底是什么？"

他没直接说，转了个弯子，说道："这是一辆灵车，那你说里面的东西是什么？"

于师傅轻笑了一声，态度很轻松，但是说出的话却让人轻松不起来，直激得我身上起了一层密密麻麻的鸡皮疙瘩。虽然他并没有明确地说出那是什么，可我一下子就明白了，心里一阵发毛。

殡仪馆的灵车，果然凶。没想到第一天上工就发生这种事，真如于师傅说的，要是不把那东西弄走，我以后还怎么干？我以前只想着拉死人不吉利，却没想到真正棘手的东西在这等着呢。

我顿时有些为难了。要是不干吧，倒是容易。可是这刚找着工作就辞职毕竟不好，况且还搭着介绍人那边的人情。

要说继续干吧，可这不是在拿自己的生命开玩笑吗？

我苦着一张脸盯着灵车看了半晌，手摸着头顶。忽然，脑袋就转过弯来了。

既然于师傅跟我说了这番话，他还能"看"到那东西，就说明这方面的道道他肯定懂。就算不能帮我清理了那东西，肯定也能给我指出一条明路来。

我赶紧掏出一根烟给于师傅递了过去，说了几句好话。

他笑了笑，也没跟我客气，接过烟抽了起来。我看他的表情，就知道肯定有戏。

果然，于师傅吸完烟之后告诉我，这个忙他可以帮，让我放心，明天过来取车就行。

我忐忑不安地走了，但是心里怎么也放不下，拿起手机给一个殡仪馆新认识的同事打了个电话。

跟他聊了一阵后，我五味杂陈地放下电话。同事在电话里说，在我去应聘前不久，那辆灵车曾经出过事故。在那之后，原来的司机就坚决不干了，谁也不知道什么原因。要不是那个司机走得太急，上面也不会这么痛快就让我留下，毕竟我的驾龄太短，跟那些老司机比没有优势。

227

我心想，辞职的那个司机会不会也是因为车里的那个东西？

我越想心里越害怕，可越害怕心里越想，一整夜都没睡好觉。第二天我一大早就跑去修理厂，于师傅告诉我，车子已经修好了，里面的东西也解决了，现在车里绝对干净，让我放心开走。

我颇为吃惊，没想到于师傅的动作这么快。接车的时候我一看，车头已经修好了，车里还跟昨天一样，看不出什么异样。

然而，越是看不出异样，我反倒越不放心。

我正要把车开回殡仪馆，正巧殡仪馆那边来了个电话，让我到市医院去拉个死人。

这一路上我打起十二万分的精神，遇到几个路口，全都安然过去了，一点儿事都没有，我这才真正放心。看来，于师傅果然没骗我。第二天我买了两条中华送过去，于师傅也没推辞，很痛快地收下了。我问他是怎么解决掉刹车上那东西的，于师傅说，他用黑狗血浸透过的麻绳套在刹车上，黑狗血阳气盛且污秽，克制那东西最好不过。那东西离不开刹车，用狗血绳套上一晚，就虚弱不堪了。清晨时，他再将狗血绳取下烧掉。烧的时候要一点一点地烧，那东西就会跟着绳子一起消失，什么都不剩了。

我问于师傅："您懂这里面的道道，是不是以前学过？"

于师傅笑了笑，表示这是他的家传手艺，他只学过皮毛，当不得正经职业，遇到厉害的就没办法了。

我心想，这还不算厉害的，那厉害的得什么样儿啊！

辞别了于师傅，我继续回去工作。这世上生老病死是常态，在我生活的这个城市里，每天有许多婴儿出生，也有许多人死去。殡仪馆共有三辆灵车，还经常忙不过来。

我干了有一段时间了，可是每次帮家属抬死者上车的时候，心里还是有些胆怯。

在交通日益发达的今天，交通事故每天发生，因车祸而死亡的人数居高不

第五章　灵车司机

下,除了每天来往于医院和殡仪馆,我也经常会去一些事故现场拉死人。一般的车祸现场不一定血流成河,但是也绝不会有什么完整的尸体,不是缺胳膊少腿就是血肉模糊。有一次,我还拉了一具没脑袋的女尸。听说事故原因是那个女人开车时看见熟人,于是伸出脑袋想喊人,却被后面疾驰而来的大卡车撞飞了脑袋。事后,交警沿着血迹找了一百多米才找到了那颗头颅,可是已经被不知哪辆路过的车压变了形,那模样能把人吓个半死。当时我把那具头身分家的尸体拉到了当地一家医院,因为是事故死亡,所以还要进行尸检,而那家医院有专门进行尸检的地方。拉尸体的那一晚,我没吃饭,夜里还做了半宿噩梦,之后几天都恹恹的,提不起精神。此后,我还特地跑去车厂找于师傅帮我看了看,生怕被什么脏东西给缠上。于师傅告诉我没事,我不过是被车祸现场的血腥之气冲到了而已。于师傅还说我年轻气盛,那些有的没的一般不敢靠过来。

临走之前,于师傅掏出一把东西递给我。我一看,是十来枚白色的橄榄核形状的小巧木雕,上面还有丝状的纹刻。

于师傅告诉我,这些木雕是种在寺庙附近的菩提树制成,虽然没有自然生成的佛前树珍贵,但是也有一定的效力。要是再遇到这种事,直接在嘴里含上一枚,过后挖个坑埋起来,一般就没什么事了。

我自然又是一番千恩万谢,出去后就直接填嘴里一枚。那东西又苦又涩,我含了十几分钟就忍不住想呕,赶紧找了个土质松软的地方,用手刨出个坑,把菩提木吐出来,发现跟含进去的时候并没什么差别,只是多了我的口水。我凑上前闻了闻,上面有股淡淡的腥味。我有些疑惑,不过还是把菩提木好好地埋了起来。

还别说,自那之后,我身上不适的症状真的消失了,也不知是菩提木真的管用还是心理作用。

又过了几天,我接到殡仪馆的电话,这次要拉的又是一个因交通事故而死的人。不过这次的地点可比上次偏僻多了,出了市区还要开上半个多小时。接到电话之后我就开始上火,眼看着天就黑了,别说那一片地方我不熟,大晚上的让我去拉一个横死山野的人，我是真的不愿意。可是不去又不行，眼看着试用期就到了，我要是不去，这段时间不是白干了？

我急得团团转，最后想到一个法子——让黄豆陪我去。

黄豆原名叫陈联萧，长得人高马大，胆子也特大，是我最好的哥们儿。他是开出租车的，以前还开过一段时期货车，成日在市里乡下来回转悠，这一带就没有他不熟悉的地方。我找他作陪，最好不过。

我给黄豆打了个电话，把情况一说，他果然二话没说就开车过来了。我们开着灵车，朝着事故地点狂飙而去。

事故地点并不在高速公路上，而是在一条普通公路上。在紧挨山崖的转弯处停着三四辆警车，还有一辆拖车。事故车已经撞得面目全非，车的前方停着两具尸体，看起来是一男一女。

我看到后又是一愣：没想到竟然是两个人。不过车内的担架式停尸床还算宽敞，放上两个人应该不成问题。

和警察交接了一番之后，我和黄豆把尸体抬上了车。两具尸体在停尸床内紧紧地挨在一起，幸好两具尸体还算完整，就是一股子血腥气太熏人。我在尸体上蒙上了一层白布，味道就不那么明显了。

虽然不是第一次拉死尸，可是每次拉这种横死的死尸，我都会特别紧张。虽然我和尸体之间有一道隔起来的车皮，可鼻端还是能闻到淡淡的血腥气，弄得我一脑门子都是汗。为了缓解情绪，我只好跟黄豆有一句没一句地闲聊。

黄豆最好讲黄色段子，还自诩幽默过人。搁现在的话来形容，他就是个非典型的"逗比"，他的外号也就是这么来的。

看到他张口又要讲段子，我急忙开口阻止，毕竟我这车上还拉着两个死人呢。因为上次刹车的事，我现在特别信这个，生怕哪个举动不对就惹祸上身。

于是我们便聊了一些无关紧要的事。黄豆突然说起刚才的事故地点，那地儿是本市出了名的凶地，差不多每年都会出几起交通事故，而且出事的大多是车上有一男一女这种情况，说起来挺邪性的。

第五章　灵车司机

说到这里，我扭头瞥了一眼白布下隆起的部分，不由打了个冷战。

黄豆又跟我说起一件事。就在四个多月前，本市有个富豪和自己二十出头的小情人开车路过那里，也是撞在山崖上。结果，富豪和小情人死了，车却没什么大碍。之后富豪的妻子领回了那辆凶车，遗产继承的程序一过，她就把那辆凶车和车库里其余两辆豪车一起卖了。哪知车卖出去没多久就出了事故，出事故的恰巧就是那辆凶车，其余两辆倒是没什么事。

要说是巧合吧，好像有些牵强。开凶车的那人说，事故前自己听到了一男一女痛苦的呻吟声，并且信誓旦旦地说，那个呼救声是富豪的声音——那人恰好是富豪生前的朋友。

这件事在本市闹得沸沸扬扬，我也曾经听人说过，但是当时并没怎么留意，听完就忘了。黄豆说这件事还有后续，后来买家硬是要把车退回，可是富豪的妻子不同意。无奈，买家只好到法院起诉她诈骗。后来法院给两人私下调解，至于两个人怎么达成的协议，外人就不知道了。

黄豆说，其实富豪的妻子后来取回了那辆车，但是因为害怕，所以她也不想留下那辆车。她几次三番想卖，可都没人敢买。车价一降再降，最后降到了十万，还是没人敢要。一辆价值七八十万的豪车，硬生生成了人见人厌的破烂货。

说到这里，黄豆酸溜溜地篡改了一句经典台词："哼，有钱人就是矫情。"

我也跟着乐了。

"我要是有钱就把那辆车给拿下，"黄豆笑道，"小时候我妈让人给我批命，都说我是祸害。祸害能活千年，所以我才不信那个邪。你看着吧，等我攒够了钱就去买豪车，让我媳妇儿坐在豪车里四处兜风，倍儿有面子呀！"

我闻言也笑了，说："你媳妇儿？最近新处的吧？你小子行啊。"

别看黄豆要钱没钱，要人没人，可是却长着一张好嘴，说起甜言蜜语那是一箩筐又一箩筐。不过这小子最是喜新厌旧，一年差不多要换两三个女朋友，这也是他存不下钱的主要原因。等他存够钱买豪车，哪怕是一辆只卖十万的凶车，那也不知道猴年马月呢。

　　我和黄豆瞎侃了一路，最终把两具尸体平安送到了中心医院，交给这里的人来做尸检。吃完了饭，黄豆拉着我上酒吧喝酒，之后又去K歌，鬼哭狼嚎了一番。最后和黄豆分开的时候，已经是半夜十二点多了，黄豆要给我打个车送我回家，当时也不知道我哪根筋没搭对，非要散步。

　　黄豆拗不过我，就一个人撤了，我撑着两条腿醉醺醺地往家走。走着走着，我感觉周围的景色变得越来越陌生，不知什么时候，四周已经看不到路灯，黑漆漆一片，似乎还能听到隐隐的狗叫声远远地传来，像狼嚎一样。

　　我一下子被吓醒了，浑身的燥热被风吹散，只剩下透心的凉。我惊慌起来，这是哪儿？

　　借着天上的星光，我勉强看清了周围的情形。这哪里是我熟悉的街景，我竟然糊里糊涂地跑到了山上！看着不远处大大小小、连绵不绝的馒头状土丘，我吓得腿肚子都软了。

　　我去，我竟然跑到坟圈子里来了！

　　山上的风特别凉，我浑身微微哆嗦起来。突然，我的耳边传来不甚清晰的嬉笑声，还有一男一女说话的声音。我零星听到了几句，内容很黄，黄豆讲的黄色段子都没这么高的段位。

　　我浑身哆嗦得不像话。这里前不着村后不着店，周围全是坟圈子，就算再脑残的人也不会到这里来打情骂俏打野战，明摆着不对劲。我不敢再逗留，便疯了似的往山下跑。等终于跑到了灯火通明的地方之时，我差点儿潸然泪下。

　　我一口气跑到大街上，拦下一辆出租车就坐了上去。

　　回到家之后，我来不及换掉那一身沾满酒气的衣服，就赶紧找到于师傅给我的菩提木，含了一枚在嘴里，一颗心才算是定了下来。

　　睡了一宿觉，我感觉自己才算是缓了过来。要不是我昨晚穿的那双鞋沾满了黑泥，衣服也被刮破了两道口子，我还真觉得昨晚只是做了一场梦。也许山上那一段真是一场梦吧，毕竟昨晚我喝了太多的酒，产生幻听也不奇怪。

第五章　灵车司机

我吃完了饭就到昨天的医院去取车，刚走到停车场，我就听到刺耳的哭喊声。抬头一看，大厅门口站着个又哭又骂的女人，哭声大得能传出几里地去，几个人正拉着她，不停地低声劝说。

我摇摇头。这年头还真不像话，医闹都成了家常便饭。

我听到旁边几个人的议论，才知道不是这回事。原来那个衣着时髦、面容憔悴的女人，竟然是我昨天送过来的那具男尸的老婆。她是被警方通知来认尸的。和她的丈夫做了同命鸳鸯的女人，竟然是她的一个远亲，看上她丈夫有钱，做了第三者。

我闻言不禁感叹，看起来电视剧里的那些经典桥段果然都来自现实生活，果真是"人生如戏，狗血一地"。我已经不是第一次听到这样的事了。就在昨晚，黄豆还在跟我说那条路的"辉煌史"，也许可以封那条弯路一个"奸夫淫妇终结者"的称号。

这事儿说起来像是玩笑话，可是的确十分邪门。

那个女人渐渐被劝住了，只是低头一个劲儿地哭。我没再看下去，直接取车走人。

那时候的我万万没有想到，自己还能跟这件事扯上关系。

下午，我吃完饭后在殡仪馆的员工休息区午睡。刚躺了几分钟我就接到通知，让我到中心医院去拉尸体。

在殡仪馆工作，工作时间不稳定不说，来往于各大医院更是家常便饭。业务多的时候，我一天要跑好几趟医院。

所以我也没多想，开车就去了。结果到了医院我才发现，我要拉的尸体竟然又是昨天晚上送过来的男尸。早上看见的那个哭闹的女人和另外几个人则开车跟在后面。我心里挺奇怪的，也不知道另外一具女尸怎么处理了。

不过我没傻得问出口。反正市里就这一家殡仪馆，我要想打听那具女尸的后事，倒也很容易。

一路上，我一直把车开得很稳。可开到山下的时候，我的眼前突然一花，就跟眼睛突然患了白内障似的，眼前雾蒙蒙一片。不过只是一瞬间，之后我的眼前又清晰起来。

就在这时，灵车上的无骨雨刷竟然自己动了起来。我愣住了，我没打雨刷，它怎么自己动了？

我赶紧把雨刷器关掉，查看了一下没有其他异样，可是还不放心。我放缓了车速，小心翼翼地向后面的尸体看去。

尸体直挺挺地躺着，看起来跟上车时并无不同。我这才放心了。

到了抬尸体下车的时候，我和殡仪馆的员工一起把担架式停尸床从灵车内拉出来。

在殡仪馆里，抬尸体都有专门的抬尸工，抬尸体又快又稳，面部表情专注严肃。我来殡仪馆有一段时间了，从一开始碰触到尸体就发抖，到现在可以无视尸臭、搬上抬下，也算是有了不小的转变。

我和抬尸工协作，刚抬出几米远，盖在尸体上的白布突然滑了下来。此时，两个从大厅走出的女人顿时尖叫起来。

其实也无怪她们害怕，因为尸体的样子实在太过可怖。白布下的尸体还没有经过入殓师的修容，车祸死亡后的状态本来就很吓人，再加上现在刚入秋，天气还比较热，所以尸体已经开始微微发胀，尸体的眼睛瞪着，像是在怒视什么人，看起来还是极其吓人。

死者的家属下车了。我怕他们不满，急忙捡起白布盖在了尸体的身上。这时候，我突然发现了一个细节——本来双手成拳的尸体，不知什么时候，一只手的小拇指竟然翘了起来。

我吓了一跳，两条手臂一下子软了，差点儿把尸体摔到地上。后面走过来的女人狠狠地瞪了我一眼，我只好忍住心中的恐惧，稳稳地将尸体抬到了停尸房。

当天晚上，我一下班就跑到车厂找于师傅，把这件蹊跷的事跟他说了。刚开始于师傅还边听边摆弄着手头的工具，听到男尸翘起了一根小指时，只是皱了皱眉头，脸色倒是没变。

第五章　灵车司机

"你含了我给的菩提木没有？"

我点头表示含了。

于师傅沉默半晌："你在殡仪馆工作，碰上些怪事也不用大惊小怪，总之别往上凑的话就没大事儿。别忘了回去之前折一些柳条，把车里各处都狠狠地抽一遍，最近做事都谨慎点儿。对了，别出去喝酒！等尸体火化掉之后，应该就好了。"

我听得一头雾水，但还是牢牢记住了于师傅嘱咐的话。这期间，黄豆打电话邀我去新开的火锅店喝酒，都被我给推了。这还不够，我生怕出点儿什么岔子，干脆死皮赖脸地要了一天假。

尸体拉到殡仪馆，照例是要停上两三天再拉去火葬。如果是横死的，多数家属会要求第二天火化——这也跟这一带的丧葬习俗有关。我拉的那具男尸是车祸死的，我估摸着第二天就能火化，所以干脆错过这个日子再去上班，也就万无一失了。

休息的那一天，我也没敢出去乱晃，在家老老实实地猫了一天。第二天我去殡仪馆上班的时候，却发现偌大的大厅里不像以往那样安静，竟然乱哄哄的，形形色色的人站得东一团、西一片，我甚至在其中发现了道士打扮的人。

我仔细一看，那不是老夏头儿嘛！

老夏是我们这里有名的白事先生，基本每天都能看到老夏在帮人张罗着出殡事宜，这次竟然成了个穿道袍的道士。我头一次见这阵势，心里嘀咕：这又不是拍电影，犯得着吗？

此时，我心中突然有一种不祥的预感。我拉住一个站在角落看热闹的员工问了几句，就什么都明白了。

原来，车祸那具男尸并没有火化，眼前这些人都是因为他而来的。男死者姓金，我称他为金某，女死者姓李，这里就叫李某。金某和李某搞婚外情，金某的妻子并非不知情。事实上，之前他们就在闹离婚，可是因为财产分割的问题，一直没有达成一致。再加上金某的丈母娘觉得金某亏待了女儿，正准备狮子大开

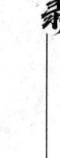

口,狠狠地刮金某一笔钱。而且她对女儿婚姻的第三者李某非常不满,和远亲家闹得不可开交。为此,她还以女儿和金某离婚为条件,诈了远亲家一笔钱。如今金某突然死了,金某和妻子没有孩子,上面只有一个老爹,所以金某的大笔财产只能由妻子和他的老爹来继承,于是李某的家人就不干了。他们算是人财两头空,人死了没办法,钱也要不回来,于是竟然想出一个极为缺德的主意——他们要求金某和李某全尸合葬。穿道士衣服的人,就是他们找来的。

虽说现在国家要求尸体要进行火葬,可是全尸下葬的也不是没有,而且一般都是有钱有门路的人家才这么干,毕竟有钱能使鬼推磨嘛。

李某的家人来了不少,再加上金某妻子这边的人,两边谁都不肯让步,昨天连警察都给惊动了。两相教育加调解之下,最后金某的老爹竟然同意将两人合葬。几天下来,金某的妻子已经憔悴得不成人形,看到金某的老爹同意,自己亲妈也在其中掺和,迫于无奈,只好同意了。

我听完愣了一会儿,突然想起于师傅说的话。他说"尸体火化之后就好了",那么,如果尸体没有火化呢?

看于师傅的态度,我感觉这次的事并不寻常。我开灵车时间并不长,可我已经遇到两次怪事了。如果再这么下去,会不会发生更可怕的事?

我不由得打了个冷战。这样下去不行。不是我爱管闲事,我只不过不想引火烧身。

我站在原地酝酿了半天,找到金某妻子的位置,向她走了过去。穿着道士衣服的人正站在她的旁边,两人正在说话。

我大马金刀地往他们俩身旁一站,金某妻子抬头看我。

我咳嗽了一声,说:"那个……"

我汗都下来了,话到嘴边,还真是说不出口!

金某妻子嗓音沙哑地说:"你是开灵车那个师傅吧,有事吗?"

"那个……"我暗自掐了自己一把,很疼,不过总算能说出话来了,"你丈夫的尸体不能土葬,还是火化吧,这是国家明文规定的。"

第五章　灵车司机

金某的妻子面无表情地说道:"这件事我跟你们领导打过招呼了,用不着你操心。"

这明摆着说我多管闲事。可是我也不想管啊,我也怕我出事,想到那晚莫名跑到山上的经历,我掐着自己的大腿,强迫自己说下去。

我转向穿道袍的人:"这位大师,您贵姓?"

道袍人神情颇为高傲:"贫道无尘子,你叫我无尘道长就行了。"

"无尘道长,既然有人请你来,我想你肯定懂这方面的事。我说这些话不是危言耸听,只不过想提醒你,你没发现那具男尸不对劲吗?如果硬要给他们土葬,我怕会出问题。"

无尘子向我微微一笑,态度轻蔑地道:"你学过道术?"

我摇摇头。

"既然不是此道中人,就不要信口开河。贫道乃茅山第一百一十九代传人,自幼便习得降妖伏魔之术。我已经给金先生和李小姐看过了,他们因为车祸而死,的确有些许戾气缠身,我为他们开坛做法之后就没事了,还能让他们安心升天,并且护佑身边亲人。"

我盯着无尘子那张说个不停的嘴,突然感觉到自己的拳头有点儿痒。我还就不相信了,就这么一对名不正言不顺的狗男女,能护佑什么人?不过话已经说到这里了,他们不相信我也没办法,谁让我只是个无名小卒呢?

我在心里埋怨何馆长,干吗要答应他们,这不是没事找事吗?

我憋着一口气,转身就走,边走边琢磨要怎么才能跟上头要两天假。馆长老何对我的印象一般,但他这人还算是好说话。我找到他,跟他说我今天抬尸体的时候伤了手臂,要休息两天。

这时,老何突然指向沙发上坐着的人,说:"正好打更的老丁今天不干了,招聘的人后天才能过来,馆里也没有闲人,这两天你就先顶替一下吧。"

我刚要拒绝,老何下句话就把我给堵死了。

"打更不需要出力,看着就行。干完这两天,你的试用期就满了。"

老何这招可太高了，正好掐到了我的软肋上。我没办法，只好答应了。

老何看我不情愿的模样，又来了一句："这两天给你算加班费，白天可以回家睡觉。"

我咽下满心的苦涩，挤出一个笑脸，说："谢谢领导，我一定好好干。"

打好的算盘胎死腹中，这下我已经无计可施了。我想了想，这事儿还得找于师傅。

下午我跑到车厂找于师傅，谁知道他不在，车厂的人说他老婆生病了，最近两天都要请假。我顿时慌神了，最后只好跟车厂的人要了于师傅的电话号码，一边打电话，一边庆幸现在的通信发达。

手机响了几声才通，那边"喂"了一声，我立刻说道："于师傅，我是小杨，我找你有点儿事。"

于师傅的声音听起来有点儿疲惫，不过我的心思都放在晚上要守夜的事上了，所以并没注意。我跟于师傅把今天的事说了说，说实话我是真害怕，并不是我胆子小，而是我心里有种预感，我感觉今晚真会发生点儿什么事。据我打听后的结果，金某和李某的尸体还要在殡仪馆停几天，因为那个无尘道长不仅要开坛做法，还要为他们选择一处风水好的地方下葬，而且合葬的双人棺材没有现成的，只能找几个木匠用最快的速度做出来。在金钱的铺路下，这些都不是问题。问题是，金某的尸体要在殡仪馆放好几天，偏偏晚上我还要在殡仪馆守夜，简直是太闹心了。

听完我的话，于师傅沉默了半晌，说："既然避不开，你一定要记住几件事：第一，千万别自己一个人待着，最好找个伴儿；第二，到商店里去兑换一些五毛钱的硬币，最好要旧一点儿的，晚上听到哪里动静有古怪，就拿一把硬币砸过去；第三……"于师傅的语气停顿了片刻，"晚上如果遇到有人来求助，千万别把身上的东西给出去。"

于师傅说完后就把电话挂断了。

我认真记住了他嘱咐的三点，直接打了个电话给黄豆，让他火速拿着存钱罐

第五章　灵车司机

到殡仪馆等我。

我和黄豆是从小交到大的哥们儿，知道他有存零钱的好习惯。我曾经还大肆嘲笑过他这个幼稚行为，没想到"打脸"来得这么快。

不得不说，黄豆还是相当够哥们儿的，我回到殡仪馆的时候，他已经在大厅等着我了。看到我时，他笑嘻嘻地从身后拿出一个粉红色的小猪存钱罐，朝我晃了晃。

我看得嘴角直抽搐："拜托，都二十五六的人了还在这里装可爱，你这么可爱你家人知道吗？"

黄豆踹了我一脚："滚！为了你，我把今晚的约会都推了，还得陪你在这破地方看死人，你就偷着乐吧！"

我哈哈一笑："等发了加班费，我请你吃饭算补偿，允许带家属。"

黄豆做出一副满意的表情："算你小子识相！"

随着我和黄豆嘻嘻哈哈的打闹，我本来紧绷的情绪缓解了不少。我们来到打更室，屋子还挺大，里面有桌有床有沙发有电视，设施挺齐全。

黄豆啧啧两声："这地儿不错呀，早知道有电视，我就弄几个小片儿过来看了，保准提神！"

"在殡仪馆看小片儿，你不怕把色鬼给招来？"我啼笑皆非。

黄豆龇牙咧嘴地一笑："色鬼？大爷我是色中恶魔，鬼来了我就吃了他。"

天色渐渐地暗了下来，其实入夜之后殡仪馆的人也不少，有一些死者家属会在停尸间守灵。殡仪馆很大，光建筑物就好几座，共分成了三个区块，一部分是停尸的地方，那里分成若干个小间，每个小间都有停尸用的冰棺；一部分是火化区；还有就是我现在待的地方，属于员工区域。再加上殡仪馆后面的十二生肖台和陵园，几乎占据了整个山头。

我听打更的老丁说了，虽然一般人都不会在殡仪馆里乱跑，不过每晚还是得巡视两次，以防发生意外事故。以前就有个为父亲守灵的小伙子半夜去上厕所，结果不知道怎么死在了后面的十二生肖台上，据说是被吓死的，两只眼睛瞪得老大，一副见了鬼的表情。后来殡仪馆有好长一段时间不太平，老何没办法，找了个懂行的人偷偷做了场法事，才算安静了。还有一次，殡仪馆有个员工跟死者家属发生了争执，结果到了半夜，那人就偷偷跑到殡仪馆里放了把火。要不是发现得及时，整个殡仪馆可就烧成灰了。

我听完老丁的话，我的腿肚子都转筋了。去吧，我害怕。不去吧，万一真的发生什么意外，到时候不得都算我头上啊？

好在黄豆陪着我。黄豆还提议要买两瓶酒，毕竟酒壮人胆，喝了酒胆子就大了，什么妖魔鬼怪都不怕。

我一口就拒绝了，喝醉了，还怎么守夜？

我和黄豆待在打更室吃喝了一阵，黄豆拿出一副扑克牌，只是两个人玩确实没什么意思。黄豆感叹，要是能来个人就好了，三个人起码能玩斗地主。

到了十点，我拉着黄豆和我一起巡夜。走到六号停尸间的时候，我不由慢下了脚步。

我早打听过了，六号间是金某停尸的地方，冰棺只能容纳一具尸体，所以李某停在另一间。

六号停尸间的灯亮着，不知道是谁在为他守灵。

我目不斜视地走了过去，就在这时，六号停尸间的灯突然灭了，变得漆黑一片。一声女人的惊呼从里面传来，我顿时一个激灵。

"我去！"

黄豆炸雷一般的喊声突然从我身后响起，我下意识扭头一看，一个披头散发的女人正从六号间里面往外爬，活脱脱贞子临世。

3. 借烟的人

我吓得一个踉跄，差点儿把手电甩出去。这时，那个女人扶着门框慢慢地站

第五章　灵车司机

了起来，我用手电一扫，才发现她是金某的老婆。

"你怎么了？"我问道。

"里面的灯突然坏了，我一害怕就撞到了膝盖，看不着路，只能爬出来。"女人说话带着哭腔。

我闻言松了口气："没事儿，那你在外面等一会儿，我回去找备用的灯管换上。"

说完我就拉着黄豆一口气跑回了打更室，在铁皮柜里翻了一阵，还真的找到了一根灯管。

刚出门，黄豆突然一把拽住我。

"驰子，你看那是什么？"

我顺着他指着的方向看去，在幽暗的一角，一个蓝幽幽的光点儿停在半空中。

我的神经正处于紧绷的状态，见状下意识就从衣兜里掏出一把硬币朝着那个光点儿扔了过去。谁知光点儿竟发出一声惊天动地的惨叫，从角落蹿了出来。

我这才看清，原来那是一只体态丰盈的黑猫，只不过瞎了一只眼。

"吓死我了。"黄豆边拍胸口边道，"我还以为是鬼呢。"

"我听说打更的老丁养了只猫，可能就是这只吧。"

按理说殡仪馆内不应该养活物，因为在许多民间传说中，活物爬过刚死去不久的人时能引发尸变。不过我听说老丁养的猫似乎有些灵性。之前说过，殡仪馆有一阵子不太平，那只独眼猫就是那个时候跑来的。当时老何坚持要把猫撵走，可老丁看它可怜，于是弄了点吃的给它。后来那只猫怎么撵都不走，往外送了以后还会自己跑回来。从那之后，老丁守夜时碰着好几回邪乎事，有几次都靠着这只猫预警，才躲了过去。自此之后，老何也不撵它了，老丁更是把它当命根子一样，所以才会养得这么膘肥体壮。独眼猫乖觉得很，殡仪馆的员工都挺喜欢它。我虽然没见过它，但听人提过好几次了。

可是，老丁明明都回乡了，这只猫为什么没带走？

241

独眼猫早就没影了，黄豆过去捡拾落在地上的硬币，边捡边嘀咕道："这些硬币我好歹存了几年，你省着点用行不？这都是钱啊，钱啊！"

我没搭理黄豆，想起自己还要去换灯管，催促了黄豆一声，黄豆这才颠颠地跟上。

快走到六号停尸间的时候，黄豆突然拍了我肩膀一下："驰子，我刚想起个事儿。"

我没好气地瞪了他一眼："有事说事，别拍我肩膀，吓我一跳。"

"瞅你那胆儿！我跟你说啊，我来之前听人说，那天咱俩拉回的那一男一女，不是出车祸死的。"

我皱眉："你就闹吧，明摆着就是车祸！要不你说，他们怎么死的？"

黄豆道："我口误了，他们是车祸死的，不过车上好像被人做了手脚，很可能是谋杀。"

我嗤笑一声："谁说什么你都信呀！那一男一女两具尸体现在就停在殡仪馆里，要真是谋杀的话，警方还能放着不管？"

黄豆搔了搔头："也对，是这么回事儿。"

这时我们已经走到了六号间的门口，可我并没看见金某的老婆。我猜她可能一个人待着害怕，所以跑到别的地方去了。

殡仪馆的大厅整夜灯火通明，还有专门的休息区。殡仪馆内还有个小超市，除了卖殡葬用品，还卖一些吃的东西。那些整夜守灵的人，有时也会跑到这些地方待着。

六号停尸间在我们殡仪馆内算是比较高档的一间停尸间，它的面积是其他小停尸间的一倍大，而且里面放置的冰棺也是最新式的。

一进入黑漆漆的停尸间，我立即就感觉里面寒气逼人，本来还有些燥热的身体立刻就冷了下来。屋子的正中央放置着一个冰棺，冰棺内有自带的照明系统，但并不是特别亮，光线比较柔和，这样能使尸体看起来不那么吓人。

如今冰棺中躺着的人正是金某，他的样子比前天好看了不少，双眼紧闭，鼻

第五章　灵车司机

孔上塞着两团棉花，面目安详，应该是已经被入殓师整理过了。殡仪馆里并没有固定的入殓师，听说整个市里入殓师也没几个，他们整日奔波于医院和殡仪馆，有时还会被人请到有丧事的人家，为死者修整遗容。入殓师的收入很高，起码比我开灵车赚得要多。不过收入再高我也不羡慕，因为能干这行的人绝对不是一般人。

我瞄了金某的尸体一眼后就不敢再看，转头研究上头的灯管去了。

停尸间的灯安装的位置跟普通的房间不一样，它安在两侧，据说这么安是有讲究的。

我纳闷地看了看，平时各个停尸间都有专人维护清扫，灯管什么的都有人定期更换。就算是坏了，也不能两个同时坏呀。

这个念头一冒出来，我浑身就越发不自在了，赶紧把手电交给黄豆，自己站在椅子上换灯管。

停尸间的天花板比较高，我够不着，只好又找来一把椅子叠加上去，让黄豆扶着。

我刚把坏掉的灯管卸掉，就听见黄豆颤抖着声音说："驰子，那只猫又来了。"

我闻言一惊，立时就站不稳了，整个人一下子从上面跌了下来。黄豆手忙脚乱地去接我，可是哪里接得到？我以泰山压顶之势摔了下来，黄豆被我严严实实压在了身下，手中的手电摔到了几米之外，两根灯管也摔了个稀碎。

虽然有黄豆垫着，而且摔下来的时候我用手护住了脸，不过我的脑袋还是磕到了什么，疼得直发晕，手肘撞在椅子腿上，也受伤了。

我苦笑，这下可好，不用跟领导撒谎请假了。

"疼死我了。"黄豆痛苦地呻吟，"你是不是吃了猪饲料呀，赶紧起来，快压死我了。"

我急忙从他身上爬起来。这时我发现独眼猫蹲在冰棺上，那只蓝色的独眼定定地看着我，看得我直发毛。

黄豆龇牙咧嘴地站起身，用手肘碰了碰我。

243

"你不是说这猫灵吗？它是不是在给咱俩示警？"

独眼猫从冰棺上跳到地上，无声地跃入黑暗当中。

我回了黄豆一肘子："别瞎说！这灯换不成了，等明天再说吧。"

我痛苦地看着一地的灯管碎片，只好先到外面找了把笤帚，全部扫到墙角，免得扎到人。

黄豆无心的话让我更加警惕起来，简单地巡视了一遍便往回走。回去的时候，我仍然没看见金某的老婆。不过殡仪馆这么大，看不着也很正常，所以我并没放在心上。

走着走着，黄豆突然捂着肚子说要放水，问我厕所在哪儿。

厕所建在馆内，离这里有点儿远。我指了指有建筑物遮挡的黑暗处，示意他就地解决。黄豆在这方面一向随意，冲着我指的地方就冲过去了。我站在原地等他，耳边传来哗哗的放水声。

这时，一阵奇怪的动静从另一面传来，似猫叫，又似女人痛苦的呻吟，听得我浑身都起了一层冷汗。

我心中一凛：这是不是就是于师傅所说的"古怪动静"？

想到这儿，我浑身又有些发抖。我把手伸进裤兜，里面放着不少五角的硬币。我掏出一把硬币，朝着发出动静的地方狠狠掷去！

硬币撞击地面发出清脆的响声，呻吟声立刻停止了。

黄豆边提着裤子边往这边走。此时，一对慌慌张张的男女从黑暗处钻了出来，两个人的衣服有些凌乱。看到我们，他们的表情更加慌张，一路向殡仪馆内的休息区跑去。

我恨恨地说："在殡仪馆里偷情，还真有不怕死的。"

我觉得刚才跑过去的女人依稀有两分眼熟，摇了摇头，大概是长得像某个明星吧！毕竟现在到处是锥子脸、吊眼梢的女人，有时到酒吧晃一圈，出来时都快得脸盲症了。

回到打更室之后，我和黄豆打了会儿扑克。实在没意思，我们俩就开始对着

第五章 灵车司机

吹牛,讲冷笑话。我们勉强熬到了十一点多,实在有点儿熬不住了,我的上下眼皮就像涂了胶水似的,一个劲儿往一起粘。

黄豆比我能熬,此刻正叼着一根烟跟女朋友煲电话粥,简直腻歪得要命。

就在这时,打更室的门响了几下,一个二十五六岁的小伙子推门走了进来。

我被惊醒了,看着那张陌生的面孔问道:"什么事?"

小伙子腼腆地说道:"抱歉,休息区没地方了,我只是想找个地方待一会儿。"

这时黄豆已经撂下电话,两只眼对着小伙子上下一瞅,问:"会斗地主吗?"

小伙子眼睛一亮:"会。"

下一刻,我们三个就坐在一起斗起了地主。

小伙子自称姓吴,而且牌品不错,不像黄豆,每次抓到好牌就像憋了一泡老尿,激动得满脸通红,输了就骂骂咧咧。

玩了一阵,黄豆从耳朵上抽出一根烟抽上了。小伙子觍着脸跟黄豆要烟,可黄豆摇了摇头说没了,随手掏出一个空烟盒扔到了地上。

小伙子又看向我,我只好从兜里掏出一根烟给他。

递烟给他的时候,我无意间碰了一下他的手。他的手很冷,与室内的温度形成了鲜明的对比。

我愣了。

他见我狐疑的样子,笑着解释自己从小身体不好,体温天生就比正常人低。

我仔细看了他几眼,发现果然如他所说,他的脸色透着苍白,眼睛下泛着淡淡的青色,而嘴唇却艳得发紫。

"你是心脏不好吧?我亲戚也有得这个病的,这个病还是少抽烟比较好。"我不由说道。

小伙子讪讪一笑:"我知道,可就是戒不了。"

小伙子开始点烟,可不知怎么的,他的烟始终点不着。最后黄豆一把将烟夺了过去帮他点燃,吸了一口才递过去。

小伙子偷瞄了黄豆一眼,把烟凑到嘴边,慢慢地吸了起来。我心不在焉地洗着扑克牌，这时墙上的时钟刚好敲响，我被钟响吓了一跳，正是午夜十二点。

黄豆咒骂一声，将烟蒂扔到地上狠狠地踩了两脚。小伙子吸着烟，不知不觉间，他的左右弥漫着满满的烟气，整个脸都似被雾笼罩了一般。

黄豆被呛得咳嗽了几声："驰子，你给他的是什么烟，这么呛！"

我不耐烦地道："就是我平时抽那个牌子。"

小伙子丝毫不受影响，仍然一口接一口地抽。我终于受不住了，埋怨了几句。

小伙子突然起身走了出去。黄豆像是想起了什么，起身就追。

刚走到门口，黄豆就站着不动了，我问他："你看什么呢？"

黄豆愣愣地转过身："人怎么一眨眼就不见了？"

我心中一凛，几步跑到门口。果真，长长的走廊里一个人影都没有，可是空气中还残留着淡淡的烟味。仔细一闻，却不是我抽那个牌子的香烟味，倒像是……烧纸的味道。

"真是见鬼了！"黄豆低声咒骂。

我浑身发凉，想说点儿什么，嘴动了两下，却没发出声音。我回到打更室内躺了一会儿，这下可真是一点儿睡意都没了，翻来覆去，眼前就是那条空荡荡的走廊和满鼻子的烧纸味儿。最后我坐了起来，拉着黄豆去了外面。

"含着，受不了再吐。"

我掏出两枚菩提木，一枚含进嘴里，一枚填进黄豆的嘴里。

黄豆露出一副难受的表情，说："我现在就想吐。"

我愣是逼着他含了十几分钟才吐出来，然后挖个坑埋了，心里那股难受劲儿才算勉强压下去。

后来我再也不敢出去巡视了，干脆把打更室的大门一锁。外面爱咋地咋地，我还是保住自己的小命要紧。半夜两点多时，我才睡了过去，不过一直保持着似睡非睡的状态。迷迷糊糊中我听见黄豆开门出去了，我以为他要去上厕所，所以并没在意，也不知道他什么时候回来的。

第五章　灵车司机

就这样，我一直睡到天亮。

因为昨晚没睡好，我整个人都感觉眩晕得厉害，我晃醒睡得哈喇子横流的黄豆，准备打车回家。路上我还给于师傅打了个电话，于师傅说他今天回车厂，让我去车厂找他。

我勉强等到九点，就一路飞奔了过去。看到于师傅，我就像见到了救命恩人，就差没热泪盈眶了。

于师傅看到我，却一下子沉下了脸，语气也和平时不同。

"说吧，昨晚怎么回事？"

我忐忑地把昨晚的事简单地描述了一番。于师傅点燃一支烟，整支烟抽完才说了一句："我不是叫你不要借东西给别人吗？"

我蒙了。

"我……我没借啊。"

于师傅用两指夹住烟屁股在我面前比画了一下。我愣了一下，马上明白了他的意思。

昨晚，我确实给了那个姓吴的小伙子一支烟。

"那我昨晚遇到的人是……"我急了。

于师傅冷笑道："那人自称姓吴，'吴'就是'无'，根本就没这个人，不过是你们被迷了眼。"

我愣住了："你意思是，他不是……"

于师傅的表情一下子变得高深莫测起来："不是。"

我实在不明白于师傅的意思，他也不解释，只是又说了一句："那人点不着烟，说明有点问题。幸好你反应还算迅速，含了菩提木，不然现在只怕是浑身的阳气都要被'借'走了。不信的话，你现在看看自己的手臂。"

我越听越心惊，急忙把袖子整个撸了上去，结果在肘关节的部位看到一片像是瘀紫的痕迹，大概有拳头大小。昨天晚上，我的确撞到了手肘，可是明明撞到的是外侧，为什么瘀紫却在内侧？

对了，昨晚我碰触小伙子的就是这只手臂，难道是这个原因吗？

"这是阴缚。你身上这块还不算太大，若是扩散到了整个手臂，人就没有救了。"

我一听脸都白了，整个人六神无主，只能死死地扒住了于师傅的手臂。

"于师傅，求您救救我！"

我自认胆子不小，要不然也不敢开灵车抬死人。可是真的遇到这种攸关生死的事，心里头就怎么也镇定不了。毕竟我只是个普通人。但凡是人，就没有不怕死的。

"我说了，幸好你含过菩提木，所以问题不大。这阴缚可以除去，不过你要受几天苦了。"

说这番话的时候，于师傅面色和缓了不少。

"您说，我不怕受苦。"

只要能保住这条小命，受点苦算什么？

"你回去找一个老桃木做的东西，年头越老越好，一天照着三顿往自己的身上拍，特别是这块青紫的地方。一直打到青紫色褪尽，你的身体就没有大碍了。"于师傅嘱咐道。

于师傅的吩咐倒不难做到，可最让我伤脑筋的是，老桃木做的东西，我要到哪儿去找？

没办法，我只好打电话挨家挨户地问。可惜所有的亲戚朋友都被我骚扰遍了，还是没找着桃木做的东西。就算是有，也不是老桃木做的。想来也是，我们这儿的人都不是特别喜欢桃木制品，我能想到的桃木制品就只有木梳。

说到桃木梳子，我倒是想了起来，市里有一家专门卖桃木梳子的店。

原本我只想着去碰碰运气，没想到还真被我给碰上了——那家店里果真陈设着一把桃木剑！一开始店主说这把桃木剑是镇店用的，已经挂了好几年了，不能卖。然而我一听就更加激动了，既然放了好几年了，那不正好是我要找的老桃木？

第五章　灵车司机

于是我使出浑身解数，跟店主足足磨了整个下午，最后终于用了我一个月的工资，才把桃木剑买了下来。

我也顾不上心疼，回家扒光了全身的衣服，拿着剑对着自己一顿狠抽。桃木剑在我身上留下了不少红痕，但是我心里却越来越踏实。桃木剑抽在身上真是挺疼的，可是我又莫名觉得舒服，我都不禁怀疑自己是不是疯了。

当晚我还必须去殡仪馆值夜，想着给黄豆打电话，让他再陪我待一晚上，没想到接电话的是他妈。他妈说，他早上回来之后就病倒了。

我纳闷，这人昨晚还好好的，怎么今天突然就病倒了？

我回想了一下，昨晚黄豆一直跟我在一起，而且我记得他并没给过别人东西，应该不会跟我一样中招。我寻思了半天不得要领，也就不去想了。

黄豆来不了，我只好再找一个人陪我。只要熬过这一晚，我大概就能解脱了。我在电话本里找了一圈，除了黄豆，跟我比较要好的还有两个，不过其中一个胆子小，我要是硬让他来殡仪馆陪我待一宿，可能天亮就得帮他叫救护车了。

另一个是我高中时候的同学，毕业后我们依然处得很铁。他本名叫侯季，后来有同学取了谐音，管他叫"猴急"，他可真的急了，于是硬是把季字拆开，叫自己侯禾子，谁叫侯季跟谁急。后来大家喊惯了，一直管他叫侯禾子，直到现在。侯禾子现在在电业局工作，那是个钱多活少的好工作。以前我没事儿干的那段时间，他经常翘班跟我和黄豆钓鱼喝酒，市郊那一带的野泡子，没少被我们仨祸害。

我立即给侯禾子打了个电话。侯禾子跟我一样，还没结婚，自由得很，只不过我到殡仪馆工作之后，就已经很少找他了。侯禾子一听我找他作陪，二话没说，就答应晚上过来。

我挺高兴，开着灵车到他单位去接他，侯禾子上车后对着车内不停地打量，脸上的笑有点儿古怪。

"我一直以为自己到死那天才能坐上灵车，没想到提前了五十年。"

"就当预习了呗！没准儿哪天就躺上来了。"我接了一句。

他笑骂道:"杨驰,你还会不会说句人话了?有种的话,等我死的时候你也来拉一拉我,我保证做鬼也不放过你!"

我哈哈一笑。

4. 十一号停尸间

上山之前,侯禾子让我把车停在超市门口,我们俩买了不少吃的和一箱啤酒。虽说晚上我还要巡视,可是又没人在旁边看着,我们吃吃喝喝,一晚上很快就过去了。

一开始我没敢喝得太多,顶多算是微醺。然而侯禾子秉承了一贯喝酒要喝透的原则,喝了没多久就有些醉了。但我看他的样子,应该还不至于烂醉如泥,顶多是走路时脚步不稳,说话时酒气熏人,其他还好。

第一次巡视时,我拉着他一起去了。走到六号停尸间的时候,我不由自主地停住了脚步。我看着里面透出来的灯光,心想,应该已经有人把灯管换好了。

目前为止,除了我和黄豆遇上的那个姓吴的,其他方面还算是风平浪静,但愿能一直这样平静下去。我和金某无冤无仇、无亲无故,除了拉过他的尸体,简直是八竿子打不着的关系,我真希望他能早日入土为安。

这次我经过六号停尸间的时候,并没有出现灯管坏掉之类的事,我终于放下了一颗心。

然而当我们走到十一号停尸间的时候,里面却发出了一阵奇怪的声音。那声音像是很多人说话时发出的嗡嗡声,可是偏偏那声音并不大,以至于更像是一群筑巢的蜜蜂发出来的声音。

听到这个声音的时候,我皱了皱眉头,厌烦中又带着一丝恐惧。

十一号停尸间,正是李某停尸的地方。

偌大的停尸区,二十多个停尸间,只有那么五六个停尸间亮着灯光。在这样

第五章　灵车司机

漆黑的夜里，空气中弥漫着淡淡的烧纸气味、劣质白酒的气味，甚至还有死人身上的腐臭味儿，熏得人头脑都不太清醒。

我想立即离开这里，可是脚却有点儿不听使唤。最后我实在忍不住，往里面探了一下脑袋，这才发现原来那奇怪的声音是电子念佛机发出来的，大概是为了让李某超度吧。我一眼看过去，只见一男一女待在冰棺旁边，冰棺的下面放着一个瓦盆，男的正在里面烧纸，而女人正隔着冰棺上那层透明的玻璃朝里面看。

虽然念佛机发出的声音很吵，可是女人还是发现了我。她转头的时候，我才发现她的脸苍白得有些不正常。

既然被人发现了，我也不好意思掉头就走，只好说了一句："我是殡仪馆的员工，正在巡夜，你们有事可以找我。"

男的也扭头看过来看着我。看他们的年纪，应该是李某的父母。女的听到我是殡仪馆的员工，立即露出一副气愤的模样，怒气冲冲地说："你是员工？正好，你来解释一下，这是怎么回事？"

我虽然一千个一万个不想接近李某的尸体，可是话都说出口了，我只有硬着头皮往里走。

侯禾子见我进去了，也跟着步履蹒跚地走了进来。

我走到冰棺前，大概瞥了一眼李某的脸。她的样子没有前两天那么吓人了，可是死人的脸再怎么修整也好看不到哪儿去，哪怕生前是个天仙，死后也要变成一堆腐肉。

女人用手指着冰棺下的某处让我看，我顺着女人的手指看过去，赫然发现李某右手的青白指节之间，竟然夹着半支香烟！因为李某的手被寿衣宽大的袖子盖住了一半，所以那支烟并不明显，女人可能也是刚刚才发现。

看到那半支烟的时候，我立时愣住了。

女人冲我发了几句火，眼圈慢慢变红："我女儿已经死了，你们殡仪馆的人还在她身上弄这种恶作剧，我的女儿命太苦了！"

女人呜呜地哭了起来。

我的大脑一阵眩晕。一方面我总感觉哪里不对，心里隐隐有些恐惧。另一方面，这种事，我根本处理不了。

于是，我只好带着息事宁人的语气说道："您别急，我只是替班的，并不清楚这件事。再说了，这事儿也不一定是我们殡仪馆的员工干的。您看这样吧，我们这里有专门处理此类事件的，明天让他们调查一下就清楚了。"

女人听完却不依不饶，一直让我给他们一个交待。

我正头痛时，侯禾子突然嗷了一嗓子："吵吵个屁，你姑娘诈尸了知道不！"

他这一嗓子跟炸雷似的，立时把女人给镇住了。

男人的脸色十分难看，却哆嗦着在兜里摸索着什么，最后掏出一部手机来。

侯禾子看到自己那一嗓子占了上风，顿时兴奋起来，两边袖子朝上一撸，拧着膀子站到女人的面前。

我一看情况不妙，急忙捂住他的嘴，拉着他跑出了十一号停尸间。女人的注意力大部分已经转到丈夫的手机上，所以并没有阻止我们离开。

正往外走的时候，电话似乎打通了，我听男人用急切的声音问道："道长，已经第三天了，还不能下葬吗？"过了一会儿，他的声音似乎变得有些恼怒，"你不是说已经开坛作法了吗？"

之后我们走得远了，男人的声音越变越小，我只听到零星几个字眼，似乎提到了"鬼""诈尸""香烟"还有"棺材"等等。

最后，男人的声音终于一点儿都听不着了。

我的心情蓦然沉重起来。巡视完一圈后，我回到打更室，疲倦地倒在床上。侯禾子踢了我一脚，我回头看他，他满脸兴奋，眼睛里还冒光。

"咋样，还是我厉害吧？一嗓子就把那老娘们儿给唬住了！"

我瞥了他一眼："你可真有能耐。"

侯禾子皱眉："不过也是怪事，谁那么浑，拿尸体恶作剧？"

我喃喃道："不一定是恶作剧。"

"不是恶作剧，还真是诈尸不成？我是成长在社会主义春风里的大好青年，

第五章　灵车司机

可不信神神道道那套。"

我耸耸肩："管他真的假的，殡仪馆这种地方，什么怪事没发生过？咱们小心点儿就是了。"

侯禾子点点头。虽然我嘴上说得轻松，可我那是为了安侯禾子的心。我隔着布料紧紧握着仅剩的几枚菩提木，指尖传来一阵刺疼，却让我更加清醒。

侯禾子喝多了，还不到午夜十二点就躺在沙发上打起了呼噜，我坐在他对面的沙发上，紧盯着墙上的钟。

今晚，"他"还会来吗？

十一点五十五分，突然，敲门声响了。

5. 会呼吸的尸体

我一个激灵从沙发上站了起来，抖着手打开房门。

然而门口站着的不是昨晚那个人，而是一个二十岁出头的女孩，长相甜美，皮肤很白，正微笑地看着我。

我松了口气："有事吗？"

女孩露出两个酒窝："帅哥，能不能帮个忙？今晚上气温下降，我爷爷年纪大了挨不住，能不能借我一条毛毯或者棉被什么的御寒，我可以给你押金。"

要是放在以前，有美女找我帮忙，我肯定会毫不犹豫地答应。可是昨晚的事已经给我上了深刻的一课，无论什么原因，我都不能轻易把东西借出去。

"不好意思美女，这种事我们员工一向不管的。你爷爷实在冷的话，你可以去超市问一问，他们有出租棉被的业务。"我面带歉意地说道。

她似乎有点儿不乐意："就是因为他们的棉被都租出去了我才找的你，不然你以为我花不起那点儿钱吗？"

我说了声抱歉，然后快速关上了门，外面传来了跺脚声。可是我宁愿明天被投诉，也不想冒这个险。

等门外的脚步声消失，我一直提着的心才放下。我刚走到沙发前想坐下，突然，一个细节又钻进了我的脑子里——

刚刚那个女孩，好像一直在笑。谁家死人了还能笑得出来？是这个女孩太过没心没肺，还是……

我不敢再想下去。

过了两个小时，又到了巡查的时间。我推了推侯禾子，他睡得可真香，怎么叫都不醒，我都想弄个冰块砸他脑袋上了。

没办法，只好我一个人去巡查。夜里的殡仪馆跟白天完全是两个样，好在守灵过夜的人不少，最怕的是经过那种特别僻静的地方，简直就是挑战人的最大承受力。最让人无语的是，在我昨天经过的那个有人打野战的地方，竟然又听到了那种暧昧的声音。

我气得咬牙切齿。这些人病得着实不轻，偏爱在殡仪馆找刺激。我决定装鬼吓吓他们，不然一个两个都把这里当宾馆了。

我蹑手蹑脚地向那对野鸳鸯靠近，声音越来越清晰了，羞得连我这个大小伙子都脸红不已。我怕他们发现，就藏在一面墙后，估摸着距离差不多了，我捏着嗓子，拉长声音说道："我的身体好冷……不要烧我……你们这对狗男女……太吵了……"

我学着女人的声音，弄得忽粗忽细，若有若无，就不信吓不到他们！

声音消失了。奇怪的是，他们并没有如我预料一般发出尖叫声。

我不由自主地闭了嘴，四周突然安静得吓人。这时，我的腿上多出一种软糯的触感，吓得我浑身紧绷。

紧接着，一声猫叫突然响起。原来是独眼猫。

"原来是你呀。"我蹲下顺了顺它的毛，它高傲地甩了甩尾巴，靠在我的腿上盯着我看。

独眼猫的出现安抚了我，我放轻脚步，走到那两个人打野战的地方一瞧，那

第五章　灵车司机

里空荡荡的，哪里有人？地面上倒是扔着几个烟屁股。

我盯着烟屁股看了看，不知怎么的，我突然想起李某尸体右手指节间夹着的半根香烟，脑中有个念头始终挥之不去。

我一咬牙，干脆抱起独眼猫，向着十一号停尸间走去。

十一号停尸间比较靠后，要过去必定会经过六号停尸间。我慢慢地走着，一号和二号停尸间都亮着灯，六号停尸间也亮着灯，再有就是十一号停尸间。

今天过来值班的时候，我听工作人员说过一嘴，金某的妻子白天一整天都不在，不知道干什么去了。

深夜时分，万籁俱寂。路过六号停尸间的时候，我不由自主放轻了脚步。屋子里传出说话声，还有一明一灭的火光，看样子是有人在烧东西。

"你不是爱那个小贱人吗？好，我就给你看看，看她给你戴了多少顶绿帽子！你看，你快睁大眼看吧！"

这个歇斯底里的声音很熟悉，应该是金某妻子的声音。

"我对你掏心掏肺，你却从来不看我一眼，你就喜欢水性杨花的小贱人！你没良心，我也绝对不会让你们好过，呵呵呵……"

我稍微探头瞧了一眼，只见火盆里散落的都是些花花绿绿的照片。火舌一舔，照片很快就烧成了灰，地上也散落着不少照片。金某的老婆满脸狰狞，看上去比鬼还吓人，乍一看能把人吓得尿裤子。

我在心中叹气，渣男和小三都死了，何必跟自己过不去，看开点多好。

我不想打扰她，其实也是怕她发疯。我从一座小假山后面绕了过去，这才来到了十一号停尸间。

停尸间的灯开着，不过里面没有人。这两天只有李某的父母给她守灵，来吊唁的人极少。我估计他们老两口应该是年纪大了，经不住折腾，所以找地方休息去了。

我紧张得手心里都是汗水，用力地在裤腿上擦了擦，才蹑手蹑脚地往里走。快要靠近冰棺的时候，可能是我抱得太用力了，独眼猫突然间挣扎起来，我不得

255

不放开它。

它跳到地上，却并没离开，就站在那儿。

我探头往冰棺里瞧，尸体还在。再一瞧，我的心脏吓得差点儿没从嗓子眼里蹦出来！

李某看上去跟昨天并无不同，可是她的裤子半褪，露出少许苍白的皮肤，仔细看，上面还沾着一点不明液体。

我吓得快要魂飞魄散，这么说，我之前看到的是……

不对呀，李某身上穿的是寿衣，有眼睛的人都能看见。就算她真是个风流鬼，也不可能有人对尸体还能下得去嘴。可是这又解释不了我眼睛看到的画面。我想不明白，又害怕突然有人闯进来，以为我对尸体做了什么缺德的事，于是转身就离开了。

刚跑出停尸间没几步，我又觉得不太对劲。我不是指李某的裤子和她身上的液体，而是某个被我忽略掉的东西。

冰棺……尸体……

我在脑海中寻找着那个点，却毫无头绪。后来我还是强忍着恐惧，又一次进入十一号停尸间。冰棺中的李某尸体并没有什么变化，我想打开冰棺查看，几次伸出手，到底还是没敢打开。

其实我开灵车已经有一段时间了，接触死尸什么的也不是一次两次了。比李某更恐怖的尸体我也见过，偏偏就是这具尸体，最让我感到恐惧。

活人过得不好，那叫生不如死。死人死不透，那叫死不瞑目。李某貌美如花，生性风流，这么年轻就死了，肯定死不瞑目。可是那又怎样，死了就是死了，死了就该老老实实地安息。

我把手贴在冰棺的玻璃上，玻璃十分冰冷，上面还蒙着一层薄薄的雾气。

雾气？冰棺之内怎么会有雾气？

天冷的时候，人呵出的气体温度较高，遇到温度低的物体（比如玻璃）时就会液化，在玻璃表面形成水雾，这个道理大家都明白。可是冰棺之内躺的可是死

第五章 灵车司机

人,是尸体!尸体不会呼吸,也没有温度,怎么会在玻璃上形成水雾?

我的头皮一下子炸开了。本来我以为李某只是"诈尸",可我没想到,这其中还藏着更劲爆的内幕!

我把双手撑在冰棺的两侧,从嘴里吐出一句:"你……你是活的还是死的?"

我的话音刚落,只见李某尸体的胸部突然朝上挺了一下。尽管那一下并不明显,我的脑袋却一下子木了。

尸体……真的动了?

也许不是尸体,可是看她的模样,明显丝毫没有活气。那她到底是个什么呢?

我怕得要命,转身逃了出去,一直跑到灯火通亮的大厅,才感到手脚酸软无力,直接靠着一根柱子坐倒。呆坐了不知多久,我突然感觉有个毛茸茸的东西在顶我的手,我扭头一看,是独眼猫。我第二次进入停尸间的时候好像把它放在了外面,没想到它还跟着我。

我想,它大概是饿了吧。我已经没有心情继续巡查了,一路走回打更室,独眼猫就跟在我后面。正好侯禾子买了几根火腿肠还没吃,我掰开两根,放在它脚下。它果然饿了,吃得呼噜呼噜作响。吃完,它又喝了些我倒给它的水,然后站在门口扒门。我郁闷地打开门,它头也不回地走了。

这个无情的小东西。我抽了根烟,直挺挺地坐着,硬是捱到了四点钟。后来我实在受不住了,才缩在沙发上睡了一觉。

侯禾子一夜好睡,我却顶着两个硕大的黑眼圈,他倒是不好意思了,请我吃了顿早饭。

我回到家,先是用桃木剑抽了自己一顿,之后躺在床上翻来覆去也睡不着。我身上困乏无比,精神却无比亢奋。最后我决定再去找于师傅,兴许他知道是怎么回事。

于师傅听完我的叙述,许久都没说话。我忍不住问他:"于师傅,昨晚那事儿到底是闹鬼还是诈尸了?我心里特别乱,您给我说说呗。"

257

于师傅语重心长地说:"如果你还想把那份工作做下去,就应该记住六个字:少问、少看、少想。"

我有点囧。这六个字,我好像都没做到。于师傅无非是想让我装聋作哑,在殡仪馆这种地方工作,好奇心太旺盛的确不是好事。

于师傅接着说:"小杨啊,本来看在你爸的份上我应该帮帮你,可是有些事情超出了我的能力范围,我实在无能为力。"

说完,他又踌躇了一下:"这样吧,我给你指一条明路。这事呢,你得找真正懂行的人解决,但是你必须花一笔钱。如果你舍不得,那这份工作就不要继续干了。"

然后,于师傅就给了我一个地址,这就是风氏工作室的地址。

对于于师傅的话,我进行了深思。他说得对,如果我能做到"少问少看少想",兴许就没什么事儿了,可我偏偏不是那种性格的人,也许开灵车这份工作真的不适合我。

我正认真考虑辞职的事,可我突然接到了黄豆姐姐的电话。他姐姐在电话里说,黄豆快要不行了,让我们这帮朋友过去见他最后一面。

我吓了一跳。黄豆前两天还活蹦乱跳地陪我守夜呢,怎么突然就不行了?

我用最快的速度赶到了黄豆家。他的家人都在,侯禾子也在。黄豆面如金纸,呼吸微弱,要不是胸口还有微弱的起伏,几乎就像个死人了。

"这是怎么回事?没送医院吗?"我问道。

"送了。"黄豆的妈妈直抹眼泪,"医院说,这种情况哪怕抢救也没用了。萧萧说要回家,所以我们就给拉回来了。"

黄豆的姐姐哭得上气不接下气,哭着哭着,她突然大骂起来:"你这个死小子,整天不着调,连婚都不结,现在让爸妈白发人送黑发人,你的心也太狠了!"

听了姐姐这番大骂,黄豆倒是睁开了眼睛。他的嘴唇动了一下,却听不到他在说什么。

他的目光移向我,我急忙抓住了他的手,说:"黄豆,你给我挺住!"

他的嘴又动了，我急忙把耳朵靠过去听，就听见他艰难地吐出几个字："那天晚上，我和……那个女人……"

我一开始还不明其意，稍加思索就明白了，一口气直冲喉咙，骂道："陈联萧，你大爷的！"

侯禾子扯住我："黄豆都这样了，你有什么事不能忍忍吗？"

我深吸一口气，才勉强平静下来。

"我没事，他也会没事的。"我握住黄豆的手，紧紧盯住他的眼睛，"陈联萧，你给我听好了，我现在就去想办法救你，你一定要挺住。"

说完我就把于师傅给我的最后六枚菩提木都拿了出来，放进他嘴里一枚。过了一会儿，也不知道是不是心理作用，我感觉他的脸色好了一些。剩下的菩提木我都交给了黄豆的姐姐，让她每隔一小时就给黄豆含一枚，一次含十分钟，含完就埋掉。

之后，我就按照于师傅给的地址找过来了。

6. 黑猫之眼

听到这里，我和谢如秀面面相觑。杨驰来得也太晚了点，风灵矢刚刚走了，偏偏这件事确实很紧急。

"救人如救火，"杨驰满脸恳求，"黄豆暂时没事，可是也挺不了多久了。"

谢如秀马上拨通了风灵矢的电话，我在一旁听了半天，风灵矢好像被什么事情绊住了，暂时回不来。

显然杨驰也听到了，脸色煞白。后来风灵矢在电话中交代了几句，让谢如秀先去看看，然后按照他的方法救人，就算是作用不大，好歹能把时间拖住，等他回来。

谢如秀在工作室里找了一通，把要用的东西准备好，我们就跟着杨驰一起出发了。

黄豆家竟然不在本市，而是在隔壁的一个县城里。我们几个紧赶慢赶，赶到黄豆家的时候，天已经黑透了。陈家人见到杨驰带了两个陌生人回来，个个不明其意。杨驰简单地介绍了一下我们的身份，可黄豆的姐姐似乎有点不屑一顾，看我们的目光充满了怀疑。倒是黄豆的妈妈一见到我们便激动不已，拽着谢如秀就进了黄豆的卧室，我也跟了进去。

床上躺着一个体形高大的青年，不过他的脸色确实太难看了，如果他下一刻就断了气，我也不会觉得奇怪。

"我按照你给的法子，他现在已经好一点儿了。"黄豆姐姐轻声对杨驰说。

别看谢如秀是头一次独立做业务，可他的气势上倒是不输风灵矢。他像模像样地上去检查，然后拿出箱子里的工具。那些工具的模样都有点怪，我也说不出到底是什么。

谢如秀检查一通，摇着头说："看模样情况不大好。"

眼见着黄豆妈妈张开嘴刚要哭，他又来了一句："我暂时能保住他的命，能不能治好，就看老风的本事了。"

谢如秀征得陈家人的同意后脱下了黄豆的衣服，先是在他的肚脐上贴上了一块很黏的膏药，然后让我把黄豆扶起来。

杨驰从旁协助，他点燃了一根檀香，在黄豆的颈部、后腰、手心和肚脐下方开烧。黄豆妈妈心疼儿子，不敢看。

谢如秀解释道："你们放心，我烧的这几处地方都是穴位，是风池穴、关元穴、肾俞穴和劳宫穴，这几处穴道能激发人体中的'阳气'。肚脐上贴的东西，则是用来疏散'阴气'的。"

黄豆妈问他："这个弄完，我儿子就好了吗？"

"治标不治本。"谢如秀说。

谢如秀烧了一阵，黄豆那几处的皮肉就血肉模糊了。不过这一招显然还是有用的，因为这一圈下来，黄豆已经醒了，脸色也不像刚开始那么难看。不过我有

第五章　灵车司机

理由相信，他其实是被疼醒的。

黄豆妈惊喜地看着儿子，激动地说："萧萧你醒啦！你现在怎么样，哪里难受？"

黄豆神情恍惚："我怎么在这儿？我不是进了鬼门关吗？"

黄豆妈眼泪都下来了："你胡说八道什么？你好着呢，爸妈在这儿，你哪儿都不许去！"

我和杨驰扶着黄豆慢慢躺倒。谢如秀说，那些烧伤的地方可以简单地处理一下，但是不能包，黄豆妈在一旁连声答应。

谢如秀问黄豆那天具体的情况。黄豆面露愧色，目光往他母亲和姐姐瞟了一下。我们就明白了，这事儿当着他妈和他姐，估计他是说不出口。谢如秀只好找了个借口说还要进行一些治疗，人多了不好。好不容易，他才把陈家三口人给劝了出去。

"这下可以说了吧？"谢如秀说道。

"那天半夜，我睡到一半突然想撒尿，就迷迷糊糊地出去了。我也懒得找卫生间，就随便找了个地方。刚尿完，一双软绵绵的手就把我抱住了，还……"黄豆蜡黄的脸上竟浮起一丝红晕，"我当时色迷心窍，连那个女人的脸都没看清，就……反正她身上挺香的，还很凉。后来她转身直接走掉了，我也回去睡觉。当时我没觉得怎么样，谁知道第二天下午，我就发病了。"

杨驰一手扶额，看上去有点替自己的哥们儿尴尬。

黄豆虽然醒来，但精神仍旧萎靡，说了一段话后人又开始迷糊。好在他只是睡着了，不像之前那么严重。

我们三个一起离开了陈家，杨驰面上带着惭愧，但更多的是感激。

"真是太感谢你们了，要不是你们及时赶过来，黄豆这条命……对了，你们还没吃饭，我请你们吃饭吧。"

谢如秀摇摇头："吃饭就不用了。等我师父回来，很快就能进行下一步的治疗，费用什么的，到时候再算。"

杨驰自然没有异议。

分别后，我和谢如秀已经饿得前胸贴后背，赶紧找了家饭馆吃饭。吃完了饭，我一瞧时间，竟然已经过了十点。我们倒是开车过来的，不过夜里开车毕竟不安全，况且我们俩都不熟悉路。最后我们决定找个旅店住一夜，明天早起开车回去。我们两个都不是特别讲究的人，便随便找了个旅馆落脚。我洗了一个很舒服的热水澡，躺在床上，很快就进入似睡非睡的境界。

就在我马上要和周公正式会面之时，突然，对面飞过来了一只拖鞋。

"我睡不着，陪我聊会儿天。"

我欲哭无泪地瞪着谢如秀，心想，你睡不着关我什么事？

"赵鄂，你说，那个姓李的女人，果真是诈尸了吗？"他兴致勃勃地看着我说。

我好半天才反应过来，他说的女人，正是杨驰提到过的李某。

我懒洋洋地回道："我又没亲眼见过，我哪里知道是真是假？不过看他说得那么玄乎，还有个陈联萧作为佐证，大概是真的吧。"

其实要说是诈尸，倒也未必。毕竟杨驰还说过，李某的尸体会动，还能呵气。死不是死，活不是活，真的挺难为人的。

"那不如……"

"你给我打住！你少动那些歪脑筋，殡仪馆那种地方是你能去的吗？你眼睛才好了几天就想上天了？"我泼他冷水。

谢如秀闷闷地用被子蒙住头："我不过是想一想，又没说一定要去。"

"那就好。"教训完谢如秀，我心里这个舒爽啊，其实我何尝不好奇，不过是不想惹麻烦罢了。

我很快又进入了睡眠状态。睡得正香的时候，我恍惚间听到谢如秀轻声喊我，我懒得回答，刻意放大了呼噜声，心想，他这下该消停了。

过了几分钟，屋子里响起细碎的声音，似乎是谢如秀穿衣服穿鞋的声音。

他这是要去干什么，难道要上厕所？我正陷在梦中似醒非醒的时候，听到一

第五章　灵车司机

声门响，谢如秀好像是出门了。过了不知多久，我猛地睁开眼睛。

又等了一会儿，谢如秀还是没回来，这时我已经完全清醒了。

这小子总不会因为我不同意，自己偷偷跑去殡仪馆了吧？

我头疼得厉害。真要让他自己去了，还能发生什么好事？想到有那种可能，我怎么也睡不着了，干脆穿衣服出去找他。经过前台的时候我问了一句，证实他真的出去了。我有点慌，片刻之后却觉得自己真傻，用手机联系他不就好了？我又返回房间找手机，点开通讯录打给谢如秀，手机那头响了十几声，一直没有人接。我试着再打，结果发现那边已经关机了。

我心想着，要是找到这小子，非好好教训他一顿不可！他以前是挺随性的，可是还没有一次像现在一样，做出这么荒唐任性的举动。

其实我并不确定谢如秀去了哪里，唯一可以判断他去向的只有之前的那番对话。既然他对李某非常感兴趣，那么我猜测他可能是去了殡仪馆。当然，他也可能只是去吃消夜。

这个县城到底有多大？而且我对这个城市完全陌生，不可能去漫无目的地寻找，况且那样也解决不了什么。最理智的做法，就是去他目前最可能去的地方碰碰运气。如果他不在那儿，我就回来继续睡觉。

如果被我抓到，哼！我掰着自己的手指关节，发出一声狞笑。

我挥手拦下一辆出租车："师傅，麻烦上殡仪馆。"

中年司机从后视镜中瞧了我一眼，似乎在确定我是人是鬼。

出租车上路了，半夜街上没多少行人，车也少，所以这一路车子行驶得非常快。我把头靠在车窗上，望着飞驰而去的马路。

就如同杨驰先前所说，殡仪馆建在半山腰上。下车时，我递给司机一张纸币。然而司机却打开灯反复看过几遍，还来回地用手摸，这态度，简直不像在检查假币。

中年司机的表现确实奇怪，我略一琢磨，估计这也是个资深的鬼故事爱好者。十九年前有个鬼故事特别流行，说的是某天夜里一个出租车司机碰到一个要

263

去殡仪馆的乘客。乘客是个长发垂肩的女人,不过头发挡着脸,司机根本看不清她长得什么样。司机尽职地拉着她往殡仪馆跑,车子一路飞驰。司机是个很开朗的性子,一路上总是和她聊天,可惜长发女人并没有搭理他。到了殡仪馆,女人递给他一张百元的纸钞。司机低头要找钱,女人说不用找了,然后就走进了殡仪馆。司机以为自己发了一笔小财,还挺高兴,没想到第二天再一瞧,昨晚收的钱根本不是人民币,而是一张冥币。

这个故事很老套,不过流传得倒也广泛,也衍生出各种类似的版本,特别是开夜车的出租车司机,简直就把它奉为了开夜车的禁忌之一。更缺德的是,真的有喜欢搞恶作剧的人拿着冥币去付车费。要是遇到胆大的司机,大概就是把人打一顿了事。遇上那胆小的司机,估计当场都要吓出病来,更别提要车费了。

我慢慢地走过殡仪馆的大门,进去之前我瞄了一眼手机,刚好是十二点。

有人说,每一天的零点时分正是阴阳交替之时,是人阳气最弱的时刻,鬼魂最喜欢在这个时间出没,所以很多鬼故事都发生在半夜。

此时此刻的殡仪馆,就是催生鬼故事最好的温床。

我迈步往上走,这里的夜晚看上去并没有什么不同,这里的殡仪馆和别处也没有什么不同。可是为什么这里会发生那么多怪事,真是让人猜不透。

我从正门进入,直面的是殡仪馆的主建筑,也是火化和存放骨灰的地方。主建筑后面建有一排平房,那里就是停尸间了。

我迟疑了一下,慢慢地朝停尸间走去。正在使用的停尸间都亮着灯光,而且门口多半都放有花圈,很好判断。我大概扫了一眼,竟然有大半的停尸间都亮着灯,大概又有新的尸体"进驻"吧。

杨驰说李某停尸在十一号,我盯准了目标,径直走了过去。

我并不是第一次来殡仪馆,但是从来没有一次像现在这样紧张过。以至于走到十一号停尸间门前时,我的心跳都加快了。

我探头往里面一瞧,发现地上蹲着一个人,此时正在往火盆里扔纸钱,可谢如秀并不在里面。那人似乎觉察到我的窥视,猛地抬起头。这是一个面色愁苦的

第五章　灵车司机

中年女人，我猜她大概是李某的母亲。

她警觉地看着我，问："你是谁？"

我咳嗽一声："真抱歉，打扰了，我……我是李小姐的同事，刚刚从外地回来，得知她去世了……"

我的话没说完，脸上适当地表现出悲伤，剩下的就让她脑补去吧。

结果中年女人并没有如我所料，而是露出一个古怪的表情，半天才说："我女儿生前开了一家美甲店，你说你是……她的同事？"

我费了好大力气才没让自己看起来太过尴尬，我总不能说是她的顾客吧，否则会被人当成变态。

正在我绞尽脑汁想着怎么补救的时候，中年女人突然说："哦，你是她原来公司的同事吧，谢谢你啊，现在还想着她。"

我不好再说什么，生怕露出破绽，上前对着冰棺鞠躬，中年女人同样鞠躬答谢。我来到冰棺前，仔细地看着李某的尸体，不得不感叹李某是个美人，即使已经成了死尸，也比别的死尸要好看那么一点点。

除此之外，我还可以肯定，这就是一具完完全全的尸体，看不出任何活气。

那天会不会是杨驰太紧张，所以看错了？我的目光掠过她的手，那双手规矩地交叠在小腹上，她身上的寿衣很整齐，不知道那天李某的母亲看到她裤子半褪时是什么心情，后来又是怎么解决的。我虽然好奇，可是没办法问出口。

我对李某的母亲说了声"节哀"，然后转身就离开了十一号停尸间。

谢如秀不在这里，他还能跑到哪儿去呢？我心一横，这一趟总不能白跑，必须找到谢如秀。

整个殡仪馆加上墓园占据了大半个山头，不过墓园那里是没有路灯的。天这么黑，我自认没那个胆量全部跑一趟，只好在殡仪馆内找找了，找不到再说。

就这样，我几乎跑遍了整个殡仪馆。最后我累得不行，口也渴，只好去超市买水。没想到，我竟然在超市里看到了坐在凳子上正在撸猫的谢如秀。

他对于我的出现似乎并不意外，笑嘻嘻地看着我。

谢如秀的笑容对我来说简直像是火上浇油，我克制着发痒的拳头，咬牙挤出几个字："你小子发什么神经？大半夜跑来殡仪馆撸猫也就算了，给你打电话还关机！"

"我手机静音了，你给我打电话估计我正在路上没听到，后来手机电量太低就直接关机了。"

他拿出手机看了一眼，一脸恍然大悟的表情。

我呼出一口气："重点是那个吗？重点是你为什么要瞒着我三更半夜来殡仪馆！"

谢如秀仍旧一副嬉皮笑脸的表情："跟你说你肯定不愿意过来，我就只好自己跑一趟，你看，我这不是也没出事儿吗？"

我一听，更没有好气："出事就什么都晚了。行啦，我懒得跟你废话。说吧，你过来有什么收获没有？"

谢如秀耸耸肩："停尸间里有人，我就在门口瞅了一眼，最大的发现就是这只猫。"

我这才发现他怀里抱着的猫。这只猫一身黑毛，独眼，正是杨驰提过的殡仪馆里的萌宠——独眼猫。

这时，一直靠在柜台里昏昏欲睡的男人睁开了眼睛。

"这只猫玄乎得很，除了老丁，它平常谁也不亲近，我还是头一次看它这么乖呢。"

谢如秀似乎对独眼猫特别喜爱，闻言更是笑开了花。有些事当着人也不好说，我给谢如秀使了个眼色，示意他出去说。于是谢如秀抱着猫就出去了，我紧随其后。

到了外面，有了可以畅所欲言的空间，谢如秀还是抱着独眼猫逗弄。那猫懒懒的，却没有挣扎。

"我刚才去十一号停尸间看过了。"我说道，"李某的尸体就在冰棺里，没什么特别的地方。"

第五章　灵车司机

谢如秀漫不经心地点点头："其实这事说起来，多半都是杨驰的猜测。而且，他也没亲眼看到过李某真正'活过来'。雾气、挺胸什么的，可能是他太过紧张，也可能是他眼花了。毕竟他心中先入为主，认定李某就是诈尸了。"

我转头看他："你……眼睛没事吗？"

谢如秀把独眼猫放到地上，轻轻揉了揉眼眶："是有点儿不舒服，但是不算严重。"

谢如秀真是说风就是雨的性子，难怪他爸都不指望他能继承家业，只图他平平安安了。

"那只猫怎么回事？杨驰不是说它挺凶的吗？"

独眼猫站在离我们不远的地方。我看过去，独眼猫仅存的那只眼睛散发着蓝幽幽的光，尤其是它盯着你看的时候，能看得人浑身发冷。

"以前我听老风说过一次，猫这种动物，天生长着一双能看穿万物的眼睛，特别是黑猫。有人说黑猫不祥，它出现的地方会有人死亡或者发生不幸的事。其实那些都不是它带来的，用一句话来形容，它只不过是死亡的见证者而已。"

这种传说我也曾听到过，不过在殡仪馆这种阴森森的环境下，所有的恐怖传说都有了加成，伤害也是成倍的。

我搓着被谢如秀吓出来的鸡皮疙瘩，心想，看来以后看到黑猫得躲着点儿了。虽然我明白谢如秀说的道理，可是心里难免害怕啊。

"殡仪馆发生的那些怪事，这只猫肯定看到了，可惜它不会说人话，不然能解决许多难题。"我说道。

"你得庆幸猫不会说话，它要是会说话，得吓死多少人？"

我轻笑一声。

谢如秀说道："你猜我为什么一定要来？"

"还能为啥？人都说个性决定命运，我以前不信，现在可真信了。"

谢如秀翻了个白眼："你以为你比我好到哪儿去？咱俩顶多是半斤八两，王八看绿豆，谁也别笑话谁。"

"别废话了,"我打断他,"你不是要告诉我原因吗?"

王八和绿豆都出来了,我再不打断他,不知道还会说出什么东西。

"就是吧,我做了个梦。梦里有只黑猫,它跳到装尸体的冰棺上,把那些灰色的魂魄都吃掉了。它吃掉那些魂魄后,就能变成那个人生前的样子。"谢如秀指着独眼猫说,"你说奇不奇怪?我梦里的猫竟然和这只猫一模一样,一点儿都不差的。"

我先是被他的描述恶心了一下,听到他最后一句话,又有点发愣。之前杨驰就提到过独眼猫,他当时说得很清楚,黑猫、蓝眼、体态丰盈。我要是梦到黑猫,保管和这只猫也一模一样。

"就因为做了个梦你就来了?"我有点儿无语。

谢如秀哈哈一笑:"骗你的!之前我不是把杨驰的录音给老风发过去了吗?你睡着后我接到他发的短信,短信里虽然没明说,不过我知道,他的意思是让我过来看看,只有知己知彼,才能做到最好。"

他掏出手机要给我看,刚递过来又收了回去,嘿嘿一笑:"我忘了,手机没电了。"

既然是风灵矢让他来的,我也没什么好说的了。风灵矢做事一般不会无的放矢,他这么吩咐肯定有原因。

"那行,风叔让你过来调查什么,总不会就是随便逛逛吧?"

"老风让我着重看一看十一号停尸间,还提到了这只黑猫。我也弄不清这其中的关窍,其实跟查案子差不多,就是找证据,进行合理推测,再找出最有可能的答案。"

我拍了拍他的肩膀:"哟,这真是查过大案子的人,太像样了。"

谢如秀十分自得:"那是。"

"十一号停尸间你去过,我也去过,李某的妈现在还在那边守着,咱们是把她引来再进去看,还是守株待兔?"

谢如秀思索了一下:"不用引开她,说不定会打草惊蛇,咱们就躲在暗处看着,如果真有什么的话,咱们肯定等得到。我刚才打听到,明天李某和金某下

第五章 灵车司机

葬,今晚是最后的机会。"

我们议定后就往十一号停尸间走去。

快要靠近的时候,我闪身藏在假山之中,假山不大,好在是晚上,黑暗完美地帮我完成了这次的隐匿。

十一号停尸间的两侧放置着不少花圈,那些花圈一个压一个,里面就算是藏一个人,也很难觉察。谢如秀比我瘦一些,所以藏身在花圈中。我看他把自己藏好了,才安心地盯着十一号停尸间的动静。

听杨驰说,殡仪馆内并没有设置监控,只有停车场才装了几个,估计也是真怕拍到什么可怕的东西。

也是可惜,要是安装了监控,十一号停尸间到底发生了什么就一清二楚了,我们也就不用使用这么拙劣的方法盯梢了。

等了半个多小时,我看到谢如秀藏身的花圈剧烈晃动了几下,大概是他站累了,正在换姿势。

就在这个时候,李某的母亲从屋子里走了出来,看模样应该是要去休息。

花圈停止晃动,李某的母亲并未发现什么。看她走远了,我这颗心才放下。好险。

后半夜两点是一天之内最黑暗最寒冷的时刻,因为再过不久,黎明就要来临。之前有人过来巡查了一圈,他没有发现我,却差点儿发现谢如秀。紧急时刻,一只黑猫突然蹿了出来,转移了那人的注意力,谢如秀才逃过一劫。

今晚的月光特别昏暗,幸好停尸间里亮着灯,不然两眼一抹黑,就算真的发生什么,我们都看不到。站的时间太长,我的双腿有些发麻,眼皮不受控制地往下耷拉。我在大腿上掐了一把,才勉强把困意驱散。

突然,一阵很轻的脚步声传入我的耳朵里,嗒嗒,嗒嗒。

这声音一声接着一声,特别有规律,就像是夜深人静时,有人在耳边的窃窃私语。

花圈微动,正巧刮来一阵风,倒也不显眼。

269

脚步声越来越近，奇怪的是，这段时间里，十一号停尸间毫无异动。

随着那个声音的接近，一个纤细的身影正向着十一号停尸间靠拢。那个纤细的身影无疑是个女人，不过却不是李某的母亲，衣服的颜色不对，体形也不对。我离得有点儿远，看不清她的面孔，不过藏身花圈的谢如秀应该能看得清。

女人在放置花圈的地方停顿了一下，我的心一下子提了起来：谢如秀被发现了吗？

女人的目光扫过花圈，左右张望了一下，然后走进了十一号停尸间。女人进入之后，谢如秀从花圈中慢慢伸出了一只手臂，冲我打了个手势——这是我和谢如秀之前约好的，他是让我冒充杨驰，直接进去查看。不管进去的是人是鬼，都把他堵在里头。这个方法是简单粗暴了点儿，但只要管用就行。

我从假山中走了出来，稍微活动一下，让僵硬的身体恢复灵活，这才朝十一号停尸间走去。

我刻意走得慢，脚步放得很轻。快要走到门口的时候，我没直接进去，而是背靠花圈，探头往停尸间里面瞧——只见一个身穿深紫色运动套装、长发披肩的女人背对着我靠在冰棺上，冰棺盖子开着，她的手探入冰棺之中，似乎正在摸里面的尸体。

谢如秀不停地捅我的后背，我看他如此急切，也不好再继续观察了，抬脚就进了停尸间。

我的脚步声惊动了那个女人，她的身形一僵，竟然做准备冲的时间都没给我，抬腿就往外跑！

十一号停尸间面积不大，虽然事出突然，但我大半个身体堵在门口，剩下的空隙不足一尺。以一个正常人的体形来说，根本出不去。

可是事情就是这么奇怪，那个女人的身形就如同蛇一般灵活，经过我的时候，她将身体一扭，整个人竟从空隙中钻了出去，我连她的衣服都没碰到。不过我伸出去那只手的指尖蹭到了她的脖子，触感又细又凉，就像蛇皮。

我追之不及，须臾之间，女人就消失在黑暗中。

第五章　灵车司机

这要是在别的地方，我肯定会继续追下去，可是这里是殡仪馆，我心里终究有点儿害怕。追了一段看不到人，我只好放弃。反正李某的尸体还在原处，去看一眼，也许能得到些线索。

等我重新回到十一号停尸间时，看见谢如秀正站在冰棺的前面，呆呆地看着里面的尸体。

冰棺里的尸体被那个女人摸过，上身的寿衣有几分凌乱。冰棺的盖子还开着，我伸手在尸体的脸上蹭了一下，尸体的脸颊已经失去弹性，触感竟然跟刚才那个女人差不多。

我再一次确认，面前的李某实打实就是个死人。我不由得对杨驰的话产生了怀疑。李某的异状，倒是很可能跟刚才的女人有关。

我伸手将冰棺的盖子合上。

谢如秀还是一副呆愣的神情，我晃了晃他的肩膀："你怎么了？"

"刚才那个女人，你看见了吗？"谢如秀问我。

我蹙了一下眉头："她跑得太快，我没追上。正脸……也没看到。"

"我看到了。"谢如秀木愣愣地把目光投向李某的尸体，"跟她长得一样。"

我差点儿被自己的口水呛到："你说什么？"

"一模一样，而且像个死人。"

真没想到，我们没有看到李某"诈尸"，却发现了一个跟李某长得一模一样的女人。

双胞胎？有可能。可是她为什么要偷偷摸摸地过来摸李某的尸体呢？

我再联想到尸体手上的烟头、半褪的裤子，心想，这一切可能都是那个女人搞的鬼。那么，和黄豆打野战的女人，会不会也是她？谢如秀说她像个死人，可是她能跑能动，不可能是死人。

守了几个小时只得到这种结果，我们俩的心情都不太好。我们回到旅店勉强睡了一阵，幸好第二天是星期天，我们不至于太狼狈。

7. 照片中的腿

开车回家之后,我补了一上午的觉,下午醒来吃了点东西,不过还是精神不济。

谢如秀给我来了个电话,说他把昨天的事分别跟老风和杨驰汇报过,老风倒没说什么。好在杨驰并没有正式辞职,现在还是殡仪馆的员工,所以就自告奋勇,到殡仪馆打探消息去了。

就在刚才,杨驰给他发来信息,说他打听到了几件事。

第一,李某是独生女,家中就她一个,根本没有什么双胞胎姐妹;第二,李某和金某今天已经下葬,期间并没发生什么怪事,一切都很顺利;第三是黄豆,他今天去看黄豆的时候,黄豆想起一个细节——那天晚上他打野战的时候,曾经把那个女人的小腿折了一下。

一般人都喜欢用"柔若无骨"来形容女人的身体柔软,但是并不是说女人真的跟没有骨头一样。可是黄豆记得,那条纤细的小腿被他弯折的时候,在手里捏着就像是一团揉好的面被放进了一个腿状的容器之中——就是那种感觉。

杨驰打听到的消息让整个事件更加扑朔迷离,也把我不太清醒的头脑搅拌成一团糨糊。

"唉,"谢如秀颇为惆怅地叹气,"还以为我也能独当一面了,看来还是没戏呀。"

我安慰他道:"风叔那是一般人能比的吗?那是大师级的!你要是下定决心干这一行,就好好跟在他身边,多听多看,以你的资质,说不定过几年就青出于蓝了。"

"哈哈,这话我爱听。"谢如秀不愧是谢如秀,马上就恢复了自信。

李某和金某的尸体已经下葬,说明这件事已经告一段落。如果昨晚我们没有

第五章 灵车司机

夜探殡仪馆,没有发现那个和李某长得一模一样的女人,可能这件事就这样完结了。

可是偏偏世事难料,套用一句俗话——这就是命运的安排。

"风叔啥时候回来?"我问道。

"他在电话里说还要三天左右。"

还有三天风灵矢就回来了。这件事当然还是交给他解决最好,怕只怕谢如秀又整出什么幺蛾子。

我的预感果然没错,到了下午五点多的时候,谢如秀给我打电话,说他和杨驰约好七点在殡仪馆见,问我过不过去。

我抬头看了一下天空,太阳还没完全落山,天边已经挂上一个小小的月牙。

我根本不想去,昨天折腾了大半宿,我到现在还没缓过来,现在我只想再睡上一天一宿。谢如秀又在电话里问了我一次,我把拒绝的话在嘴里嚼了一遍,最后说出来的却是"好",简直欲哭无泪。

这次成行前,谢如秀准备的东西比上次多,看来这次他是决心大干一场了。

我想,昨天我们已经算是打草惊蛇了,那么今晚那条"蛇",还会出现吗?

开了一个多小时的车,我们终于到达了殡仪馆,离约定好的时间早到了半个多小时。谢如秀买了不少零食,我们在车里吃吃喝喝,没多久就看到杨驰从停车场走了出来。

谢如秀推开车门朝杨驰挥了挥手,杨驰立刻就走了过来。

"抱歉,我来晚了吗?"

"没有,我们早到了。你进来坐,咱们商量一下今晚的行动。"

杨驰坐到了后座。谢如秀转过头,嘴里还叼着块面包,说话含糊不清。我给了他一巴掌,眼看着他伸着脖子把面包吞进去,两只眼睛愣是成了斗鸡眼。

说好的大气沉稳、大师风范呢?我简直没眼看!杨驰则在一旁憋着笑。

"今晚,我们的目的就是抓住那个和李某长得一样的女人。"谢如秀一脸严肃,"我的第六感告诉我,她是个关键人物。"

杨驰在一旁点头。

"她今晚不一定会出现，我们已经打草惊蛇了。"我想得很现实，"她做那些事肯定会有她的目的，我们来分析一下她的目的是什么，或许能从中找到她的轨迹。"

"我在殡仪馆待了两个晚上，结果就碰到两次打野战。第一次我听到声音，也见到了人，可第二次只听到声音。李某的尸体也发生了两次变化，第一次手上夹了半支烟，第二次她的裤子褪下来了，我还看到她动了一下——但是我确定她已经死了，因为当时的车祸现场很惨烈，所以并不存在什么假死。"杨驰说。

"你想一想，不管是碰上打野战还是看到尸体，这几个事件中有没有什么共同之处？"谢如秀问了下去。

"共同之处？"杨驰想了一下，"大概是……猫？"

猫，他说的是独眼猫。

"独眼猫除了跟老丁比较亲近，一般都不太亲近人。老丁走之后，员工们会轮流喂它，不过它很少吃。它好像白天都不出现，我只在晚上见过它。"

我抚额，叹了口气道："好像猫都有这种习性吧？"

"世上哪有那么多偶然！"谢如秀反驳，"假如猫是个关键点，今晚我们就兵分两路，一路盯着十一号停尸间，一路去盯着那只猫……"

杨驰出声："十一号停尸间，今晚应该没有人使用。"

"那……"

"今晚的尸体里，有那种长得比较好的年轻女性吗？"我说道。

谢如秀转头看我。

我说道："就兴你有第六感吗？我也有啊。"

杨驰说："我也不知道有没有，你们等我一下，我去跟同事打听一下。"

说完他就下车了。过了一会儿，他气喘吁吁地跑了回来，说："还真有一个，三十来岁，吃安眠药死的。说来也巧，她用的还是十一号停尸间，刚拉来没几个小时。"

我蹙眉道："刚拉来的，家里人肯定要守通宵。"

第五章　灵车司机

杨驰摇摇头："不一定，听说一大群人都找那女人的丈夫算账去了，这边反而没什么人看着，还有得闹。"

殡仪馆是个特别的地方，死亡代表着永别，人的情绪往往会放大，发泄悲伤也不一定用哭泣，还有很多别的方式，就像金某妻子的歇斯底里。如果一个人的心中不悲伤，根本就不会有任何举动。

我们的目标定好了：我盯着十一号停尸间，还是躲在假山中；谢如秀去盯那只独眼猫，独眼猫不排斥他，盯起来应该没什么压力；杨驰对整个殡仪馆都比较熟悉，而且他是机动性的，起到一个纵观全场的作用。到时候哪边有情况，就用手机联系。我们三个还建立了一个微信群，方便对话。

时间还早，我和杨驰都在车里待着，谢如秀下车去找独眼猫了，杨驰在微信群里发了一张整个殡仪馆的平面图。

我瞧了一眼，回想昨晚那个女人，应该是在火化区跟丢的。听杨驰说，火化区的楼是前几年新盖的，不过后头保留了老楼的一部分，还带着外置的楼梯，不熟悉的人很容易走迷糊，特别是晚上。

听了这番话，我生出一个想法。那个女人应该对整个殡仪馆比较熟悉，除了殡仪馆的员工，一般人都不会在殡仪馆里乱逛，难道她是这儿的员工？

过了一会儿，谢如秀垂头丧气地回来了，说没找到独眼猫。

我瞧了一眼时间，晚上十点半，习惯昼伏夜出的猫，这个时间该出来了。

我拿起一包小鱼干扔给谢如秀："用这个试试看。"

哪怕再机灵古怪的猫，也拒绝不了小鱼干的诱惑，这就是本性。谢如秀如获至宝，休息了一会儿又出去了。过了十来分钟，他发来一张照片，照片里是一只正在吃鱼干的小猫。看得出，拍摄的时候，他离那只猫还很远。

我把照片放大了一点。谢如秀的手机像素很高，可惜是晚上拍摄的，他没打闪光灯，照片放大后就显得有些模糊。

我眯眼看照片，杨驰突然用手指了指独眼猫身后某个点："你看这个地方，像不像一只脚？"

我吓得一个激灵。

照片中，独眼猫蹲在墙角吃鱼干。灯光是从另一边透过来的，场景很暗，墙角处露出一只脚，鞋的颜色是蓝色中带着白色的波纹，不仔细看，很容易就会被忽略掉。

既然墙角后露出一只脚，就说明墙的那边站着一个人。以独眼猫的警觉性，它不可能没发现那个近在咫尺的人。

也就是说，它和这个人十分亲近，所以吃东西的时候并不设防。那么这个人会是谁呢？

我在微信群里打了几个字，告诉谢如秀，独眼猫的后面站着一个人，让他注意。

杨驰注视着照片，突然说道："这个地方我知道，我过去看看。"

我点点头："你小心点儿。"

杨驰走了。我在心里琢磨，能让独眼猫不设防的人，第一个便是老丁，但是他已经回乡了。殡仪馆的员工不少，待的年头长一些的大有人在，很可能有人经常喂猫。杨驰毕竟是新来的，有些事他不一定清楚。这些都很正常，最奇怪的是，那个人为什么要藏起来呢？

微信响了，我一看，是杨驰发的微信，他问："谢如秀，我在你拍照的地方，你在哪儿？没看到你。"

过了半天，谢如秀也没回微信。当时我们说好有情况不要随便打电话，免得影响盯梢行动。现在谢如秀可能正在跟踪独眼猫，所以不方便发信息。

我想起之前我下载过一个软件，可以通过手机看到谢如秀的位置。我赶紧点开软件，头一次操作还不太熟练，忙乱了一阵才确定他的位置。我比对了杨驰发的平面图，在微信群里发了几个字："谢如秀往西面去了，大概在十二生肖台的位置。"

杨驰回复说他知道了。

谢如秀的光点儿在地图上缓慢地移动着，有时又一动不动。很久都没有人发微信了，我问了一句也没有人回答。

第五章　灵车司机

又过了一阵，杨驰发来一句语音："有发现，他跑得太快了……"他的声音很急促，像是在奔跑。

我实在忍不住了，锁好车门，也向着十二生肖台的方向跑去。

有平面图的指引，找到十二生肖台并不算太困难。谢如秀的光点应该已经进入了陵园，我这边看不到杨驰的情况，估计他肯定也跟着谢如秀进去了。

陵园里没有灯，黑漆漆一片，说是陵园，其实就是坟场。这里的墓碑矗立成排，就像一个个挨挤在一起的坟包，就连吹拂而过的风都带着阴森森的冷，让人浑身发抖。

我在群里问道："你们在陵园里吗？说话呀。"

杨驰回道："我在。"

谢如秀发来语音："快过来帮我堵住他！"

我三步并成两步进入了陵园，刚进去就见一个比黑夜还黑的影子朝我的方向飞扑过来。我刚要上去拦，就看到了那只蓝幽幽的眼睛——是独眼猫！

难道他们要堵的是独眼猫？

不，另一边传出急促的脚步声，还有人的喘息声。我扭头一看，只见林立的墓碑中，三个黑影相隔不远，成对峙之势。

中间那个，一定是他们要堵的人！我没去管独眼猫，快速朝他们跑过去。好在墓碑和墓碑之间都留有一定空隙，否则行走一定十分艰难。

就在我向他们靠近的时候，中间的黑影动了！看他行动的轨迹，竟然是向着我这边来了。

我浑身紧绷，迎着黑影跑过去。我准备在接近他的时候把他拦腰抱住，或者把他扑倒。我们之间的距离越拉越近，近到我能一眼分辨出她是个女人。

我双手蓄力，准备抓住她的时候，她身体一扭，就和昨晚一样，眼看就要和我擦身而过。

紧急时刻，我硬生生把身体扭了过去，双手紧紧地抓住了她的外衣。她突然抬手拉开了拉链，外衣在我的拉扯下脱离了她的身体。眼看着她这招金蝉脱壳之计就要成功了,我一个虎扑把她扑倒在地。把她扑倒的一瞬间我就觉得不太对劲,手下竟然不是衣服那种纤维的触感,而是光滑细腻的皮肤,摸起来沁凉无比,根本就不像活人的身体。

我也没想到,这个女人外衣下竟然空无一物!扑倒她之后,我下意识地挪开了身体,两只手一只捉住她的胳膊,一只扣住了她的肩膀,她一动不动地趴在地上。

我松了口气。没想到我第一次摸女人的身体,竟然是在这黑漆漆的墓园里!

谢如秀他们正在赶过来。女人一动,我紧张地抓紧了她,然后感觉手上一松。手里分明还是那种细腻光滑的触感,可是下面的人已经跑了出去,飞快地消失在黑暗中。

我愣愣地看着手中抓的东西,纤薄柔软,轻飘飘的,像是一件连体衣,可仔细看,分明像是一张……皮?

我把这块皮扔到一边,趴在台阶上呕吐起来。那个女人为了逃跑,脱了这么个东西下来。那逃走的是什么,没有皮肤的肉吗?

谢如秀捶胸顿足道:"你怎么让他跑了?"

我已经呕得说不出话来,指了指地上的东西。谢如秀捡起后,震惊得嘴都合不上了。

"难道……刚才那个是妖?"

谢如秀怕是想起了狐狸案。

杨驰也气喘吁吁地赶到了,他拿手机一照,结果发现谢如秀拎着一张皮,立刻下手捏了几下,惊诧地说:"这是硅胶做的人皮衣,做得这么薄,厉害呀!"

我和谢如秀都扭过头去看他,他搔了搔头:"我以前见过类似的,头部加上上半身,一般都是化装舞会或者模仿什么动漫人物用。这种连体衣的价钱可不便宜,面部表情也很僵硬,很少看到有人用。"

说到这里,他突然恍然大悟,说:"对了,你不是看到和李某长得一模一样的人吗?她会不会根据李某的脸做了一个硅胶头套?以现在的技术手段也能做到,就是面部表情比较僵硬。"

第五章　灵车司机

这时，我和谢如秀都有种恍然大悟的感觉。

这么说的话，很多谜团都能解开了。有人做了硅胶套，易容成了李某。这个人去摸李某的尸体，或许是为了熟悉面部，做出更像的硅胶套。硅胶套的人皮衣可以把整个身体都套住，硅胶隔绝了身体的温度，所以摸上去不似活人皮肤。可能黄豆就是碰到了套着硅胶人皮衣的女人，所以才会觉得那个女人不似活人。不过他说那个女人的小腿柔软到超乎寻常，甚至好像没有骨头，这个就不太好解释，也许是他酒喝多了产生的错觉。

这个人能做出和李某几乎一样的人皮衣，当然也能做出别人的。可是她为什么要把自己藏起来呢？我想，她的目的绝不会是模仿什么动漫人物。单从她把面孔弄成一个死人这一点来看，这个人不是精神有问题，就是有着更深层的目的。

我们三个走出陵园。我问谢如秀："你是怎么发现她的？"

"因为那张照片啊！我没想到那么巧，刚找到那只胖猫，我不过随手拍了张照片，结果那个人就在墙后躲着。"

"还找不找了？"杨驰问。

"殡仪馆这么大，怎么找？更何况她有可能已经出了殡仪馆，这附近不是山就是树，往哪儿一藏，咱们都找不到啊。"

谢如秀觉得一晚上的工夫白费了，不太高兴。我掂了掂人皮衣，说："也不算全无收获，起码有这个。杨驰你明天去问一下，我估摸着这个人应该是你们殡仪馆的员工。既然会做这种东西，那她得有这种手艺。做这东西需要原料吧，还得有场地、工具什么的，反正我不信她能做到毫无破绽。能贴上边儿的你都打听出来，只要她露出一点儿狐狸尾巴，就逃不了。"

杨驰点头答应了。我一看时间，刚刚十一点多，估摸着再去埋伏也没有结果，不如就回去休息了。

我们住的还是昨天的旅店，我拿出人皮衣仔细研究了一下。在灯光下看，更能感受到这件硅胶制作的人皮衣的质感。人皮衣的每一个细节都特别精致，皮肤上的每一个纹路、每一个细节、摸上去的手感，如果不是杨驰点破，我可能真的会以为这是一张人皮。忽略那张脸孔带来的冲击，这简直可以说是一件精工的艺术品。

谢如秀觉得好玩，提出要穿上身试一试。

我看了一眼人皮衣，再看看他的体格，摇了摇头。哪怕谢如秀个头中等，哪怕他体格偏瘦，可是他和那个身材纤瘦的女人还是差了不少。

最终人皮衣还是穿到了他身上。人皮衣的收口从腋窝一直到脚腕，那条拉链隐匿得很好，不仔细看根本就注意不到，摸上去，不过是一条稍稍凸起的肉色线。胸部那里并没有填充什么东西，谢如秀没有胸，穿上人皮衣后，那里就是两个空荡干瘪的袋子，简直辣眼睛。最后他把毛巾一分为二，塞了进去，总算好看一点。

人皮衣的头部还连着假发。经过一番调整，再穿上衣服，站在我面前的人，竟跟李某有了七八分相似，不过个子高了点，面部也比较僵硬。硅胶皮肤被灯光一打，看上去一片惨白，确实很像死人。

"现在起码可以确定一件事，"他指了指胸部，"那个人应该是个女人。"

"你快脱下来吧。"我抚额道，"我看着有点想吐。"

谢如秀姿态妖娆，用兰花指去撩头发："你难受什么？"

"看见死尸说话，你不难受？"

谢如秀还想开口，我忙摆手："别说了，快脱，我快吐了。"

人皮衣穿起来麻烦，脱起来却很痛快，怪不得那人能使出金蝉脱壳的办法脱身。

8. 原始形态

我把人皮衣塞到了背包里。这个得留着，说不定以后还有用处。两天晚上折腾下来确实辛苦，我和谢如秀在旅店里睡了个天昏地暗，第二天早上连早饭都没来得及吃，就开着云霄快车往回赶，紧赶慢赶还是迟到了一个小时，我仿佛看到全勤奖金长着翅膀飞走，整颗心都在滴血。

第五章 灵车司机

到了午休时间,我抽空打开微信,杨驰发来几条语音,大概内容就是他打听到的结果。杨驰说,他去问了几个老员工,他很谨慎,专门挑年龄五十以上的男性员工,假装套近乎闲聊。半天下来,倒也不是全无收获。

殡仪馆的女性员工比较少。开车、抬尸、火化等都是男性员工在做,只有为尸体进行整修的入殓师中有两个是女性。对了,还有一个是负责卖骨灰盒的,不过她最近一直请假,由别的员工为她代班。

杨驰着重打听了一下那两个女性入殓师。她们干的年头都不算短了,可以说经验丰富,胆子也不是一般人可以比拟的。三十多岁那个已经结婚了,四十多岁那个却一直单身,尽管收入还不错,但是一般人都对入殓师这个职业戴着有色眼镜,如果运气不好,一辈子单身也很正常。

他还打听到,当时为金某和李某入殓的,就是那位四十多岁的入殓师。

听完杨驰的语音,我的所有注意力都放在了那位四十多岁的女性入殓师身上。会不会是她呢?

这种猜测并不是空穴来风。作为一名入殓师,她必定对人体,特别是人的脸部十分熟悉;她还没有结婚,说明她有着很充足的私人空间和时间来制作精细的硅胶人皮衣;她曾为李某入殓,用李某的脸当作原型,完全可以做到。

我留言让杨驰注意一下那名四十多岁的入殓师,杨驰答应了。

第二天下午,谢如秀打电话说,风灵矢终于回来了。隔着手机,我都能感受到他那种摩拳擦掌的兴奋感,看样子他策划着一场大行动。

风灵矢回来后直接就奔着黄豆家去了。杨驰每天都去看黄豆,黄豆的情况当然说不上好,不过是勉强活着罢了。一个好好的人,现在瘦到风一吹就能飘走的地步。虽然可怜,但也是他自作自受。有风灵矢出马,黄豆的小命自然是保住了。不过听谢如秀说,治疗过程不能一蹴而就,大概需要十天才能痊愈。黄豆家里人自然是谢天谢地的欢喜,对风灵矢千恩万谢。要我说,他们能碰上风灵矢,也算是缘法。

之后几天我都忙于工作,等我清闲下来,给谢如秀打了个电话才知道,那个

人已经抓到了。

我听谢如秀的声音似乎不太对，便埋怨他为什么不提早告诉我。毕竟这件事我几乎是全程参与了，我也迫切地想要知道真相。

谢如秀说，其实有些事，无知才是福。他没有告诉我抓捕的过程，只说我们之前猜测的那些全错了。

最出乎人意料的是，那个人根本不是女人，而是前不久退休回乡的老丁。

我当时的表情，简直能在嘴里塞进一个鸭蛋。

我咀嚼着那句话带来的信息：男人、老年人、退休、回乡。可不是吗？我们全部都猜错了。

他们抓到老丁的时候，谢如秀都不敢相信自己的眼睛。不光是因为老丁的性别和年纪出乎了他的意料，而且老丁真实的相貌也让人无法接受。怎么说呢，就好像这个人原本是个正常人，却不小心摔烂了，摔得粉身碎骨，再一点一点地拼凑起来，最后拼成个人形。虽说这个人多少有个人形，但那些拼凑的痕迹和瑕疵都在，甚至还有拼错的地方——说他是个人，不过是因为有人的形态罢了。

可这就是他的真实相貌。也难怪他要用硅胶人皮衣把自己隐藏起来。

杨驰并没有见过老丁，可是同事嘴里的老丁是个相貌很普通的老人，可见其他人见到的老丁应该也披着一张假皮。

我问他："既然这样，你们是怎么确认老丁身份的？"

谢如秀说："是老丁自己承认的。老丁相貌虽恐怖，可是他的嗓音不错，之后他们发现老丁竟然精通口技，给他穿上硅胶人皮衣，他可以装一个人装得天衣无缝。"

这个人是老丁的话，那么独眼猫的行为也可以解释了。

老丁为了制作足够精准的人皮衣，几次去十一号停尸间。他通过摸骨来确认一个人的相貌形态，也只有死人才能容许他这么摸。进入十一号停尸间的时候，有一次他不小心留了半支烟在尸体身上。还有一次，他正在摸骨的时候听到了脚步声，停尸间内无处可藏，他只好钻到了冰棺之中。杨驰发现冰棺的玻璃上有雾气，是因为他正好藏在李某的身下。至于黄豆那件事，老丁却死活不肯承认。

第五章 灵车司机

审讯老丁的时候，他们离开了一会儿。等他们再回来的时候，房间里已经空空如也，椅子上散落着一段绳套。他们怕老丁逃走，还特地把他绑在椅子上。房间的门窗都是封闭状态，这个人莫非气化了不成？

风灵矢得知这件事的时候骂了谢如秀一顿，毕竟不管对方是什么人，非法禁锢他人人身自由那就是犯法。我去风氏工作室找谢如秀的时候，还听到他慷慨激昂地辩驳道："那个老丁根本就不是普通人，他的那手本事，作奸犯科以后换一身皮就行，我抓他是为民除害！"

我推门而入。风灵矢和谢如秀同时回头看我，风灵矢示意我坐下，我拍了拍谢如秀的肩膀，让他不要那么激动。

"风叔训你训得没错，你这么浮躁，很容易好心办坏事。"我劝道。

谢如秀垂下头，闷声不语。

"其实，有件事我本来不想告诉你，"风灵矢从上衣兜里抽出一个塑料袋递给谢如秀，"你先看看上面的东西。"

塑料袋中装的是一沓发黄的黑白照片，谢如秀看到后动作一僵，然后将照片一字排开，放到了茶几上。

照片上全部都是一些烂泥，或者说烂肉一样的物质，说不清是什么。

最让人觉得诡异的是，这些烂肉的中心部分都长着类似于眼睛的花纹，乍一看，就好像肉块成精了一样。

"这，就是它们的原始形态。"风灵矢说，"古书上曾有过这样一段记载，说地狱分为生地狱、黑色地狱、八寒地狱、八热地狱等十八层地狱。在人间罪过轻的，入地狱仍为人形，罪过重的则变成畜形，更重的则变得既不是人形，也不是畜形，而是一个个形状古怪的肉块。偿尽其罪后，肉块就可以从泥土中重新生长出来。不过在最初，它们就是这个样子。要过不知多少年，才会慢慢脱离原始形态，有的变成兽类，有的变成禽类，有的则变成人。变成人也许是最难的，即使成形，也是支离破碎的。后来它们就学会了掩饰自己，它们生来就是一团阴气，即便成为人形，也不能在人群中久待。在古时候，义庄一类的地方最适合它们。

它们只能在阴气重的地方生活，不过它们又需要人的阳气才能活命，所以不能离群索居。这种东西，你即便是抓住了，又能怎么样呢？"

我和谢如秀已经听得目瞪口呆了。

风灵矢把照片收起来，仍旧放回兜里，看到他要走，谢如秀喊了一句："老风，那东西到底是什么？"

"山精？野怪？也许。"说完，风灵矢头也不回地走了。

"怎么感觉自己做了无用功？"谢如秀小声嘟囔。

"不，挺好的，你破了个大案。"

我笑了笑，也推门走了出去。

房间内突然传出一声惊天动地的号叫。谢如秀急匆匆地跑出来，愁眉苦脸地指着手机说："别走，我女朋友给我下了最后通牒，还说要跟我分手，你跟我一起过去做证！"

想想这段日子，谢如秀忙前忙后，天天跑殡仪馆，现在眼睛上还挂着黑眼圈，他那个女朋友，很可能早都被他忘到九霄云外去了。

我哈哈大笑道："就你这样的，还是别去害人家小姑娘了。"

"我这不是身不由己吗？"谢如秀十分委屈。

在谢如秀的央求下，我还是去见了见他那位女朋友。那是一个很爽朗大气的女孩，完全不像他嘴里说的"脸皮薄"，而且人家女孩并不是真的要和他分手，大概只是为了见他而找的借口。

我觉得，谢如秀这次真的碰到了对的人。

看到女孩在他甜言蜜语的攻势下破涕为笑，我想，欢喜冤家，大概就是这么来的吧。

第六章 消失的蚕神

1. 蚕神庙

谢如秀待在临县殡仪馆做调查的时候，我也没闲着。前一阵我们老总买了一块近郊的地皮，本打算建成中高档的住宅群，不过因为前期投入比较大，二期工程就被拖长了，需要派人到附近一带做施工调查，工作量比较大，三两天根本干不完。好在之前有位前辈已经做完了大半，后来有个很重要的工作临时把他抽调走了，我被派来把后续的工作干完。

工地离市区比较远，为了节省来回的时间，我干脆直接在附近找了间小旅店住下。

旅店老板人不错，借了我一辆自行车，给我节省了不少时间。可能是在外面睡不习惯，我早上起得特别早，听旅店老板说附近的山上有一处天然矿泉水，水质非常好，带着淡淡的甜。这一带的人，特别是老人，都喜欢带着水壶到山上打水，基本上打满一壶就够一天饮用的了。

我听完颇为心动，心想反正睡不着了，就干脆骑着车到山上溜达溜达。

山上还带着尚未散去的薄雾，空气无比清新，我骑到半山腰就有点骑不动了，只好下车慢慢地推着车走。偶然间抬头我看见，隔得不太远的山头上，隐隐约约地矗立着一座房屋，不太起眼。在满山绿叶的映衬下，带着几分神秘和庄严。

那是什么地方？我带着几分疑问继续往山上走。

第六章　消失的蚕神

我以为自己起得够早了，没想到往山上又走了一段，就看到三三两两的人，有人正在上山，有人已经下山。我跟在那些上山的人后面，很快就找到了那眼天然矿泉，不过排队打水的人不少。等待的时候，我和排在我后面的一位老人闲聊了起来。

我指着隔壁山头的那座房屋问道："您知道那是什么地方吗？"

老人眯缝着眼睛看了一会儿才回答道："哦，那是蚕神庙。"

我听说过观音庙、土地庙、城隍庙……偏偏没听说过什么蚕神庙。

我不由得问道："蚕神庙是什么庙？"

老人看了我一眼，并没正面回答我："你看这山上种的都是柞树，其实老早以前不是这样，这山原本叫松林山，最多的是松树，后来有两个大户人家要养蚕……"

我听了大为奇怪："东北也能养蚕吗？我听说桑树在南方才能种植……"

老人的眼神让我觉得有些底气不足，我小声道："难道……不是这样吗？"

老人说道："东北当然能养蚕，北方养的是柞蚕，南方养的那叫桑蚕。这满山的柞树，就是柞蚕最好的饲料。"

因为打水的人有点儿多，等待的过程中，我听老人讲了一个故事。

据老人所说，这山上的柞树有大部分是移植来的，时间大概在1945年左右。那时当地在养蚕业上还是空白，有个从南方回来的人说养蚕能获得很大的利益，镇上有两家商户便动心了，还各自派了自家的子弟去外地学来了养蚕的技术。这山上大部分的柞树，就是那两户人家为了养蚕移植来的。

柞蚕是北方这边特有的一种蚕，和桑蚕不同的是，它吃的是柞树叶，个头要更大一些，吐出的丝没有桑蚕丝那么白，甚至呈现出淡淡的青黑色。不过柞蚕丝要比桑蚕丝更柔韧，透气性也更好一些，是制作蚕丝被的首选。本来柞蚕一般是野生的居多，所以产量很低。如今有了人工养殖的技术，可以想象，如果养殖得好的话，将会带来多么大的一笔财富。这两家商户一家姓耿，一家姓霍，生意做得都不错，在县城里拥有自己的商铺。正因为有底气，他们才敢这么大手笔地养蚕。

养蚕，说起来好像很简单，其实并不容易。《吴兴蚕书》中曾有这样的记载："蚕自小至老，须刻刻防其疾病。俗称蚕为忧虫，受一分病则歉收一分。"养蚕之难，可见一斑。

在南方，养蚕有许多的规矩与禁忌。比如在养蚕时节人们从不相互上门走动。有的人家为了防止有人上门，就在一张红纸上写上"育蚕"二字，或者写"蚕月知礼"贴在大门上。别人看到这样的字眼就不敢上门了，免得被当成恶客。

养蚕的禁忌还不止这些。养蚕之人就连语言上也有着诸多禁忌，比如说蚕不能直接叫"蚕"，应该称为"宝宝"或者"蚕姑娘"，也不能说"死了""没了""跑了"这些话。养蚕的人家，一般都会在室内贴上一张蚕母娘娘的画像，一家老小每日拜祭，就是希望蚕姑娘们不要生病，顺利地吐丝结茧，每年的收入都要靠它们。

北方这边养蚕比起南方来规矩少了许多，但养蚕的人家谁不希望自家的蚕能安生地生长？于是，除了养蚕的技术，他们连规矩禁忌也都照样学来不少。比如说耿霍两家，为了自家的蚕姑娘能顺利地吐丝结茧，每家都请来了一幅"蚕母娘娘"的画像，供奉在蚕房的外面。

一开始，两家的柞蚕养得都不错。柞树这种树很特别，它的树叶从春天发芽开始会一直挂在树上，从绿变红，再到棕红色，寒冷的冬天也不会落下。直到第二年的春天，新芽从树枝上冒出来，旧叶才会欣然落入泥土中，成为树木的养料。柞蚕吃的就是这样的柞树叶，所以即便算到了冬天，也不怕蚕没有食物吃。

耿家人十分重视养的这批蚕，严格地遵守着养蚕的规矩。那些蚕从幼虫长到成虫，每日每夜，它们都在不停地啃噬着柞树叶，那声音"沙沙"响个不停。就好像柞树叶在燃烧着自己的生命，养育着幼蚕不停地长大。

蚕姑娘长大成虫之后，面临的就是结茧，这是最重要的一个环节。这一环节出了错，这蚕就算是白养了。

可是就在这个重要的关头，耿家突然出了一件事。

第六章　消失的蚕神

2. 怪物

耿老爷娶了一妻多妾，育有三子四女，再加上家里请了不少长工和短工，加在一起足有三十几人。这十个帮工里，有五个是专管育蚕的。在育蚕之前，耿老爷千叮咛万嘱咐，让他们一定要守住育蚕的规矩。

没想到，等他那天外出再回来的时候，屋子里的蚕有一半都奄奄一息地躺在柞树叶上，看样子马上就要一命呜呼。

耿老爷又惊又怒，急忙责问养蚕的帮工。帮工们说，早上那些蚕还是好好的，可是吃了一批新送过来的柞树叶之后就变成了这个样子，而那些还没吃新到柞树叶的蚕，则还好好的。

难道问题出在新采回来的柞树叶上？耿老爷细细地检验那些新送来的柞树叶，结果还真的看出了猫腻。

这些柞树叶都很新鲜，采摘柞树叶的帮工也很细心，几乎每个树叶都形状饱满、新鲜细嫩。不过，只要把叶子拿到眼前，就会发现上面有着星点的黑色粉末，而昨天采回来的柞树叶上却没有。

耿老爷大怒。很明显，这些粉末是人为撒上去的，目的就是害死他养的柞蚕。别人做这样的事没有好处，唯一有可能这样做的，就是镇上另一户养蚕的人家——霍家。

霍家和耿家都是商户，同行便是冤家，两家明面上很客气，暗地里却较量了不止一次。可是这一次的手段，比哪次都要阴险毒辣！

耿老爷召集了十个帮工，一伙人全都拿着锄头镰刀，气势汹汹地朝着霍家赶去。

要说霍家，论财力其实跟耿家差不多，势力和威望却比耿家要高一点儿。他们家祖上曾经做过县官，积攒了不少财富。到了霍先酉这一代，霍家的势力已大不如从前。好在他凭着头脑灵活，靠着祖父留下来的人脉关系，创下了现在的家业。

霍先酉无疑比耿老爷要聪明。可是为什么在外人看来，霍家能和耿家并驾齐驱呢？这个就不足为外人道了。

耿老爷一见面就质问道："霍先酉，为什么要用阴毒手段祸害我们家的蚕？"

霍先酉不明所以。这让耿老爷更加生气，他用眼睛左右打量了一下，突然看到院中有一处独立的房屋，门前贴着红纸。

那里肯定就是蚕房了！

耿老爷一时激愤，狂吼一声，一马当先地带着几个小伙伴就冲进了蚕房。蚕房里立着不少蚕架，耿老爷一行人把蚕架推倒在地，一时间，柞树叶和白白嫩嫩的蚕撒得到处都是。他们还是觉得不解气，又上去好一顿践踏。等到霍先酉的人赶到，那些蚕已经死了大半，还有小半在垂死挣扎。

霍先酉看到这一幕，心都在滴血。养蚕是他筹谋已久的事情，为了养蚕，他花费了大量人力、物力和心血，可是被耿老爷这一通闹，几个月的心血全都没了。

这事，当然不可能就这么了结。两人各执一词，把事情闹到了警察局。耿老爷执意说是霍先酉下毒害死他的柞蚕，不过他没有证据，加上霍先酉又拒不承认，最终耿老爷只得赔偿霍家全部损失。

耿老爷认定霍先酉在搞鬼，还害他损失了一大笔钱，心里一直对霍家怀恨在心。两家人从此结怨，就连两家的伙计迎面碰上都会互唾一口，以示鄙视。

第二年开始育蚕的时候，两家都是小心翼翼，做足了防范工作。某天，耿家门口来了个年轻人，他捧着一个手臂那么长的木盒子，求见耿老爷。也不知道他和耿老爷说了些什么，总之他从耿家走出来的时候，那个木盒子已经不见了，腰里多了一个布袋，沉甸甸的，不知道装着什么。

那段时间耿老爷的心情很好，看着霍家人的眼神中，多了一丝不为人知的自满得意。

第六章　消失的蚕神

过了不到半个月，耿老爷又一次带人冲进了霍家，见人就打，见东西就砸，整个人如同疯了一般。霍先酉得知这件事赶回来之后，霍家又被砸得面目全非。

霍先酉大怒，把耿老爷等人扭送到了警察局。结果，霍先酉还没说话，耿老爷就跪地大哭起来，边哭还让霍先酉把蚕神交出来。

蚕神？什么东西？在场的人都是一头雾水。

在耿老爷断断续续的叙述下，众人才弄明白，原来耿老爷花了一大笔钱从一个南方人手中买了一只"蚕神"。据说这蚕神十分神奇，把它养好了，它不止能保佑蚕宝宝好好地生长结茧，还能保佑饲养它的人心想事成。本来耿老爷也是半信半疑，可当他见到木盒子里的蚕神后，他就相信了。

因为，世上根本不会有那么大的蚕。

蚕神的身体是普通蚕的十倍大小，和普通蚕不同的是，它的头上还长着两个小小的触角。刚开始的时候，蚕神的身体是淡粉色的。耿老爷每天都按照那个人所说，用鲜血浸泡最鲜嫩的柞树叶喂给蚕神吃。随着时间一天天过去，蚕神的身体从淡粉变成了淡红，然后颜色逐渐加深。这之后，蚕神的身体倒是没有继续长大，一直保持现有的样子。

自打饲养蚕神以来，耿家的蚕当真是越养越好。之后不久，耿老爷谈成了几笔大生意。耿家不仅在生意场上更上一层楼，在镇里的地位也跟着提升不少，耿老爷的三姨太还怀了身孕，喜事一桩接着一桩。与此同时，作为耿家竞争者的霍家却接连倒霉，不光是生意被耿家抢走不少，家里养的蚕也病死了一批。

说到这里，耿老爷有些语焉不详。不过即便他不说，人们也多多少少能猜到一些：蚕神能让人心想事成，既然耿老爷跟霍家有仇，那么他肯定会向蚕神祈祷让霍家倒霉吧。

蚕神真的这么神奇吗？它为什么会那么神奇？

虽然有不少人半信半疑，不过大部分人的心中却出奇地兴奋——有了这种东西，简直就是得了神仙护佑，怪不得叫蚕神呢。如今蚕神丢失，怪不得耿老爷跟疯了一样。谁家要是有这么个宝贝，还不得藏着掖着，不让任何人知道？

不过，到底是谁偷走了蚕神？耿老爷认准是霍家人下的黑手，所以他带人砸了霍家。霍家人听了耿老爷的话之后，脸上俱露出气愤的神情。霍先西说这件事跟他无关，神情不像是在说谎，还要求耿老爷赔偿他家的损失。耿老爷大耍无赖，一口咬定是霍家偷走了蚕神，还表示，只要霍家交出蚕神，让他赔多少钱都行。

最后双方闹得僵持不下，实在没有办法，耿霍两家都派出大批人手去寻找蚕神。所有人手被编成两人一组，警察局的人则排查最近进入镇子里的陌生人和可疑人物。

耿家寻找蚕神的理由倒是很明显，至于霍家到底为什么派人寻找蚕神，个中原因，就无人知道了。

这么大量的人手分派下去，哪怕是只蚂蚁，也能寻出个蛛丝马迹来。可是丢失的蚕神呢，愣是一点儿痕迹都没有找到。到了夜里，耿霍两家相继撤回了一部分人，其余的人继续找。

耿家有个名叫孙黑子的年轻人，他是耿老爷雇来采柞树叶的工人。本来有个工人和他一组，两人负责去山上查看耿霍两家栽种柞树的地方，看看有没有形迹可疑的人出没。他们跑遍了整个山头也没有发现什么可疑人物出现，所以天黑之后另外那个工人就跑了。孙黑子想着耿老爷许诺的一百个银圆，一直留在山上没走。无论如何，他是不会回去的，哪怕找不到蚕神，也许耿老爷看在他不辞劳苦的份上，会给些辛苦钱。

夜色越来越浓，孙黑子搞了一个火把照明。东北地区昼夜温差很大，入夜后山上特别冷，不多时，孙黑子已经冻得浑身哆嗦。他咬紧牙关高举火把，继续漫无目的地寻找。

突然，他看到不远处有一座透出微微火光的破庙。那庙也不知道是哪个年月修的，如今已经塌了一部分，还算完好的那部分也摇摇欲坠，一场山雨就能将它彻底击垮。

谁会在这么寒冷的夜晚来到山上，还待在一座仿若鬼屋一样的破庙里？

第六章　消失的蚕神

孙黑子十分疑惑，靠近破庙时，他刻意放轻了脚步。破庙的窗户早就没了，只留下一个空洞破烂的窗框子。他放下火把，半蹲着身子，扒着窗框往里面看。庙里生着一堆火，从他的角度看去，能看到映在墙上的两条黑影，还隐隐听到两个人的说话声。火堆噼啪作响，孙黑子听得不太分明，隐约只听到了"蚕神""银圆"之类的字眼。

他心中一紧，顿时又兴奋起来。难道里面的人就是偷蚕神的贼？不过里面有两个人，孙黑子不敢轻举妄动。他蹲在墙根思考了半天：到底该回去报信呢，还是冲进去，抢了蚕神就跑？

尽管孙黑子并不聪明，可是他也知道，这两个法子都不靠谱。就在左右为难的时候，他听到了一阵奇怪的响动，火堆燃烧的声音仿佛在一瞬间弱了下去。孙黑子伸着脑袋往里看，只见两个影子站了起来，一个影子的手中还捧着一个长方形的东西。

孙黑子吞了口口水。他好像听人说过，蚕神就是放在一个木头盒子里的。

不可思议的事情发生了，孙黑子看到了生平最恐怖的一幕——人影手中捧着的盒子突然四处飞溅，里面的东西迅速涨大，那东西头上似乎有两条触角，本来只有手指长短，突然，那东西以肉眼可见的速度变长，并且以十分迅猛的速度扎进了其中一个人影的面部。

那人一声惨叫，仰面就倒，手中的东西落地，发出"吭"的一声闷响。

到底发生了什么变故，孙黑子光从影子上实在看不分明。人天生对危险有感应，他整个身体都叫嚣着离开这个地方，可实际上他的腿一步也迈不开，就连眼睛也像着了魔一样，死死盯着破庙内的动静。

当时有一个人倒地，而另一个人也不知道是吓傻了还是怎么的，竟然站在原地没有动，只是身体在剧烈地颤抖着，孙黑子仿佛都听到了他牙齿撞击的声音。而后，有个手臂长短的东西顺着站立那人的腿慢慢地爬了上来，两条细长的触角不时地颤动着，似乎正在探路。那东西爬到了人影的面部，触角剧烈地颤动了两下，然后整个头部突然像发酵的面团一样胀涨大。

因为孙黑子是从影子上观看到的这一幕，那画面却比真实更加扭曲。那东西的头部涨大，最后几乎和人影的头部一样大，然后那东西的头部裂开了一个足以包裹住人影头部的裂口，一口将那颗头颅吞了进去。之后，那东西整个身体陡然大了一圈，它颤了颤，仿佛是通过这个动作将人影整个身体吞噬进去。那触角也没闲着，很欢脱的模样，不时地探进还未吞噬掉的尸体，每一次都会带起一朵血花。

一种难以形容的、古怪的声音在小小的破庙中回响，孙黑子顿时吓得屎尿齐流。

也不知过了多久，孙黑子感觉到双腿木木地发痛，鼻端萦绕着臭气，汗水刺得眼睛几乎睁不开，那东西的动作才慢慢停下来，陡然传出什么重物落地的声音。

孙黑子颤抖着抹去了眼皮上的汗水。就这一眨眼的工夫，他的眼前又出现了更加诡异的一幕。

那个变大了许多的恐怖东西在剧颤几下之后，身上分离出几个犹如鬼手形状的东西。那些鬼手在半空中舞动，如同要抓人入地狱的妖魔！

孙黑子在接连的惊吓中吓破了胆，他挪了挪僵硬的双腿，这丝微不可察的声音似乎被那怪物觉察到了，一片静谧当中，一个鲜红如血又柔软无比的东西从窗框里探了出来，和孙黑子面对面撞上了。

孙黑子吓得浑身瘫软如泥，往地上倒去。破庙周围的地势并不平坦，他直接就顺着一道斜坡滚落下去，恰好躲开了那怪物的袭击。一阵天旋地转之中，他的身体重重地撞在一棵大树上，头部也磕到了一块石头，就这样晕死过去。

孙黑子醒来时发现天已经亮了，他拖着受伤的腿回到耿家，语无伦次地把看到的事情说了一遍。

大家都以为他疯了。怎么会发生那种事情呢？该不会是孙黑子偷懒，所以编了一套瞎话来骗钱吧？出于谨慎，耿老爷还是派人到孙黑子所说的那个破庙跑了一趟，没想到真的发现两具尸体。尸体的情况说不出的诡异，全身的皮肤像是被

第六章　消失的蚕神

火燎过一遍似的，他们的骨骼还算完好，不过整个身体内的血肉似被抽干了一样血红干瘪，像是被特殊制作过的肉干。

在两具尸体的附近，他们还发现了当初装蚕神的那个木盒，不过木盒已经破碎了，蚕神不知去向。

孙黑子的证词，印证了破庙内的两具尸体死于一种怪物之手。这件事在镇里乃至周边一带引起了轩然大波，一时间，僵尸出世、吸血女鬼等谣言满天飞，就连本地的报纸也用小半的篇幅来说这件事。民众甚为恐慌，市井中突然冒出许多"奇人异士"，各种卖保平安的符箓、镇宅的铜镜等层出不穷，捉妖抓鬼的和尚道士也纷纷涌入小镇。

在各处牛鬼蛇神纷纷冒头的时候，作为这次事件的引子，耿家倒是沉寂下来。

政府为了稳定民心，颇费了一番周章才将这股风潮压下来，甚至还推倒了那座发现诡异尸体的破庙，又在原基础上又修了一座庙。这座重新建起来的庙，就被命名为蚕神庙。其实政府这种做法不难理解，以前也有过这样的先例。为精怪修建庙宇，一是为了供奉，二是为了镇压。

听到这里，我才恍然大悟，原来蚕神庙的修建并不是为了保佑那些养蚕的人，而是为了这么个荒诞的理由。

蚕神庙建起来之后，也不知道是不是它起了作用，总之在那之后并没有再次出现死状诡异的尸体。耿家丢失了蚕神，后面又闹出那么多事，耿老爷也不敢再折腾了。

可是，事情并没有落幕。

3. 石雕龙龟

某天夜里，耿家人都睡下了。耿老爷前些日子旧病复发，经常半夜惊醒，着实苦不堪言。三更时分，正是人们睡意正浓的时候，耿老爷悄悄地起身，走到窗前，看向他倾注了无数心血的蚕房。

蚕神的事情不了了之，他心中能不恨吗？他一时激愤砸了霍家，也因此赔掉了半数家产。现在耿家人心浮动，妻子和儿女言辞间对他多有怨愤。他有预感，再这么下去，偌大的耿家可能就要散了。

耿老爷不知在窗前站了多久，直到他感到一阵彻骨的寒冷侵入骨髓。他刚要关窗，耳朵里却突然听到一阵奇怪的响动，似乎是从前院传过来的。

他心中一动。他那几个姨太太最近都不太安分，难道是……

耿老爷蹑手蹑脚地走出了房门。下人仿佛都睡死了，一切都很安静。他越靠近前院，响动就越清晰。

此时，他听到了说话声和沉重的……难道是脚步声？

走过垂花门，就到了前院。耿老爷骨子里是个商人，偏偏喜欢附庸风雅，所以整个院子布置得像是文人墨客的居所，处处草木葱茏，奇石雅趣。他躲在一块奇石的后面，往声音的来处望去。当初他太爷爷建这栋宅子的时候并没有建影壁，而是叫人用巨石雕琢了一个龙龟出来，面对大门而立。

龙龟也叫"赑屃"，传说是龙九子之一，头为龙，身为龟。龙龟本就是一种祥瑞之兽，用来镇宅最好不过。这只石雕龙龟十分巨大，很多人都说它俗气。他从小看习惯了，倒也没觉着不好，可是他没想到有生之年会看到这样一幕。

那只石雕龙龟……活了！

不，它不止活了，浑身还冒着金灿灿的光，仿若黄金雕琢而成。他听到的那些那沉重的脚步声，就是龙龟发出来的。这个大家伙的重量怕是超过了八十石，每迈出一步，他仿佛感觉到地面都在微微颤动。

更让人想不到的是，站在龙龟前方的，竟然是那个卖给他蚕神的年轻人。年轻人身上挑着一副担子，担子上不知担着什么。

这时候，耿老爷突然间闻到了一阵恶臭。耿家的大门敞开着，龙龟和年轻人像是两只正在角逐的野兽，互相试探，你进我退，你退我进。年轻人的步伐越来

第六章　消失的蚕神

越快，额上汗水直流。

耿老爷倒是看出门道来了——年轻人想把龙龟逼出耿家大门！

虽然耿老爷不明白年轻人葫芦里卖的是什么药，但龙龟是他耿家的东西，还是他太爷爷留下来的，谁也不能把它弄走！

他起身往回跑，嗷嗷几嗓子，就把耿家上下十几口都叫了起来。

众人犹在梦中，耿老爷一挥手："都跟我走！"

众人只好跟在他身后纷纷跑向前院。可是等众人到了前院，发现龙龟已经出了耿家大门。耿老爷心急如焚，一阵风似的追了出去。

幸好龙龟和年轻人都没走远。他大喊一声，年轻人受惊，担子一下子歪倒在地。接下来的一幕就像是变戏法似的，金灿灿的龙龟眨眼间就成了灰色石雕，一动不动地停在地面上。

年轻人一看不对，转身就要跑，耿老爷大喊一声："抓住他！"

几个人一拥而上，把年轻人扑倒在地。其余的人围在龙龟周围左看右看，啧啧称奇。谁也没想过，石雕的龙龟竟然能自己跑出耿家，果真是天下之大，无奇不有！

当晚，耿家人一夜未睡，耿老爷对家中大小人等逐一进行了一次秘密审讯。第二天一早，年轻人就被押送到警察局。耿老爷控告他就是蚕神案的幕后黑手，还要求公开审讯，让真相大白于天下，听者哗然。

审讯当天，几乎半个小镇的人都来了。耿老爷和孙黑子都是证人，耿老爷面色平静地坐在证人席上，孙黑子是头一次上法庭，满脸惶恐。据说那场审讯整整用了两天，几乎每个人都受到了审讯。直到多年以后，参加过那场审讯的老人还会津津有味地说起那段回忆。

年轻人姓张，是个南方人，这里就用张三代替。

两个月前，张三只身来到小镇，身边还带着蚕神。张三家里世代都是做憋宝人的。

憋宝属于旧社会外八行之一。所谓的憋宝，就是寻找常人不知道的宝物。而宝物通常分为"天灵"和"地宝"两种。"天灵"指的是灵宝，这种灵物吸收了日月山泽之气，身体发生改变，可以说是万中无一，可遇而不可求。比它稍次一等的，比如经过了至少一甲子以上的，也可叫作灵宝，不过只能称为"中灵"。天灵的灵物属于活宝，而地宝就是指那些不会动的宝物，比如金银珠宝、奇花异草等等。

憋宝人主要寻的就是活宝，因为这种宝物才是价值连城的。憋宝人一般都是父子相传，怎么寻，怎么看，怎么引出活宝，样样都得靠真本事。有的憋宝人为了练就孩子的一双眼，会在孩子出生没多久就将他扔进黑屋子里，等到孩子长出了牙、能吃饭的时候，他们也不给孩子饭吃，只给吃生鱼片，让孩子在黑屋子里待三年。孩子出来之后，一双眼即使在伸手不见五指的黑夜，也能看到宝物。

憋宝最重要的就是一双利眼，这样才能透过表象看到本质。不过一双利眼可不是好练的，即使有各种各样的方法，也不一定能成功。所以，从这个中间又衍生出其他的办法来。

据闻古时西域来的商人大多能识宝，有中原人与西域商贾结交，因而探得他们的秘术。其实他们靠的不是眼睛，而是一种识宝之虫。这种小虫并不难养，只要用小刀划破自己的手臂，把这种识宝之虫放入手臂之中，遇到宝物，手臂就会产生震颤。不过识宝之虫每天都会饮血若干，到了一定时间，识宝之虫就会破臂而出，不辞而别。无法练成利眼的憋宝人，就会远赴西域寻找一只识宝之虫。

张三的父亲就是如此。不过他天生体质差，识宝之虫在他手臂中不过几年，他便虚弱地死去了。张三无奈，只好把识宝之虫从父亲的手臂中挖了出来。他父亲寻到的这只虫有几分像蚕，却比蚕大得多，还长着触角。张三有心把它放入手臂中，又害怕像父亲一样死去，他多次下决心，最后都放弃了。

后来，张三无意中偷听到两个憋宝人的谈话，说北方某个小镇中有活宝。他当时想，只要弄到这个活宝，他这辈子都不用愁了，心里便有了主意。

害怕被其他憋宝人抢先，张三用最快的速度赶到了小镇。很快他就找到耿家，并把目光投向了那只石雕龙龟。

第六章　消失的蚕神

"活宝"之所以叫作活宝，正因为它是灵物，可以像真正的活物一样活过来。不过，要让这宝物活过来，必须要一个引子才行。经过几天时间的观察，张三确定这个引子就是耿家庭院石柱上用来装饰的一颗石球。他每天夜里都偷偷潜进耿家，想弄到石球倒是不难。可他万万没想到，就在他准备行动的时候，耿老爷因为柞蚕大量死亡，心情不好，竟找了个风水先生，让他改一改自家的风水。风水先生转了一圈，别的没说什么，只让人把石柱子拆掉。于是，石球连同石柱子都被铁锤锤成了碎块，根本用不得了。

出师不利，张三十分沮丧，不过他并没有放弃。憋宝人要引出活宝，其实办法有两种，一种是"喜引"，这种比较容易，用的是能吸引活宝的东西；一种是"恶引"，用的却是活宝憎恶之物。用恶引来吸引活宝的过程比较难，稍有差池，就会失败。后来他又想到，龙龟既是镇宅之用，那么只要搅乱耿家，耿家的气场发生混乱，到时候他再用恶引，估计能达到事半功倍的效果。

可是，怎么才能搅乱耿家呢？张三在小镇待了一段时间，也听闻了耿霍两家的恩怨，而且两家人都在养蚕——这时，他联想起识宝之虫那酷似蚕的外表，突然就想到了一个主意。他找到耿老爷，编了一套瞎话，把识宝之虫说成蚕神，骗耿老爷买下。之后，他又告诉耿老爷一套喂养之法。

耿老爷买下蚕神之后，也不知是巧合还是怎么回事，那段时间他果真运气好得出奇。张三见事情发展得十分顺利，心中无比高兴。等到事情发酵得差不多的时候，他便暗中买通了耿家的下人，让他们把识宝之虫偷了出来。唯一让他意外的是，他买通的两个下人竟然死了，还死在识宝之虫的手中。其实那一晚他也在破庙附近，甚至看到了孙黑子，等孙黑子跌下山坡撞晕之后，他才出现。

张三看到识宝之虫变了模样，不过并没有孙黑子从影子上看到的那么可怕。识宝之虫并没有伤他，而是钻入地底，消失了。

一切都在意料之中，之后的局势更加混乱。张三看局势成熟，就准备了一担粪便，准备在当天晚上进入耿家，用恶引之术引出活宝。他一番辛苦之下，龙龟果然活了过来。他在不远处准备了马车，本想引龙龟过去，没想到最后关头功亏

299

一箕。

故事讲完了，也正好轮到我打水。

我接了满满一壶水，放到一边，又用手去接，直接放到嘴边喝。泉水沁凉清甜，喝完几捧，整个人都舒爽得不得了。我把水放到后车座上，慢慢地往下走，没想到老人站在不远处等我。

我指着蚕神庙问："既然蚕神是假的，为什么蚕神庙还留着？"

老人笑了，说："听说是耿家人不让拆，算是警醒世人吧。不劳而获的背后，往往藏着陷阱。"

我哈哈一笑，果然是这个道理。